KB166150

태백산맥

조정래 대하소설

태백산맥

10

제4부 전쟁과 분단

차례

태백산맥 제4부 전쟁과 분단

10권

25

피아골

지리산의 10월은 가을이 무르익을 대로 무르익고 있었다. 골짜기 골짜기마다 가을빛으로 흥건하게 물들어 있었다. 잎이 작고 얇은 나무들부터 색갈이를 하기 시작하여 잎이 크고 두꺼운 나무들까지 가을로 치장하고 있었다. 분홍·주황·노랑·빨강, 나무에 따라 그 색깔은 가지가지로 물들어 산을 뒤덮고 있었다. 여러 가지 나무들이 무질서하게 숲을 이루었어도 녹음은 자연스럽게 조화되었듯이 그 나무들이 단풍 들어 온갖 색깔들로 변해도 그 다양한 채색들은 또 그지없이 아름다운 조화를 이루어내고 있었다. 봄이 늦어 철쭉을 6월 초순에나 피워내는 지리산은 가을은 또 유난스레 빨라 10월이면 단풍 들지 않은 나무가 없었다. 다만 바늘잎을 가진 침엽수들만이 둔감하게 초록빛을 그대로 지니고 있었다.

골짜기마다 단풍이 흐드러지고 자지러지지 않은 데가 없었지만 피아골은 특히나 유별났다. 피아골에는 금방 뿌려놓은 핏빛 같은 선홍의 단풍들이 다른 골짜기에 비해 유독 많았다. 그 새빨간 단풍들은 계곡의 물까지 붉게 물들였다. 주황빛이나 주홍빛의 단풍들 사이에서 핏빛 선연한 그 단풍들은 수탉의 붉은 볏처럼 싱싱하게 돋아 보였다. 피아골을 단풍으로 유명하게 만들어 지리산 10경 중에 하나로 끼이게 한 그 나무는 바로 단풍나무였다. 피아골에는 단풍나무가 다른 계곡에보다 많아 단풍이 빨리 들면서도 그 곱기가 빼어나 다른 계곡을 앞지르고 있었다. 경사가 급한 계곡을 올라가면서 보면 단풍잎들은 곧잘 하늘과 겹쳐져 보이고는 했다. 해맑게 푸른 가을하늘과 어우러진 새빨간 단풍의 투명함은 흡사 백설 위에 점점이 찍힌 피의 선연함이었다. 그러나 피아골의 단풍이 유명한 것은 단풍이 고와서만이 아니었다. 피아골은 그 길이가 길뿐만 아니라 암반과 기암괴석들이 많았고, 암반 위를 흘러내리는 물줄기가 넓고 굵었다. 단풍잎들은 가지가지 형상의 바위들과 넉넉하게 흘러내리는 물과 조화를 이루어 그 곱기가 한층 돋보였던 것이다.

그러나 피아골 단풍이 그리도 핏빛으로 고운 것은 그럴 만한 까닭이 있다고 했다. 먼 옛날로부터 그 골짜기에서 수없이 죽어간 사람들의 원혼이 그렇게 피어나는 것이라고 했다. 그리고 또 한 가지 떠도는 말은, 연곡사 아래서부터 섬진강 어름까지 물줄기를 따라가며 양쪽 비탈에 일구어낸 다랑이논마저 바깥세상 지주들에게 빼앗기고 굶어죽은 원혼들이 그렇게 환생하는 것이라고도 했다.

바람이듯 떠돌며 전해져오는 그 두 가지 이야기를 아니라고 부인하고 나서는 사람은 아무도 없었다. 옛날부터 피아골에서는 많은 사람들이 죽어갔던 것이고, 바깥세상에서는 살길이 없어 이 지리산 골짜기로 파고들어 비탈에다가 층층이 돌을 쌓아올려 땅뙈기를 만들어내 연명해 가던 사람들은 여러 곡절 끝에 그것마저 빼앗기고 굶어죽는 일들이 분명 있었던 것이다. 그런데 사람들이 그 이야기를 잊지 않고 아래로 아래로 전하는 것은 원혼들이 단풍으로 환생했다는 신기함 때문이 아니었다. 사람들은 거기서 많은 목숨들이 억울하게 죽었다는 사실 자체를 알려오고 있었던 것이다. 입에서 입으로 전해지면서 바람처럼 떠도는 그 이야기는 바로 사람들의 삶을 엮어놓은 역사였던 것이다.

사람들의 한 맺힌 죽음은 임진왜란에서부터 시작되었다. 왕조라는 것이 한심하고, 거기에 붙어서 일신의 영화나 누리자고 도모하는 벼슬아치들 또한 한심하여 왜놈들이 쳐들어왔으나 막아낼 도리가 없었다. 왜놈들은 방화와 약탈과 살인을 일삼으며 경상도지방을 휩쓸고, 전라도땅도 더럽히려고 들었다. 그런데 그놈들이 섬진강을 따라 전라도땅으로 들어오는 외길목이 바로 피아골 입구였던 것이다. 그 길목에서 왜놈들을 막아내지 못하면 전라남도 내륙땅은 그대로 내줄 수밖에 없었다. 관군은 이미 있으나마나 한 상태라서 백성들은 의병을 일으키지 않을 수가 없었다. 거기에 승려들도 합세하여 연곡사에 군량미를 쌓고 지휘본부를 만들었다. 의병들은 밀려드는 왜놈들에 맞서서 싸웠지만 무기부터가 비교가 되지 않았다. 의병들은 섬진강 상류를 피로 물들이며 죽어갔고, 힘이 모자라게 된 그들은 피아골로 밀리게 되었다. 싸우며, 죽으며, 밀리며를 되풀이하면서 의병들은 연곡사도 빼앗기고 자꾸 피아골 깊이 들어갈 수밖에 없었다. 그러나 결국 왜놈들의 포위에 걸려 삼홍소 부근에서 거의 다 잡히고 말았다. 왜놈들은 결박한 의병들을 바위에 세워 일일이 목을 쳐 죽였다. 칼을 내려칠 때마다 목 따로, 몸뚱이 따로 계곡물에 곤두박였다. 삼홍소가 시체로 넘치고, 거기서부터 피로 물든 계곡물이 20리를 넘게 흘러 강에까지 닿았다.

그리고 갑오년에 일어난 농민전쟁으로 또 피아골의 물은 피로 물들었다. 그때도 농민들은 목이 뎅겅뎅겅 잘리며 계곡물에 곤두박여 온몸의 피를 남김없이 쏟아내고 죽어가야 했다. 알량한 왕조는 왜놈들을 불러들여 청부살인권을 주었던 것이다.

그 다음으로, 왜놈들의 노골적인 식민지화에 저항하여 한일협약을 계기로 도처에서 의병들이 일어났다. 그때 전남의병은 몰리고 몰리다 그 최후를 피아골에서 맞았던 것이다.

그리고 여순사건 때도 많은 사람들이 섬진강을 건너 피아골로 쫓겨들어와 피를 뿌렸던 것이다.

연곡사 언저리에서부터 강변마을 가까이까지 계곡의 양쪽 산비탈에 다랑이논들이 수십 개씩의 계단을 이루며 빈틈이라고는 없이 촘촘하게 일구어진 것도 결코 우연한 일이 아니었다. 피아골에 물이 많기 때문이었다. 이 산, 저 산을 옮겨다니며 고달픈 삶을 부지해 가는 화전민이라는 것도 다 생겨나지 않을 수 없는 사회적 이유가 있듯이, 바깥세상을 등지고 피아골로 들어와 다랑이논을 일구어야 하는 사람들도 다 그들 나름으로 바깥세상과 고리 지어진 쓰라리고 아픈 곡절들을 간직하고 있었다. 그들이 얼마나 부지런하고 끈질기고 선량한 사람들인가는 그들이 일궈낸 다랑이논들이 입증하고 있었다. 돌투성이 산비탈들을 따라 일구어진 다랑이논들— 성품이 선량하지 않고, 정신력이 끈질기지 않고, 몸이 부지런하지 않은 인간으로서는 도저히 이루어낼 수 없는 일이었다. 돌투성이 산비탈에다 농사지을 땅을 만들어내는 그 일은 생존의 터전을 잃고 죽음과 맞선 인간이 마지막으로 하는 일이면서, 인간의 인내와 의지와 성실을 가장 적나라하게 드러내게 하는 시험장이기도 했다. 그 세 가지 중에 어떤 것 하나만 모자라도 그 일은 해낼 수가 없게 되어 있었다.

다랑이논을 일구자면 먼저 산비탈에 박힌 돌들을 다 파내야 한다. 물론 파낼 수 있는 정도의 돌들을 말하는 것이고, 움직일 수 없는 돌들은 그대로 두었다가 땅을 고를 때 가능하면 논둑으로 이용한다. 돌을 파낸 다음에는 물을 실을 논을 만들어야 하니까 비탈을 수평의 땅으로 바꾸어야 한다. 그러자면 비탈을 직각으로 깎아서 계단을 만들어나가야 한다. 그러나 땅을 한꺼번에 넓게 할 욕심으로 비탈을 마음대로 깊이 깎아서는 안 된다. 깎은 높이가 높을수록 물이 아래로 떨어지는 힘이 커져 산사태의 위험도 따라서 커지고, 깎인 면적이 윗논의 논둑이 되는 것이므로 전체적으로 볼 때는 논 넓이가 오히려 줄어들게 된다. 그러니까 산사태도 막고, 논의 넓이도 최대한 넓히자면 억지를 부리지 말고 지형에 따라 비탈을 깎아나가면서, 생기는 만큼씩 수평의 땅을 얻어내는 것이 가장 효과적인 방법인 것이다. 그러다 보니 논둑은 구불구불한 추상적인 곡선이 되고, 어느 부분에선 딱 밥소반만 한 땅이 생기게도 되는 것이다. 그런 식으로 비탈을 깎아내려가면 하나의 산비탈에는 수십 개의 곡선계단이 층을 이루게 되고, 계단마다에는 모양도 크기도 제각기 다른 수평의 땅이 붙게 된다. 비탈을 깎아나가다가 골이 심하게 파인 부분을 만나게 되면 그 아래의 땅을 이용하기 위해서, 그리고 그 공간에서도 땅을 얻어내기 위해 몇 단계로 돌을 쌓아올린다. 그리고 계단마다 흙을 퍼넣어 골을 연결시키는 경우도 있다. 그렇게 해서 생긴 땅의 넓이는 쌓아올린 돌축대의 넓이보다 작은 경우가 허다한 것이다. 한 치의 땅이라도 넓히기 위해 논둑이 경사진 것이 하나도 없듯이 돌을 쌓아올리는 것도 반드시 직각쌓기를 한다. 비탈은 그런 식으로 하지만, 개울에 가까워지면 그때부터는 돌쌓기가 본격화된다. 폭넓게 버려져 있는 개울가의 공간을 땅으로 살려내기 위해서는 돌쌓기를 할 수밖에 없는 것이다. 돌담이 아닌 돌논둑이 직각으로 쌓여올라가며 층계를 이루게 된다. 골을 메울 때처럼 그 층마다 흙을 퍼다부어 땅을 만들어낸다. 개울과 맞닿는 마지막 돌논둑은 그 높이가 사람의 키를 훨씬 넘기가 예사인 것이다. 장마가 져 개울물이 불어나는 것에 대비한 것이다. 그런 논의 넓이는 돌논둑 넓이의 반도 안 되기가 예사인 것이다.

그런 원시적인 노동을 바쳐 다랑이논을 일군 그들은 근근이 목숨줄을 이어갈 수 있었다. 그러나 사람이 살아가노라면 자기 뜻과는 상관없이 엉뚱한 일에 부딪히게도 되었다. 생활의 여유라고는 없는 그런 사람들에게 뜻하지 않은 우환이 닥치는 것이었다. 그것은 대개 식구들 중에 누가 큰 병을 앓게 되는 경우였다. 그렇게 되면 온갖 민간요법을 동원해 치료를 하다가 더는 견딜 수 없게 되면 병원을 찾아나설 수밖에 없었다. 병원에 갈 수 있는 돈은 빚밖에 없었다. 빚은 바깥세상에 나가야 얻을 수 있었다. 그 빚돈은 이자가 높아 양잿물이나 마찬가지였다. 그러나 식구를 죽일 수는 없었다. 다랑이논을 담보로 5부 빚돈을 쓸 수밖에 없었다. 그렇게 빚돈에 손을 대게 되면 다랑이논은 십중팔구 빚쟁이 손으로 넘어갔다. 5부 이자라는 빚구덩이는 호랑이 아가리나 다름없어서 한번 빠지면 벗어날 가망은 아무에게도 없었다. 빼앗긴 논을 소작이라도 부칠 수 있으면 또 모르지만, 그것마저 틀어지고 말면 그 사람은 완전히 절망에 빠지고 말았다. 그런 사람들은 더 이상 다랑이논을 일궈내지 못하고 피아골을 헤매다가 죽어갔다.

피아골— 그 이름이 하필 왜 피아골인지를 아는 사람은 아무도 없었다.

이해룡은 화엄사골과 문수리골을 거쳐 마지막으로 피아골로 파고들었다. 이동병력의 안전대피를 위해 세 골짜기에 분산시키고 있었다. 세 골짜기에 병력을 분산시키는 것으로 전남도당에는 구례군당을 바탕으로 한 지리산지구가 새로 형성되는 것이었다.

이해룡은 유치지구에서 지리산지구로 옮기며 그 직책도 연대장에서 부사령관으로 바뀌었다. 그러나 그는 직위가 올라간 것에 대해서 별다른 기쁨을 느끼지 않고 있었다. 그의 신경은 지리산지구가 만들어지지 않을 수 없는 상황에 집중되어 있었던 것이다. 불갑지구가 일찌감치 소멸되었고, 그 뒤를 따라 노령지구도 차츰 약해지다가 끝내는 소멸상태로 빠져들었다. 그리고 다른 지구들도 해방구를 점차로 잃어가더니만 이젠 해방구를 확보하고 있는 지구가 하나도 없는 형편이 되고 말았다. 그 1년에 걸친 투쟁결과가 지리산지구의 형성으로 나타나고 있었다. 그런 상황변화는 여순투쟁때와 똑같은 과정을 거치고 있었던 것이다. 평지에서 야산으로, 야산에서 좀더 크고 깊은 산으로, 거기서 또 더 크고 깊은 산으로, 그 마지막으로 이르는 산이 지리산이었다. 지리산보다 더 크고 깊은 산은 없었던 것이다. 그때 14연대를 제외한 군당들이 지리산까지 물러서지 않았던 것은 지금처럼 비무장병력이 많지 않았기 때문이었다. 그러나 해방전쟁이 일어나지 않고 갈수록 궁지에 몰리게 되었더라면 결국 군당들도 지리산으로 뒷걸음치지 않을 수 없는 상황이었던 것이다.

"쩌어그 저 아래가 삼홍소구만이라."

구례군당의 선요원이 걸음을 늦추며 아래쪽을 손가락질했다.

"알겠소. 오륙 년 전이나 별로 달라진 게 없는 것 같소."

이해룡은 눈에 익은 삼홍소와 그 언저리를 바라보며 고개를 끄덕였다.

"하먼이라, 산잉께라."

선요원이 가볍게 대꾸하며 이해룡에게 눈길을 돌렸다.

"아마 그런 것 같소."

이해룡은 옛 기억과 함께 물큰 풍겨오는 어떤 냄새를 맡고 있었다. 그 아련한 추억의 냄새 속에는 염상진 선배의 냄새도 섞여 있었다. 적색농민운동 주모자들 검거와 학병을 피해 염상진과 지리산 생활을 하면서 이맘때쯤이면 땅꾼 노릇을 하기에 정신이 없었던 것이다. 뱀잡기는 단순한 재미나 소일거리가 아니었다. 지리산 독사는 정력이나 보신에 더없이 좋은 특효약이라고 옛날부터 소문이 나 있었고, 뱀은 가을뱀이라야 약효가 뛰어나다는 것 또한 널리 퍼져 있는 상식이었다. 그래서 나뭇잎들이 물들기 시작하는 9월부터 된서리가 내리기 직전인 10월 말까지 두 달 동안은 뱀값이 최고로 오르는 철이었다. 그건 자신들이 월동준비를 손쉽게 할 수 있는 좋은 기회가 아닐 수 없었다.

"워째 이러고 서 있소? 질 까묵어뿌렀소?"

하대치가 이해룡의 옆으로 다가서며 물었다.

"아, 하 동무! 이 골짜기가 전부 피아골이오. 다 온 겁니다."

이해룡은 생각에서 깨어나며 하대치를 반갑게 대했다.

"잉, 나도 그럴란지도 몰르겄다 허는 생각이야 있기넌 있었소. 피아골! 참말로 단풍이 오지고 오지요이."

하대치가 두 팔을 활짝 벌리며 숨을 있는껏 들이켰다.

"너무 강행군을 했으니까 잠시 휴식을 취하게 하는 게 좋겠소."

"그리 혀얄 것이요. 비무장덜이야 산 타는 것이 무장덜보담 서툴릉께로."

하대치는 골짜기의 위아래를 휘둘러보며 대꾸했다. 그는 말로만 들어왔던 피아골과 그 이름난 단풍을 함께 눈에 담고 있었다.

"여기 도착하는 부대별로 휴식을 취하게 하도록!"

이해룡은 연락병에게 명령을 내렸다.

"참말로 소문대로 단풍도 기맥히고, 저 바우뎅이덜에 물소리도 기맥히오. 우리도 쩔로 가 자리 잡고 담배나 한 대썩 꼬실립시다."

하대치의 들뜬 듯한 목소리였다.

"경치가 볼만합니까?"

이해룡이 하대치를 보며 웃었다. 그 웃음에 따라 그의 왼쪽볼에 길게 팬 번들번들한 흉터가 이상스러운 모양으로 구겨졌다.

"말해 머 허겄소. 지리산이 요리 끝도 한도 없이 크고, 또 골골이 요리 풍광 기맥힌 것에 맘도 눈도 다 놀래뿌렀소."

하대치는 비탈을 걸어내려가며 고개를 설레설레 젓고 있었다.

"하 동무, 그렇게 놀라고만 갈 것이 아니라 지리산에 온 기념으로 피아골 독사나 몇 마리 잡아먹고 가도록 하시오."

이해룡이 옆에서 걸으며 말했다.

"비암얼!"

하대치가 목청을 높이며 우뚝 멈춰섰다.

"아니, 왜 그리 놀라시오? 뱀고기 못 먹소?"

이해룡이 의아스럽게 하대치를 쳐다보았다.

"와따 고런 징상시런 소리 허덜 마씨요."

하대치가 상을 찡그리며 팔을 내저었다.

"아니 뭐가 징그럽다고 그러는 거요? 뱀이 정력에 좋고 보신에 좋다고 돈 많은 사람들이 일삼아 비싼 돈 써가며 뱀 사들이는 것 몰라서 하는 소리요?"

"아이고메, 고런 놈덜이나 비암 많이 처묵고 색질 씨게 혀감서 오래 살아보라고 허씨요. 나야 싫은께로."

"하 동무, 뱀장어도 안 먹소?"

"뱀장어? ……고것이야 묵제라."

이해룡의 말에 하대치는 잠시 멍한 얼굴이 되었다. 그러나 하대치는 곧 반격을 가했다.

"아니, 이 동무넌 고것이 같다고 말허고 잡은 모냥인디, 고것이야 생판 달브제라. 뱀장어야 물괴기고, 비암이야 즘생이요."

"뱀도 물에서도 살아요. 알도 물에다 낳고 말이지요. 뱀하고 뱀장어는 대가리와 꼬리만 다를 뿐이지 몸뚱이는 다 똑같아요. 뱀이나 뱀장어나 대가리는 안 먹는 거니까, 뱀을 먹으나 뱀장어를 먹으나 똑같다 그겁니다. 이건 내가 지어낸 말이 아니라 염 동지의 말입니다."

"염 동지? ……글먼 염 동지가 비암얼 묵는다 그것이요?"

하대치의 눈이 휘둥그레졌다.

"그럼요, 아주 자알 먹지요. 나도 뱀고기 먹는 걸 염 동지한테 배웠으니까요. 굽지도 않고 생으로 먹는 맛이 아주 그럴듯합니다."

이해룡은 하대치를 빤히 쳐다보며 능청스럽게 웃고 있었다.

"그 점잖은 염 동지가 비암얼 쌩짜로 묵는다고라? 예끼! 그짓말

마씨요. 나가 그리 오래 뫼시고 댕김스롱도 한 분도 비암 잡아묵는 걸 본 일이 없소. 염 동지가 아무리 맘이 넓어도 고런 택없는 소리 들으먼 화낼 것이오."

하대치는 화가 난 듯한 얼굴로 완강하게 말했다.

"허허허허…… 남대문 본 사람하고, 안 본 사람하고 다투면 누가 이기는지 알지요? 오류 년 전에 나하고 이 지리산에서 살 때 살이 통통하게 오른 독사를 100마리, 아니 100마리는 너무 많고, 아마 50마리씩은 넘게 잡아먹었을 것이오. 그게 거짓말인지 참말인지는 지구로 돌아가서 하 동무가 염 동지한테 직접 물어보시오."

이해룡은 느물거리고 웃으며 말했고, 하대치는 무슨 말인가를 하려는 표정이면서도 막상 아무 말도 내놓지 못한 채 걸음만 떼어 놓고 있었다.

그들은 물가에 다다랐다. 해맑은 물줄기가 넓은 폭을 이루며 거침없이 흘러내리고 있었다. 울긋불긋한 나뭇잎들이 그 위에 실려 떠내려가고 있었다. 물 밑에 가라앉아 있는 낙엽들도 많았다. 물이 어찌나 맑은지 개울바닥이 유리병 속처럼 환히 들여다보였다.

"여기 앉읍시다." 이해룡이 먼저 바위에 걸터앉으며, "하 동무, 이건 농담이 아닌데 말이오, 가을뱀은 겨울잠 준비를 하느라고 살도 많이 오르고, 기름도 많이 쪄서 영양이 아주 좋으니까 몇 마리 먹도록 해봐요. 씨름대회에 나가자면 기운을 돋워야 할 게 아니겠소? 기운을 돋우자면 고길 먹어야 하는데, 당장 구하기 쉽고 몸에 좋기로는 뱀밖에 없어요." 그의 얼굴은 이제 사뭇 진지해져 있었다.

"아이고메 고런 말 마씨요. 씨름얼 첫판에 져도 존께 고 징헌 비암언 못 묵겄소."

하대치는 질색을 하며 물가로 다가갔다. 그리고 상체를 기울여 엎드리더니 물을 벌컥벌컥 들이켰다. 목울대 울리는 소리와 물 넘어가는 소리가 시원스러웠다. 그런 하대치를 물끄러미 바라보며, 참 사람이란 알다가도 모를 일이야, 뱀 잡아먹는 것쯤 예사로 할 줄 알았던 저 사람이 그리도 끔찍스러워하다니, 이해룡은 속으로 웃고 있었다.

하대치는 두 가지 일을 해내기 위해 잠시 지리산에 온 것이었다. 비무장들의 이동을 그의 무장부대가 경계하는 것이 첫 번째였고, 10월혁명 기념 씨름대회에 참가하는 것이 두 번째였다. 그러나 하대치로서는 또 하나의 목적을 개인적으로 감추고 있었다. 씨름대회에서 '이현상 선생'을 만나보고자 하는 것이 그것이었다. 그래서 씨름대회에 나가보지 않겠느냐는 권유에 선뜻 응했는지도 몰랐다.

비무장대원들은 계곡의 물가에 차례로 자리를 잡아가고 있었다. 그들은 물가에 앉자마자 하나같이 엉덩이를 하늘로 치켜든 모습들로 물을 마셔대고는 했다. 물을 양껏 마신 다음에야 그들은 사방을 둘러보며 경치의 아름다움에 서로 감탄을 나누었다.

"워따, 간뎅이가 얼어붙을라고 허네웨." 물을 다 마신 하대치가 몸을 일으키며 입술을 훔치고는, "저 씨언헌 물에다가 무등산수박 한 뎅이럴 푹 잠겄다가 쪼개묵으면 신선이 따로 없겄다." 그는 짭짭 입맛을 다시며 담배쌈지를 꺼냈다. 보통 수박보다 두 배 이상 크면서, 산중에서 늦되는 무등산수박이 한창 제맛이 날 때이기도 했던 것이다.

"허, 빨치산 팔자에 어울리지 않는 소리 그만하시오. 빨치산 팔자에 어울리는 건 독이 탱탱하게 오른 뱀이나 잡아먹는 것뿐이오."

이해룡이 담배연기를 내뿜으며 하대치를 옆눈질하고 있었다.

"이 동무가 그리 비암 잡아묵는 타령 허다가는 오늘 저녁에 자다가 장개도 못 간 잠지럴 다 물어띁길 것이오."

하대치가 담배를 말며 퉁명스레 내쏜 말이었다.

"하하하하…… 하 동무가 왜 뱀을 안 먹으려고 하는지 인자 알았소. 뱀을 죽이면 그 짝이 밤에 찾아와서 잠지를 물어 복수하고, 뱀을 꼬리까지 다 안 죽이면 밤중에 이슬을 맞고 되살아나 꼭 복수를 하고 만다는 어릴 적에 들은 얘기 때문이군요. 유물론자가 그런 미신을 믿으면 좀 곤란하지 않겠소? 빨치산한테 뱀은 뭔가 하면 말이요, 한끼 밥이고, 양식이오."

하대치는 이해룡의 탄력이 넘치는 말을 못 들은 척 담배만 빨아대고 있었다. 그런 하대치를 보고 이해룡은 짓궂게 웃으며 다시 입을 열었다.

"하 동무, 기다리시오. 이따가 내가 몇 마리 잡아다가 맛을 뵈드릴 테니까. 생으로 먹는 게 징그러우면 구워서 먹는 방법도 있소. 구워서 먹으면 기름이 지글지글한 게 그 구수한 맛이 뱀장어 뺨칩니다."

"아이고메, 나 싸게 지리산 떠야 쓰겄소."

얼굴을 찡그린 하대치가 몸을 벌떡 일으켰다.

이해룡도 빙긋 웃으며 자리에서 일어섰다. 그리고 그는 왼쪽 옆구리의 혁대 사이에 찔러넣고 있던 막대기를 뽑아 손바닥을 딱·딱·딱 때렸다. 그 소리는 유난히 맑고 카랑하게 울려퍼졌다. 어디에 있었던지 연락병이 그의 앞에 금방 나타났다.

"대대장과 중대장들 곧 집합시키도록!"

이해룡은 또 막대기로 손바닥을 딱 치며 명령했다.

"야아, 댕게오겄구만요."

거수경례를 붙인 연락병이 황급히 돌아섰다.

이해룡이 들고 있는 것은 그냥 막대기가 아니었다. 팔길이 반만한 그것은 대나무를 가늘게 잘라서 서로 맞대어, 손가락 세 개 정도를 합한 넓이가 되도록 삼끈으로 엮어 묶은 죽도였다. 검도 솜씨가 남다른 그가 총만큼 소중하게 여기며 몸에서 떼지 않는 물건이었다. 그것의 쓰임새는 다양했다. 호신용 무기였고, 지휘봉이었고, 작전지시기였으며, 연락병 호출기였다.

연락병의 전갈을 받은 간부들이 서둘러 모여들었다.

"동지 여러분, 우리는 목적지 피아골에 도착했습니다. 부대를 인솔하느라고 여러분들 수고가 많았습니다. 오늘은 강행군을 한 데다가 시간도 늦었으니 트는 내일부터 만들기로 하겠습니다. 지금부터 부대별로 저녁밥을 하는 동시에 야영하기 적당한 장소들을 찾도록 하시오. 또한, 아직 별 위험은 없습니다만, 만일의 경우에 대비해서 무장대가 보초를 철저히 서도록 해주시오. 이상입니다."

이해룡이 하대치와 농담 반, 진담 반 할 때와는 전혀 다른 모습으로 지시를 내리고 있었다. 그의 냉엄한 얼굴에는 상급지휘관다운 무게와 여유가 실려 있었다. 하대치는 그런 이해룡의 모습을 물끄러미 바라보며, 저 사람도 인자 염 동지허고 어슷비슷허니 되얐구만 하는 생각을 또 하고 있었다. 하대치는 이번에 그가 부대를 지휘하고 인솔하는 걸 옆에서 지켜보면서 그런 생각을 몇 번이고 했던 것이다. 그럴 때면 그의 왼쪽 볼을 길게 찢고 있는 흉터도 꼭 흉하게만 보이는 것이 아니었다. 그의 말마따나 그것은 '인민의 훈장'이고 '빨치산의 훈장'으로 당당하고 값지게 보이기도 했다.

지시를 받은 간부들이 흩어져가고 있었다. 그들 속에는 하대치를 따라온 강동기와 천점바구도 끼여 있었다.

"여그가 산 높기로 치자면 워디쯤이요?"

하대치가 골짜기를 둘러보며 이해룡에게 물었다.

"이 피아골이 50리라고 하는데, 그러니까 중간쯤 되겠소."

"글먼 우선에 안전허기넌 허겄는디……."

하대치는 말끝을 흐리며 고개를 보일 듯 말 듯 저었다.

"왜 그러시오?"

이해룡은 신경에 자극을 느끼며 빠르게 물었다.

"금메라…… 머시라 혀얄랑가." 하대치는 난색을 표하며 느리게 바위에 앉더니, "지리산얼 와서 봉께 들든 것보담 훨씬 크담허고 짚은 산언 산이요. 긍께로 묵자 것만 있다면 피허기도 좋고, 신선놀음도 좋겄는디, 묵자 것이 없어갖고야 요것도 저것도 낭패가 아니겄냐 허는 생각이 드요. 산이 높아논께 폴세 요리 단풍이 왁짜

허게 들어뿔고, 이리 가자면 삼동도 금세 닥칠 것인디, 삼동 나자면 옷이고 양석이 문젠디다가, 이리 짚이 들어앉자면 보투도 을매나 심이 들겄소." 그의 말이 걱정스러웠다.

"예, 도당에서도 그 문제를 제일 걱정했소. 그러나 토벌대들의 수가 자꾸만 늘어나면서 공격도 치열해지니까 우선 피할 수밖에 없는 일 아니겠소. 구례군당과 힘을 합쳐 무슨 수를 쓰든지 이번 겨울을 넘기는 것이 우리 지구가 할 일이요. 어떡하든 겨울만 넘기고 나면 다시 도당으로 돌아가게 되니까요."

"하먼이라. 우리 헹펜이 좋아져서 지리산얼 싸게 벗어나게 되야겄제라이. 어런덜이 허는 말로 지리산언 명산임스로도 악산이라는 말이 안 있습디여? 귀경허기로넌 명산이라도, 반란 일으킨 백성들헌테는 악산이라는 말이제라. 옛적부텀 들판에서 들고일어난 백성들은 산으로 피해감스로 싸우고 싸우다가 지리산으로 몰리면 종당에넌 끝장나뿌렀다는 것인디, 우리야 싹 다 지리산으로 쫓기는 것이 아니고 비무장만 임시변통으로 뒤로 빼는 것잉게 달브기야 허제만, 그려도 지리산으로 뒤뺀다고 헐 적에 맘이 껄쩍지근혔고, 이리 와서 봉게로 맘이 쌔코롬해짐스로 탁 까라지는 것이, 자꼬 어런덜 말이 되씹히고 그려요."

"나도 그런 말을 들은 기억이 납니다. 사실 지리산은 본격적인 투쟁지가 아니라 투쟁의 마지막 장소일 뿐입니다. 지리산으로 들어오면 더 이상 갈 곳이 없거든요. 길목길목을 다 막아버리면 꼼짝을 할 수가 없게 됩니다. 싸워서 죽지 않으면 긴 겨울에 굶어서 죽을 수밖에 없지요. 그래서 안 동무와 우리가 함께 만난 첫날 내가 그 점을 걱정한 겁니다. 어쨌든 해동하면 바로 벗어나야지요. 본격적인 투쟁은 언제나 인민의 옆에서 해야 됩니다."

"근디 말이요, 우리가 이동허는 것을 적덜이 다 알았는디, 고것은 워찌 될 것 겉으요?"

아무리 유인작전을 써가며 야간이동을 했다고 해도 이쪽의 수가 워낙 많아서 적들의 눈을 말끔하게 속일 수가 없었다. 적들의 대항이 의외로 약했던 것도 그 많은 수에 기가 질린 탓이라고 보아야 했다. 적들은 어둠 속에서 이쪽의 무장과 비무장을 구분할 리 없었던 것이다. 하대치는 이동을 완전하게 감추지 못한 것이 아무래도 께름칙하게 걸려 있었다.

"글쎄요…… 그건 어쩔 수 없는 일이었는데, 당장 뭐라고 할 수가 없군요. 토벌대들도 병력에 한계가 있으니까 당분간이야 별문제가 없지 않을까 싶은데요. 각 지구들이 맹렬하게 투쟁을 계속하고 있는 이상 이쪽으로 병력을 투입할 수는 없는 일이니까요. 만약 그렇게만 해준다면 말이지요, 우리로선 그보다 더 좋은 일이 없겠지요. 우린 여기 이 넓은 지리산을 골짝골짝 피해다니며 싸우고, 그러는 동안에 각 지구들은 빼앗긴 해방구를 되찾고 말이오. 허나, 적들도 그리 미련하지는 않겠지요."

이해룡의 말에는 풀기가 없었다.

"여그 지리산에넌 우리 도당만 들어온 것이 아니라는디, 그 수럴 다 합치면 을매나 되겠소?"

"글쎄요…… 남부군 사령부 병력이야 삼사백일 뿐이고, 전남·북 도당에다가 경남도당까지 합하면 한 삼사천 정도 되지 않을까 싶은데요. 염 동지 말로는 우리 도당과 경남도당이 8할쯤 될 거라고 했소. 어쨌거나 지금으로선 최선의 조처를 취한 거니까 좀더 두고 봅시다. 나 보투 나갈 참인데 하 동무도 같이 갑시다."

이해룡이 밝은 얼굴로 몸 가볍게 일어났다.

"보투요?"

하대치가 의아스런 표정을 지으며 엉거주춤 몸을 일으켰다.

"뱀 잡으러 가잔 말이오."

"와따 참말로 그놈에 비암 이약 찔기기도 허요. 혼자 가서 배 터지게 잡아묵고 오씨요."

하대치가 벌컥 화를 내듯이 했다.

"호호호호……."

이해룡은 어깨를 들먹거리고 웃으며 돌아섰다.

하대치는 사방을 둘러보았다. 부대별로 무리를 이룬 사람들이 여기저기서 불을 피우고, 물가에서 무엇을 씻기에 바쁜 사람들도 있었다. 온갖 색깔의 단풍들이 곱고, 맑은 물소리 요란한 골짜기에는 해거름의 스산한 기운이 감돌고 있었다. 거기에 연기냄새까지 퍼지고 있어서 하대치는 갑작스럽게 솟기는 시장기를 느꼈다. 이해룡은 어디로 가버렸는지 보이지 않았다. 정말 뱀을 잡으러 간 것인지 어쩐 것인지 알 수가 없었다. 그는 생으로 뱀을 먹는 염상진을 상상할 수가 없었고, 그 생각을 하면 속이 메슥거려지려고 했다. 그러나 염상진이 뱀고기를 먹을 리가 없다고 자신 있게 부정할 수도 없었다. 보기에 징그러울 뿐이지 뱀도 고기는 고기였고, 염 대장은 필요하다고 생각하면 얼마든지 뱀을 먹을 수 있는 사람이라 싶었던 것이다. 느닷없는 뱀먹기타령을 듣게 되자 그는 까마득한 옛 기억을 떠올리게 되었다. 여섯 살인가 일곱 살 때 논가 풀섶에서 개구리를 잡다가 뱀에게 오른쪽 다리를 감겨 까무라친 일이 있었다. 그때 얼마나 놀랐던지 그 뒤로도 뱀만 보면 질겁을 하고 도망쳤고, 아이들이 떼몰려 돌질로 뱀을 토막쳐서 죽이는 일에도 끼지 않았다. 뱀에게 다리만이 아니라 목까지 감기는 꿈에서 겨우 벗어나게 된 것도 불두덩에 거웃이 날 무렵이었다. 물뱀에게 물렸으니까 괜찮았지 산에서 사는 독사에게 물렸더라면 영락없이 죽었을 것이라는 말은 그보다 훨씬 뒤에까지 잊혀지지 않았던 것이다.

하대치는 손바가지로 물을 몇 모금 마시고 자기 부대를 찾아나섰다. 여기저기서 아무 거리낌 없이 연기를 피워대고 있는 것에서 지리산 깊이 들어와 있다는 것을 새삼스럽게 실감할 수 있었다. 그는 싸아한 연기냄새를 맡으며, 지리산에 소나무가 별로 없다는 것을 다시 확인하고 있었다. 잎 넓은 나무들이 많았고, 바늘잎을 가진 것으로는 소나무보다 잣나무가 더 많았다. 산에 소나무가 적으면 그는 이상하게도 허전함과 생소함을 느꼈다. 그가 조계산을 별로 좋아하지 않는 것도 그 산이 온통 참나무로 뒤덮여 있는 탓이었다.

"대장님, 여그구만이라 여그!"

하대치는 귀에 익은 소리가 들리는 쪽으로 고개를 돌렸다. 강동기가 손을 흔들고 있었다. 그는 손을 맞흔들며 그쪽으로 걸어갔다.

"밥은 워찌 되야가요?"

하대치는 친근한 눈길로 대원들을 둘러보며 웃음 지었다. 대원들도 스스럼없이 마주 웃으며 자리를 조금씩 비켜앉았다.

"인자 끓을라고 허능마요."

강동기가 손짓으로 자리를 권하며 대답했다.

"천 동무는 워디 있소?"

하대치는 강동기 옆에 앉으며 물었다.

"바로 쩌그 바위 옆에 자리 잡았구만요."

"좀 불러왔으먼 좋겄소."

"그러제라."

강동기가 연락병을 띄웠다.

"강 동무도 지리산이 첨이요?"

하대치가 쌈지를 꺼내며 물었다.

"그렁마요."

"기분이 으쩌요?"

"금메요, 워디가 워딘지 정신이 하나또 없구만이라."

그때 천점바구가 나타났다.

"대장님, 여그서 진지 잡수실라고라?"

천점바구가 대뜸 물은 말이었다.

"그러시기로 혔소."

강동기가 능청스럽게 대꾸했다.

"그래뿔면 영 섭헌디요. 빈말로라도 의논이 있었어야제."

천점바구는 서운한 기색을 보였다.

"천 동무, 앉으씨요. 강 동무가 맥엄씨 허는 소리요."

하대치가 손짓을 했다.

"힝! 나가 또 강 동무 싱건 소리에 넘어갔구만이라."

천점바구가 멋쩍게 웃으며 하대치 옆에 앉았다.

"긍께로 머시냐, 오늘로 우리 부대가 맡은 임무넌 다 끝낸 심이요. 오늘 밤에 대원덜 푹 쉬게 혀서 낼 아척에 여그럴 뜰 참이요. 남치기 일언 씨름대회럴 보고, 지구로 무사허니 돌아가는 일잉께 끝꺼정 대원덜 단도리 잘 혀얄 것이요."

"야아."

"알겄구만이라."

천점바구와 강동기가 함께 대답했다. 하대치는 담배말이에 침을 흠뻑 바르고 있었다.

"씨름 연습은 많이 허셨는게라?"

강동기가 하대치에게 넌지시 물었다.

"연십얼 따로 헐 새가 워디 있소. 그냥 옛날 맘으로 샅바 잡고 한바탕 놀아보는 것이제."

하대치는 연기를 내뿜으며 씽긋 웃었다.

"근디, 장사헌테 황소럴 상으로 준다는 말이 있등마, 고것이 참말일께라?"

천점바구가 하대치를 쳐다보았다.

"아매 헛말은 아닐 성불르요. 본시 씨름판이야 소가 상금으로 안 내걸리먼 신바람이 안 일어나는 법잉께."

"글먼 대장님이 그 소럴 쌈빡허니 따내뿌러요. 그놈얼 턱허니 몰고 지구로 돌아가먼 대원들이 겁나게 반가워라 헐 것인디요이."

천점바구는 눈을 빛내며 들뜬 목소리로 말했다.

"맘이야 그러고도 잡은디, 고것이 에로운 일일 것이요. 빨치산 환갑이 시물다섯이라먼 씨름꾼 환갑이야 그보담 더 밑인께로. 나가 나이 쉰다다가 키할라 요리 쪼깐허니 크다가 말어뿌렀으니 소 탈 욕심이야 진작에 털어뿌는 것이 안 좋겄소? 같은 동지찌리 부자지럴 걷어차서 이길 수도 없는 일이고."

하대치는 쿡쿡거리며 혼자 웃고 있었다. 그 옛날, 황소를 눈앞에 둔 결승전에서 연 3년째 맞붙은 상대방을 도저히 이길 수가 없어서 부자지를 걷어차 쓰러뜨리는 오기를 부렸던 일이 선하게 떠오르고 있었던 것이다.

"연대장 동지, 부사령 동지께서 찾으싱마요."

이해룡의 연락병이 하대치 앞에 거수경례를 붙었다.

"이 동지가!" 하대치의 얼굴이 갑자기 구겨지면서, "비암 몇 마리나 잡아왔는지 봤소?" 화를 내는 것처럼 소리 질렀다.

"비암은 무슨 비암이요? 무신 말인지 몰르겄는디라."

연락병은 어리둥절해했다.

"아, 부사령 동지가 비암얼 묵겄다고 잡으로 갔다 그것이요."

"아닌디요. 손에 긴 작대기럴 들기넌 들었는디, 비암은 없드만이라."

"고것 참말이여? 동무가 잘못 본 것 아니고?"

하대치의 얼굴은 반색을 했고 목소리는 밝아졌다.

"지가 똑똑허니 봤는디, 틀림없이 빈손이었당께라."

연락병의 자신 있는 말이었다.

"되얐소, 갑시다."

하대치는 활기차게 일어섰다.

역시 연락병의 말은 맞았다. 이해룡은 끝이 ㅅ자로 갈라진 긴 나뭇가지로 땅을 푹푹 질러대며 짜증스럽게 말했다.

"이렇게 많은 사람들이 몰려들어 담배 피워대고, 사람냄새 풍겨대고 하니까 뱀들이 다 도망가고 숨어버린 것이요. 이거 참, 지리산 온 기념으로 몇 마리 잡아 구울려고 했었는데."

이해룡은 짭짭 입맛을 다셨다.

"아조 꼬시게 자알 된 일이요. 흐흐흐흐……."

이제 하대치가 아까의 이해룡 닮은 웃음을 어깨 들먹거리며 웃어대고 있었다.

"하 동무 심뽀 참 고약하오. 씨름대회 나가서 이기라고 기운 돋워주려는 동지애도 모르고 그리 좋아하다니."

이해룡이 섭섭한 척하며 나뭇가지를 반으로 부러뜨렸다.

"아이고메 아즘찮이요. 그 맘이 고마워서 나가 꼭 소럴 타갖고 이 동무 보신허게 소봉알얼 보내겠소."

하대치는 시원하게 말하고 나서 한참이나 껄껄거리고 웃었다.

"아이고 고맙소. 밥이나 먹읍시다."

이해룡이 털퍽 주저앉았다.

물소리가 되울림하는 긴 골짜기에는 안개발이 퍼지듯 어둠살이 끼어오고 있었다. 어둠살을 타고 선뜩거리는 바람결도 일어나고 있었다. 높고 깊은 지리산 골짜기에는 벌써 겨울기운이 서려들고 있었던 것이다.

저녁밥을 마치자 이해룡은 다시 간부들을 집합시켰다.

"모닥불을 피우고 중대별로 한 시간 정도씩 오락회를 실시하도록 하시오. 여기 온 대원들은 오늘 밤이 지리산의 첫날밤이나 마찬가지요. 밤에 불을 못 피운 지도 오래됐으니까 맘껏 모닥불을 피우고 오락회를 즐기도록 하시오. 학습은 내일 낮에 하도록 합시다."

이해룡의 이런 지시에 하대치는 순간적으로 염려를 느꼈다. 그러나 곧 염려를 털어버렸다. 부대의 지휘책임자는 이해룡이었고, 여기는 지리산이었던 것이다. 오락회도 투쟁의 하나인 한, 장소가 바뀌었으면 그 장소에 어울리게 오락회를 벌이는 것이 옳은 일이었다. 아직은 토벌대의 위험이 전혀 없는 지리산에서 맘껏 모닥불을 피워올리고 오락회 하는 것은 그동안 억눌려왔던 감정을 풀고, 앞으로의 사기를 높이는 데 더없이 효과적인 일이었다. 그러나 아무리 적의 위협이 없다고 해도 그런 결정을 척척 내리는 이해룡의 과감성을 보며 하대치는 또 그의 변모를 느끼고 있었다.

어둠이 가득 찬 골짜기의 사방에서 모닥불이 피어오르기 시작했다. 그 너훌거리는 불길들이 어둠을 사르며 둘러앉은 사람들의 얼굴, 얼굴을 붉게 드러내고 있었다. 어둠 속 여기저기에서는 수십 개의 불꽃들이 싱싱하게 피어났다. 그리고 다투듯이 박수소리들이 울리고, 노랫소리가 흐르고, 웃음소리들이 퍼지기 시작했다. 그 소리들은 물소리와 함께 섞여 밤계곡을 한층 요란하게 흔들어대고 있었다.

하대치는 어둠 속에 묻혀 담배를 피우며 그 모습들을 말없이 지켜보고 있었다. 그는 뿌듯하게 솟기는 힘을 느끼기도 했고, 어딘가 빈 듯한 허전함을 느끼기도 했다. 저리 심 뻗치는 대원들 손에 각단지게 총이 들렸드람사 을매나 좋을 것이여. 그리 되얐으먼 여그꺼정 뒷걸음질 안 쳤을 것인디. 참말로 목심 내걸고 싸우것다고 나슨 사람덜헌테 총이 없는 것맹키로 환장헐 일이 또 있으까! 허나 워쩔 것이여, 빨치산인디. 싸와감스로 무장혀야제. 워쨌그나 오랜만에 모닥불덜 푸지게 피우고 아무 눈치 볼 것 없이 오락회럴 헌께로 좋구만. 요것도 다 지리산이 보듬아준 덕이제. 근디 원제꺼정 보듬기고 있어야 헐랑가 몰르겄네. 이해룡이 말대로 해동이 됨스로는 참말로 일이 풀렸으면 쓰겄는디……. 하대치는 마음 무거움을 떼치지 못한 채 가는 한숨을 내쉬었다.

모닥불들의 불길은 한층 기세 좋게 일렁이고 너훌거렸으며, 모닥불을 에워싼 사람들의 얼굴은 더욱 붉게 물들어가면서 오락회의 흥은 고조되어 가고 있었다.

하대치는 다음날 아침 일찍 부대를 집합시켰다. 그리고 달궁골을 향해 피아골을 출발했다.

"이 동무, 해동되면 만냅시다이!"

하대치가 이해룡의 손을 굳게 잡았다.

"그럽시다. 씨름에 꼭 이기도록 하시오. 여기서 이기면 지리산 장사요."

이해룡도 하대치의 손을 굳게 맞잡았다. 이 말을 나누고 두 사람의 입은 다물렸다. 그들은 서로를 맞쳐다보다가 손을 놓았다. 그리고 하대치는 돌아섰다. 그의 눈 언저리가 순간적으로 파르르 떨렸다. 이해룡의 눈가에도 경련이 스치고 지나갔다.

선요원을 앞세운 하대치의 부대는 바위투성이인 험한 피아골을 치올라 임걸령에 이르기까지 한 번도 쉬지 않았다. 임걸령 샘터에서 목을 축이고, 담배 한 대씩을 말아피운 그들은 곧장 심원계곡을 타고 내렸다. 내리막길 심원골은 피아골에 비하면 너무 심심할 정도로 험한 데라고는 없었다. 피아골이 남성적이라면 심원골은 여성적이었다. 같은 산이면서도 등성이를 가운데 두고 그리도 다른 모습이었던 것이다. 심원골의 단풍들도 피아골에 못지않게 고왔고, 샛가지 많은 깊은 골짜기의 경치는 신비스럽기 그지없었다.

심원골 용소에서 주먹밥으로 점심을 먹은 그들이 달궁골로 접어들어 돌고개를 지나 달궁에 도착한 것은 오후 3시경이었다. 보통사람들로서는 상상도 할 수 없는 일로, 세 배 정도의 빠르기였다. 그러나 선요원은 그 빠르기마저도 불만스러워했다.

달궁을 처음 본 하대치와 그의 대원들은 모두 놀라고 말았다. 골짜기가 갑자기 확 트여 넓어지면서 눈앞에는 평평한 풀밭이 펼쳐져 있었던 것이다. 지리산에 들어와 사흘 동안 줄기차게 골짜기들만 넘나들고 오르내리면서 그런 곳을 본 일은 없었던 것이다. 그 운동장처럼 넓은 풀밭에는 광목천막 대여섯 개가 나란히 쳐져 있었다. 맑게 흘러가는 물과 넓은 풀밭과 울긋불긋 물든 숲과 나란히 쳐진 천막들— 그건 그지없이 평화로운 별천지의 풍경이었다.

"옛날 옛적에 여그에 궁궐이 있어서 달궁이라고 헌답니다. 긍께 저 풀밭이 궁궐터였을 것이오. 쩌그 쳐져 있는 천막은 남부군 사령부 기동부대 것이오."

선요원의 설명이었다.

"허먼, 이현상 선생님이 쩌그 기신단 말이제라?"

하대치의 긴장된 목소리였다.

"하먼이라. 나가 도착보고럴 허고 올 것잉께 쉬고 있으씨요."

선요원이 다람쥐처럼 재빠른 동작으로 돌들을 타고 개울물을 건너갔다.

하대치는 그때서야 골짜기의 이곳저곳에 모둠모둠 자리 잡고 있는 사람들을 발견했다. 그들이 씨름대회에 참가하러 온 다른 도당의 대원들이겠거니 하고 그는 생각했다. 하대치는 아랫배에서 뻗질러오르는 힘을 느끼며 부하들에게 말했다.

"동무덜, 편허게 앉어 쉬씨요."

하대치는 바위에 걸터앉으며 어제와는 달리 황소를 한번 타볼까 하는 욕심이 슬그머니 동하는 것을 느끼고 있었다. 그 욕심에 따라 그는 몸의 이 부분, 저 부분으로 힘이 몰려다니는 것도 느끼고 있었다. 업어치기·허리치기·옆물리기·들어치기·다리치기·밀어치기·당겨치기·꼬아치기…… 씨름기술이 빠르게 떠오를 때마다 몸의 부분부분이 꿈틀꿈틀하고 있었다.

"맘에 드는 디럴 골라 하로밤 편안허니 쉬랑마요. 보초야 사령부 기동대가 다 알어서 헌다고라."

선요원의 전갈이었다.

"이, 손님대접 지대로 허는구마." 하대치는 흐뭇하게 웃고는, "우리 구례군당이 도착혔는가 몰르겄소?" 그는 선요원에게 좀 알아보라는 의사를 표시했다.

"으쩌제라? 지가 시방 딴 일얼 명령받었는디라."

"되얐소, 나가 알어서 허겄소. 우리 여그꺼정 딜꼬 오니라고 동무 수고가 많었소."

하대치는 선요원의 어깨를 두들겨주었다.

"수고넌 무신 수고라. 당연허니 허얄 일인디요. 편허게 쉬시씨요들."

선요원이 흡족해하며 다시 개울을 건너갔다.

"와따 빨치산 오래 허다 봉께 보초 안 스고 자보는 밤도 생기네이."

"그런 맛도 있어야 기분나제."

"하먼, 오늘 저녁이 우리덜 생일잔치시."

대원들이 좋아하는 것을 보며 하대치는 빙긋이 웃고 있었다.

부하들을 쉬게 한 하대치는 연락병을 데리고 직접 넓은 골짜기 여기저기를 돌아보았다. 그러나 구례군당은 아직 도착하지 않은 상태였다. 하대치는 구례군당과 함께 오기로 되어 있는 김범준 소장을 기다리는 것이었다. 염상진은 그분을 지리산까지 무사하게 모시라고 특별히 다짐했던 것이다.

하대치는 바위 위에 앉아 담배만 연거푸 말아 피우며 사방을 두리번거리고 있었다. 그는 이번에 김범준이란 사람을 며칠 동안 가까이에서 대하며 염상진이 그 사람을 왜 그리도 대단하게 생각하는지 대충이나마 깨닫게 되었다. 그는 잔잔한 웃음이 감도는 얼굴로 하루 종일 가야 말 한마디가 없었고, 어쩌다가 아랫사람들이 작전에 대한 것을 물으면 한동안 생각하다가 고개를 끄덕이거나 저었다. 고개를 저을 때는 마지못한 듯 입을 열었는데, 그때도 하는 말은 짤막했다. 그런데 그 작전지시가 빈틈없이 들어맞고는 했다. 그리고 나이가 많은데도 젊은 대원들과 똑같은 속도로 걷는가 하면, 대원들보다 쌀이 좀더 많이 놓인 밥을 한사코 먹지 않았다. 웃음기 감도는 얼굴에 비해 눈은 이상하게 매웠는데, 그 눈이 세상의 모든 일을 다 알고 있는 것만 같았다. 날이 갈수록 그의 앞에 서는 것이 어려워지면서도 마음은 끌리고 있었다. "다 오랜 투쟁경력이 저런 인품을 만들어내는 거요." 그분을 모시게 된 것을 기뻐하며 이해룡이 한 말이었다. 그분은 지리산지구사령관을 옆에서 돕는다고 했다. 차마 지구사령관을 맡길 수가 없어서 그리 된 것이고, 사령관의 '옆'에 있는 것이 아니고 '위'에 있다는 것을 하대치는 나름대로 판단하고 있었다.

구례군당은 두 시간 남짓 지나 도착했다. 하대치는 허겁지겁 그쪽으로 뛰어갔다.

"장군 동지, 인자 오신게라. 피아골꺼정 무사허니 이동허고, 지

부대넌 쪼깐 아까 여그 도착혔구만요."

하대치는 거수경례를 붙인 채 보고했다.

"아 하 동지, 수고하셨소."

김범준이 따스하게 웃으며 경례를 받았다.

"인자 푹 쉬씨요, 하 동무."

김범준의 옆에 선 지구사령관이 반가운 얼굴로 말했다. 그리고 그들 두 사람은 대원 하나를 앞장세워 개울물을 건너갔다. 그들이 가고 있는 방향은 천막 쪽이었다.

앞장선 선요원이 가운데 어느 천막 앞에서 걸음을 멈추었다.

"김 장군 동지허고 지구사령 동지께서 오셨구만요."

선요원이 보초에게 말했다. 보초가 문득 긴장한 얼굴이 되더니 재빨리 천막 안으로 들어갔다. 그리고 곧 되돌아나와 천막깃을 들 춰올린 채 말했다.

"안으로 드십시오."

키가 큰 김범준은 고개를 약간 구부리며 천막 안으로 들어갔다.

"김 장군 동지, 어서 오십시오. 기다리고 있었습니다."

굵으면서 부드러운 목소리가 김범준을 맞이했다. 김범준은 손을 내미는 오십객의 남자가 이현상이라는 것을 금방 알아보았다.

"처음 뵙겠습니다. 김범준이라고 합니다."

김범준은 상대방의 손을 잡으며 나직하게 말했다.

"인사드립니다. 이현상이라고 합니다."

두 사람은 손을 맞잡은 채 서로를 바라보고 있었다. 보통키의 이현상은 약간 올려다보는 눈길이었고, 키가 큰 김범준은 약간 내려다보는 눈길이었다. 두 사람은 웃음 띤 얼굴로 한동안 그렇게 서 있기만 했다. 그들 사이에는 초면 같지 않은 어떤 친숙함과 반가움이 오가고 있었다.

"저쪽으로 앉으시지요."

이현상이 먼저 입을 열었다.

김범준은 뒤에 서 있는 지구사령관을 인사시켰다. 이현상은 지구사령관을 반갑게 맞이했다. 그들이 인사를 나누는 사이에 김범준은 이현상을 한눈으로 살피고 있었다. 강건하게 다져진 체격에 기름한 얼굴은 중후하고 수려했다. 콧마루가 긴 높으담한 코가 어떤 품위를 지녔으면서도 남자다운 의지를 드러내고 있었고, 유난히 맑은 눈은 부드러운 것 같으면서도 예리한 빛을 품고 있었고, 귓밥이 많은 큰 귀는 복스러우면서도 인정이 많아 보였다. 그리고 가무잡잡한 얼굴에 잡히고 있는 몇몇 개의 주름살들은 평생을 혁명의 길로 살아온 고난과 경륜을 담고 있었다. 그 전체적인 모습이 그 유명한 혁명가 이현상과 잘 조화를 이루고 있음을 김범준은 느끼고 있었다. 이현상은 빨치산답게 미군장교복 차림이었다. 혁대까지도 미군용이었다.

"김 동지의 경력은 대강 전해듣고 있습니다. 중국땅에서 고생 많이 하셨습니다."

자리를 잡은 이현상이 나지막하면서도 느릿한 어조로 말했다.

"저야 뭐…… 적진 속에서 싸우시느라고 이 선생께서 고난 많이 겪으셨지요."

"아닙니다, 숨어 사느라고 변변히 투쟁해 본 적이 없어 그저 부끄러울 따름입니다. 그리고 저를 그냥 동지라고 불러주십시오."

이현상은 아까와는 다른 세심한 눈길로 김범준의 면모를 살펴보고 있었다.

"겸양의 말씀이십니다. 퇴로를 두고 적과 싸우는 것하고, 퇴로도 없이 적진 속에서 싸우는 것하고, 그 어려움은 비교가 될 수 없는 문제겠지요. 그건 성과로만 따질 성질의 문제가 아닐 것입니다."

김범준의 신중한 말이었다.

"예에…… 그런데 그게……."

이현상의 미간이 좁혀들며 눈에 힘이 모아지는 듯싶었다. 그러나 그의 말은 더 계속되지 않았다. 그리고 그의 입은 점점 굳게 닫혀지고 있었다. 김범준은 잔뜩 힘이 뭉쳐진 그의 입을 보면서 그가 무슨 속말을 되넘기고 있다는 것을 여실하게 느끼고 있었다.

"담배…… 태우십니까?"

이현상이 기분을 바꾸듯이 담뱃갑을 내밀었다.

"예, 고맙습니다."

김범준은 이현상이 되넘긴 말이 무엇일까를 생각하며 담배를 빼들었다. 그런데 이현상이 기름한 가죽쌈지에서 빼든 것은 파이프였다. 그는 그것을 아주 자연스럽게 입에 물었다. 의외라는 느낌은 들었지만 그의 준수하고 중후한 면모에 파이프가 잘 어울린다고 김범준은 생각했다.

"파이프가 아주 잘 어울리십니다."

"아닙니다. 뭐 멋을 부리자는 게 아니라 매번 말아 피우는 것이 번거롭고, 불빛도 막을 수 있고 해서 어쩌다 손에 들어온 것을 이용하고 있을 뿐입니다."

멋은 부수적인 것일 뿐인 셈이었다. 김범준은 그 세밀한 철저성에서 오랜 지하투쟁자의 일면을 보고 있었다.

두 사람은 더 말이 없이 담배만 피우고 있었다.

김범준은 조선공산당의 커다란 두 갈래인 남로당과 북로당, 그리고 거기에 연결된 국내파와 국외파에 대해 생각하고 있었다. 이현상이 되넘긴 말은 그 당의 구조와 직결되는 것임을 짐작하기는 어렵지 않았다. 그것에 관한 발언은 곧 정치적인 것이었고, 그래서 무슨 말을 함부로 할 수 없는 것이기도 했다. 김범준은 혁명과 정치의 그 복잡한 이질성을 오래 생각하고 싶지 않았다. 지금은 오로지 혁명전쟁의 시기라는 것만을 생각하고자 했다.

10월혁명 기념 씨름대회날은 더없이 쾌청했다. 10월의 청명한 햇살이 달궁에 가득 퍼지면서 기념식이 시작되었다. 남부군 사령부 병력과 전남·북, 경남도당의 대원들까지 합해 600여 명이 넓은 풀밭에 도열했다. 10월혁명을 성취한 볼셰비키의 위대한 정신을 이어받아 해방투쟁을 더욱 가열하게 전개해 나가자는 내용으로 이현상이 짤막하게 연설을 했다. 그리고 곧이어 씨름대회로 들어갔다.

맑은 날씨에 산들산들한 바람은 씨름판을 벌이기에 안성맞춤이었다. 가지가지 색깔로 물든 나무숲은 국민학교 운동회날 펄럭이는 만국기들과 다름이 없었고, 누릿누릿 변한 풀밭은 모래밭보다 더 좋은 씨름판이었다. 그리고 풀밭 가장자리에 매어진 황소가 씨름대회의 기분을 한껏 돋워올리고 있었다.

도당별로 뽑힌 선수들이 웃통을 벗어젖히고 씨름판으로 나섰다. 씨름도 붙기 전에 각 도당의 대원들이 와아, 와아 소리 지르며 응원을 해댔다. 그런 출렁거리는 열기와는 상관없이 하대치는 아까부터 한곳에만 눈길을 박고 있었다. 그의 눈길은 이현상에게 머물러 있었다. 그는 오래오래 간직해 왔던 소망을 이루고 있는 참이었다. 그는 가까이 가서 인사를 드리고 싶은 간절함으로 이현상에게 눈길을 보내고 있었다. 그건 새로 생겨난 욕심이었다. 그전의 바람은 그저 얼굴을 한 번만이라도 보는 것이었다.

"와아, 다리 걸어라, 다리!"

"어, 쩌쩌쩌쩌……."

"넘겨라, 넘겨!"

대원들은 제각기 외치고 손짓해 가며 신명을 올리고 있었다.

하대치의 차례가 되었다. 그는 웃통을 벗고 씨름판으로 나서며 두 팔을 휘둘러댔다. 그의 부대원들이 박수를 쳐대며 소리소리 질렀다.

샅바를 잡고 일어서며 하대치는 벌써 상대방이 싸울 상대가 못 된다는 것을 간파하고 있었다. 어깨와 다리에 받쳐오는 힘이 영 시원찮았던 것이다. 기술을 쓸까, 기운을 쓸까를 순간적으로 생각했다. 기왕 기운을 한판 쓰기로 한 것, 다음 판을 위해 기운을 돋울 필요가 있었다. 이렇게 생각한 순간 하대치는 허리를 불끈 세우며 두 팔을 끌어당겼다. 상대방이 붕 떠올랐다. 하대치는 허리를 약간 비틀었다. 그 연속동작에 상대방은 허망하게 나가떨어지고 말았다.

다섯 판을 별 어려움 없이 이기고 하대치는 여섯 판째에서 결승전에 나서게 되었다.

"대장님 꼭 이기씨요이."

"소가 대장님 보고 웃소."

"우리 대장 동지가 비문헐라고."

대원들이 신바람나서 말들을 다투었다.

하대치는 씨름판으로 나서며 상대방을 쳐다보았다. 어깨가 떡 벌어진 체구에 젊디젊은 얼굴이었다. 나이가 스물이나 됐을까…… 허리치기와 다리치기가 눈에 들어오던 대원이었다. 하대치는 두 팔을 벌리며 숨을 양껏 들이켰다. 가슴이 팽창되며 양쪽 옆구리에 힘이 팽팽하게 잡히는 것을 느꼈다. 상대방을 보기 좋게 메다꽂고 싶은 전의가 솟구쳐올랐다.

하대치는 상대방의 다리샅바를 틀어잡으며 손목을 확 꺾었다. 손목에 느껴지는 상대방의 힘이 제법 짱짱했다. 힘을 써볼 만한 상대라는 느낌이 들었다. 샅바잡기가 끝나고 서로의 힘을 어깨로 받치며 두 사람은 천천히 몸을 일으켰다. 하대치는 그때 약간 거친 숨소리와 함께 상대방의 힘이 자신의 어깨에 얹히는 것을 느꼈다. 묘한 탄력을 지닌 그 힘에서 하대치는 문득 자신의 그만한 나이때를 떠올렸다. 기운이 펄펄했던 만큼 이기고 싶은 기도 펄펄했던 나이였다. 아니나 다를까 상대방이 먼저 공격을 가해왔다. 들어치기 같으면서 허리치기로 들어왔다. 하대치는 상대방의 샅바를 확 끌어당기면서 허리를 뒤로 뺐다. 공격을 피하면서 상대방의 중심을 허물어뜨리는 것이었다. 상대방이 흔들리는 느낌과 함께 하대치는 다리걸기로 공격해 들어갔다. 그러나 상대방의 기운은 예사가 아니었다. 분명 다리가 감겼는데도 넘어가지 않고 오히려 큰 몸집으로 누르고 들었다. 다리를 감은 채 눌리면서 밀리다가는 볼품없이 주저앉게 될 것이었다. 하대치는 다리를 풀면서 허리치기로 연결시켜야 한다고 생각했다. 몸의 중심을 뒤로 빼며 다리를 풀었다. 그 순간이었다. 상대방이 업어치기로 들어왔다. 하대치는 졌다는 것을 직감했다. 그러면서, 하면 나이 한 살이라도 덜 묵은 기운이 이겨야 순리제, 하는 생각과 함께 하대치는 몸이 붕 떠오르는 것을 느꼈다. 한순간에 골짜기와 사람들과 하늘이 빙그르르 뒤집히는 것을 보며 하대치는 풀밭에 쿵 나가떨어졌다.

여느 때 없이 큰 함성이 터져올랐다.

풀밭에 주저앉은 하대치는 웃는 얼굴로 상대방을 올려다보며 팔을 뻗쳤다. 얼굴이 상기된 젊은이가 하대치의 손을 붙들어 일으켰다. 그 모습을 보며 대원들의 함성과 박수소리가 다시 터져올랐다.

"동무, 기운 참 씨요. 투쟁 잘허씨요이."

하대치가 젊은 대원의 어깨를 두들겼다.

"야아, 상한 데 없는교?"

젊은 대원이 고개를 꾸뻑했다.

"대장님, 아실아실혔는디요이."

"와따 수고허셨구만이라."

"참말로, 황소 내주기넌 아까운디요."

대원들이 박수를 치며 하대치를 맞이하면서도 아쉬움을 감추지 못했다.

"저 사람이 나보담 훨썩 씨요. 젊은 기운에 기술할라 존께 나가 지는 것이야 당연지사요."

하대치의 구김살 없는 말이었다.

젊은 장사에게 소가 상으로 주어졌다. 그리고 그 소는 오늘의 잔치를 위해 곧 잡게 되었다. 점심때가 다 되어 있었던 것이다.

소잡이에 지난날 백정 노릇을 했던 대원들이 자진해서 나선 것은 물론이었다.

"간은 몰라도 붕알이야 우리 대장님 차진께 나도 나서야 쓰겄소."

천점바구가 그들 사이에 끼려고 나서며 한 말이었다.

부대마다 쇠고기가 나눠졌다. 고기를 굽고 끓이는 냄새가 달궁 골짜기에 진동했다. 대원들의 흥겨운 웃음소리와 정다운 이야기들이 오가며 푸짐한 점심이 준비되고 있었다. 천점바구는 정말로 축 늘어진 소불알을 가져와 한바탕 부대원들의 박수를 받았다.

점심을 배불리 먹은 대원들을 기다리고 있는 것은 오락회였다. 오락회는 씨름대회 못지않게 모든 대원들을 흥겹고 즐겁게 만들었다. 여성대원들이 참여한 까닭인지도 몰랐다. 문화공작대가 이끌어가는 오락회는 다채롭고도 성대했다. 단막극·노래·집단춤·개인

장기 등으로 엮어지면서 흥겨움이 넘쳐났다.

해가 지면서 오락회가 막을 내렸는데, 그 마지막 순서는 〈빨치산의 노래〉 합창이었다.

태백산맥에 눈 날린다
총을 메어라 출진이다
눈보라는 밀림에 우나
가슴속엔 피끓는다
참고 견디는 고향 마을
만나러 가자 출진이다
고난에 찬 산중에서도
승리의 날을 믿었노라
높은 산을 넘어넘어
눈에 묻혀 사라진 길을 열고
빨치산이 영(嶺)을 내린다
원수를 찾아 영을 내린다

모든 대원들은 똑바로 서서 합창을 하고 있었다. 약간 애조를 띤 듯하면서도 힘이 넘치는 노랫소리는 우렁차게 달궁 골짜기에 울려 퍼지고 있었다. 서쪽 하늘에서는 노을이 붉게 타고 있었다.

26
새로운 전술

각 지구는 무장병력을 중심으로 정예화되었다. 남아 있는 비무장대원들은 후방부 사업에 필요한 인원들뿐이었다. 산악 이동투쟁의 효과를 높일 수 있는 기동성을 갖춘 것이었다.

전투력의 정비완료와 함께 총사에서 각 지구에 내린 지령은 철도 파괴와 열차 습격 그리고 교량 파괴였다. 그런 적극적인 전략은 주전선에서 벌어지고 있는 유엔군의 대공세와 휴전회담에 맞걸려 있었다. 후방을 강하게 교란시켜 적의 병력을 뒤로 유인함으로써 주전선의 공격을 둔화시키자는 빨치산 본연의 임무수행이었다.

염상진은 그 적극적인 전략의 타당성과 필요성에 전적으로 동의하고 있었다. 그래서 그 투쟁의 효과를 위해 골몰했다. 정예화된 무장병력을 상황에 따라 신속하게 분산·결합시키면서 야간침투와 이동에 주력한다는 원칙을 정했다. 해방구를 지키기 위한 주간전투나 남부군 사령부의 곡성 습격 같은 주간작전은 적의 월등한 화력과 병력 앞에 노출되어 실효가 별로 없이 타격을 크게 입는 바람직하지 못한 전술이었던 것이다. 화력과 병력의 열세 속에서 빨치산이 적을 제압할 수 있는 것은 기동성과 악조건 활용뿐이라는 것을 염상진은 철칙으로 믿고 있었다. 빨치산이 의무군대가 아니라 자각군대인 한 악조건을 호조건으로 바꾸는 일은 얼마든지 가능했던 것이다. 소조로 분산시킨 야간의 동시다발적 교란과 신속한 소조의 결합으로 한 지점에 결정타를 가하는 야간기습을 병행 또는 교차시킬 기본계획을 세웠다.

염상진은 지난 9월 초순에 지리산에서 열린 6개도당회의의 결정 같은 것은 하등 중요하게 생각하지 않았다. 각 도당의 유격대를 사단편제로 바꾼다는 것과, 도당들이 발행하고 있는 《로동신문》의 제호를 '승리의 길'로 바꾼다는 것이 그 결정이었다. 그 두 가지 결정은 어느 면에서 보나 당면하고 있는 빨치산투쟁에 아무런 도움도 이익도 없는 것이었다. 오히려 조직상으로나 대원들에게나 혼란만 야기시킬 뿐이었다. 당장 투쟁에 필요한 것은 보다 효과를 낼 수 있는 전략의 수립, 보다 실효를 거둘 수 있는 전술의 개발이었던 것이다. 그런데 그런 것과는 아무 상관도 없는 사항 두 가지를 여섯 도당의 위원장들이 모여앉아 결정했다는 것이었다. 고작 그것을 결정하기 위해서 도당위원장들은 위험을 무릅써가며 지리산까지 모여들었단 말인가. 그 점을 생각하면 염상진은 실망스러움을 금할 수가 없었다. 그 회의를 소집하고, 주재한 사람은 누군가. 이현상이었다. 그가 느끼는 실망스러움은 곧 이현상에 대한 실망스러움이었다. 그분이 왜 그러는 것일까. 그분은 무슨 생각을 하고 있는 것일까. 각 지구로 나누어져 투쟁하고 있는 전남도당을 남북으로 갈라 '57사단·58사단'으로 한다고 해서 투쟁에 무슨 효과가 생기는 것일까.《전남로동신문》을 '백운산 승리의 길'과 '백아산 승리의 길'로 이름을 바꾼다고 해서 투쟁에 무슨 이득이 있는 것일까. 염상진은 아무리 생각해도 이해도 납득도 되지 않았다. 중학생 시절부터 항일투쟁에 나섰고, 1925년에 조선공산당을 창당한 주요인물이었으며, 일제의 탄압 아래서 거의가 전향이라는 더러운 길을 걸을 때 그분은 해방이 되는 날까지 꿋꿋하게 지하투쟁을 계속한 몇 사람 중의 하나였고, 해방과 함께 조선공산당을 재건하고 또다시 미군정에 맞서 싸우며 무수한 고난을 거쳐 오늘에 이른 그분의 생애는 그야말로 티끌 하나 없는 혁명가의 표본이었고, 우러러 마지않는 대상이었다. 그런 분이 덕유산 회의에서부터 연속적으로 납득하기 어려운 결정들을 내리고 있었다. 염상진은 못내 안타까웠다. 그분에 대한 실망스러움은 곧 자신의 불행이기도 했던 것이다. 자신의 의지를 떠받치고 있는 신뢰의 기둥 하나가 금이 가고 있다는 것은 그만큼 자신의 삶을 잃는 것 같았기 때문이다.

빨치산투쟁의 최일선에 서서 염상진이 언제나 중대시하는 것은 현실적 상황변화와 그 대응책이었다. 눈앞의 상황은 비무장대원들을 지리산으로 피신시킨 데 이어 도당사령부도 백운산으로 이동하지 않을 수 없도록 변해가고 있었다. 경험으로 보아 투쟁은 분명

위기국면으로 접어들고 있었던 것이다.

총사에서 띄우는 선들이 분주하게 각 지구로 오가고 있었다. 염상진은 그 선들을 통제하며 종합적인 작전계획을 세워나가고 있었다.

"부사령 동지, 댕게왔구만이라."

등 뒤에서 들리는 소리에 염상진은 몸을 후딱 돌렸다. 앳된 얼굴의 한대진이 거수경례를 붙이고 서 있었다. 어린 티를 그대로 담고 있는 얼굴에 어울리지 않게 그 표정은 사뭇 진지하고도 엄숙했다.

"아, 한 동무! 수고했소."

염상진은 똑바른 자세로 경례를 받으며 반가움을 나타냈다. 그는 한대진 소년전사가 임무수행을 하고 돌아올 때마다 일부러 절도 있는 모습을 취해 보이고는 했다. 한대진 소년을 어른과 똑같은 한 사람의 전사로 대접해서 그의 마음에 자리 잡고 있는 나이에 대한 열등감을 없애주기 위해서였다. 자신이 그렇게 대해주는 것을 한대진 소년은 무척이나 좋아하고, 전사로서 자부심을 느낀다는 것을 염상진은 잘 알고 있었다. 입산하고 한동안 한대진 소년은 나이 든 대원들에게 "집에 가서 젖이나 묵어라." "집에 가서 밥 많이 묵고 더 커갖고 들오니라." "워디, 잠지가 을매나 큰지 잠 보자" 하는 식으로 별의별 말을 다 들었던 것이다. 물론 그런 놀림들은 악의라고는 있을 수 없는, 열여섯이라는 어린 나이에 입산한 것을 기특하고 대견하게 생각해서 하는 말들이었다. 그러나 그런 선의의 말들이 한대진 소년에게는 노엽게 들리고, 기가 꺾이는 마음의 그늘이 되었던 것이다.

"자아, 이리 와 앉으시오. 위험한 일은 없었소?"

염상진은 다정하게 웃으며 한대진의 어깨를 감싸잡았다. 손에 느껴지는 어깨의 빈약함에 염상진은 또 마음이 찡했다.

"야아, 암시랑토 안 혔구만이라. 근디 요것……."

한대진 소년은 앳된 눈웃음을 씽긋 지으며 주머니에 손을 넣었다. 그리고 아주 조심스러운 몸짓으로 무엇인가를 꺼내고 있었다. 염상진은 웃음 띤 얼굴로 그저 물끄러미 내려다보고만 있었다.

"부사령 동지, 요것 드시써요."

한대진 소년이 불쑥 내민 것은 홍시 한 개였다.

"난 됐소. 한 동무가 먹으시오."

염상진은 두 손을 받쳐올린 여윈 손바닥 위에 놓인 빠알간 홍시가 가슴을 쳐오는 것을 느꼈다.

"지 것언 요쪽 괴비에 또 있구만이라."

한대진 소년은 반대쪽 주머니를 눈길로 가리켰다. 염상진은 홍시를 받아들지 않을 수가 없었다. 한대진 소년은 아까와는 달리 부산스런 몸짓으로 홍시 하나를 또 꺼냈다.

"이거 어디서 났소?"

억새풀이 깔린 바닥에 앉으며 염상진이 물었다.

"접선 끝내고 오다가 낭구에서 땄구만이라."

한대진 소년이 마주 앉으며 침을 꿀떡 삼켰다.

"한 동무, 이게 다 인민의 것인데 마음대로 나무에서 딴 거요?"

염상진은 웃으면서 물었다.

"아니구만이라. 집덜언 다 불타뿔고 감나무만 하나 서 있었구만이라. 거그가 개덜이 자주 댕기넌 길목인디, 지가 감얼 안 따묵으면 개덜이 따묵을 것인디요."

한대진 소년은 약간 시무룩하니 말했다.

"아, 잘했소. 그랬으면 더 많이 따오지 그랬소."

염상진은 쾌활한 어조로 말했다.

"감이 꼭대기에만 몇 개 달렸어서 요것도 포도시 땄구만이라."

한대진 소년이 목을 움츠리며 쑥스럽게 말했다.

"아하하하하…… 누가 다 따가고 남긴 까치밥을 따왔다 그 말이오? 아 참 애썼소. 어서 먹읍시다."

염상진은 고개를 젖히며 유쾌하게 웃었다. 그러나 그건 감정의 위장이었다. 그의 눈앞에는 감나무 높은 가지 끝에 매달린 홍시를 따려고 애쓰는 한대진 소년의 위험스런 모습이 선하게 떠오르고 있었다.

"부사령 동지 얼렁 드시씨요."

한대진 소년은 밥을 먹을 때처럼 윗사람이 먼저 시작하기를 기다리고 있었다.

"한 동무도 어서 먹어요."

염상진은 얼른 한입 베어물었다. 그러자 한대진 소년도 입을 쫙 벌렸다.

씹을 것도 없이 넘어가게 마련인 홍시의 속살을 넘기지 못한 채 염상진은 한대진 소년을 이윽히 바라보고 있었다. 한 소년은 산에서 설을 쇠었으니까 이제 열일곱 살이었다. 그런데 워낙 못 먹고 자라서 그런지 몸집이 나이에 비해 작고 강팔랐다. 그래서 더 어려 보였다. 그가 입산한 경위는 너무 순진해서 어린 나이와 함께 어른들을 더 어이없게 만들었다. 그가 밝힌 이유는 '아저씨들이 좋아서'였다. 아저씨들이란 구빨치를 말하는 것이었고, 주막집에 나무를 해다주고 더부살이를 하고 있던 그는 나무를 하러 다니면서 아저씨들과 친하게 지냈다고 했다. 밥도 더러 얻어먹었고 총도 만져보았으며, 그러다가 소금 같은 것을 구해다주는 심부름도 하게 되었다. 그런 일로는 입산이 받아들여지지 않자 그가 외쳤다는 소리는 자못 걸작이었다. "나도 인자 미꼬미 없는 나무꾼질 그만허고 해방투쟁에 나스겠다 그것이요. 나가 나이 에리다고 시퍼 보는갑는디, 여그서 나보담도 산질 잘 아는 사람 있으면 나와봇씨요!" 그 야무진 말 앞에서 어른들은 아무도 그의 앞으로 나서지 못했다. 그는 결국 입산을 허락받게 되었다. 그런데 그의 능력은 산길을 잘 아는 것으로 나타나지 않았다. 나이 탓으로 마땅히 할 일이 없는 그는 후방부로 분류될 수밖에 없었다. 그는 총을 못 쏘게 된 것을 불만스러워했지만, 그가 아니더라도 총을 쏠 수 있는 어른들이 남아돌아가는 판이었다. 그는 후방부에서 얼마 지나지 않아 희한한 소문의 주인공이 되었다. 소를 기막히게 잘 타고, 아무리 억세게 날뛰는 소라도 그가 고삐를 잡으면 고분고분해진다는 것이었다. 그건 사실이었다. 입산 초기에 후방부에서는 정당한 값을 치르고 소를 사들여 잡았는데, 후방대원들은 소를 잡기 전에 올라타는 놀이를 곧잘 벌였다. 그런데 사람을 태우는 데 전혀 길들여지지 않은 소들은 사람이 올라탔다 하면 화를 내고 날뛰거나 몸을 내둘러 사람을 내동댕이치게 마련이었다. 소가 그럴수록 남자들에게는 재미있는 놀이일 수밖에 없었다. 소 잔등이에서 내동댕이쳐지지 않는 사람들이 없는데 유일하게 어린 한대진이 의젓하게 소를 타고 이리저리 마음대로 다니는 것이었다. 그것은 우연한 일이 아니었다. 그는 주막에서 더부살이를 하면서 소장수들이 몰고 다니는 소들에게 여물을 주면서 수없이 많은 소들을 다루어보았고, 주인 몰래 많이 타보기도 했던 것이다. 그는 그런 엉뚱한 일로 유명해진 다음에야 산길도 귀신같이 잘 안다는 것을 인정받게 되었다. 산길을 잘 안다는 것은 빨치산으로서는 무엇보다 중요한 능력이었다. 그는 곧 정보과로 옮겨져 집중적인 사상학습을 받은 다음 염상진의 휘하에 들어오게 되었던 것이다.

염상진은 한대진 소년을 남달리 아끼고 있었다. 나이가 어린 것에 비해 아주 총명했고, 몸이 왜소한 것에 비해 강단이 대단했던 것이다. 그는 연락병의 몫을 어른이 무색하도록 야무지게 해내고 있었다. 김범준이 그에게 붙여준 별명이 '한소귀'였다. '소귀(小鬼)'는 대장정을 치른 중국공산당의 홍군 안에 있었던 소년병들의 지칭이었다. 한대진은 김범준 소장이 별명을 지어준 것을 자랑스러워했고, 그 별명을 소중하게 생각하고 있었다.

한대진 소년은 홍시의 꼭지에 묻은 것까지 깨끗하게 핥아먹고는 입맛을 맛있게 다셨다. 염상진은 자신의 것을 그에게 먹이고 싶은 마음을 눌러가며 억지로 홍시를 다 먹었다. 먹으라고 해봤자 먹지 않을 것이 뻔했던 것이다.

"한 동무, 고단하지 않소?"

염상진은 미안한 마음으로 힘들여 말을 꺼냈다.

"아니구만이라. 워디 또 갈 디 있는게라?"

한대진 소년은 눈치 빠르게 응수했다.

"그렇소. 백아산 쪽으로 한 번 더 갔다 왔으면 좋겠소."

"하면이라. 이 한소귀 다리넌 백 분얼 왔다리 갔다리 혀도 안 아푸구만이라. 당장 뜰게라?"

한대진 소년은 금방 일어날 기세였다. 염상진은 시계를 들여다보았다.

"시간은 넉넉하지만 힘이 덜 들게 그러는 게 좋겠소."

"장소넌 여우고개 아래 그대론게라?"

한대진 소년이 몸을 일으켰다.

"암호는 육자(六字)맞추기로 이쪽이 두 번, 저쪽이 네 번이오."

염상진은 고개를 끄덕이며 호두알 하나를 내밀었다. 그 속에는 지령문이 들어 있었다. 육자맞추기 암호란 접선장소에서 서로가 미리 정해진 횟수만큼 돌을 두들기거나 손바닥을 쳐서 소리를 내고, 그 소리를 합해서 여섯이 되게 하는 방법이었다. 같은 육자맞추기라 하더라도 수시로 양쪽이 내는 소리의 횟수가 달라졌고, 사자맞추기나 오자맞추기로 바꾸기도 해서 그 방법은 다양한 변화를 보이게 되어 있었다. 소리의 횟수가 서로 맞지 않을 때 접선이 이루어지지 않는 것은 물론이었다.

"핑 댕게오겄구만이라."

한대진 소년이 거수경례를 붙였다.

"한 동무, 항시 조심하시오."

염상진은 절도 있게 경례를 받았다.

한대진 소년은 잽싸게 트를 벗어났다. 염상진은 그 뒷모습을 지켜보며, 날이 추워지기 시작하는데 후방부에 특별히 부탁해서 두꺼운 겨울옷을 구해줘야겠구나, 하는 생각을 하고 있었다.

남원에서 기관차가 전복된 것은 10월 16일이었다. 그건 빨치산들의 공격을 받은 것이었다. 하필이면 전투경찰사령부가 있는 남원에서 벌어진 그 사건은 양쪽에 정반대의 양상을 드러냈다. 경찰들의 체면은 말이 아니게 깎여버린 반면에 빨치산들에게는 새로운 전술 전개의 계기가 되었던 것이다.

이태식의 부대 돌격조는 어둠 속의 산길을 헤쳐가고 있었다. 이태식이 직접 이끌고 있는 돌격조는 자그마치 20명이었다. 그 속에 강경애도 물론 끼여 있었다. 그녀는 그동안 극성스러울 만큼 투쟁력을 발휘해 결국 대장 이태식에게 그 능력을 인정받기에 이르렀던 것이다. 그건 이태식이가 뒤로 물러앉고 만 일종의 만족스러운 항복이었다. 그래서 언제부턴가 그녀는 소조의 조장까지 맡게 되었다. 그녀는 오늘도 네 개의 소조 중에 하나를 맡고 있었다.

하늘에는 가을별들이 유난히 맑게 빛나고 있었다. 하늘에 구름이 없고 대기가 맑아서 그런지 어둠은 그다지 진하지 않았다. 여름이나 겨울의 구름 짙게 낀 밤에 비하면 하늘 맑은 가을밤은 빨치산들에게 낮이나 마찬가지였다. 어둠에 적응력이 길러진 그들의 눈에는 가을밤의 어둠 속에서 포착되지 않는 것이 거의 없었다.

산비탈을 밟고 걷던 그들은 들판이 나타나면서 방향을 아래로 바꾸기 시작했다. 앞장선 이태식은 벌써 들판을 가로지르고 있는 철길을 환히 보고 있었다. 그러나 그건 사실이 아니었다. 실제로 그의 눈에 보이는 것은 다른 사람들의 눈에 보이는 것과 마찬가지로 어렴풋한 윤곽뿐이었다. 그에게 철길이 환히 보이고 있는 것은 시각작용이 아니라 의식작용이었다. 지리를 샅샅이 아는 그는 의식 속에서 철길을 환히 보고 있었던 것이다.

산비탈을 다 내려선 그들은 신호에 따라 신속하게 쪼그려앉았다. 이태식이 머물러 있는 지점은 철길과 최단거리가 되는 곳이었다. 그래도 철길에 이르자면 논들을 가로지르고, 개울을 건너야 했다. 토벌대의 잠복을 피하기 위해 평소에 자신들이 전혀 왕래하지 않는 길목을 골랐다고는 해도 완전히 안심할 수는 없었다.

"뒤로 전달, 10보 간격, 신속 이동."

이태식은 낮고 빠르게 속삭였다. 만일의 잠복공격에 대비해 10보 간격을 유지시켰다. 잠복공격은 으레 난사를 하게 마련인데 간격을 충분히 띄우지 않고 촘촘히 섰다가는 한 총알에 두 사람이 꿰미죽음을 당할 위험도 있었던 것이다.

앞을 응시한 이태식은 몸을 바짝 낮추고 돌진을 시작했다. 그 뒤를 따라 한 사람씩 간격을 유지하며 뛰기 시작했다. 몸을 반으로 접은 그들의 모습이 어둠 속에 한 줄로 이어지는 점으로 찍혀나갔다. 추수가 끝난 논들을 가로지른 그들은 서로의 간격을 좁히며 차례대로 개울가에 엎드렸다. 이태식은 사방을 경계하면서 한편으로 대원들이 하나씩 도착하는 것도 주시하고 있었다.

강경애도 사방을 경계하느라고 눈길을 빠르게 움직이고 있다가 문득 한곳에 눈길이 멈춰졌다. 어둠 속에 시퍼런 불빛 두 개가 동그랗게 떠 있었다. 흰빛이 서린 그 시퍼런 빛은 그러나 순간적으로 꺼져버렸다. 그녀는 자신도 모르게 총을 더 힘껏 붙들며 부르르 떨었다. 그러면서, 이태식은 정말 무서운 사람이라고 생각하고 있었다. 그 빛은 이태식의 눈이 내쏘고 있는 안광이었던 것이다. 이태식과 야간작전을 나서는 동안 벌써 몇 번째 그 섬뜩한 빛을 보았던 것이다. 처음 그 시퍼런 빛을 보았을 때 얼마나 까무러치게 놀랐는지 몰랐다. 밤이면 고양이의 눈에서는 푸른빛을 예사로 볼 수 있었고, 개의 눈에서도 더러 볼 수 있었지만, 사람의 눈에서도 푸른빛이 나온다는 것은 모르고 있었던 것이다. 그런데 더 놀라운 것은 사람의 눈에서 나오는 푸른빛이 고양이나 개의 눈에서 나오는 것보다 훨씬 더 크고 공포스러웠던 것이다. "사람얼 만물에 영장이라고 허는디 워째 사람 눈에서 빛이 안 나오겄소. 짐승 중에서넌 호랭이가 안광이 질로 씨다고 허는디, 호랭이도 사람 안광에넌 못 당헌다는 말이 안 있습디여? 사람이 정신얼 집중헐 때나 신경얼 칼

날맹키로 세울 적에 안광을 시퍼런히 내쏘는 법인디, 고것이 밤이면 잘 뵈제라. 강 동무가 본 것이야 물으나마나 이태식 동지 것이요. 그 냥반 야간작전에 나섰다 하면 그 시퍼런 불뎅이럴 달고 댕기요. 허기년 낮에 싸울 때도 그 불뎅이럴 달고 있는디 해 땀세 우리가 못 보는 것일 것이요. 그 냥반 쌈에 나슬 적에 보면 평소허고넌 얼굴이 안 달라집디여? 고것이 그 표식이요." 이런 조원제의 설명을 듣고서야 그녀는 안광의 정체를 알게 되었던 것이다.

이태식은 마지막 대원이 도착하는 것을 보고 지시를 내렸다.

"옆으로 전달, 앉은걸음으로 물가꺼지 이동!"

그들은 소리나지 않게 앉은걸음으로 물가를 향해 이동해 갔다. 물소리가 돌돌거리며 들려왔다.

이태식은 앞을 응시했다. 그리고 징검다리의 돌 수를 세기 시작했다. 모두 아홉 개였다. 그럴 리가 없었다. 옆으로 서너 걸음 옮겨 앉으며 다시 세기 시작했다. 또 아홉 개였다. 그는 신경이 쭈뼛 곤두서는 것을 느꼈다. 정찰보고보다 돌이 하나가 더 늘어나 있었던 것이다.

"옆으로 전달, 강경애 동무 대장 옆으로 이동!"

이태식은 다급하게 속삭였다.

"옆으로 전달, 강경애 동무 대장 옆으로 이동!"

3조장으로 열한 번째에 자리 잡고 있던 강경애는 이 전달을 받는 순간 전신에 찡 전기가 통하는 것을 느꼈다. 그리고 무슨 이상이 생겼음을 직감했다. 그녀는 민첩하게 이태식을 향해 이동했다.

"대장님, 불르셨는게라?"

강경애의 속삭이는 입에서 열기가 뿜어져나왔다.

"이, 아까 저 다리 돌이 멫 개라고 혔소?"

"야닯 개라."

"새로 시보씨요."

"알겄구만이라!"

강경애는 눈에다 힘을 모아 돌을 차근차근 세나갔다. 돌은 아홉 개였다. 이럴 수가 있나! 그녀는 대장이 부른 이유를 알았다. 다시 세어보았다. 틀림없이 하나가 불어나 있었다.

"아홉 개구만이라."

"맞으요, 아홉 개요."

"워찌 된 일일께라?"

"날이 저물시로 하나가 더 늘어난 것이요."

"워째서라? 누가 저 무건 돌얼 실답잖게 그렸을께라?"

"개덜이요. 저그 아홉 개 중에 워떤 것이 새로 놓인 것인지넌 몰르겄는디, 고것얼 밟았다 허면 영축없이 죽소. 그 밑에넌 지뢰가 설치돼 있응게."

강경애는 그 처음 듣는 말에 소름이 끼쳤다.

"글면, 우리가 여그로 올 것얼 미리 알았단 말인게라?"

"고것이 아니오. 개덜언 우리가 댕길 만헌 디다가 날이 저물면 지뢰럴 설치혔다가는 날이 새면 띠내고, 밤에넌 또 설치허고 허는 것이오."

"워메 징해라. 그러다가 죄 없는 인민덜이 밟아 죽으면 워쩌라고라?"

강경애의 목소리가 약간 높아지는 듯싶었다.

"걱정도 팔자요. 지뢰 밟아 죽으면 다 공비에 빨갱이고, 개덜이야 전과럴 올리는 것 아니겠소?"

"글먼 여그 워디 잠복이 있는 것 아니겠소?"

강경애의 뒤늦은 깨달음이었다.

"잠복이야 저 지뢰헌테 맽긴 것 아니겠소?"

이태식의 되물음에 강경애는 새로운 깨달음에 부딪쳤다.

"물얼 건느야 쓰겄응께 동무 자리로 가씨요."

이태식의 말을 듣고 강경애는 빠르게 돌아섰다. 그녀는 목숨을 건 투쟁이라는 말과 투쟁경력이라는 것을 새삼스럽게 생각하고 있었다.

"옆으로 전달, 우측방향으로 이동!"

이태식은 지시를 내리고 오른쪽으로 돌아섰다. 그는 지시가 뒤에까지 전달되기를 잠깐 기다렸다가 걸음을 옮기기 시작했다. 그는 빠르게 움직이면서도 귀는 개울 쪽으로 열려 있었다. 물소리가 나는 부분을 찾고 있었던 것이다. 소리가 나지 않는 곳은 물이 깊게 마련이었다. 물 깊이를 모르고 물에 들어가는 것처럼 위험한 일이 없었다. 징검다리가 놓인 개울이니까 빠져죽을 정도로 물이 깊은 데는 없다 하더라도 가능하면 몸에 물을 많이 적실 필요는 없었다. 옷이 물에 젖으면 그만큼 기동성이 떨어졌고, 자칫 잘못해서 총까지 물에 젖게 되면 그거야말로 큰일이었다. 총이 물에 젖은 상태로 매복에라도 걸리는 날에는 더 볼 것이 없었다. 총들도 부실한 데다가 탄알까지 부실해서 연속적인 불발을 내며 살아나기를 바랄 수는 없는 일이었다.

이태식은 물소리가 졸졸거리는 지점에서 걸음을 멈추었다.

"뒤로 전달, 물얼 건는다!"

지시를 보낸 이태식은 발을 물속에 넣었다. 물은 장딴지 바로 아래까지 찼다. 생각보다 차가운 물의 냉기가 섬뜩하게 다리를 타고 올라 가슴에까지 뻗쳤다. 와따메, 폴세 물속은 겨울이시! 이태식은 푸들 어깨를 떨며 생각했다. 그는 그만 마음이 무거워졌다. 빨치산에게 겨울은 또 하나의 적이었다. 토벌대는 싸워서 이길 수나 있는 적이었지만, 겨울은 어찌 해볼 도리가 없는 적이었다. 거기다가 토벌대가 겨울을 이용하기 시작하면 겨울은 점점 더 무서운 적으로 변해갔던 것이다.

물을 건넌 이태식은 철둑의 비탈에 가 붙었다. 대원들도 빠른 동작으로 그 뒤를 따르고 있었다. 물이 찬 고무신에서 발을 옮길 때마다 빨칵거리는 소리들이 어둠 속에 흩어지고 있었다. 사방을 경계하고 있는 이태식의 귀에는 그 아무것도 아닌 소리까지 거슬리고 있었다.

"옆으로 전달, 조장 집합!"

이태식은 지시를 내리고 숨을 들이켰다. 정작 작전은 이제부터였던 것이다.

세 명의 조장들이 신속하게 모여들었다.

"지끔부텀 헐 일언 철길얼 한 동가리만 띠내뿌는 것이요. 긍께 2조년 오른편짝얼 맡고, 3조년 왼편짝얼 맡으씨요. 글고 4조년 침목에 백힌 못얼 빼내씨요. 1조년 경계럴 슬 것잉께 빨르게 허고, 소리 안 나게 허씨요."

조장들이 제자리로 돌아가자 이태식은 주먹만 한 돌 두 개를 집어 철둑 너머로 던졌다. 저쪽에서는 아무런 인기척이 들리지 않았다. 이태식은 옆의 부하를 툭 치며 철길로 오르라는 신호를 했다. 그리고 그는 먼저 비탈을 기어오르기 시작했다.

그들은 조별로 철길 한 매듭을 떼내는 작업에 매달렸다. 공구는 군당을 통해서 미리 확보해 두었던 것이다. 그러나 작업은 그다지 쉽지 않았다. 우선 공구 다루는 것이 서툴렀고, 나사마다 녹이 슬어 있었던 것이다. 그들은 세심하게 주의를 기울였지만 전혀 소리를 안 낼 수는 없었다. 쇠끼리 부딪치는 소리가 울릴 때마다 그들은 하나같이 움찔움찔 놀랐다. 어둠에 잠긴 깊은 정적 속에서 쇠와 쇠가 부딪치는 소리는 유난히 예리하게 퍼지고는 했다.

방아쇠에 손가락을 건 이태식은 초조하게 좌우를 살피고 있었다. 들판을 가로지르고 있는 철길 위에 서 있는 것은 산등성이를 타고 다니는 것과 똑같이 위험하다는 것을 잘 알고 있었다. 하늘이 배경을 이루고 있는 탓으로 어둠 속에서도 그 움직임이 쉽게 눈에 띄었던 것이다. 그러나 필요한 작전인 이상 뻔한 위험도 무릅쓸 수밖에 없었다. 철길 파괴작전은 적의 기동성을 마비시키기 위한 것이었다. 적들은 거의 기차를 이용해서 병력을 이동시키고, 화력을 운반하고 있었다. 그건 어떤 특정한 기차에 국한되어 있지 않았다. 객차와 화물차가 따로 없이 객실칸과 화물칸을 함께 끌고 다니면서 아무 때나 병력과 화력을 수송하고 있었던 것이다. 그래서 모든 기차들은 기관총으로 무장한 경비병들을 기관차 앞에 내단 무개차에다 싣고 다니는 판이었다. 적들의 기동성을 마비시키고, 후방을 교란시키는 가장 효과적인 방법이 철도의 파괴였다.

"대장님, 다 끝냈구만이라."

강경애가 이태식 옆으로 다가서며 숨 가쁘게 말했다.

"이, 잘했소."

이태식이 반색을 했다.

"쩌 동가리럴 워쩔께라?"

"저것얼 쌂아묵을 수도 없고, 엿 사묵을 수도 없응께 쪼깐 심이 들드라도 쩌 개울꺼정 들어다가 물속에 처박아뿌는 것이 워쩌겄소."

"그러제라. 나사허고 못들도 그리 허는 것이 좋겄는디라."

"하먼, 하먼."

이태식의 작은 목소리가 만족스러웠다.

그들 모두는 긴 레일 한 토막을 낑낑대며 개울까지 옮겼다. 그리고 무릎까지 차오르는 개울물 속에다 수장시켰다.

"나사허고 못덜언 이따가 산속에다가 내뿝시다."

꽤 커진 이태식의 말이었다.

그들은 왔던 길을 되짚어 산자락을 밟기 시작했다. 대열의 앞뒤에서 긴 숨을 내쉬는 소리들이 연거푸 들렸다. 이태식도 소리나지 않게 숨을 길게 내쉬며, 그려, 그려, 피딜 보탔을 것이여. 목심 내걸고 허는 일잉께. 요리 고상덜 혀서 한시상얼 기연시 보기넌 봐야 것인디 말여…… 하는 생각을 하고 있었다. 그는 부하들을 잠시 쉬게 해주고 싶은 마음으로 걷기를 서둘렀다. 담배를 피우게 하려면 아무 데서나 쉴 수가 없었다. 그는 산굽이 두 개를 감아돌아 골짜기로 파고들었다.

"동무덜, 여그서 쉬겄소. 담배덜 태우씨요."

이태식의 목소리는 예사 크기로 변해 있었다. 그곳은 산이 겹을 이루고 있는 골짜기라서 비행기가 뜨지 않는 이상 어느 곳에서도 불빛을 볼 수 없게 되어 있는 지형이었다. 그곳에서는 담뱃불이 아니라 밥을 해먹는 불빛도 염려할 것이 없었다. 빨치산이라고 해서 야간작전에는 담배를 쫄쫄이 굶는 것만은 아니었다. 지형을 잘 알고, 주위에 적정이 없다는 것만 확인되면 얼마든지 느긋한 휴식을 즐길 수 있었다. 이태식은 어느 부대장보다도 부하들에게 그런 기회를 자주 줄 수 있는 부대장이었다. 담뱃불들이 어둠 속에서 무슨 꽃들처럼 빠알갛게 피어나기 시작했다. 그들은 어둠 속에서도 용케 담배를 말아내고 있었던 것이다. 담배를 피우는 것이 마치 무슨 빨치산의 조건이라도 되는 것처럼 담배를 못 피우는 남자 빨치산은 거의 없었다. 그건 어쩌면 긴장과 위기가 연속되는 산생활과 무관할 수 없는 어떤 현상인지도 몰랐다. 이태식은 담배를 피우면서도 사방을 살피는 데 신경을 놓지 않고 있었다. 담배는 왼손에 들려 있었고, 총을 든 오른손의 손가락은 방아쇠에 걸려 있었다.

그들이 본대가 있는 지점에 거의 다다르고 있을 때였다. 대열 중간쯤에서 사람이 넘어져 구르는 소리와 함께 비명이 왈칵 터져올랐다. 대열이 뚝 멈춤과 동시에 그들은 순식간에 엎드렸다.

"멋이여! 무신 일이여!"

잔뜩 눌러대서 쉰 것처럼 들리는 목소리가 앞쪽에서 다급하게 들려왔다.

"다리럴…… 다리럴 접찔렸구만요."

신음소리를 묻혀내며 들려온 말이었다.

"누구요!"

강경애가 물었다.

"김동혁이구만요."

강경애는 예감의 적중에 약간 맥이 빠지는 기분이었다. 구르는 소리가 났던 거리의 느낌으로 그녀는 자신의 조원일지도 모른다는 생각을 했던 것이다. 그런데 걱정이 되기에 앞서 맥이 빠지는 것은 무슨 까닭일까. 그가 김동혁인 까닭이었다.

"3조 동무덜, 내레갑시다."

강경애는 조원들에게 이르며 아래로 발을 내디뎠다. 조원들 셋이 뒤를 따랐다.

김동혁은 열 발짝쯤 굴러내려가 다리를 쭉 뻗은 채 앉아 있었다.

"김 동무, 많이 다쳤소?"

강경애가 김동혁 옆으로 다가앉으며 물었다.

"갱신얼 못허겄소."

김동혁이 신음소리를 물었다.

"워디가 접찔렀는디 갱신얼 못혀라?"

강경애의 목소리는 차게 느껴졌다.

"발목이구만요."

"두 짝 다요?"

"아니, 왼짝 한나구만요."

김동혁이 연신 앓는 소리를 냈다.

"그 발목이 똑 뿌라져뿌렀는갑소."

"고것이 무신 소리다요?"

"그렁께 갱신얼 못허제라."

"강 동무, 워째 그리 말얼 야박허니 허고 그요."

김동혁의 낮은 목소리가 완연히 원망스럽게 들렸다. 그때 둘러서 있던 세 대원 중에 누군가가 쿡 웃음을 터쳤다.

"김 동무, 자울름시로 걸었제라!"

강경애의 목소리는 완전히 싸늘했다.

"자울르기넌, 나가 팔푼이간디라? 행군험스로 자울르게."

"안 자울렀으면 워째 딴 동무덜언 다 무사허니 지내간 길얼 김 동무만 팔푼이맹키로 넉장구리허고 그요."

"재수가 없을랑게 그렇제라."

"본시 술 취헌 사람이 술 취혔다고 허는 법 없소."

"와따, 말 좋게 혀서 돈 드는 법 아닌디 다친 사람 앞에 놓고 말

이 워째 그리 야박허고 익모초맛이다요. 강 동무가 그렇께 발목이
더 아파뿌요."

대원들이 또 쿡쿡거리며 웃었다. 강경애는 그만 기분이 상하고
말았다.

"동무덜, 김 동무 델꼬 싸게 올라오씨요."

그녀는 발딱 몸을 일으키며 내치듯이 말했다.

"많이 다쳤소?"

기다리고 있던 이태식이 물었다.

"그댁잖구만이라. 한짝 발목이 접찔렀응께요."

"그만하기 다행이요. 부대에도 인자 다 왔응께."

이태식이 돌아섰다.

김동혁을 두 대원이 양쪽에서 부축하고 대열은 다시 움직이기
시작했다.

부대원들 중에서 강경애를 싫어하는 대원은 하나도 없었다. 여자
대원들이 네댓 명 있었지만 유독 강경애가 인기가 높은 것은 여자
답지 않은 용맹성과 여자다운 헌신성의 양면 때문이었다. 그 두 가
지 점은 이성인 동지로서 남자대원들이 좋아하기에 꼭 알맞기도
했다. 여자가 함께 용감하게 싸우니까 더 용기가 나고, 누구에게나
차별 없이 친절하니까 서로가 부담 없이 정을 나눌 수 있었던 것이
다. 그런데 김동혁은 그렇지가 않았다. 그는 언제부터인가 강경애를
'여자'로 좋아하기 시작했던 것이다. 약간 내성적이고 소극적인 편
인 그가 적극적인 용기를 발휘하기 시작한 것부터가 강경애 때문이

었다. 강경애가 돌격대나 정찰대에 자원을 하면 혹시 누가 끼어들 세라 뒤따라 자원을 하는 건 김동혁이었다. 그의 그런 표나는 행동이 시작되면서 대원들은 금방 그의 마음을 알아차릴 수밖에 없었다. 그러나 문제는 강경애였다. 그녀는 전혀 그런 눈치를 모르는 척 김동혁을 하나의 대원으로만 대했던 것이다. 더 냉정하지도 더 친절하지도 않게, 그러면서 김동혁이 보는 앞에서 다른 대원들의 가벼운 상처를 정성스레 돌봐주거나, 스스럼없이 팔씨름 같은 장난을 하기도 했다. 그녀의 무표정 앞에서 김동혁은 돌격대에 자원할 때와는 다르게 그의 본래의 내성적이고 소극적인 모습을 보였다. 그러던 그가 오늘 다친 것을 계기로 드러낸 감정은 꽤나 노골적인 것이었다. 그러나 그녀는 누구에게나 연애감정 같은 것을 갖지 않으려고 마음먹고 있었다. 입산을 한 이상 모든 행동이 투쟁과 연결되도록 하려고 노력하고 있었다. 몸이 고단하고 힘겨우면서도 잔일로 남자대원들의 뒷수발을 자진하는 것도 그들의 사기를 돋우는 데 조금이라도 보탬이 될 수 있기를 바라서였다. 그녀는 그저 투쟁력이 강한 남자대원일수록 더 좋아할 뿐이었다. 그래서 그녀가 가장 좋아하는 동지는 이태식일 수밖에 없었다.

한편, 이태식이 곡성 쪽에서 작전을 하고 있는데 조계산지구의 하대치는 승주군당의 향도를 받으며 돌격대 20명으로 벌교와 구룡 사이의 진트재 터널을 기습하고 있었다. 벌교 쪽 터널 위인 고갯마루에 초소가 있었다. 거기에 다섯 명의 전투경찰이 기관총으로 무장하고 있었다. 하대치는 그들을 총을 쏘지 않고 없애는 계획을 세웠던 것이다. 그러지 않고서는 터널 속의 레일을 안심하고 제거할 방법이 없었다. 구룡 쪽에서 접근하는 방법이 있었지만 그들을 그대로 두고 작업을 한다는 것은 머리에 불화로를 이고 밥을 먹는 격이었다. 터널이 짧아서 쇠 부딪치는 소리가 그들에게 들릴 위험이 얼마든지 있었다. 그러나 기관총으로 무장하고 있는 다섯을 총소리 내지 않고 없앤다는 것은 퍽 무모한 일일 수도 있었다. 그렇다고 그 계획을 반대하는 부하는 아무도 없었다. 누가 반대한다고 정한 생각을 바꿀 하대치도 아니었던 것이다.

하대치는 돌격대에서 네 사람을 뽑아냈다. 자신을 포함한 다섯 명은 바로 결사대였다. 초소로 뛰어들어 한 사람이 하나씩 맡아 육박전을 벌일 작정이었다.

그들은 낮은포복으로 초소까지 접근했다. 그리고 하대치의 신호에 따라 앞에 선 세 사람은 한꺼번에 문을 향해 돌진했다. 세 사람의 몸에 부딪친 문은 요란한 소리와 함께 떠밀려나갔다. 어둠 속에서 비명이 뒤엉키기 시작했다. 그러나 그 소리는 별로 오래가지 않았다. 다섯으로 정찰된 초소에는 네 명밖에 없었다.

문을 박차느라고 이마에 혹이 솟은 하대치는 터널 속에서 레일두 토막을 빼내고, 기관총과 수류탄 20여 개를 챙겨가지고 바람처럼 어둠 깊은 산속으로 자취를 감추고 말았다.

토벌대는 아직 지리산 골짜기들까지 깊이 파고들지는 못했다. 그러나 골짜기의 어귀나 산으로 이어지는 길목마다 초소를 세워 차단작전을 꾀하고 있었다. 한 초소에는 대개 열 명 정도씩이 배치되어 있었다. 그러나 빨치산들은 그들을 별로 두려워하지 않았다. 어디서나 위험지구에서는 그렇듯이 그들도 대부분 의경이었던 것이다. 의경들은 전투경험이 별달리 없는 데다 전투의욕도 별로 없었다. 전투의욕이라고 말할 것도 없이 그들은 의경답게 싸우는 것을 겁먹고 있었던 것이다. 그들은 싸움이 붙어 조금만 불리하다 싶으면 줄행랑을 놓기 바빴고, 그렇지 않으면 두 팔을 쉽게 들어올리고 말았다. 그래서 빨치산들도 그들에게는 퍽 관대했다. 도당에서도 몇 개월 전부터, 토벌대 속에 들어 있는 인민성을 확보하라는 지시를 내리고 있기도 했다. 그 말은, 강제로 동원된 의경들에게 관대하게 해 그 영향이 인민들에게 빨치산의 지지와 동조로 확산되게 하라는 뜻이었다. 그건 당의 정치군대로서 인민을 선무해야 한다는 기본전략의 하나이기도 했다. 그리고 의경을 친일경력자들과 구분하는 것은 논리적으로도 인간적으로도 올바른 것이었고, 그 파급효과 또한 컸다.

이해룡은 당장 식량문제에 부딪치게 되었다. 그 해결은 해방구가 없는 한 천생 보투밖에 없었다. 지리산 자락에 있었던 작은 규모의 얼마 되지 않았던 마을들은 이미 1949년 하반기에 대대적으로 실시된 소개로 다 불타 없어지고 말았다. 보투를 하자면 어쩔 수 없이 지리산을 벗어날 수밖에 없었다. 그것이 위험을 전제하는 것이라 하더라도 겨울을 앞둔 식량확보는 그 무엇보다도 중대한 문제가 아닐 수 없었다. 이해룡은 구례군당과 힘을 합쳐 보투에 본격적으로 나설 계획을 세웠다. 자체 무장도 허술할 뿐만 아니라 보투 대상지를 물색하는 데는 현지 사정에 달통해 있는 군당의 협조가 꼭 필요했던 것이다.

"가실이 다 끝났응께 보투럴 허기로야 적시기넌 허제라. 그리허나, 쪼깐 문제가 있당께라."

군당위원장이 마뜩찮은 얼굴로 꼬옹 힘을 쓰며 자리를 고쳐 앉았다.

"그게 뭔가요?"

고개를 숙임막해서 눈을 위로 뜬 이해룡은 나직하게 물었다.

"고것이 말이요, 시상인심이 조석변이드라고 정전이다 휴전이다 해싼께로 그새에 인심이 야리꾸리허게 변해가는 눈치등마, 가실이 시작됨스로부텀은 아조 휑까닥 달라져뿌러서 우리럴 인자 똥 친 작대기로 안다 그것이요. 하곡 거둘 때꺼정만 해도 보투럴 나스먼 미리 면당 세포럴 통해서 좌악허니 연락이 돌고, 또 마실마동 투쟁인민덜이 나서서 집집마동 문앞에다 곡식얼 내놓는 협조가 착착 자알 되얐는디, 인자 와서는 고것이 표나게 깨져감스로 보투가 에로와지고 있다 그 말이요. 그런디다가 지리산지구가 생겨나 입이 갑작시리 수천으로 늘어뿌렀으니 요것이 예삿문제가 아니딜 않컸소?"

군당위원장의 말은 무거웠고, 얼굴은 침통하게 변해 있었다.

군당위원장의 말이 맞는 줄 알면서도 이해룡은 벌컥 화부터 솟았다. 그런 기회주의자들! 동네마다 시범을 보입시다. 이 말이 곧 터져나오려는 것을 간신히 참아냈다. 옆에 김범준 소장만 없었더라도 그 말은 터져나오고 말았을 것이다. 인심이 그런 식으로 변해가고 있는 것은 자신이 유치지구에 있으면서 벌써 눈치챌 수 있었던 문제이기도 했다. 그는 그런 기회주의를 도저히 용납할 수가 없었다.

"그렇다고 보투를 안 할 수는 없는데, 그 문젤 어쨌으면 좋겠소?"

감정을 누르고 이해룡이 내놓은 말은 이랬다. 군당위원장이 이해룡을 쳐다보았다. 그 눈길이 멍했다. 문제점을 제시했던 군당위원장으로서는 당연한 반응이었다.

"금메요…… 나야 걱정이 된께 말얼 꺼낸 것이고, 지절로 돌아가는 인심얼 가래로 막겠소, 삽으로 막겠소."

군당위원장의 마지못한 듯한 말이었다.

"아니 그럼, 그따위 기회주의자들이 멋대로 놀아나게 내버려둔단 말이요!"

마침내 이해룡의 입에서 거칠게 터져나온 말이었다.

"허먼, 고런 사람덜얼 막……."

"가만, 가만!"

무심한 듯 앉아 있던 김범준이 군당위원장의 말을 제지했다.

"그래요, 인심이 변하는 것에 대해서 걱정하고 염려하는 것은 두 동지의 마음이 다 같아요. 또 나하고도 마찬가지고요. 그러나 우리가 그 문제를 생각할 때에 우리와 인민을 따로 떼서 생각해서는 안 된다는 점을 먼저 말하고 싶소. 자아 생각해 봅시다. 그동안 우리는 다 같이 고생들 많이 해왔소. 그럼 인민들은 아무 고생도 없이 호의호식들 했나요? 아니지요. 그 증거가 바로 우리들이 이렇게 살아 있는 겁니다. 우리가 이렇게 살아 있는 건 우리가 총을 잘 쏘고 잘 싸워서 그런 겁니까? 꼭 그렇지가 않습니다. 이 세상에 먹지 않고, 입지 않고 살 수 있는 사람이 있습니까? 그런 사람은 단 하나도 없습니다. 그럼, 입산하고 지금까지 누가 우리를 먹여살리고, 입혀살렸습니까? 바로 인민들입니다. 우리가 고생한 만큼 인민들도 고생했습니다. 인민들은 우리를 돕느라고 고생을 한 것만이 아니라 우리를 도왔다는 혐의로 적들에게 시달리는 고생도 겹으로 해왔습니다. 인민들이 겪은 그 이중적인 고생을 우리는 잊어서는 안 됩니다. 그런데 우리는 인민들에게 도움을 받으면서 무엇을 약속했습니까? 물을 것도 없이 인민의 해방 아닙니까? 그 찬란한 약속이 지금 어떻게 되어가고 있습니까? 정전이 되면 그 약속은 결정적으로 빗나가게 됩니다. 그 책임은 누구에게 있습니까? 바로 우리에게 있습니다. 쉬운 말로 그들을 기회주의자라고 합시다. 누가 그렇게 만들었습니까? 바로 우리들 아닙니까. 그들은 기회주의자들이 아닙니다. 언제까지나 혁명 된 세상을 바라고 기다리는 사람들입니다. 다만 생존의 상황이 달라지게 되니까 어찌할 수 없이 그 겉모습을 바꾸는 것뿐입니다. 우리는 그들의 달라진 겉모습을 문제 삼기 전에 우리가 지키지 못한 약속 때문에 그들이 우리한테 가질 실망을 먼저 생각해야 합니다. 모든 상황은 우리에게 불리하게 되어가고 있습니다. 그럴수록 우리는 치열하게 투쟁해얄 것 아닙니까? 그러자면 우리가 믿을 건 누굽니까? 인민일 뿐입니다. 인민의 도움을 받자면 우리는 지난날보다 더욱 인민 앞에 겸손하고 진실해야합니다. 그들에게 강압적인 방법을 쓸 때 우리의 최대목표인 혁명은 파괴되어 버리고 우리는 더러운 폭도로 전락하게 됩니다. 그리고 인민들은 우리를 완전하게 외면하게 됩니다. 우리가 인민 앞에전보다 더욱 겸손하고 진실해도 인민들의 협조가 잘 이루어지지않을 때 우리는 어떻게 해야 할까요? 그건 우리가 약속을 실천하지 못한 대가로 인민들에게 받는 대접이니까 당연히 감수해야 합니다. 세 끼에서 두 끼로, 두 끼에서 한 끼로, 한 끼에서 굶게 되는형편에 처하더라도 우리에겐 인민을 강압해서 양식을 뺏을 권한은 없는 겁니다. 굶으면서 싸우다가 죽어가는 것, 그것이 혁명전사의 순결이고 인민들에게 신뢰를 심는 길이고, 다음의 역사에서 혁명이 성취되게 하는 밑거름이 될 수 있는 겁니다. 혁명은 적에게만폭력인 것이지 인민에겐 끝없는 신뢰와 사랑이어야 합니다. 그래서혁명전사는 외롭고 또 위대한 것입니다."

김범준이 긴 말을 끝냈다. 그의 묵직하고 담담한 어조는 처음서부터 끝까지 변함이 없었고, 무슨 깊은 생각을 하는 것 같으면서도언제나 편안한 얼굴에는 아무런 감정이 드러나지 않았다.

이해룡은 내색을 하지 못한 채 너무 놀라고 있었다. 자신을 힐책하는 말의 내용도 내용이었고, 그분이 그렇게도 긴 말을 하는 것을듣기는 처음이었던 것이다. 말의 내용으로도 자신의 잘못을 충분히 깨우칠 수 있었는 데다, 그리도 말이 없던 분이 그렇게 긴 말을 한 것에서 더욱 잘못을 느끼게 되었다.

"제 생각이 모자랐습니다, 용서하십시오. 앞으로는 명심하겠습니다."

이해룡은 머리를 조아렸다.

"고맙소, 이 동지. 우리 죽는 그날까지 꿋꿋하도록 합시다."

김범준이 이해룡의 손을 꼬옥 잡았다.

"예에, 명심하겠습니다."

이해룡은 김범준의 체온이 자신의 손을 타고 흐르는 것을 느끼며, 부끄러움과 감격스러움이 엇갈리고 있었다. 군당위원장도 숙연한 얼굴로 고개를 약간 숙이고 앉아 있었다.

사흘 뒤부터 이해룡은 자신의 무장병력과 군당의 무장병력을 합해 보투에 나섰다. 비무장병력은 무장병력의 세 배가 되게 했다.

"봇씨요, 무장 100에 비무장 300이면 합이 400 아니요? 무신 전쟁 나가는 것도 아니고, 그리 많은 수럴 몰고 워쩔라고 그러요?"

군당위원장은 처음에 고개를 내둘렀다.

"동무, 내 말 들어보시오. 우리 형편으로 보자면, 식량은 없고, 대원들은 많고, 날씨는 날마다 추워지고 있소. 거기다가 적들과 대치하는 상황이 갈수록 나빠지면 나빠졌지 좋아질 리가 없소. 추수가 끝났겄다, 면소재지 정도에 배치된 적들은 아직 별것 아니겄다, 우리가 식량을 대량으로 확보할 수 있는 절호의 기회가 요새란 말이오. 그러니까 소부대로 산 아래 작고 가난한 마을이나 집적거리지 말고 대부대로 부자들 많은 면단위를 덮치자 그거요. 적들이 태평 치고 있을 때 기습을 감행하면 우리 무장으로 충분히 제압할 수 있고, 부자들을 털면 그만큼 수확도 많고 우리 맘도 편할 것 아니오. 내 말이 어떻소?"

"금메, 그리 들으면 그 말도 맞기넌 허요. 근디, 면단위에넌 적덜 병력이 솔찬헌디 우리가 피해 보덜 않겄는게라?"

군당위원장은 살짝 꼬리를 사렸다.

"아, 호랑이를 잡을려면 호랑이굴로 들어가야 하고, 큰 고기를 잡자면 큰 물로 나가야 하는 것 아니겠소? 그리고 보투가 원족이 아니고 쌈이요, 쌈. 피해 입는 것 미리 생각해서 무슨 투쟁을 할 수 있겠소. 안 그렇소?"

이해룡은 군당위원장을 몰아붙이고 있었다.

"그렇기사 허제라."

"됐어요, 그럼. 적들은 내가 다 맡을 테니 위원장 동무는 보투를 맡도록 하고, 광의면부터 치도록 합시다."

"그리 씨게 치고 나가자면 거그 말고도 덜 위험험스로 묵자 것도 많은 동네가 서시천 따라감스로 대산리·지천리·마산리·냉천리·광평리가 쪼로록 허니 줄 서 있소. 서시천이 맹글어준 넓고 존 농토 깔고 앉은 부자덜이 동네마동 쌔고 쨌소. 나가 한나썩 골라낼 것잉께 맽겨두씨요."

"정찰 세밀하게 시키도록 하시오."

"하먼이라."

그래서 면소재지인 광의를 피해 대산리와 지천리를 함께 치기로 했다. 냉천리와 광평리도 쓸 만했지만 섬진강 다리에 경비병력이 많은 데다 구례읍이 또 바로 옆이라서 광의를 치는 것보다 더 위험해 일단 제쳐놓게 되었다.

날이 완전히 어두워져서야 화엄사 뒤를 멀찍하게 돌아 완사재를 넘은 그들은 얼마 걷지 않아 수월리의 큰길을 앞에 두게 되었다. 대산리와 지천리로 갈라지는 길목에 돌로 쌓아올린 초소가 있었다. 그것을 제거하지 않고는 마을로 진입할 수가 없었다. 정찰에 의하면 그 초소의 병력은 열이었다.

이해룡은 자신의 병력 중에서 30명을 뽑아 두 조로 나누었다.

"1조는 우측, 2조는 좌측에서 은밀하게 공격해 초소를 포위하시오. 적에게 노출되어 공격을 당하기 전에는 절대 먼저 총을 쏴서는 안 되오. 적의 공격을 당할 시는 돌격전을 감행하시오."

그리고 이해룡은 비무장들에게 지시했다.

"공격조가 초소를 포위하게 되면 내가 초소를 향해 항복을 권유할 거요. 자수하라는 내 말이 끝나면 동무들은 일제히 와아, 두 번 소리 지르시오. 개들한테 우리가 정말 수가 많다는 것을 보여주자는 것이오. 그럼 공격조, 작전개시!"

이해룡의 명령이 떨어지자 공격조는 좌우로 갈라져 신속하게 어둠을 헤쳐나갔다. 그리고 비무장들은 소리나지 않는 느린 걸음으로 큰길을 향해 걷기 시작했다. 어둠 속에서 움직이는 공격조의 모습들이 흐릿흐릿하게 보이고 있었다. 비무장들은 큰길에서 꽤 떨어진 밭둔덕 앞에서 멈추었다. 이해룡은 혼자서 큰길에서 가까운 언덕배기까지 걸어갔다.

초소 쪽 어둠 속에서 아주 작은 불빛 몇 개가 반짝반짝 빛나다가 이내 사라졌다. 포위완료를 알리는 부싯돌 불빛이었다.

이해룡은 언덕배기에 몸을 안전하게 감추고 손나팔을 입에다 갖다댔다.

"초소에 있는 검은개들 들어라아! 검은개들 들어라아! 너희들은 완전 포위되었다. 항복하고 나와라. 항복하면 다 살려준다. 만약 저항하면 전원 몰살이다. 다시 한 번 말한다. 너희들은 완전 포위되었다아!"

찌렁찌렁하게 울리던 이해룡의 외침이 끝났다.

우와아―.

우와아―.

350명이 넘는 빨치산들이 한꺼번에 외치는 소리가 두 번을 연거푸 어둠을 흔들어댔다.

"빨리 항복하고 나와라. 저항하면 몰살시킨다!"

이해룡은 다시 외쳤다.

와아아―.

와아아―.

빨치산들의 외침이 또 어둠을 뒤흔들었다. 이해룡은 깜짝 놀랐다. 그러나 곧 피식 웃어버렸다. 대원들은 자신의 명령대로 따르고 있었던 것이다. 처음 하는 말에 한해서만 두 번 소리 지르라고 정하지 않은 것은 바로 자신이었다.

그때 초소에서 외치는 소리가 들려왔다.

"항복한다고 살려준다는 보장이 어디에 있냐아."

"그런 걱정 하지 말고 빨리 항복하고 나와라. 틀림없이 살려준다. 우리 빨치산한테 체포되어 서약서 쓰고 살아난 경찰들이 수없이 많다는 소문도 못 들었느냐. 너희들도 항복하고 나와서 서약서를 쓰면 틀림없이 살려준다. 시간 끌지 말고 셋 셀 동안에 나와라. 그렇지 않으면 몰살시키겠다. 하나아— 두우울— 셋!"

그때 다급한 외침이 들려왔다.

"나간다아, 기다려라, 기다려!"

그리고 초소의 문이 덜컥 열리면서 네모난 불빛이 어둠을 도려냈다. 그 불빛 속으로 두 팔을 치켜올린 사람들의 모습이 드러나기 시작했다. 공격조들이 그들을 빠르게 에워싸고 있었다. 이해룡은 말할 수 없는 통쾌감을 느끼며 큰길을 건너뛰고 있었다. 비무장들도 초소를 향해 움직이기 시작했다.

열 명은 불빛 속에 갇힌 듯 팔들을 들어올리고 있었다. 그들의 얼굴은 하나같이 두려움에 차 있었다.

"겁내지 마라. 약속대로 다 살려주겠다. 먼저, 옷들을 다 벗어라!"

이해룡이 내린 명령이었다.

그들은 서로 눈치만 살피며 우물거렸다.

"뭘 꾸물거리고 있나. 빤스만 남기고 구두까지 다들 벗어! 우리가 월동준비하는 거니까."

그때서야 그들은 다투듯 옷을 벗기 시작했다. 구두까지 벗은 그들은 팬티만 걸친 알몸이 되었다.

"팔들은 내려도 좋다. 다들 얼굴 똑바로 들어라."

그들이 굳어진 얼굴들을 똑바로 세웠다. 이해룡이 그들의 얼굴을 하나씩 살펴나갔다. 불빛에 드러난 그들의 얼굴은 거의 스무 살 안팎으로 보였다.

"너! 일정 때부터 순사질해 먹었지."

이해룡의 손가락이 한 사람을 겨냥했다. 그 얼굴은 서른다섯이 넘어 보였다.

"아니구만요, 해, 해방되고부텀인디요."

그 얼굴이 하얗게 굳어지며 말을 더듬거렸다.

"맞구만이라. 그놈이 순사보털 해묵은 배창순디, 행투께나 고약시럽게 헌 악질이오."

누군가가 어둠 속에서 외친 소리였다. 그 사내의 겁 질린 얼굴이 그만 푹 떨구어졌다.

"요런 민족반역자새끼!"

이해룡이 칼을 빼들었다. 그리고 거침없이 사내의 가슴을 푹 찔러버렸다. 사내가 신음을 물며 몸을 접었다. 이해룡이 칼을 뽑았다. 사내의 머리가 땅에 박히며 쿵 소리를 냈다. 순식간에 벌어진 일이었다.

"무기를 전부 노획하고, 전화줄을 절단하시오. 그리고 이 사람들 이름과 동네를 적은 다음 다 묶어 초소 안에 가두시오." 이해룡은 공격조에게 명령한 다음 알몸의 사내들을 향해, "약속대로 너희들은 살려준다. 너희들의 이름과 동네를 적어두니까 다시는 이런 짓 하지 말아라. 얼굴도 다 봐놨으니까 또 걸리면 그때는 저새끼 죽이는 것처럼 가차 없이 죽이고 말 것이다. 다들 명심해라." 그는 차갑게 말했다.

그들은 두 마을을 향해 거침없이 어둠을 헤쳐나갔다.

"절대로 인명피해는 내지 마시오."

마을로 들어서기 직전에 이해룡이 명령을 내렸다.

대산리와 지천리 부잣집들은 쌀이란 쌀은 남김없이 다 털렸다. 부잣집들은 쑥밭이 되었지만 동네 전체로 볼 때는 별 소란이 없었다. 그들은 미리 짜여진 조에 따라 부잣집들을 덮쳐 일을 해치워나갔던 것이다.

그러나 일은 결코 순조롭지만은 않았다. 그들은 큰길에 다다라 매복하고 있던 토벌대의 공격을 받게 되었다.

"적은 내가 맡을 테니까 동무는 빨리빨리 비무장을 산으로 빼시오."

이해룡은 군당위원장에게 숨 가쁘게 말했다. 그리고 자신의 대원들에게 외쳤다.

"동무들! 지금부터 돌격이오. 저 공격을 뚫고 바로바로 산으로 붙으시오. 그래서 비무장들을 경계해야 하오. 자아, 돌격억!"

빨치산 무장대들은 총을 난사해 대며 어둠 속을 내뛰기 시작했다.

토벌대의 추격을 떼치고 완사재를 넘은 이해룡은 인원점검을 실시했다. 무장대원 넷, 비무장대원 셋이 없었다. 일곱 명의 목숨을 잃어가며 감행한 오늘의 보투가 그만큼 가치가 있는 것인지 어쩐지 이해룡은 선뜻 판단을 내릴 수가 없었다. 그는 하늘로 고개를 젖히며 긴 숨을 토해냈다. 결국 일곱 동지의 몸을 뜯어먹는 셈이로구나! 별들을 건성으로 보며 그가 한 생각이었다.

27

고향에서 몰려나기 시작하는 사람들

"이봐 간호장교, 나 언제까지 이렇게 엎드려 있어야 하는 거요?"

양효석은 눈을 치켜뜨며 짜증을 부렸다.

"왜, 어디가 많이 불편하세요?"

체온계를 들여다보며 간호장교는 건성으로 묻고 있었다.

"허리가 똑 부러질 것 같다고 몇 번씩이나 말해야 되는 거요, 이거."

전라도 억양으로 소리를 지르고 난 양효석은 그만 비비 꼬이는 신음을 물며 머리를 침대에 박았다.

"거 보세요, 괜히 소리를 질러대니까 수술자리가 결리잖아요. 양 대위님, 대위님 부상이 얼마나 깊은지 모르고 이러세요? 잘못했으면 허파가 상할 뻔했다고 군의관님이 말씀하셨잖아요. 허리가 아프시더라도 조금만 더 참으세요."

간호장교가 체온계를 뿌려대며 말했다. 그 목소리는 꽤나 좋았지만 그녀의 얼굴은 무표정했다.

"계속 조금만 더 참으라니 도대체 그게 언제까지란 거요!"

양효석의 목소리는 낮아졌지만 말투에는 기가 그대로 살아 있었다. 그의 등은 붕대로 친친 감겨 있었다.

"대위님, 수술한 지 며칠 됐다고 그러세요. 이틀밖에 안 됐어요. 열흘도 넘게 엎드려 있는 장교들도 수두룩하다구요."

"아니, 나도 그럼 그렇게 오래 엎어져 있어야 된단 말이오?"

양효석의 고개가 들리며 목소리가 또 커졌다.

"입 벌리세요. 체온 재야죠."

양효석은 눈앞의 체온계를 보며 입을 벌릴 수밖에 없었다.

"양 대위님이 성질이 급하신 건지 엄살이 심하신 건지 모르겠어요. 대위님이 혼자서 손을 짚고 일어날 수 있을 때까지는 엎드려 있을 수밖에 없어요. 그 다음부터는 앉아 있어도 되고, 걸어다녀도 자유니까 허리가 덜 아프겠지요. 그러나 상처가 다 아물 때까지는 잠은 엎드려 자야 해요."

양효석이 고개를 치켜들며 무슨 말인가를 하려고 했다.

"안 돼요, 체온계 깨져요."

간호장교가 검지손가락을 자기의 입 앞에다 세워 보였다. 그런 손짓을 아랑곳하지 않고 양효석은 무슨 말을 하려고 들었다.

"체온계 깨진다니까요!"

간호장교가 그만 신경질을 부렸다. 다음 순간 양효석이 체온계를 입에서 확 빼내며 소리쳤다.

"이봐, 소위! 차렷, 차렷!"

눈을 부라린 양효석은 간호장교를 향해 느닷없는 구령을 붙여대고 있었다.

"어머머, 왜 그러세요, 왜……."

당황한 간호장교는 뒤로 주춤주춤 물러서고 있었다.

"이봐, 귓구멍이 먹었어! 차렷해, 차렷!"

양효석은 소리를 지르면 가슴이 울려 생기는 통증으로 얼굴을 잔뜩 일그러뜨린 채 계속 소리를 지르고 있었다.

"왜 그러세요, 왜…… 여긴 병원이라구요."

간호장교는 어물거리며 이렇게 말하면서도 양효석의 기세에 눌려 자세를 똑바르게 하고 있었다.

"너, 대한민국 육군 대위하고 이놈의 체온계하고 어떤 것이 더 중하냐!"

"네에?"

그 갑작스러운 말에 간호장교는 영문 모를 얼굴이었다.

"이따위 놈의 체온계가 뭐 대단하다고 상급장교의 말을 막고 그따위야. 아직도 소위는 자기 잘못을 모르겠나!"

양효석은 간호장교를 완전히 보병 소위로 취급하고 있었다.

"어머, 그게 아니고 체온계가 깨지면 입을 다치니까 그렇죠."

간호장교는 쓸데없는 소리 하는 것이 귀찮아서 그랬던 것을 싹 감추며 얼른 둘러붙였다. 다른 환자장교들은 마침 구경거리가 생겨서 비실비실 웃으며 바라보고 있었다.

"이봐, 누굴 놀리는 거야, 지금! 뭐, 나를 위해?"

양효석이 제 성질을 못 이기고 체온계를 뚝 부러뜨려버렸다.

"어머머, 난 몰라……."

간호장교가 울음을 터뜨리듯 하며 입을 가리고 문 쪽으로 달려가기 시작했다.

"어허허허허…… 아주 시원하게 해치워버렸군요, 양 대위."

누군가의 관전평이었다.

"그 성질 한번 칼칼해서 좋소."

다른 목소리가 말했다.

"아니오, 아직 싸움은 끝나지 않았어요. 내일부턴 주사가 좀 아파질 게고, 요모조모로 공격이 가해져올 텐데요. 어떤 싸움에서나 최후의 승리가 문젠데, 병원에서 환자야 별수 있나요."

아주 느릿한 세 번째의 목소리였다.

"어쨌거나 양 대위는 전선에서나 병원에서나 여자들과 싸울 복이 터진 모양이오. 그게 대체 여복인 거요, 여난인 거요?"

처음 사람이 또 허허거리고 웃었다.

"여복이든 여난이든 남자한테 여자가 꼬이는 것은 하여튼 좋은 일이오."

세 번째의 느릿한 목소리였다.

"악담 마시오. 까딱 잘못했더라면 그 괴뢰군년한테 황천길 갈 뻔했단 말요. 내 참 살다 보니 계집년한테 다 당하고, 드러워서 참."

양효석은 떨떠름한 얼굴로 입맛을 다셨다.

"그런데 말이오 양 대위, 싸움이 붙기 전에 그 부대에 여자가 있는 줄 알았소?"

두 번째 환자가 몸을 일으키며 물었다.

"야간전투였으니까 아무것도 몰랐지요."

양효석이 손바닥으로 허리를 누르며 고개를 저었다.

"그럼, 육박전이 붙고 보니 여자들도 있더라 그거요?"

"그리 됐지요."

"그럼 여자들도 육박전을 했단 말이오?"

"글쎄요, 내 등짝을 찌른 건 분명히 여자였는데, 여자들은 어디 숨었다가 기회가 오면 뒤에서 찌르기만 하는 것인지, 처음부터 육박전을 한 것인지, 그걸 잘 모르겠어요."

양효석은 그때의 상황을 더듬으며 고개를 갸웃거렸다.

"좌우지간 북괴도 인제 막판에 다 갔소. 얼마나 몸이 달았으면 여자들까지 그렇게 전투부대로 내몰고 있겠소. 여자들이 뭘 싸울 줄 안다고."

첫 번째 환자가 비웃었다.

"아닙니다, 그렇게 간단히 볼 것만이 아닙니다. 그날 전투에 여자들이 섞여 있었는데도 우리가 싸우기에는 전보다 하나도 쉽지가 않았거든요. 그건 여자들 싸우는 것이 남자들과 다를 게 없다는 증거 아닙니까?"

양효석이 신중하게 말했다.

"양 대위가 혼쭐이 나긴 난 모양입니다그려."

두 번째 환자가 흐흐거리고 웃었다.

"그렇게 웃을 일이 아니라니까요. 괴뢰여군들이 쏘는 총에 국군들이 맞아죽어가고 있는데도 무시해 대며 속 편하게 웃을 수 있는 일입니까?"

양효석은 정색을 하고 있었다.

"맞소, 양 대위 말에 일리가 있소. 여자들을 전쟁터로 내모는 것이 좋으냐, 나쁘냐는 우리가 따질 문제가 아니오. 그건 북괴의 문제니까 북괴들이 왈가왈부할 문제고, 우리가 중요시해야 하는 건 여자들이 참전하면서 적들의 전투력이 전과 어떻게 달라지고 있는가를 빨리 파악하는 거라고 생각하오."

목소리 느긋한 환자의 말이었다.

"그거야 보나마나 아니겠소. 약해질 게 뻔하니까 이 기회에 마구 밀어올려야 해요. 그나저나 공산주의 집단은 인간들이 아니오. 남자들이 모자라면 그냥 항복을 할 것이지 어떻게 그 약한 여자들까지 전쟁터로 내몬단 말이오. 세상에 그런 잔인한 것들이 어디 또 있겠소."

두 번째 환자의 흥분한 어조였다.

"아니오, 우리 좋을 대로 적이 약해진다고 생각했다간 큰코다칠 수도 있어요. 여자들이 약하다고 생각하는 건 남자들이 갖는 우월감 때문에 생긴 오해고 착각인 경우가 많아요. 이건 내 말이 아니고 어느 학자의 연구를 책에서 읽은 겁니다. 맨주먹으로 싸우는 힘의 대결에서는 분명 여자가 약하지요. 그러나 현대전이 어디 마냥 육박전인가요? 힘으로 맞대결하는 경우를 빼면 여자가 남자보다 강하다는 게 여러 면에서 나타나요. 쎅스부터가 비교가 안되게 차이가 납니다. 여자들은 성욕이 무한대인데, 남자들은 한번 하고 나면 일정한 시간을 기다려야 또 할 수 있잖아요. 그런데도 모든 남자들은 자기네들이 성적으로 여자를 지배하고 있다고 믿고 있지요. 그게 얼마나 큰 착각입니까. 그 학자의 말로는 한 여자의 성욕을 채워주기 위해서는 열 남자를 가지고도 모자란다는 겁니다. 그러니까 이 세상의 모든 남자들은 성적으로 여자를 지배하는 것이 아니라 지배당하고 있는 것이고, 그리고 여자들은 자기네들을 만족시켜주지 못하는 남자들을 끝없이 경멸하고 있다는 겁니다."

"아니 그거, 영 기분 잡치는 소리요. 그게 정말 그런지 간호장교를 당장 불러 확인해 봐야 할 문제요."

말허리를 자르고 나선 두 번째의 환자는 정말 기분이 나쁜 얼굴이었다.

"그거 좋소. 단, 짐 다 챙겨들고 나서 간호장교를 부르시오."

첫 번째 환자는 어깨를 들썩이며 키들키들 웃었다.

"그 다음엔 뭐가 다른가요?"

양효석은 세 번째 환자에게 관심을 드러냈다. 꽤나 유식해 보이는 그의 이야기가 흥미를 끌었던 것이다.

"예, 그 다음에 차이가 나는 게 수명입니다. 평균적으로 여자들이 남자들보다 칠팔 년을 더 오래 살아요. 그 다음이 지구력인데, 밥을 굶는 것도, 추위를 견디는 것도, 길을 걷는 것도, 모두가 여자들이 남자들보다 훨씬 오래갑니다. 그런데도 여자들이 끼어들어 전투력이 약해진다고 장담할 수 있겠느냐 그겁니다."

"참, 홍 소령은 아는 것도 많고, 여자한테 기가 팍 죽어 있구만요."

두 번째 환자가 엇지르고 나왔다.

"그렇게 들어도 별수 없소."

세 번째 환자가 고개를 돌렸다.

"빨갱이새끼들, 여자들까지 몰아내 쌈을 시켜? 홍 소령은 아까 이 문제를 놓고 우리가 따질 게 아니라고 했는데, 그건 또 무슨 소리요?"

두 번째 환자는 시비조였다.

"그거야 당연한 것 아니오. 우리의 목적은 싸움에 이기는 것뿐이니까 적이야 무슨 짓을 하든 우리가 신경 쓸 필요가 없다 그거요. 우리가 뭐라고 한다고 해서 적들이 고칠 리가 없으니까 말이오. 그리고 전투에 투입된 여자들이 강제로 동원된 것인지, 광적인 공산당원들인지 우린 모르지 않소. 만약 공산당원들이라면 북괴를 욕한 우리들 입만 아프게 된다 그 말이오."

"맞아요, 공산당원들일 가망이 많아요. 내가 공비토벌을 할 때 보니까 여자들이 상당히 많았는데, 그게 다 제 발로 걸어들어간 열성 빨갱이들이었거든요. 그것들은 공산주의라면 물불을 가리지 않아요."

양효석이 경험담을 내놓았고, 두 번째 환자는 잔뜩 불만스러운 얼굴인 채 더 말을 잇지 못했다.

"양 대위, 그 열성 빨갱이 여성동무한테 물건 잘리지 않은 게 천만다행이오. 아직 장가도 못 간 처지에. 그래, 그날 밤 전투는 어떻게 됐소?"

첫 번째 환자가 물었다.

"우리 중대가 결국 적들을 다 없애고 고지를 점령하기야 했지요."

양효석이 떫게 웃었다.

"아니 양 대위님, 멀쩡하시군요."

군의관이 양효석 가까이 걸어왔다.

"예, 멀쩡합니다. 왜, 간호장교가 발작이라도 했다고 하던가요?"

양효석이 느긋하게 웃어 보였다.

"아, 아닙니다. 어디 아픈 데는 없습니까?"

"예, 허리가 좀 아픈데, 이거야 이따가 간호장교가 오면 주물러달라고 할 겁니다."

양효석은 능청스럽게 웃었다.

"그거야 기술껏 하세요." 군의관이 따라 웃고는, "그런데 축하할 일이 생겼습니다" 하고 말했다.

"축하요? ……."

"예, 지난번 전투의 무공으로 소령 특진이 결정됐다는 전통이 내려왔습니다."

"뭐라고요!"

양효석은 몸을 벌떡 일으키다가 비명을 토하며 상체를 도로 침대에 부렸다. 주위의 환자들이 마구 웃음을 터뜨렸다. 양효석도 입에는 신음을 문 채 얼굴은 웃고 있었다.

"요런 씨부랄 놈덜이 움직기리는 것이 워째 요상시럽네? 요것덜이 막판 보자는 지랄발광이 아님사 워찌 요럴 수가 있겄다냐? 진트재에서 난장판얼 지기지 않나, 인자 또 들몰에다 회정리꺼정 치고 들어 곡식얼 훑어가질 않나, 요것덜이 기가 죽어 더 짚은 산으로 꼬랑댕이 숨키는지 알었등마 됩데 먼첨 치고 뎀벼? 고 잡것덜이 점잖허니 살고 잡은 사람 속에 불 질르는디, 요 염상구가 두 눈 똑바라지게 뜨고 있는 한 벌교넌 못 묵어. 야, 느그덜 다 똑똑허니 들어. 회정리 3구고, 들몰 지동리 낙성리고, 입산빨갱이덜 집구석언 싹 더터갖고 그새끼덜이 왔다 갔는가부텀 조사혀. 경찰허고 협조허기로 혔응께 느그덜도 심내서 인정사정 볼 것 없이 몰악시럽게 조사혀. 선찮게 허는 새끼덜언 제까닥 제까닥 토벌대로 뽑아 산속에다 처박아뿔 것잉께. 모다 알어듣겄어!"

맴돌이의자에 눕듯이 앉아 있던 염상구는 갑자기 몸을 벌떡 일으키며 발로 마룻장을 굴렀다. 사무실을 빼꼭하게 채우고 있던 단원들이 모두 흠칫 놀랐다.

"아, 알겄어 몰르겄어!"

염상구는 빽 소리 지르며 또 마룻장을 굴렀다.

"알겄구만이라."

부하들이 다 같이 목소리를 맞추었다.

"느그덜도 다 귀 있응께 들어서 알겄제만 요새 공비덜이 천지사방에서 새시로 지랄발광덜얼 시작혔는디, 요것이 아조 요상시런 징존께 맘덜 각단지게 공구려묵어야 헐 것이여. 어리빙허고 돌아가다가넌 또 모강댕이 왔다리 갔다리 허는 일 생길 것잉께. 요분에 당헌 일덜도 그간에 암시랑 안 혔응께 경찰에서 공비덜이야 조계산 백운산에서나 사는 산짐승들이다 생각허고 태평 치고 붕알덜 쪼물락기리고 앉었다가 뒤통수 깨진 일이여. 근디 따지고 보면 요분 일이 우리허고도 연관되는 일잉께 다덜 정신 똑똑허니 채리라 그것이여. 알아묵겄어!"

"옛!"

"알겄구만이라!"

단원들의 대답이 기운찼다.

염상구가 부하들을 앞에 놓고 일장훈시를 하고 있는 시간에 회정리 3구는 뒤숭숭한 분위기에 싸여 있었다. 회정리 3구는 순천으로 뻗어간 큰길을 사이에 두고 위아래로 나뉘어 있었는데, 위를 상고라 했고 아래를 하고라 했다. 그런데 제석산 앞산자락을 살짝 깔고 앉은 상고에 어젯밤 빨치산들이 들었던 것이다. 그들은 부잣집들을 골라 곡식을 털어갔는데, 어찌나 감쪽같이 그 일을 하고 떠났던지 그들이 다녀간 것을 아는 사람들보다 모르는 사람들이 더 많을 지경이었다. 그러니까 그들이 다녀간 것을 온 마을사람들이 다 알게 된 것은 날이 밝고 나서였다.

"으쩐 일이랴? 밤손님덜이 여그꺼정 발길질 다 허고."

"금메 말이여, 밤손님 대허는 이약이야 산 가차운 딴 동네 이약인 줄 알었등마."

"아, 여그넌 제석산 밑이 아니라서 긍가?"

"와따, 걸찔르지 말소. 산이라고 다 똑겉은 산이간디? 나가 허는 말언 쪼깐이라도 짚은 산얼 말허는 것이제."

"아니시 아녀. 을매 전에 진트재 굴꺼정 온 그 사람덜이 여그라고 못 올라등가. 그 사람덜언 축지법얼 쓴당께 올라고 맘만 묵는담서야 진트재 오나, 여그 오나 매일반이제."

"근디 말이시, 이적지 얼찐도 안 허든 사람덜이 갑작시리 워쩐 일이냐 그것이여."

"그 속이야 워찌 알었어. 니나 나나 다 궁금헌 일이제."

"또 그 사람덜 시상이 될랑가?"

"어허, 입단속허소."

"나가 생각허기로는 말이시, 산 짚은 동네서는 더 걷어묵을 곡식이 없응께로 여그꺼정 온 것이 아닐랑가 싶은디."

"잉, 그럴란지도 몰를 일이제."

"글먼 또 올란지도 몰르겠네?"

"누구 기둘리는 사람 있는감?"

"워따 요상시런 소리 다 허요. 그 사람덜이 왔다 가면 순사덜헌테 졸갱이치고 그런당께 겁나서 허는 소리 아니요."

"졸갱이 아니라 물볼기럴 처도 우리가 토해낼 잘못이 머시가 있어야제. 우리가 산사람덜얼 보기럴 혔어, 보리라도 한 주먹 보태주기럴 혔어. 어둠 타고 바람맹키로 왔다가 바람맹키로 가뿐 사람덜 놓고 우리 잡지먼 무신 소양이여."

"순사덜이고 청년단이 은제라고 우리가 무신 똑별난 잘못혀서 잡지고 왈기고 겁믹이고 헙디여? 다 즈그덜 맘대로제."

"그나저나 밤손님덜이 한분 걸음 트기 시작혔응께 자꼬 오는 것이 아닐랑가? 그리 되면 우리만 새중간에 찡게서 홀태질 당허니라고 피 보틀 일이여. 우리 친정동네넌 밤손님덜헌테 곡식 털리고, 순사덜헌테 홀태질당허고 험시로 사람덜이 이중으로 고초 젊음서 다 미쳐뿔라고 허요."

"워디가 자네 친정동네만 그렇간디. 고런 동네야 쌔고 쌨제. 다덜 고상이 말이 아니제이."

"그리 새중간에 찡게서 이 눈치 저 눈치 봄스로 멀 바래고 사는고. 참말로 각다분헐 일이시웨."

"바랠 것이 머시가 있겄소. 이놈에 난리나 싸게 끝나기럴 바래제."

"그러제, 이짝으로나 저짝으로나 난리가 싸게 끝나야제 요래갖고넌 죽도 밥도 아니. 해방되고 이날 이때꺼정 요리 징허게 체질얼 당헌께 인자 입에서 씬물이 나고 징글징글허구마."

"참말로, 은제나 사람 사는 시상이 올란지, 지대로 묵지도 못험시로 요리 가심 통게통게허고 사는 것도 인자 징상시럽구마."

"근디 말이여, 어지께 밤에 혹여 외서댁이 안 왔을랑가?"

"뜸금없이 무신 소리여?"

"산사람덜이야 남자 여자 차등이 없이 싸운다고 안 허등갑네. 긍게 외서댁이 왔을란지도 몰른다 그것이제."

"와따 실답잖은 소리 말소. 회정리라고 꼭 회정리서 입산헌 사람 덜이 맡는다는 법이 정해졌간디, 혹여 외서댁얼 봤드라도 그 말 입에 올리면 큰탈나뿌네. 순사고 청년단에서 그 말얼 들으면 그 집이 워쩌크름 되겄어. 글안혀도 입산자 집안덜얼 눈에 씨뻘거니 불 키고 종그고, 멋대로 뒤지고 엎고 난리판굿을 꾸미고 있는디, 고런 말 들었다 허면 그 집안사람덜언 싹 절딴나뿌네."

"하면, 하면. 입산헌 사람덜이 누구든지 간에 봤어도 안 본 것으로 혀야 써. 입산헌 사람덜이야 입산헌 사람덜이고, 남치기 식구덜이나 살어야 쓴게. 입으로 죄짓지 말어야 써. 요런 시상은 그저 새댁 시집살이 허대끼 봉사 3년, 귀먹쟁이 3년, 벙어리 3년으로 사는 것이 질이시."

"금메 말이요, 워찌 요리 땁땁허고 깝깝헐께라이."

고샅이나 우물가에 선 여자들의 입모음이었다.

동네사람들의 눈을 피해 세 여자가 모여앉아 있었다. 김복동의 아내 장흥댁, 강동기의 아내 남양댁, 마삼수의 아내 목골댁이었다.

"워메, 어지께 밤에 길자 아부지가 워째 안 왔으까이. 얼굴얼 딱 한 분만 봤드라면 원도 한도 읎었을 것인디."

남양댁이 한숨을 내쉬었다.

"어허, 자네 무신 말얼 그리 혀. 말이 사람 잡는 시상인 줄 몰라서 긍가!"

장흥댁이 방문 쪽으로 당황한 눈길을 빠르게 돌리고 나서 꾸짖었다.

"성님, 그리 놀랠 것 하나또 읎소. 우리가 이적지 헌 말대로 어채피 끌려가 당허는 것이야 받아논 밥상인디, 기왕 그 꼴 될 바에야 남정네덜 얼굴이나 한 분썩 봤으면 을매나 좋았을 것이요. 안 보고 안 봤다고 혀도 안 믿어줄 판인디, 보고 안 봤다고 허는 것이 훨썩 낫덜 않냐 그것이요. 자네넌 안 긍가?"

남양댁은 응원이라도 청하듯 목골댁을 쳐다보았다.

"나도 속맘이야 다 그렇제. 근디, 어지께 밤에 참말로 안 온 것인지, 오고도 우리럴 안 찾아보고 그냥 가뿐 것인지 고걸 알 수가 있어야제."

목골댁이 시름겹게 말했다.

"웜메, 저 숭헌 것 잠 보소. 남양댁보담 한술 더 뜨고 나오네이."

장흥댁은 고개를 젖혀 숨을 내쉬며 어이없어했다.

"금메, 여그꺼지 왔음시로 그까?"

남양댁이 눈을 반짝 빛내며 고개를 갸웃했다.

"아, 코 찔찔기리는 아그덜맹키로 철없는 소리덜 고만 혀."

장흥댁이 정색을 하고 나무랐다.

"성님, 그래쌓지 마씨요. 성님도 속이야 우리 속이나 같음시로 워째 그래쌓소. 끌려가기 전에 우리찌리 허고 잡은 말이나 혀얄 것 아니겄소. 기 못 피고 사는 신세도 서러운디 우리찌리 말도 못허면 워찌 살겄소."

어조를 바꾼 남양댁의 하소연이었다.

"금메, 그리 앞짜른 생각 허덜 말어. 우리가 요리 모여앉은 것도 순사덜이 알먼 다 흠이고 트집이여. 무신 말덜얼 혔냐, 무신 말얼 그리 맞췄냐, 느그 냄편덜 왔었는디 안 온 것으로 허자고 혔지야, 요리 트집 잡고 들먼 그 물음물음이 다 매타작감 아니겄능가?"

"금메, 영축없이 그렇구만이라."

목골댁이 엉덩이를 들었다 놓으며 금방 겁 실린 얼굴이 되었다.

"성님 말이 맞기넌 허요만, 어채피 받아논 밥상이랑께라. 근디, 참말로 오고도 우리럴 안 찾아보고 갔으까? 금메, 쫓기는 걸음들 잉께 그랄 수도 있는 일이겄제."

남양댁은 생각을 간추리는 얼굴로 고개를 갸웃갸웃해가며 중얼거렸다.

"아, 씨잘디없는 생각 허덜 말어. 안 왔응께 그렇제. 왔음사 지아무리 쫓기는 걸음이라도 비문이 찾아봤을 것이여. 다 즈그 처자석덜인디."

장흥댁이 못을 치듯이 말했다.

"아매 성님 말이 맞을 것이요. 그 남정네덜도 처자석 보고 잡기야 우리덜 맴이나 똑겉을 것잉께라."

목골댁이 고개를 주억거렸다.

"근디 성님, 아그덜 애비가 다 살아는 있을께라?"

남양댁이 불쑥 한 말이었다. 무슨 탄식처럼 터져나온 말에는 물기가 젖어 있었고, 그녀의 눈에는 눈물이 핑 돌고 있었다.

"문딩이, 나가 고걸 워찌 알어."

장흥댁도 목이 메었다.

"참말로, 죽었는지 살았는지나 알아야제 사람이 살제."

목골댁의 말은 완전히 울음이었다.

"나가 말이여 이 시상에서 질로 부런 사람이 딱 한나여. 고것이 우리 동선디, 나도 길자년만 없었음사 동서맹키로 입산혔을 것이여. 요리 피 보틈서 사느니 남편 옆에서 하로라도 맘 편허게 살다 죽는 것이 낫제. 항, 고것이 훨썩 낫제."

남양댁은 연방 눈물을 닦아내며 중얼거리고 있었다.

"못쓰겄네, 얼렁 일어들 나소. 우리덜이야 내놓고 울 수도 없는 사람덜잉께."

장흥댁이 눈물을 찍어내며 말했다. 목골댁도 손등을 눈에 댄 채 울음을 추스르고 있었다.

한편, 한장수 노인은 길가의 주막에서 막걸리 한 사발을 앞에 놓고 넋이 나간 듯 멍하니 앉아 있었다. 한 노인은 어젯밤의 일이 꼭 꿈결 같기만 혔고, 그 말도 거짓말 같기만 했다. 그러나 그 일은 자다가 일어나 당했을 뿐 분명 생시였고, 그 말도 분명 자기가 물어서 들은 대답이었다.

한장수 노인은 그 말을 묻지 말았어야 했다고 후회하고 있었다. 그 말은 혼자의 가슴에 담아둘 수도, 그렇다고 전할 수도 없는 커다란 짐이고 근심이었던 것이다.

한장수 노인은 바깥의 저벅거리는 발소리들에 놀라 잠이 깼던 것이다. 처음에는 떼도둑이 든 줄 알았었다. 그러나 문구멍으로 밖을 내다보고 그들이 총을 든 것을 알고서야 산사람들인 것을 깨달았다. 김복동·마삼수·강동기의 얼굴이 순간적으로 떠오르며 마당을 오락가락하는 사람들이 왈칵 반갑게 느껴졌다. 그리고 그 머슴방을 비우고 떠나버린 세 사람이 금방 방문을 열고 들어올 것만 같았다. 그동안에 혼자 겪어낸 외로움과 마음졸임이 새롭게 되짚이며 자신도 모르게 마당으로 뛰어나갔다. 그리고 아무나 붙들고 묻기 시작했다.

"예 말이오, 김복동이, 마삼수, 강동기가 워찌 됐는지 아시오?"

광에서 쌀가마니를 져내고 있는 사람들은 아무 대꾸가 없었다.

"봇씨요, 강동기, 김복동이, 마삼수가 워찌 됐는지 아시오?"

"강동기, 마 머시기넌 몰르겄고, 김복동이넌 죽었소."

누군가의 대꾸였다.

"야아? 김복동이, 복동이가! 고것이 은제요?"

한 노인은 그 얼굴을 알아볼 수 없는 사람을 따라붙으며 물었다.

"몇 달 되았소."

"거그가 워디요?"

"갤차줘도 몰르요."

그뿐이었다. 밤손님들은 어둠 속으로 사라져버렸다.

한장수 노인은 그 소식을 김복동이네집에 전해야 할지 어쩔지 마음을 정하지 못한 채 가슴 텅 비어버린 허망한 서러움에 젖어 있었다.

빨치산의 달라진 전술에 따라 10월 한 달 동안 전남북 일대의 후방교란은 도처에서 일어났다. 특히 철도 파괴와 열차 기습, 교량 파괴가 두드러졌다. 11월 2일에 전라북도에 비상경계령이 내려진 것은 바로 그러한 상황변화에 대한 대비책이었다. 전라북도에 비상경계령이 내려졌다고 하지만 그 영향은 전라남도에도 똑같이 미치고 있었다. 그건 전라남·북도당의 빨치산들이 얼마나 치열하게 투쟁하고 있는지를 입증하는 것이기도 했다.

그 비상경계령에 따라 전라남도 경찰들도 자동적으로 비상태세에 돌입했다. 남인태는 도경의 비상대책 지시를 받고 굳이 권병제를 보성으로 불렀다.

"도경의 지시를 받들어 우리 군에서도 특별히 비상대책을 세워야 할 것 아니겠소? 권 서장한테 좋은 방안이 있을 것 같은데 어디 좀 말해 보시오."

남인태는 행정단위상 자기가 선임서장이라는 것을 잊지 않은 채 목소리에 무게를 넣었다.

"글쎄요, 지금까지도 최선을 다해 근무해 왔는데 우리로서 무슨 또다른 방책이 있을지 모르겠군요. 정부에서 군대를 토벌대로 투입해 준다든지 하면 모를까……."

권병제의 대꾸는 영 심드렁했다.

"아니, 그렇게 무책임한 말을 듣자는 게 아니오. 나라가 군대를 토벌대로 투입하는 것 같은 문제야 우리가 바란다고 될 일도 아니고, 비상경계에 호응해서 우리가 할 수 있는 일이 뭐 있을 게 아뇨?

우리 군은 특히 해방 직후부터 지금까지 빨갱이들의 득세가 심해서 위에서부터 주목을 받고 있지 않소. 오죽했으면 1948년에는 내무부장관이 공개적으로 지적까지 했겠소."

그때나 지금이나 당신은 서장으로 뭘 했소, 하는 말이 곧 나오려고 했지만 권병제는 꾹 눌러 참았다.

"직업·직무상 그게 오점인 것은 알고 있습니다만 그걸 타개할 묘안이 없는 건 서장님이 더 잘 아시지 않습니까."

"글쎄, 그렇게 안 되는 쪽으로만 말하려면 이렇게 얼굴 맞대고 앉을 필요도 없는 일 아니겠소? 의경을 대폭 강화한다거나, 입산자 가족들을 더 철저히 감시한다거나, 끄나풀 조직을 더 치밀하게 한다거나 해서 이번에 군당위원장 오판돌인가 뭔가 하는 놈을 때려잡아 체면을 세워보자 그거요. 이거 원 답답해서 어디 살겠소."

"서장님 의견에 저도 전적으로 찬동입니다. 그러나 현실적 여건들이 문제 아니겠습니까? 의경 대폭 강화라는 것이 어려운 게 이젠 뽑아낼 젊은 사람들이 거의 없는 형편 아닙니까? 그런 데다 군대의 징집영장은 계속 발부되고 있으니 어째야 되겠습니까. 입산자 가족들을 감시하고 닦달하는 문제도 그렇지요, 우리가 감시한다는 걸 알기 때문에 공비들이 아예 가족들과 접촉을 안 해버립니다. 그 일이 그동안 별로 실효가 없었던 것도 그 이유 때문입니다. 그리고 또……."

"아, 그만두시오! 권 서장은 어떻게 된 게 내 말에는 껀껀이 토를 달고 나오는 거요. 사람 못된 것들이 오판돌이란 놈을 놓고 산을 건너뛰어다닌다느니, 축지법을 쓴다느니, 장하다느니, 이름만 다른 염상진이라느니, 하고 속닥거린다는 걸 알고 있소, 모르고 있소!"

남인태의 얼굴에는 화가 돋아올라 있었다.

"그런 소문이 돌고 있다는 말은 들었습니다."

"그럼, 그런 악질적인 소문을 퍼뜨리는 인종들을 하나라도 잡았소, 못 잡았소!"

"아직까진 못 잡았습니다."

"그거 보시오. 그런 종자들을 색출해 내지 못하니까 공비놈들 기세가 꺾이지 않는 것 아니냐 말요."

"글쎄요, 그런 사람들까지 다 찾아내려고 하다간 더 중요한 일들을 망치게 됩니다. 소문이야 소문이고, 어쨌거나 중대한 문제는 공비소탕이겠지요."

"이거 보시오, 권 서장! 지금 무슨 소리를 하고 있는 거요. 그따위로 돼먹지 못한 소문들이 민심을 얼마나 교란시키고 있는지 몰라서 그런 소리 하고 있소! 그래가지고도 서장 자리 차고앉았는 거요."

남인태는 마침내 화를 터뜨렸다.

권병제는 입을 꾹 다물고 있었다. 같이 맞서고 나갔다가는 그와 유일하게 이어진 공적인 관계마저 깨지게 될 판이었다. 한고비 참아넘겨 그와 빨리 헤어지기를 바라고 있었다.

보성 경찰서장과 벌교 경찰서장이 말다툼 아닌 말다툼을 하고 있는 시간에 회정리 3구에서는 한 여자가 그 동네를 떠나고 있었다. 구빨치로 투쟁하다 죽은 유 서방의 아내 샘골댁이었다.

샘골댁이 동네를 완전히 등진다는 말을 듣고 남양댁과 목골댁은 그녀의 집으로 발걸음을 했다.

"뜨면 워디로 뜬다는 것이요?"

남양댁이 수심 가득한 얼굴로 물었다.

"냄편 없어진 신세에 가면 워디로 가겄소. 맨맛헌 것이 친정이제라."

낡은 반닫이를 매만지며 샘골댁이 꺼져내리는 한숨을 토해냈다.

"친정살이가 여그보담 낫겄소?"

목골댁이 울음 밴 얼굴로 물었다.

"낫기사 헐랍디여. 여그서 더 못 뱅구겄응께 뜨는 것이제라. 근디, 목골댁 얼굴언 안직도 안 풀리요이. 염병얼 앓다가 땀얼 못 내고 뒈질 개잡녀러 쌔끼덜이 을매나 씨게 팼으면."

샘골댁이 목골댁을 보며 혀를 차댔다. 목골댁의 눈밑 얼굴에는 검누르푸리한 멍이 큼직하게 잡혀 있었다. 며칠 전에 경찰서로 끌려가 조사를 받다가 주먹다짐을 당한 자리였다.

"냅두씨요, 빨갱이 마누래란 표식잉께."

목골댁이 쓰고도 쓸쓸하게 웃었다.

"그려, 냄편도 없이 묵자 것도 없는 여그서 눈꼴시러운 꼴 당험시로 사느니 쪼깐 눈치 뵈고 옹색시러바도 친정살이가 훨씬 낫겄제라."

남양댁이 위로하듯 말했다.

"금메요, 친정이 밥술이나 묵고산다먼 몰르겄는디, 친정도 째지게 가난헌디다 새끼덜할라 싯이나 딸려논께 맴이 각다분허요. 임시변통으로 친정으로 가는 것이제, 달리 살 방도럴 찾아야제라."

샘골댁이 그지없이 쓸쓸하게 웃었다.

"샘골댁, 뇌꼴스러운 눈치 당허기야 우리도 매일반인디, 샘골댁 언 그리도 못 전디겄습디여?"

목골댁이 샘골댁을 새삼스러운 눈길로 쳐다보았다.

"목골댁이나 남양댁언 나 맘얼 몰루요. 나도 목골댁이나 남양댁 겉은 처지에서넌 새끼덜 델꼬 짱짱헌 맴으로 전뎠소. 근디, 냄편이란 것이 먼디, 유 서방 죽었단 소식 듣고 난 담부텀 사지에 맥아리가 탁 풀어짐스로 그 짱짱허든 맴도 허물허물 녹아내레뿌렀소. 나럴 쫄쫄이 고상만 시킨 그 남정네가 멋이간디 그리도 심이 탁 풀어지는지, 알다가도 몰를 일입디다. 지집헌테넌 남정네 믿는 맴이 따로 있고, 새끼덜 믿는 맴이 따로 있다는 것을 그때사 알았소. 남정네 믿었든 맴이 새끼덜 믿는 맴으로 채와지덜 않고 휑허니 비어 찬 바람만 돌아도 새끼덜 키울 생각으로 억지로 억지로 맴 강단지게 묵고 살라고 허는디, 갈수록 시상이 변혀 빨갱이집구석으로 몰아치는 사람덜이 마실에 늘어간께 새끼덜이 기가 죽어 워디 더 키울 수가 있어야제라. 못 입히고, 못 믹에 키우는 것도 서러운디 기할라 죽어 옆걸음침서 살어야 허는 그 서러움이 을매겄소. 긍께로 우리 내력 몰르는 디로 떠야제라."

샘골댁이 새끼손가락 끝으로 눈물을 찍어냈다.

"금메 말이요, 날이 갈수록 시상인심이 험허게 변혀요. 왕주댁맹키로 그리 경우 발르고, 무신 일이나 공평허니 생각허든 사람도 빨갱이야 허먼 눈에 불얼 키고, 신짝얼 벗어붙이고 뎀비니 우리 겉은 것들이야 입이 있어도 무신 말얼 허겄소."

남양댁이 어깨를 부리며 긴 한숨을 쉬었다.

"왕주댁도 그럴 만허제. 다 키운 생때겉은 아덜 전쟁터에서 쥑였
응께 정신 나갈 만허제. 날이 갈수록 냄편, 아덜 그리 잃는 사람덜
이 늘어간께 우리 겉은 것덜이 살아가기가 자꼬 바늘방석 되고, 몸
갱신허기가 에로바지제. 다 정헌 이치여."

목골댁의 체념적인 말이었다.

"잡것, 환장허겄네웨!"

남양댁이 마루 끝을 치고, 잡으면서 부르르 떨었다.

목골댁과 남양댁은 샘골댁의 낡고 보잘것없는 세간살이를 달구
지에다 하나도 빠짐없이 실으려고 애를 썼다. 그래도 달구지에는
세 아이가 올라앉을 자리가 남았다.

달구지가 진트재 쪽으로 구르기 시작했다.

"샘골댁, 심지게 사씨요이. 저 새끼덜이 있응께."

남양댁이 목이 메어 말했다.

"남양댁……."

샘골댁의 눈에 눈물이 핑그르르 돌았다.

"샘골댁, 잘 가씨요. 글고 여그서 당헌 일 다 잊어뿌리씨요."

목골댁의 입 언저리가 씰룩씰룩 울고 있었다.

"목골댁……."

샘골댁의 메마른 얼굴에 눈물이 주르륵 흘러내렸다.

남양댁과 목골댁은 달구지를 따라 멀어져가고 있는 샘골댁을 눈

물이 그렁그렁한 눈으로 지켜보고 서 있었다. 눈물로 흐려진 시야 속에서 멀어져가고 있는 샘골댁의 모습을 남양댁은 자기의 모습으로 잘못 보고 있었다. 그러기는 목골댁도 마찬가지였다.

28

지리산 동계대공세

밤기온은 차가웠다. 바람이 불고 있어서 그 차가움에는 매운 기 마저 섞여 있었다. 나뭇잎들은 거의 다 떨어져 바람에 쓸리느라고 메마른 소리들을 내고 있었다. 계곡을 울리는 물소리도 추위를 품고 있었다. 어느덧 지리산의 골짜기에는 겨울이 와 있었다.

그들은 명령에 따라 날이 어두워지기 전에 저녁을 해 먹었고, 짐들을 다 챙겼다. 날은 점점 어두워져 골짜기에는 짙은 어둠이 가득차 있었다. 몸을 웅크리고 앉은 손승호는 망연한 생각에 빠져 있었다. 드디어 지리산을 떠나가는구나…… 지리산, 한량없이 크고 우람하고 골이 많은 산. 명산의 산신령들은 다 남자 형상인데 어찌 하필 지리산만 여자일까. 천왕봉 다음으로 높으면서 100리가 넘는 거리를 두고 서로 마주 보고 있는 반야봉이 바로 그 여신령을 상징하고 있다. '반야'라는 말에는 불교적 의미 말고도 귀녀(鬼女)라는 뜻도 있는 것이다. 그래서 그런지 반야봉은 흡사 여자의 봉긋하게 솟은 두 개의 젖무덤 같은 모양새를 하고 있었다. 그 전설대로 하자면 지리산은 여신령이 폭넓은 치마를 펼치고 앉은 형상이 되었고, 그 수없이 많은 골짜기들은 그 치마의 주름이라고도 할 수 있었다. 그런데 왜 옛날부터 세상을 바로잡으려던 사람들은 형편이 여의치 못하면 그때마다 이 산으로 밀려들어 그 최후를 마쳤던 것인가. 남도땅에서는 제일 큰 산인 까닭이고, 더는 갈 데가 없는 마지막 산인 때문이었다. 그러고 보면 이 지리산 골짜기들은 피신처였으며 또한 무덤이었다. 무덤의 둥근 모양은 자궁을 상징하는 것이고, 죽음은 태어났던 곳으로 다시 돌아간다는 의미라는데…… 지리산의 여신령은 자궁을 많이 지니고 의로운 사람들에게 죽음자리를 마련해 준 것인가……. 글쎄, 빨치산으로서는 어울리지 않는 너무 추상적이고 비과학적인 생각이다. 어쨌든 지리산은 역사 위에서 투쟁하던 사람들이 마지막으로 선택하는 산이었고, 죽음을 맡긴 산이었다. 결국 지리산은 역사의 무덤이었다. 그 지리산을 이제 떠나려 하고 있었다.

손승호는 고개를 뒤로 젖혔다. 죽음을 생각하자 그날의 광경이 선하게 떠올랐던 것이다. 커다란 참나무가지에 묶인 채 회색빛으로 변해 늘어져 있는 굵은 새끼줄이 그때와 똑같은 충격과 비감을 불러일으키고 있었다. 그리고 선요원의 말도 또렷하게 들렸다. "쩌 사내끼가 먼지 아시오? 토벌대가 우리 여성동지럴 꺼꿀로 매달았든 것이오. 여순투쟁 뒤에 입산헌 여성동지럴 토벌대가 잡어 저그

다가 꺼꿀로 매달아갖고는 총살시켜 뿌렀소. 토벌대년 우리덜헌테 시범얼 뵐라고 그리 숭악허게 죽여 시체럴 그대로 매달아뒀든 것이요. 우리 쪽에서도 동지덜이 모다 토벌대가 저질른 그 못된 짓얼 똑똑허니 보고 원수 갚으라고 그대로 둔 것이요." 낡은 새끼줄 아래 땅에는 하얀 해골과 뼈마디들이 떨어져내려 어지럽게 쌓여 있었다. 까마귀를 비롯한 날짐승들이 옷을 찢어발겨가며 살은 다 찍어먹고 뜯어먹고 난 다음에 뼈가 드러난 시체는 새끼줄에 매달려 디룽거리며 비바람을 맞아 썩어가다가 뼈들을 연결시키고 있던 핏줄이며 관절 같은 것까지 다 썩게 되자 뼈들은 하나씩 둘씩 아래로 떨어져내린 것이었다. 하얀 뼈들 옆에는 비틀려 오그라든 가죽혁대에 녹이 슨 버클이 붙은 채 주인의 뼈를 지키듯이 남아 있었다.

손승호는 그때처럼 부르르 몸을 떨었다. 그 비통한 죽음의 흔적은 강한 충격으로 뇌리에 찍혀 있었다. 민족세력과 반민족세력 사이에서 벌어지고 있는 이 처절한 싸움에 일찍이 뛰어들어 그렇게 처참하게 죽어간 여자는 누구였을까. 그때 여자 가담자들은 학생이 많았는데, 그 여자도 학생이 아니었을까. 학생이라면 열일고여덟 살. 그 시퍼런 나이에……. 손승호는 자신이 너무 오래 살아 있다는 부끄러움을 씹지 않을 수가 없었다.

"손 동무, 손 동무, 왜 여길 떠나는 건가요?"

여자의 목소리가 속삭였다. 손승호는 느낌만으로도 박난희라는 것을 알았다.

"글쎄요, 자세히는 모르겠는데 아마 여기가 위험하게 되는 모양이오."

손승호도 낮은 소리로 소곤거렸다.

"아니 여기처럼 안전한 곳이 어딨어요. 검은개들이 달궁 그 너머에서만 총질을 해대지 그동안 아무 일도 없었잖아요? 더군다나 여기 뱀사골은 말예요."

"토벌대는 검은개들만 있는 게 아니잖소?"

"그럼, 노란개들이 지리산으로 온단 말인가요?"

"20여 일 전에 전북에 비상경계령이 내려진 걸 알지요?"

"네에 알아요."

"그게 괜한 것이 아닌 모양이오."

"그게 그럼 노란개들을 투입한다는 신호란 말인가요?"

"아마 그런 모양이오."

"그렇다고 여길 떠나면 어쩌지요? 이 큰 산에서 피해가며 싸워야지 안전하지 않겠어요."

"글쎄요, 지난번 씨름대회서도 봤겠지만 여긴 지금 3개 도의 유격대들이 모여들어 있소. 그 수도 삼사천을 넘는 모양이오. 지리산이 아무리 크다고 해도 그 수가 너무 많소. 그리고 지리산이 아무리 넓다고 해도 적들이 대병력을 투입하게 되면 포위상태를 면할 수 없게 되오. 지금도 지리산으로 연결되는 요소요소에 전투경찰대들이 초소를 설치하고 있어서 포위상태를 이루고 있는 것이나 마찬가지요. 그 세력이 위협적이지 않아서 그렇지."

"그럼, 가면 어디로 가나요?"

"글쎄요, 자세한 건 잘 모르겠지만 덕유산 쪽으로 되돌아가는 것 아니겠소."

"거기서 견디기 어려워 여기로 들어왔던 건데 다시 그리로 나간다고 길이 생길까요? 거기도 노란개들이 투입될 건 마찬가지 아니겠어요?"

"그렇더라도 여긴 떠나야 할 거요. 우리 도당의 투쟁지가 거긴데다가, 빨치산은 분산되어야지 한군데 몰려서는 안 되는 것 아니겠소."

"그렇기는 하군요."

손승호는 박난희가 내쉬는 가는 한숨소리를 얼핏 들었다.

"손 동무, 여기서 너무 오래 편히 쉬었나 봐요."

아주 낮게 흐르는 박난희의 목소리였다. 손승호는 자신이 그녀의 한숨소리를 잘못 들은 것이 아니라는 것을 알았다. 그녀는 지리산을 떠나는 것을 두려워하고 있었던 것이다.

"박 동무, 그래선 안 되오. 당이 여기서 잠시 휴식을 취하게 한건 위험한 상황을 피하자는 뜻도 있고, 거기다가 대원들의 투쟁력을 키우자는 것 아니겠소."

"알고 있어요. 그런데……."

박난희의 말이 끊어졌다. 손승호는 그녀의 마음을 일으켜 세울 방법이 무엇일까를 생각했다. 그러나 그 방법은 선뜻 떠오르지 않았다. 막연한 채로 그 거꾸로 매달려 죽어간 여성동지의 이야기를 해줄까 하는 생각을 했다. 그러나 그는 이내 고개를 저었다. 그건 오히려 두려움을 더 키울 위험이 있을 뿐이었다.

"박 동무, 힘을 내요. 싸움은 다시 시작이오. 힘을 내야 하오."

손승호는 마음만 급한 채로 고작 이렇게밖에 말할 수가 없었다. 그 말이 너무 막연하고 형식적인 것 같아 그는 스스로에게 짜증이 났다.

"손 동무는 제 마음을 이해할 수 있으신가요?"

"예, 휴식이 오히려 용기를 침식시킬 수 있다는 걸 이해합니다."

"손 동무는 마음이 아무렇지도 않으세요?"

"예, 아무렇지도 않습니다."

손승호는 낮은 목소리에 힘을 넣었다.

"어떻게 그럴 수 있으세요?"

그 대답인 것처럼 손승호의 머리에 퍼뜩 떠오르는 얼굴이 있었다. 솥뚜껑이었다.

"나는 마음이 움츠러들려고 하거나 용기가 꺾이려고 할 때가 있으면 나보다 먼저 굳세게 죽어간 동지들을 생각합니다. 그럼 금방 마음이 회복됩니다."

손승호는 솥뚜껑이 남기고 간 열일곱 번의 만세소리가 먼 메아리로 울려오는 것을 듣고 있었다. 그동안에도 그의 만세소리는 행군을 하다가도, 잠결에서도 문득문득 듣고는 했었다.

"저한테 그 용기를 좀 나눠주세요. 저도 이 못난 마음을 빨리 없애버리고 싶어요."

"어떻게……."

"제 손을 좀 잡아주세요."

손승호는 순간적으로 생각했다. 동지의 용기를 북돋우기 위해서 망설일 것이 없다는 생각이 들었다. 상대방이 어떻게 받아들이든 그것은 그쪽의 자유였다.

"그러지요."

손승호는 박난희의 손을 잡았다. 그녀의 손은 작고 따스했다. 그녀의 손이 꼼지락거리더니 손승호의 손을 맞잡았다. 두 사람 사이에는 한동안 말이 끊겼다.

"해방의 날이 빨리 와서 영원히 이렇게 손을 잡고 살 수 있기를 바라면서 다시는 용기를 잃지 않겠어요."

박난희가 손승호의 손을 꼬옥 잡으며 한 말이었다. 그 말의 의미는 결코 단순하지가 않았다. 그 대꾸를 뭐라고 할 것인지 손승호는 순간적으로 난감했다. 그러나 곧 마음을 결정했다.

"그럽시다."

그러면서 그는 박난희의 손을 힘주어 맞잡았다.

얼마가 지나지 않아 그들은 짐을 챙겨들고 어둠 속에서 행군대열을 지었다. 그리고 곧 움직이기 시작했다.

11월 중순을 넘긴 지리산의 밤기온은 갈수록 차가워지고, 전북 도당 사령부 병력은 지리산을 벗어나고 있었다.

월동준비를 위한 보급투쟁에 열중하고 있던 이해룡이 도당의 지시를 접수한 것은 11월이 저물고 있는 어느 날이었다. 도당의 지시는 뜻밖이었다.

'지리산의 병력을 신속히 이동시킬 것.'

그 갑작스러운 지시는 상급간부들을 당황스럽게 만들었다. 곧 회의가 열렸다.

"다 보셨다시피 지령문만으로는 자세한 이유를 알 수가 없습니다. 이 일을 어떻게 했으면 좋을지 토론하고자 합니다."

지구사령관이 무겁게 입을 열었다.

"당의 지시니까 당연히 따라야 하겠지만, 그 이유가 무엇인지 궁금하군요."

이해룡이 말을 꺼냈다.

"여그서 병력을 도로 빼라면 여그가 위태로워징께 그런 것 아니 겠는게라? 나가 면당으로부터 보고받기로는 요 이삼일 새에 여그 저그에 국방군 부대덜이 부쩍 늘고 있다는 것이구만이라."

군당위원장이 말했다.

"예, 그건 사실이지요. 나도 보투를 하면서 뭔가 달라지고 있다 는 건 눈치챘어요."

이해룡이 말을 보탰다.

"국방군이 투입되고 있는 게 사실이라면…… 그건 1949년 겨울 처럼 동계공세를 하자는 것일 거요. 그때에도 적들은 효과를 봤으 니까요."

지구사령관의 판단이었다.

"소장 동지께서는 어떻게 생각하십니까?"

이해룡이 김범준을 쳐다보았다.

"겨울공세라…… 능히 있을 수 있는 일이오. 적들한테는 아주 유리한 시기니까요."

김범준의 신중한 말이었다.

"도당에서도 분명 그 점을 파악하고 이동을 지시한 것 같습니다. 이동을 하되 어떻게 해야 할 것인지 논의했으면 합니다."

지구사령관이 토론의 단계를 바꾸었다.

한동안 아무도 말이 없었다.

"저어…… 이동을 헐라면 한시라도 빨르게 허는 것이 좋겠는디라. 쪼끔이라도 덜 위태로울 것잉께라."

군당위원장의 의견이었다.

"그게 좋겠지요. 그런데 현재의 상황이 어떤지부터 정확하게 파악하는 것이 어떨까 합니다."

이해룡이 덧붙였다.

"좋은 생각인 것 같소. 소장 동지의 의견은 어떠신지요?"

지구사령관이 김범준에게 눈길을 돌렸다.

"현명하게 의견 통일이 된 것 같소. 그러니 시간을 지체할 것 없이 오늘 밤에 곧 적의 동태파악에 나섰으면 하오. 우리한테는 시간 여유가 없소."

"예, 그럼 어떤 방법이 좋겠습니까?"

지구사령관은 그 방법 결정을 김범준에게 위임하고 있었다.

"내 생각으론 말이오, 정찰대를 따로 보낼 것이 아니라 여기 있는 사람들 모두가 각기 정찰대를 이끌고 나서서 서로 다른 방향에서 직접 확인하는 게 어떨까 싶소. 우린 태반이 비무장에다가, 섬진강을 건너야 하는 어려움이 있소. 그러니 정찰이 확실하지 않으면 안 될 거요."

"아니 그럼, 소장 동지께서도 정찰을 나서시겠다는 겁니까?"

이해룡이 의아스러운 얼굴을 했다.

"그렇소."

김범준이 고개까지 끄떡해서 뜻을 분명하게 나타냈다.

"그건 좀 곤란한 문제 같습니다. 간부보존 원칙에도 어긋나고, 상황도 달라져 위험을 예측하기가 어렵습니다."

이해룡이 정면으로 반대하고 나섰다.

"하먼이라, 허실 일이 따로 있제라. 워찌 고런 일얼 직접 나스실라 긍가요. 즈그덜이 자알 알아서 허겄구만이라."

군당위원장이 고개를 저었다.

"날 염려하는 두 동지 마음 고맙소. 그러나 간부보존을 따지자면 세 동지들도 정찰에 나서면 안 되는 것이오. 해당행위가 아닌 한 위기상황 앞에서 원칙은 옆으로 밀쳐지게 돼 있소. 이건 대원들 수천 명의 생사가 달려 있는 중대사요. 더 재론하지 말고 내 의사를 접수해 주기 바라오."

김범준의 말에 아무도 더 입을 열지 못했다.

그들은 다섯 명씩으로 정찰조를 짜고 날이 어두워지기를 기다렸다. 그들은 화엄사를 중심으로 섬진강 쪽을 향해 네 방향을 정해

놓고 있었다. 지리산 밑자락을 구불구불 감돌아 흐르고 있는 섬진
강은 전남도당의 빨치산들에게는 무엇보다도 큰 장애였다.

날이 완전히 어두워지자 그들은 제각기 정해진 방향을 찾아서
흩어졌다.

김범준은 남쪽방향인 마산면 쪽을 맡았다. 매복을 피해 계속 산
자락을 밟으며 남쪽으로 이동했다. 산세가 약해지면서 어둠 속 저
편으로 서시천 들판이 어슴푸레하게 보였다. 그런데 별로 멀지 않
은 거리에 밝은 불빛들이 줄을 잇고 있었다. 20여 개의 그 불빛들
은 아무런 거리낌이 없는 것처럼 어둠 속에서 빛을 발하고 있었다.

"쩌것 요상시러운디요!"

길을 잡고 있던 대원이 걸음을 멈추며 빠르게 속삭였다.

"저게 뭐요?"

김범준도 빠르게 물었다.

"저런 불빛이 메칠 전에는 없었는디요. 요상허구만이라."

"저기가 어디요?"

"황둔마실이라고, 검은개덜 초소가 있든 자리구만이라."

"그럼 동무가 저 지점을 마지막으로 본 게 언제요?"

"긍께…… 한 사나흘 되는구만요."

"그때는 불빛이 몇 개나 됐었소?"

"검은개덜 초소 한나였는디요."

"동무 생각에는 저게 무슨 불빛 같소?"

"금메요, 노란개덜이 몰린다는 말이 있등마, 그것 같구만이라."

"좋소, 가까이 접근해서 확인합시다. 두 동무는 여기서 대기하시오."

김범준은 길잡이대원과 함께 몸을 바짝 낮추고 불빛을 향해 기민하게 움직였다.

그 불빛들은 천막에서 새어나오고 있었다. 그 거리낌 없이 내비치고 있는 불빛들처럼 말소리들도 거침없이 들려오고 있었다. 빨치산의 기습쯤은 전혀 염려하지 않는다는 듯한 기세였다. 천막에서부터 시작해서 그 모든 것이 국방군이라는 것을 김범준은 확인했다. 앞일이 난감해지는 것을 느꼈다. 섬진강과 국방군에 이중으로 포위되어 있는 기분이었다.

김범준은 제자리로 돌아왔다.

"대장 동지, 노란개덜이 맞제라?"

길잡이대원이 참고 있었던 말을 내놓았다.

"맞소."

"질얼 워디로 잡을게라?"

"조심해서 계속 섬진강 쪽으로 잡으시오."

"야아."

거기서 한참을 더 남쪽으로 걸어내려가 하사저수지를 옆으로 지나 용두리를 맞바라보게 되었다. 그곳에는 아까보다 두 배는 되는 불빛들이 진을 치고 있었다. 용두리 바로 앞에는 섬진강이 흐르고 있었다.

"됐소, 돌아갑시다."

김범준의 낮은 소리는 침통했다.

김범준이 도착해 보니 다른 정찰조들은 이미 돌아와 있었다. 굳이 여러 말이 오갈 필요가 없었다. 정찰 결과는 다 똑같았던 것이다.

"어쩔 도리가 없는 일이오. 도당의 지시를 따르기에는 이미 때가 늦었소. 국방군이 대대적인 공세를 취할 준비를 하고 있는 게 확인됐으니 우리도 여기서 투쟁을 준비할 수밖에 없소. 다 같이 효과적인 투쟁 방법을 강구하도록 합시다."

김범준의 어조에는 어떤 결의가 서려 있었다.

"소장 동지, 도당에서 다시 병력을 빼라고 한 것은, 그럼 도당 쪽에는 국방군 투입이 없다는 뜻입니까?"

이해룡의 물음이었다.

"글쎄요, 꼭 그럴 것 같진 않소. 여기보다는 좀더 안전하다는 뜻으로 받아들이는 게 어떨까 싶소. 적들도 그들 나름의 정보에 따라 지역별로 우리 쪽 병력현황을 파악해서 자기네들 병력도 배치했을 것 아니겠소? 지금 우리 쪽 병력이 가장 집중적으로 많이 모여 있는 곳이 이곳 지리산인 것 같은데, 그럼 적들도 이곳에 병력을 제일 많이 투입했을 것 아니겠소."

김범준의 판단은 정곡을 찌르고 있었다.

"그럼 지난번 우리 도당이 이동해 온 것도 적들을 더 많이 끌어들이는 결과가 된 셈이겠지요?"

이해룡이 또 물었다.

"그리 보아도 큰 착오는 없을 것 같소."

그건 도당이 범한 오류 아닙니까, 하는 말이 곧 나오려는 것을 이해룡은 가까스로 참아내고 있었다. 도당을 떠나오기 전에 하대치·안창민과 함께 이야기를 나누며 어딘가 석연찮은 기분이 들었던 것이 퍼뜩 떠올랐다.

그들 사이에서는 더 말이 오가지 않았다.

지난 10월 25일에 휴전회담 장소를 개성에서 판문점으로 옮겼고, 그 한 달 뒤인 11월 27일에는 30일간의 잠정적 군사경계선 획정을 합의했다. 모든 전선에 걸쳐서 30일 동안 쌍방이 공격을 중지하기로 한 소강상태를 이용해서 11월 25일에 먼저 남원에 백선엽 야전군사령부가 설치되었다. 그리고 동부전선에 배치되어 있던 수도사단과 8사단이 지리산 일대로 급히 이동했다. 따라서 기존하고 있던 서남지구 전투사령부 경찰병력과 군병력도 거기에 발을 맞추게 되었다.

수도사단은 사단본부를 순천에 두고, CP(전방지휘소)를 지리산 서남쪽 관문인 구례에 설치했다. 그리고 8사단은 사단본부를 전주에 두고, CP를 지리산 서북쪽 관문인 남원에 설치했다. 따라서 서남지구 전투사령부 병력은 지리산 동남쪽에 진을 치게 되었다. 그러니까 이남 빨치산의 중추세력을 형성하고 있던 전남·전북과 경남의 세 도에 각각 전투사단 하나씩이 배치된 것이며, 그 공격목표는 지리산이었다.

김범준과 세 간부가 정찰을 통해 확인한 국방군들은 그 대규모 병력 중의 지극히 일부에 지나지 않았다.

12월 1일 마침내 부산·대구를 제외한 각 지역에 비상계엄령이 선포되었다. 그리고 다음 날인 12월 2일 서남지구 공비토벌작전이 개시되었다.

눈 덮인 지리산 골짜기마다 박격포탄들이 작렬해 대기 시작했다. 박격포탄은 한꺼번에 열댓 발씩 날아와 아무 데서나 마구 터져올랐다. 포탄들이 여기저기서 쥘부채를 확확 펼치는 것처럼 빛살을 뿌려대며 터져오를 때마다 폭음이 진동해 산을 흔들어댔고, 그 소리들은 겹겹인 지리산의 봉우리 봉우리들을 울려대며 겹메아리를 만들어냈고, 포탄들은 한 골짜기에서만 터지는 것이 아니라 여러 골짜기에서 한꺼번에 터지고 있어서 폭음은 폭음끼리 부딪치고, 메아리는 메아리끼리 부딪쳐 지리산의 골짜기 골짜기들은 곧 무너져내릴 것처럼 뒤흔들리고 있었다. 어디서 날아오는지 모를 포탄들이 미친 듯이 아무 데서나 터져오를 때마다 바위들이 깨져 우당탕탕 굴러내리는가 하면, 나무들이 우지끈 뚝 부러지며 나가넘어지기도 했고, 계곡물이 무수한 물방울들을 튕기며 솟구쳐오르기도 했다. 그런데 사람들의 모습은 보이지 않은 채 느닷없이 비명소리들이 찢어지며 폭음에 휘감기기도 했다. 그건 비트에 포탄이 떨어진 것이었다. 포탄이 쉴 새 없이 떨어지자 사람들은 여기저기서 모습을 드러내기 시작했다. 무장을 하지 않은 그들은 몇 명씩 조를 짜서 비트에 숨어 있다가 포탄공격의 위협을 더 견디지 못하고 밖으로 뛰쳐나온 사람들이었다. 그들 중에는 더러 대창이나 쇠창 같은 것을 가지고 있기도 했다. 그런 원시무장은 작렬해 대는 박격포탄과 좋은 대조를 이루고 있었다. 비트를 벗어난 그들은 어디로 갈 줄을 몰라 우왕좌왕하고 있었다. 그런 그들을 박격포탄이 피해갈 리가 없었다. 그들을 향해서도 포탄은 사정없이 떨어졌고, 폭음에 비명이 섞이면서 그들의 몸은 솟구치는 빛살과 함께 떠올랐다. 그리고 그들의 몸뚱어리는 터지고 갈라지고 찢어져 사방으로 흩어졌다. 흰 눈 위에는 시뻘건 피가 낭자하게 뿌려졌고, 몸에서 떨어져나간 팔다리들은 눈을 핏물로 적시며 한참씩 푸들거리는 경련을 일으켰다. 그리고 여기저기서 처절한 비명소리가 폭음을 이겨내며 허공을 쥐어뜯다가 끊어지고는 했다. 배가 터져 내장이 다 흘러나온 사람, 가슴이 파헤쳐진 사람, 얼굴 반쪽이 날아가버린 사람, 머리통이 떨어져나가버린 사람, 팔다리가 없어져버린 사람, 박격포탄을 맞은 사람들의 몰골은 처참하기 이를 데 없었고, 곧 숨들이 끊어지고 말았다.

화엄사골, 문수리골, 피아골이 다 똑같은 형편이었다. 토벌대의 공세에 대비해 비무장들을 비트에 피신시키고, 무장병력으로 소조 분산투쟁을 전개하기로 했었다. 그런데 무차별한 박격포공격 앞에서 그 계획은 완전히 혼란에 빠져들고 말았다. 피아골을 맡은 이해룡은 비트를 벗어나기 시작한 비무장들을 어떻게 수습해야 할 것인지 난감해져 있었다. 공포감으로 비트를 벗어나버린 사람들을 다시 비트로 돌아가게 할 도리는 없었다. 그리고 소낙비 퍼붓듯 하는 포공격 앞에서 비트에 피신한다는 것도 옳은 작전이 아니었던 것이다. 그것은 어디까지나 이렇게 심한 포공격을 전제로 하지 않고 짜여진 작전이었다. 포공격은 일단 신속하게 피하는 것이 상책이었다. 그러나 적들은 포공격으로 끝나는 것이 아니었다. 먼저 포공격으로 이쪽을 혼란에 빠뜨린 다음 병력을 투입할 것은 전투의 상식이었다. 적들의 개인화력 또한 자신들보다 월등하게 강했다. 그런데 그런 적들을 맞아 무장병력으로 싸우는 것만도 벅찬데, 무장병력보다 몇 배가 더 많은 비무장들을 어떻게 보호하며 싸울 것인가. 이해룡은 그 모순된 혼란에 빠져 있었다. 그러나 빨리 결단을 내려야 했다. 포탄은 계속 날아들고, 대원들은 눈앞에서 퍽퍽 쓰러져가고 있었다. 박격포공격과 적의 침투공격을 동시에 피하기 위해서는 일단 골짜기를 벗어나야 했다. 골짜기를 벗어나는 것은 좌우에 있는 문수리골이나 칠불사골 중 어디로 옮기는 것이 아니었다. 그 계곡들도 공격을 받고 있기는 마찬가지였다. 길은 단 하나, 주능선을 향해 한 걸음이라도 빨리 치올라가는 것이었다. 그 다음은 그때의 상황에 따라 대처할 수밖에 없었다.

"부대별로 부상자들을 안전한 비트에 피신시키고, 반드시 치료원들을 붙일 것. 그리고 다른 대원들은 전부 출발준비하라고 전하시오."

이해룡은 다섯 명의 연락병들을 한꺼번에 띄웠다.

비트를 벗어난 대원들이 우왕좌왕하고, 부상자들의 비명소리가 얽히고설키고, 포탄들은 여기저기서 터져오르고, 부상자들을 업거나 부축하며 허겁지겁 옮기고, 부대별로 빨리 모이라는 외침이 이리저리 엇갈리고…… 이해룡은 이를 앙다문 채 그런 어지러운 광경을 눈 휘둘러가며 살피고 있었다. 그의 가슴에서는 적에 대한 증오와 대원들에 대한 안타까움이 뒤섞이고 있었다. 저 대원들이 다 무장만 되었더라도……. 그는 뿌드득 이빨을 갈았다.

"준비가 끝난 부대부터 주능선을 향해 출발하도록!"

이해룡은 다시 한 번 연락병들을 띄웠다. 그리고 그는 무장대를 집결시켰다.

"무장대는 맨 뒤에 위치하며 비무장들을 보호하고, 공격해 오는 적을 막아야 하오."

이해룡은 무장대원들을 둘러보며 비장하게 외쳤다.

비무장대원들은 골짜기의 양쪽 비탈을 타고 위를 향해 올라가기 시작했다. 고무신이나 짚신이 대부분인 그들의 발에 눈덮인 비탈이 얼마나 미끄러울 것인지는 더 말할 것이 없었다. 그런 데다 그들의 뒤를 박격포탄이 쫓고 있었다. 그들은 미끄러지고 넘어지고 구르면서도 사생결단 비탈을 기어오르고 있었다.

무장대가 뒷수습을 하며 마지막으로 출발했다. 박격포의 공격이 뜸해지는 것 같았다. 그것은 바로 새로운 위험을 뜻하는 것이었다. 적들의 병력이 이미 산으로 침투하고 있다는 증거였던 것이다. 적이 계속 추격해 올 경우 주능선에서 어떻게 해야 할 것인가를 골똘히 생각하며 이해룡은 눈을 밟아나가고 있었다. 이렇게 전체가 움직이는 것이 옳을까. 아니면, 비무장들을 부대별로 분산시키고 거기다가 무장대 몇 명씩을 붙이는 것이 옳을까. 화엄사골과 문수리골에서는 어떻게들 하고 있을까. 유격전의 원칙대로 하자면 소조로 분산시켜야 한다. 골짜기 하나에 샛골짜기가 수십 개씩인 지형으로 봐서도 그것이 옳다. 그러나 문제는 비무장이 너무 많았다. 전투력이 전혀 없는 비무장을 소조로 나누고, 그 5분의 1 정도에 불과한 무장대에게 맡겨 샛골짜기에 분산시켰을 때 적과 맞서 제대로 생명들을 부지할 것인가. 그렇다고 전체가 움직이는 것은 또 얼마나 위험한가. 큰 규모로 움직이면 큰 적이 따른다. 적들은 분대까지도 다 무전기를 가지고 있지 않은가. 전체가 움직이다가는 기동성이 약해지고, 그러다 보면 적들의 통신망에 걸려 포위당할 위험은 또 얼마나 큰가. 포위를 당하면 적의 화력 앞에서 몰살을 면하기가 어렵지 않은가. 지금 나에게 주어진 임무는 무엇인가. 적을 무찌르는 것인가. 아니다, 비무장대원들을 보존시키는 것이다. 한 사람이라도 더 많이 생명을 지키게 해 그들을 무장대로 바꾸는 것이 내가 할 임무이다. 그렇다면 소조로 분산시켜야 한다. 그것이 희생을 줄이는 유일한 길이다. 그 다음에는 골짜기 많은 지리산을 믿자. 이해룡은 안전지대를 확보한 다음 부대를 소조로 분산시킬 것을 마음 굳혔다.

박격포탄 터지는 소리는 가끔씩 들렸다. 그 대신 소총소리들이 자주 들리기 시작했다. 토벌대들이 뒤쫓아오고 있었던 것이다. 이해룡이 명령을 내리지 않아도 대원들의 움직임은 더 빨라지고 있었다. 여자들도 남자들에 못지않게 발이 빨랐다.

임걸령에 다다랐을 때였다. 반대편 골짜기에서 총소리가 요란하게 울려대며 산울림을 일으키고 있었다.

"저기가 뱀사골이오, 달궁골이오?"

이해룡은 선요원에게 물었다.

"달궁골이제라."

"그럼 전북도당 쪽에서도 동시에 공격을 시작했구만!"

"그렁마요."

이해룡은 그때서야 국방군들이 지리산을 완전히 둘러싸고 일시에 공격을 감행하고 있다는 것을 깨달았다. 임걸령에 도착하기 전까지만 해도 구례 쪽에서 시작된 부분적인 것이 아닐까 하는 생각을 했었던 것이다. 지리산 전체를 둘러싸고 골짜기마다 적들이 파고들고 있다면 그거야말로 난감한 일이 아닐 수 없었다. 지리산이 아무리 넓고 골짜기들이 많다고 해도 큰 골짜기마다 화력 강한 적들이 파고들면 모든 길이 차단되면서 자신들은 포위상태에 빠지는 것이었다. 도대체 얼마나 많은 병력을 동원했길래 전남 쪽과 전북 쪽에서 동시에 공격을 감행할 수 있는 것인가……. 이해룡은 아연하지 않을 수 없었다. 그러나 잠시도 지체할 수가 없었다. 그는 부대의 소조편성을 서둘렀다.

비무장 30명에 무장 다섯 명씩을 붙게 했다. 소조로서는 약간 많은 인원이었지만 무장병을 더 분산시킬 수는 없었다. 최소한 다섯 명은 되어야 적과 전투가 가능했던 것이다.

소조가 편성되는 동안 이해룡은 자신이 거쳐온 피아골 쪽을 바라보고 있었다. 눈 덮인 산줄기들이 억센 뼈대를 드러낸 채 뻗쳐져 있었다. 나뭇잎들이 무성한 여름에는 우람하면서도 부드러워 보이던 산들이 잎들이 다 떨어지고 나자 그 본래의 모습을 있는 대로 드러내 더없이 억세고 거칠어 보였다. 각들을 세우며 뻗어나간 산줄기에 눈까지 덮여 그 냉엄함은 더 위협적이었다.

"동지 여러분, 지금 지리산은 골짜기마다 적들의 기습을 받고 있습니다. 그러니까 우리는 지금부터 소조투쟁으로 들어갑니다. 적의 공격이 얼마나 오래갈지 모르지만, 그때까지 각 소조는 피아골의 골짜기마다 분산해서 투쟁해야 합니다. 다 알다시피 우리는 무장이 절대적으로 약하므로 적과 접촉하는 것을 필히 피해야 합니다. 우리가 지금부터 해야 할 것은 목숨보존투쟁입니다. 먼저 살아남고 그리고 적과 계속 싸워야 합니다. 우리가……."

그때 동쪽에서 비행기가 날아왔다. 그들은 반사적으로 흩어지며 엎드렸다. 그러나 비행기는 폭격기가 아니었다. 비행기는 눈가루를 뿌려대듯 하얀 것들을 토해내고 있었다. 그 하얗게 반짝거리면서 무수하게 흩날리는 것들이 삐라라는 것을 그들 모두는 금방 알아보았다.

"동지 여러분, 빨리빨리 행동을 개시하시오!"

이해룡은 비행기 소리에 맞서듯 큰 소리로 외쳤다.

무장병 아홉을 따로 뽑은 이해룡은 소조들이 골짜기로 다시 흩어져가는 것을 지켜보고 있다가 맨 마지막으로 임걸령에서 발길을 되돌렸다. 그는 자신을 포함한 열 명으로 돌격대를 짠 것이었다. 대원들을 보호하기 위해 적들을 찾아다니며 산개전투를 벌일 작정이었다.

이해룡이 몇 걸음 옮기지 않아 삐라들이 여기저기 떨어져내렸다. 그는 한 장을 집어들었다. 그림이 먼저 눈에 들어왔다.

독 안에 든 쥐를 국방군이 총으로 겨누고 있었다. 그리고 글씨가 씌어져 있었다. '너희들은 독 안에 든 쥐다. 빨리 투항하면 살 수 있다.' 그 밑에 적힌 것이 '야전군사령관 백선엽'이었다.

삐라종이는 두껍고 질이 좋은 모조지였다. 눈과 바람이 심한 산중에서 오래 견디도록 한 것임을 이해룡은 금방 알아챘다.

"개애새끼들, 돈들도 많네!"

이해룡은 삐라를 박박 찢어대고 있었다.

비행기는 그때까지도 계속해서 삐라를 뿌려대고 있었다. 수없이 해뜩거리며 날리고 있는 삐라들로 지리산의 하늘은 꼭 눈발이 휘날리고 있는 것처럼 보였다.

이해룡은 일부러 토벌대를 찾아다닐 필요가 없었다. 오히려 그들을 피해 몸을 숨겨야 할 정도로 토벌대들은 산을 뒤덮고 있었다. 군인의 작전법은 경찰과는 정반대였다. 경찰은 골짜기의 아래서부터 위로 밀어올리는 데 비해 군인은 능선을 따라 산으로 올라와서는 상황이 벌어질 때마다 아래로 밀어내리는 작전을 썼다. 그건 화력으로나 병력으로나 압도적으로 우세한 입장에서 나오는 작전이었다. 그건 공격을 우선으로 하는 일종의 포위작전이었다. 그래서 이쪽에서는 군인들을 공격하기도 좋았지만 공격당하기도 쉬웠다. 그러나 함부로 기습을 시도하기가 어려웠다. 능선마다 포진해 있는 군인들의 수가 워낙 많았던 것이다. 그건 여지껏 겪어보지 않았던 상황이었다. 이길 가망이 없는 적과 대적하는 어리석음을 범하지 말고 몸을 감추는 데 전력하는 것이 현명한 일이었다.

군인들은 능선을 따라 이동하며 수색전을 펴고 있었다. 그러니 몸을 안전하게 숨긴다는 것도 쉬운 일이 아니었다. 군인들의 움직임에 따라 이쪽에서도 은신처를 바꿔야 했다. 그러나 나뭇잎들이 다 떨어져버리고, 풀들도 다 고스러져버린 산에는 눈까지 덮여 있었다. 산죽밭을 빼면 마땅히 은신할 만한 데는 찾기도 어려운 곳이 겨울산이었다. 그렇다고 산죽밭이 안전한 은신처도 아니었다. 적들은 산죽밭만 보면 난사를 해댔던 것이다. 그러면 느닷없는 비명이 터져나오기도 했고, 그 속에 숨었던 대원들이 도주하기도 했다. 이해룡은 그 넓고 넓은 지리산이 갑자기 손바닥만 하게 좁아져버린 것을 느꼈다.

밤이 되어도 토벌대를 기습하기는 가능하지 않았다. 토벌대들은 날이 어두워지면 모닥불을 피워올리기 시작했다. 그 불빛들은 능선을 따라 점점이 찍혀나가면서 4월 초파일날 절에서 꽃등들을 줄줄이 달아놓은 것 같은 모양을 이루었다. 능선마다 줄을 잇고 있는 불빛들은 그대로 불꽃놀이였다. 그 많은 불빛들은 토벌대들의 수가 얼마나 많은가를 보여주는 동시에 골짜기마다 포위상태에 빠져 있음을 입증하고 있었다. 빨치산들은 어두운 골짜기에 분산된 채 그 불빛들을 바라보며 혹독하게 추운 밤을 견디어야 했다.

토벌대는 날이 새면 수색전을 다시 시작했고, 빨치산들은 노출을 피해가며 골짜기 골짜기를 헤집고 다녔다. 그 목숨을 건 숨바꼭

질 속에서 산을 흔들어대는 총소리는 이 골짜기 저 골짜기에서 쉴 새 없이 이어지고 있었다. 그때마다 빨치산들은 죽어가고 있었다. 이해룡은 죽은 지 얼마 안 되는 빨치산들의 시체를 볼 때마다 치를 떨었다. 그러나 그 치떨림을 갚을 만한 무슨 방법이 없었다. 가끔 군인의 시체도 발견할 수가 있었다. 그런데 그 시체들은 거의가 맨발에 속옷바람이었다. 그 경황 중에서도 앞서간 대원들이 '무장획득'과 '월동준비'를 철저하게 하고 있는 것에 이해룡은 어떤 처절감을 느끼고는 했다. 하나의 국방군을 죽이는 것은 적 하나를 제거하는 것으로 끝나지 않았다. 총과 실탄이 생겨 대원 하나가 무장을 갖추게 되는 것은 더 말할 것도 없었고, 방한모에서부터 옷을 거쳐 방한화까지, 버릴 것이라고는 하나도 없었다. 버릴 것은 단 하나, 이미 숨이 끊어져 못 쓸 물건으로 변해버린 시체였다.

군인들은 떠날 줄을 몰랐다. 나흘이 지나고, 닷새가 지나도 처음과 똑같은 기세로 작전을 해대고 있었다. 비행기는 하루도 빠짐없이 삐라를 뿌려대고 있었다. 그 삐라들은 눈 위에 떨어져 바람을 타고 어지럽게 날아다녔다. 날이 갈수록 날씨는 혹독하게 추워지고 있었다. 눈은 자꾸 내리고, 눈이 그치고 나면 살을 후벼파는 것 같은 강풍이 휘몰아쳤다. 밤이 되면 날씨가 더욱 추워졌지만 불을 피우지 못한 채 군인들이 피워대는 능선의 불길만 바라보며 꽁꽁 얼어야 했다. 추위는 어찌어찌 견딘다 하더라도 문제는 비상식량이 다 떨어진 것이었다. 이해룡의 소조에 식량이 동이 난 것은 닷새째였다. 그동안에 생쌀을 씹어오면서도 절약을 할 만큼 했던 것이다.

앞으로 먹을 수 있는 건 눈과 소금뿐이었다. 이해룡은 흩어져 있는 모든 대원들이 다 똑같은 형편이라는 것을 생각했다. 군인들이 언제까지 머무를지 모르지만 아무쪼록 그때까지 잘 버텨주기를 바랄 수밖에 없었다. 그들이 굶주리다가 지쳐 혹시라도 삐라에 현혹되지 않을까 하는 염려도 생겼지만 그는 그런 생각을 애써 떼쳐냈다. 빨치산은 얼어죽고, 굶어죽고, 총 맞아 죽을 각오를 해야 한다고 귀가 아프게 실시해 왔던 그동안의 학습을 믿을 수밖에 없었다. 그 세 가지 각오는 바로 지금과 같은 상황에 딱 들어맞는 것이었다.

이해룡은 잠자리를 만들라고 지시했다. 생쌀마저 씹을 수 없게 된 형편에 추위나마 덜 느끼게 하려는 것이었다. 대원들은 바람막이를 할 수 있는 바위를 찾아내고, 눈 위에다가 생솔가지를 꺾어다 깔았다. 네 사람씩 몸을 바짝바짝 붙이고 생솔가지 위에 쪼그리고 앉았다. 그리고 네 사람이 담요 한 장으로 몸을 둘렀다. 나머지 두 사람은 보초였다. 그렇게 하고 앉으면 서로서로의 체온이 통하고, 또 담요가 다소나마 바람을 막아주어 어느 사이엔가 모르게 잠이 들고는 했다. 발은 아려빠지다 못해 감각이 없어진 지 오래였고, 바람과 눈보라가 휘몰아치는 속에서도 피로와 허기는 잠을 불러들였다.

세찬 바람에 나뭇가지들이 기괴한 소리들을 뿌리고 있었다. 바람을 탄 눈가루들이 사정없이 얼굴을 후려치고는 했다. 이해룡은 어둠을 응시한 채 김범준 소장을 생각하고 있었다. 나이 든 그분이

이 추위를 어떻게 견디고 있을까. 그동안 무슨 일은 없었을까. 그분이 밥을 굶으면 어떡하나. 안 굶을 리가 없는데…… 그래서 될 일인가. 그러나 어찌할 것인가. 하긴 따로 어떻게 밥을 마련한다 해도 혼자 잡수실 분이 아니지. 그분은 이 싸움을 어떻게 생각하고 계실까. 이렇게 장기전이 되다간 전멸을 당하게 될 텐데 그분은 대체 어떻게 생각하고 있을까. 이대로 죽을 각오를 해야 하는 것일까…… 아니야, 아니야! 이대로 죽긴 너무 억울해, 너무 억울해! 그러나 일 돼가는 게, 이게 영 이상하지 않은가. 휴전이니 정전이니 해쌓더니 이렇게 어마어마한 병력이 밀려들다니. 이번에 끝장을 내고 말겠다는 것인 모양인데…… 염상진·안창민은 어떻게 생각하고 있는 것일까. 아, 답답해라. 직위가 높아진다는 것은 좋은 일이 아니다. 무슨 일을 의논할 사람도, 물어볼 사람도 점점 줄어들면서 이렇게 외롭기만 하니까.

그때 들리는 말이 있었다.

"우리는 역사를 믿어야 한다. 우리가 오늘 죽는 것은 패배가 아니라 내일로 확정된 역사의 승리를 위해서다. 우리는 비록 죽더라도 우리의 투쟁은 역사 위에서 반드시 되살아난다는 것을 믿어야 한다. 그런 확고한 역사의 신뢰 없이 진정한 투쟁은 나올 수 없고, 현실적 성공만을 바라면서 투쟁에 나섰다면 그거야말로 가장 파렴치한 기회주의다."

염상진 선배의 말이 바람 속에서 쟁쟁히 울려오는 것을 이해룡은 듣고 있었다. 그 말은 일찍이 1949년 겨울, 투쟁이 최악의 상태로 몰릴 때 했던 말이었다. 그때나 지금이나 상황은 비슷했고, 염상진 선배의 마음에는 추호의 변화가 없으리라는 것을 그는 되짚어 확인하고 있었다. 그는 어금니를 맞물며 눈을 내리감았다.

매일 삐라는 뿌려지고, 날씨는 더욱더 냉혹해져가고, 토벌대의 수색을 피해 샛골짜기들을 끝없이 헤매고, 눈을 뭉쳐 먹고 한끼, 소금을 찍어서 먹고 또 한끼, 그렇게 하루하루를 보내며 기진맥진되어 가고 있는 어느 날 토벌대들은 꼭 거짓말처럼 깨끗하게 모습을 감추고 말았다. 작전이 끝난 것이었다. 이해룡은 아홉 명의 부하들과 한 덩어리가 되어 얼싸안았다. 모두 무사하게 살아났다는 감동이 서로를 얼싸안게 했다. 그리고 또, 그 처절한 투쟁을 견디어냈다는 감격의 표현이기도 했다. 이해룡으로서도 그토록 고통스럽고 힘겨운 투쟁을 겪은 것은 처음이었다. 혹한과 싸우고, 굶주림과 싸우고, 적의 총구를 피하는 세 가지가 한꺼번에 겹친 싸움이었던 것이다. 총을 마음대로 쏠 수 있는 싸움에 비해 총을 가지고서도 쏠 수 없는 싸움이 얼마나 더 어려운 것인가도 처음 겪은 경험이었다.

이해룡은 부하들이 눈 위에 픽픽 주저앉는 것을 보면서, 그동안 꼭 15일이 지났고, 밥을 굶은 것이 열흘이라는 것을 계산해 내고 있었다.

"동무들, 힘내시오. 오늘 당장 보투를 나갑시다!"

이해룡은 힘껏 외쳤다.

이해룡은 탈진한 몸을 이끌고 처음의 집결지를 찾아갔다. 모닥불부터 피우게 해서 대원들을 기다렸다. 그러나 한나절 이상 기다린 결과는 이해룡의 무릎을 꺾이게 했다. 절반 이상의 대원이 돌아오지 않았던 것이다. 아직 토벌대가 물러간 줄을 모르고 있을지도 모른다는 가정은 별로 신빙성이 없었다. 대원들 전체가 눈 부릅뜨고 한 일이 토벌대의 움직임을 탐지하는 것이었기 때문이다. 돌아오지 않는 대원들이 다 총을 맞아 죽었다고는 할 수 없었다. 얼어죽기도 했을 것이고, 굶어죽기도 했을 거였다. 이해룡은 자신이 취했던 방법이 옳았던가를 다시 생각해 보지 않을 수가 없었다. 그러나 자신이 대원들 모두를 직접 이끌었다고 해서 더 좋은 결과가 나왔으리라는 자신감을 가질 수가 없었다.

이해룡은 최선을 다한 결과에 더 이상 아쉬움을 갖지 않기로 했다. 자신에게는 살아남은 대원들을 한시라도 빨리 먹여 원기를 회복시켜야 하는 또다른 책임이 있었던 것이다. 눈 위에 지쳐 쓰러져 있는 대원들이 그 임무수행을 말없이 요구하고 있었다.

"동무들, 다 같이 힘냅시다. 지금부터 보투 나갈 부대를 편성하도록 하겠소!"

이해룡은 목청을 돋우며 몸을 일으켰다.

29

각 도당 동계대공세

12월 19일 전남도당은 백운산지구에서부터 백아산지구까지 일시에 공격을 당하게 되었다. 지리산에서 빠진 수도사단 병력이 그대로 돌아서서 전남도당의 핵심 유격지구들을 공격해 오기 시작했던 것이다.

지리산에서 군토벌대의 작전이 진행 중인 동안 전남도당은 미리 입수한 정보에 따라 각 지구에 공격대비령을 내렸다. 염상진이 총사의 병력을 이끌고 도당사령부가 옮겨간 백운산으로 급히 이동한 것도 그 일환이었다.

군토벌대는 순천을 중심으로 오른쪽으로 광양·구례·곡성을 잇고, 왼쪽으로는 벌교·장흥·화순을 잇는 공격선을 구축했다. 그 동그라미 안에 전남도당의 살아 있는 유격지구는 다 포함되었다. 백운산지구·백아산지구·조계산지구·유치지구가 그것이었다. 그렇게 외곽선을 구축한 토벌대의 공격방법은 지리산에서나 마찬가지였다. 박격포탄부터 숨 돌릴 겨를 없이 퍼부어댔던 것이다.

그러나 박격포공격은 지리산에서처럼 그렇게 실효를 거두지 못하고 있었다. 빨치산들이 미리 대비하고 있었는 데다, 그들은 전투경험이 많은 무장병들이었던 것이다. 그래서 포공격이 끝난 다음에는 토벌대와 빨치산 사이에 치열한 전투가 곳곳에서 벌어졌다.

염상진은 군토벌대가 1차로 화력전을, 2차로 병력전을 전개한다는 것을 미리 알고 있어서 처음부터 모든 대원들을 소조로 나눠 분산시켰다. 최소단위 두 명씩으로 나눠지고 그때그때의 상황에 따라 네 명으로, 여섯 명으로 뭉치는 식으로 기동성을 살리고, 또 상황이 변하면 일시에 흩어져 두 명씩 분산되는 산개전을 벌이기 위해서였다. 그건 적의 화력전의 피해를 최대한 줄이면서, 병력전을 교란시키자는 것이었다. 그런 기본전술은 이미 각 지구에도 전달되어 있었다. 빨치산들이 군토벌대보다 낫다는 것은 지리를 잘 아는 것과, 산을 빨리 타는 것뿐이었다. 그 두 가지를 십분 활용해서 곤경에서 벗어나는 길은 산개전뿐이었던 것이다.

염상진은 산의 중턱 높은 위치에서 산개전이 벌어지고 있는 것을 주시하고 있었다. 군인들은 무모하리만큼 여기저기 능선만을 골라 타고 올라오다가 산개전에 걸려들고 있었다. 어디선가 쏘아대는 총소리를 쫓아 열댓 명이 대열을 벗어나 아래로 내닫고, 다른 쪽에서 총소리가 울리면 또 열댓 명이 그쪽으로 몰려가고, 그럼 총소리는 다른 데서 또 울려대고…… 예상했던 대로 토벌대의 대열이 혼란에 빠져드는 것을 보면서 염상진의 입가에는 차가운 웃음이 번지고 있었다.

이쪽 바위 뒤에서 빨치산이 불쑥 솟아나며 노랫가락을 뽑아냈다.

"인민유-우겨억대애."

그러면 열댓 명의 군인들은 총을 난사해 대며 그 바위를 향해 비탈을 뛰어올랐다. 도저히 투척거리가 안 되는데도 수류탄이 터지기도 했다. 그러나 총을 쏘아대던 빨치산은 금방 어디론가 자취를 감추고 없었다. 군인들이 어리둥절해 있을 때 저쪽 소나무들 뒤에서 빨치산이 또 불쑥 나타나며 외쳐댔다.

"전우야아 잘 자거라아!"

그러면 군인들은 그쪽으로 방향을 바꿔 우르르 몰려갔다. 그때 군인들의 뒤에서 총알이 날아들었다. 군인 서너 명이 픽픽 쓰러졌고, 소나무들 사이에 있던 빨치산은 어디로 갔는지 흔적이 없었다. 군인들은 다시 총알이 날아오는 쪽으로 방향을 돌려 반격할 수밖에 없었다. 그러면 뒤에서 또 총알이 날아와 군인 한둘을 쓰러뜨렸다. 그때서야 군인들은 두 패로 나누어 양쪽으로 공격을 시도했다. 그러나 군인들이 각각 바위와 소나무가 있는 데까지 진격했지만 빨치산들은 이미 간 데가 없었다. 화가 치밀어오른 군인들이 바위에 소나무에 총을 갈겨대고 있을 때 엉뚱한 곳에서 노랫소리가 들려왔다.

"울 밑에 선 봉선화야아 네 모양이 처량하다아……."

건너편 비탈 바위 위에서 빨치산 둘이 부르는 노래였다.

군인 2개 분대가 빨치산 두 명에게 그런 식으로 교란당하고 있었다. 겨울날씨이긴 했지만 지리산의 추위에 비하면 초가을날씨 정도에 불과했고, 눈도 내리지 않아 빨치산들의 기동성은 아무런 제약을 받지 않고 있었다.

"부사령, 부, 부사령 동지이!"

신음과 함께 이 소리를 토해내며 빨치산 하나가 바위 옆에 나둥 그러졌다. 염상진과 열 발짝 남짓 떨어진 거리였다. 그러나 염상진은 아래쪽에다만 정신을 쏟고 있느라고 아무런 기척을 느끼지 못하고 있었다.

그의 옆에서 총을 겨누고 있던 두 대원 중의 하나가 고개를 급히 돌렸다.

"부사령 동지! 쩌 한 동무가……."

그 대원이 소스라치며 외친 소리였다.

"뭐요!"

염상진이 몸을 홱 돌렸다.

"쩌그 한 동무가……."

"아니, 저게 누구요!"

염상진이 쓰러져 있는 대원 쪽으로 내달았다.

얼굴을 옆으로 돌린 채 땅바닥에 엎어져 있는 연락병 한대진은 숨을 헐떡거리고 있었다.

"한 동무, 이게 어쩐 일이오!"

한대진을 붙드는 염상진의 목소리는 절박했다. 그의 눈에 확 다가 든 것은 한대진 소년의 허리께에 뚫려 있는 피 번진 총구멍이었다.

"한 동무!"

염상진은 한대진 소년을 바르게 눕혔다. 배를 움켜잡고 있는 한대진 소년의 두 손은 시뻘건 피로 범벅되어 있었다. 그리고 복부 부분의 옷도 다 피로 젖어 있었다. 뒤에서 총을 맞은 복부관통이었다.

"한 동무, 나요. 나 알아보겠소?"

염상진이 안타깝게 외치며 한대진 소년의 어깨를 흔들었다.

"야아…… 부사령 동지…… 지가 못나게 총얼 맞아부렀구만이라."

한대진 소년은 눈을 똑바로 뜨려고 애쓰며 힘들게 말했다. 출혈이 심해 그의 얼굴은 하얗고, 입술은 경련을 일으키고 있었다.

"한 동무, 괜찮소. 정신 차리시오."

염상진이 우는 것 같은 얼굴을 가까이 디밀었다.

"부, 부사령 동지허고…… 항꾼에…… 해방되는 날얼 보고 잡었는디……."

한대진 소년은 힘들게 말하고는 통증이 솟기는지 얼굴을 일그러뜨리며 입술을 깨물었다.

"한 동무, 한 동무, 힘내시오."

염상진은 다급한 마음에 이렇게 말하면서도 자신이 헛소리를 하고 있다고 느꼈다.

"부, 부사령 동지…… 지년 어, 엄니도 아부지도 없어서…… 부사령 동지럴…… 부모맹키로 생각혔는디요……."

한대진 소년의 눈에서 눈물이 주르륵 흘러내렸다. 염상진은 그 뜻밖의 말에 가슴이 컥 막혔다.

"부, 부사령 동지…… 지녀 인자 틀렸웅께라…… 너무 아픈께라…… 쫘 죽여주씨요…… 얼렁 쫘 죽여주씨……."

한대진 소년이 한 손으로 염상진의 소매를 붙들며 부르르 떨었다.

"아니오, 한 동무, 힘내시오!"

염상진은 자신의 소매를 붙든 한대진 소년의 손을 잡으며 가슴이 미어지고 있었다. 한대진 소년이 염상진의 손을 맞잡았다.

"쫘 죽여주씨요……."

염상진은 자신의 손에 힘이 가해지는 것을 느꼈다.

"한 동무……."

"쫘 죽여주씨요……."

염상진은 손에 가해지는 힘이 더 강해지는 걸 느꼈다.

"한 동무……."

"아, 아부지이……."

염상진은 한대진 소년의 손이 풀려버리는 것을 느꼈다.

"한 동무!"

염상진은 눈을 흡뜨며 부르짖었다. 한대진 소년은 눈을 번히 뜬 채 숨이 끊어져 있었다.

"대진아아!"

염상진은 한대진 소년을 와락 끌어안았다. 그리고 얼굴을 비벼댔다. 한대진 소년을 품고 있는 그의 넓은 어깨와 등판이 들먹거리고 있었다.

언제 나타난 것인지 비행기가 삐라를 하얗게 뿌려대고 있었다.

먼저 뿌린 것들은 벌써 땅에 내려앉고 있었다. 염상진 옆에도 서너 장이 너풀거리며 내려앉았다. 그중의 한 장이 한대진 소년의 발치께에 떨어졌다. 그 삐라에는 한 식구가 단란하게 밥상에 둘러앉아 있는 그림이 그려져 있었고, 그 옆에 '그리운 너의 가족의 곁으로 돌아가라. 투항하면 생명을 보장한다'고 씌어 있었다. 사방에서 총소리는 점점 심해지고 있었고, 염상진은 일어날 줄을 몰랐다.

 군토벌대의 작전이 엿새째로 접어들고 있었다. 빨치산들은 차츰 몰리기 시작했다. 토벌대가 작전을 바꾸어나갔던 것이다. 처음에 말려들었던 산개교란전을 파악하게 되면서 수적인 우위를 이용해 포위작전이나 협공작전으로 나왔다. 어지간한 산은 빙 둘러싸고 토끼몰이하듯 밀어올렸으며, 어느 경우에는 보를 막듯이 퇴로를 차단하고 양쪽에서 밀어붙였던 것이다. 그런 몰살작전 앞에서 빨치산들이 믿을 건 기동력뿐이었다. 포위당하기 전에 빨리 벗어나야 하고, 협공당하기 전에 빨리 빠져나가야 했다. 그러다 보니 낮에는 줄기차게 피해야 했고, 밤을 이용해 기습공격을 할 수밖에 없었다. 그러나 기습공격도 그다지 용이하지는 않았다. 경계가 심한 데다 매복 또한 수없이 깔려 있었다. 군인들은 낮에하고는 달리 밤에는 자기네 발로 빨치산을 찾아다니지 않는다 뿐이지 그들 나름대로 방어적 야간전투를 충실히 수행하고 있었던 것이다. 상황이 그렇게 변하게 되니 빨치산들은 어쩔 수 없이 수세에 몰리게 되었다. 더구나 날이 가면서 각자가 가지고 있는 비상식량도 동이 나가고 있었다. 군토벌대의 작전이 장기화하고 있는 것도 바로 그 점을 노리고 있었던 것이다.

그런데 군인 대부대와 싸우게 되면서 빨치산들은 전혀 뜻밖의 일을 만나게 되었다. 이 산에서 저 산으로 옮겨붙고, 밤사이에 처음 산으로 다시 파고들고 하다 보니까 토벌대가 거쳐간 풀섶이나 낙엽들 사이에는 노랗게 윤나는 총알들이 심심찮게 떨어져 있었던 것이다. 빨치산들은 처음에 그 총알들을 선뜻 집지 못했다. 자기네들 상식으로는 총알을 그렇게 떨어뜨린다는 것은 상상도 할 수 없는 일이라서 그것들이 총알을 가장한 폭발물인지도 모른다는 의심을 했던 것이다. 그러나 아무리 살펴보아도 M1총알이 틀림없었다. 조심조심 총알을 빼내고 탄피에서 화약을 쏟아보았다. 그건 틀림없는 M1총알이었다. 빨치산들은 환성을 질렀다. 그리도 갖고 싶어했던 진짜 총알을 땅바닥에서 줍게 될 줄이야. 그들은 무거운 줄도 모르고 눈에 띄는 대로 총알을 주워담았다. 그전부터 군인들은 경찰과는 달리 탄피를 쓸어가는 일은 없었지만, 생생한 총알을 그렇게 함부로 버리고 있는 데는 그저 놀라지 않을 수가 없었다. 아마 국방군에서는 하루에 소모할 일정량을 매일 지급하고, 그것을 다 쏘아대지 못한 군인들이 나머지를 내버리는 것이 아닐까 하는 게 빨치산들의 추측이었다. 어쨌거나 빨치산들은 오래간만에 배부름을 느끼며 총을 맘 놓고 쏘아볼 수 있었다. 그리고 자기들의 목숨을 노리고 있는 적들에게 고마움을 느끼는 이율배반적 감정도 갖게 되었다.

빨치산들이 아무리 기동성을 발휘한다고 해도 포위망이나 협공에 전혀 안 걸릴 수는 없었다. 군토벌대는 빨치산의 기동성을 비웃는 무전기나 야전전화 같은 장비를 갖추고 있었던 것이다. 그런 장비들로 작전지휘를 받으며 움직이는 토벌대의 기동력은 더러 돌발상황을 만들어내고는 했다. 노출이 심한 겨울산이라서 토벌대의 통신장비들은 그 어느 때보다도 효과를 발휘하고 있었던 것이다.

백아산지구에서도 인민군 총위가 지휘하던 1개 연대 120여 명이 몰살한 데 이어 1개 중대 32명이 또 한 명도 살아남지 못한 사태가 벌어졌던 것이다. 그런데 이태식의 부대가 또다시 협공에 걸려들게 되었다. 분명히 퇴로를 확보해 가며 접전을 벌이고 있었는데 어느 틈엔가 토벌대의 총성이 반대쪽에서도 울리기 시작했던 것이다.

"지끔부텀 중대별로 여그럴 뚫고 나가기로 허겄소. 나가 왼편짝 등생이럴 뚫으먼 개덜이 그짝으로 몰리는 새에 다른 중대덜언 그 양쪽으로 튀씨요. 살 구녕이라고 생각혀서 골짝으로 들어가지 말고, 쉽게 맘묵고 산얼 벗어나지 마씨요. 골짝으로 파고들먼 고것이 바로 호랭이굴이고, 평지로 나스먼 그대로 총알밥잉께. 산얼 옆으로만 핑핑 타야 허요."

이태식의 신속한 지시였다.

이태식의 정면돌파작전은 토벌대의 허를 찌르자는 것이었다. 이태식이 중대를 이끌고 돌격전을 펴는 것을 보면서 조원제의 중대는 왼쪽으로 돌파구를 뚫었다. 빨치산들을 골짜기로 몰아넣으려는 데 신경을 쓰고 있던 토벌대에게 이태식의 작전은 적중했던 것이다.

조원제의 중대는 비상선으로 이동하다가 느닷없이 앞을 가로막는 토벌대와 부딪치게 되었다. 토벌대는 능선에서 그들을 기다리고 있었던 것이다. 그것은 바로 통신장비를 이용한 토벌대의 기동성이었다. 그러나 토벌대의 수는 별로 많지 않았다. 1개 소대 정도의 병력이었다. 뒤로 물러설 수 없는 형편에 치고 나가는 수밖에 없었다. 병력의 수도 서로 엇비슷해서 싸워볼 만했던 것이다.

"워쩔게라? 박치기혀 뿌러야겠제라?"

중대장이 조원제에게 다급하게 물었다.

"수도 만만헌께 고것이 안 좋겠소?"

조원제는 문화부 중대장으로서 결정을 내렸다. 빨치산들이 거의 다 그렇듯 그의 의식 속에서도 자기네와 토벌대의 수가 엇비슷하면 자기네의 수가 배로 많다는 '빨치산식 계산법'에 익숙해져 있었다. 그건 그동안의 투쟁을 통해서 얻은 자신감이었다.

"저까진 것 깨뿌시기야 수박에 박치기허기제라."

중대장이 양쪽 손바닥에 튀튀 침을 튀겼다.

중대원들이 일시에 밀어붙이기를 시도했다. 그러나 토벌대는 자동화기를 난사하고, 수류탄을 던져대며 적극적으로 대응해 왔다. 조원제는 그런 식의 싸움으로는 승부가 어렵겠다고 생각했다. 토벌대들이 쫙 깔린 상황에서 시간을 소모할 수가 없었던 것이다. 언제 또 포위나 협공을 당할지 모를 일이었다. 그때 돌발사고가 벌어졌다. 앞장서 있던 중대장이 가슴에 총을 맞고 쓰러진 것이다.

"동무덜, 전진허지넌 말고 계속 총얼 쏘씨요!"

조원제는 중대장에게로 달려가며 외쳤다.

"중대장 동무, 김 동무! 정신 채리씨요, 정신."

조원제는 다급하게 소리치면서도 가망이 없다는 것을 직감하고 있었다. 중대장의 눈은 이미 풀려 있었고, 거친 숨결에 따라 가슴에서는 피가 벌컥벌컥 솟고 있었다.

"……미, 미안시럽소오……."

이 말을 남기고 중대장은 목을 떨구어버렸다.

"김 동무……."

조원제는 비통함을 어금니에 물었다. 허망함이 가슴에서 회오리바람으로 일어나고 있었다. 총 맞아 죽는 죽음이 허망하지 않은 죽음이 없지만 그의 죽음은 더욱 허망의 바람을 일으켰다. 노동자 출신들이 드문 대원들 속에서 그는 광부 출신이었다. 광부 출신들은 대개 화순군당에 집결되어 있는데 어찌 된 일인지 그는 지구에 배치되어 있었다. "나가 두더지 신세 면허고 요리 해가 쨍쨍허고 바람 씨언헌 천지럴 갈고 댕김서 산께 인자 사람맹키로 사는 것 겉으요. 나가 멀 더 바래겄소." 그가 자주 한 말이었다. 더 이상 바라는 것이 없는 것처럼 말하고는 했던 그는 진정으로 바라는 것을 말로 하지 않고 행동으로 보였던 것이다. 그는 이제 그 행동을 죽음으로 보여주고 있었다.

"지도원 동지, 쩌 뒤짝에서도 총소리가 나는구만이라. 포위당하는 것 겉은디라!"

다급하게 외치는 소리였다.

"워쩨!"

조원제는 몸을 벌떡 일으켰다.

"으쩨제라? 중대장 동무가 일 당혀뿌렀으니."

전투지휘관이 없어진 중대와 포위상황, 그건 급박한 위기가 아닐 수 없었다. 조원제는 순간적으로 머릿속이 하얗게 비는 것 같았다. 이런 위기의 타개책을 세우는 것은 문화부 중대장의 임무였다. 지휘를 어떻게 할 것이냐는 그 다음의 문제였다.

"화선당회의 소집이오. 당원덜 싸게 모이게 허씨요."

조원제의 목소리가 뜨거웠다.

곧 네 명이 모여들었다.

"중대장이 일 당혀서 우리 다섯잉께, 지끔부텀 화선당회의를 열 것소. 다 알고 있대끼 지금 상황이 급박허요. 요 화선얼 싸게 뚫고 나가야 허는디, 그 의견들을 말해 봇씨요."

조원제는 네 명을 둘러보았다.

"헹펜이 다급헌디 지도원 동지가 먼첨 말씸해 보시제라."

한 당원이 말했다.

"고것이 좋겠구만이라."

다른 당원이 동의했다.

"알겄소. 나 생각은, 먼첨 대원덜 중에서 화선입당 희망자럴 뽑아 돌격대로 화선얼 뚫게 허고, 다음으로 우리 당원덜이 대원덜얼 소조로 갈라 지휘험스로 여그럴 벗어나는 것이 워쩌겄소?"

조원제의 의견이었다.

"좋구만이라."

"그리 헙씨다."

네 명이 다 함께 동의했다.

"되얐소. 사격얼 정지시키씨요."

네 당원이 재빠르게 흩어졌다.

조원제는 대원들 앞에 섰다.

"지끔부텀 동무덜헌테 조선노동당의 이름으로 묻겄소. 누가 돌격대로 나서서 저 화선얼 뚫겄소? 그 용맹시런 전사는 화선입당얼 시킬 것이오!"

토벌대의 총소리를 떠밀어내듯 크게 울리는 조원제의 목소리는 엄숙했다.

"지가 허겄구만요."

"여그도 있는디요."

"나도 끼줏씨요."

"나요, 나."

"되얐소, 거그서 끊겄소. 동무덜언 두 사람썩 한 조럴 짜서 양쪽으로 화선얼 공격허씨요. 가운데넌 남은 대원덜이 치고 나갈 것잉께."

조원제는 작전명령을 내렸다.

뒤쪽에서 울리는 총소리가 한결 가깝게 들리고 있었다.

"돌겨억!"

조원제의 외침과 함께 중대원들이 조별로 내닫기 시작했다.

한 해가 바뀌었다. 1952년 1월 1일이 되었다. 그러나 산에서는 빨치산들과 토벌대들이 치열한 싸움을 계속하고 있었다. 목숨을 내걸고 싸우고 있는 그들에게 하루의 차이로 새해가 되었다는 것은 아무런 의미가 될 수 없었다. 특히 빨치산들에게는 그랬다. 그들은 평소에도 날짜에 대한 관심이 별로 없었는 데다, 입산 이후 최대의 공격을 당해 나날이 궁지에 몰리고 있어서 해가 바뀌는지 어쩐지 전혀 신경 쓸 겨를이 없었다. 군토벌대는 병력도 어마어마한 데다가 작전기간도 길어서 지구마다 빨치산들은 식량이 바닥나 있었다. 날씨는 날마다 추워져가고, 토벌대의 공격은 멈출 줄을 모르고, 동지들은 자꾸만 죽어가고, 식량은 바닥이 나고, 이것이 빨치산들이 처한 공통된 현실이었다.

그런데 새해가 된 이틀째부터는 눈까지 내리기 시작했다. 남도지방에는 큰 눈이 그다지 많이 내리지 않고, 눈이 와도 오래 쌓여 있지 않고 쉽게 녹는다고 했다. 그건 들녘을 말하는 것이었다. 산에는 들녘보다 많은 눈이 내렸고, 쌓인 눈은 잘 녹지 않았다.

눈이 퍼붓고 있었다. 바람도 불고 있었다. 눈발이 짙은 데다가 바람까지 불어 산들은 눈보라에 휩싸이고 있었다. 바람을 타고 산에 내리는 눈발들은 들판에 내리는 눈과는 사뭇 달랐다. 바람을 타고 들판에 내리는 눈발들은 바람이 불어가는 방향으로만 휘날리면서 바람의 세기만큼 차츰 옆으로 누웠다. 그러나 바람을 타고 산에 내리는 눈발들은 휘돌아 솟고, 맴돌아 휘어지는 율동을 짓는가 하면 뒤엉켜 솟구치다가, 흩어져 미끄러져내리는 동작을 그려내기도 했다. 그건 바람이 산등성이를 타고 오르고, 골짜기로 휘몰려 내려가고, 산마루에서 골짜기를 휩쓸며 내달리고 하는 데에 따라 그러한 모양들을 그려내고 있는 것이었다.

눈을 퍼부어대는 구름이 낮게 끼어 산에는 낮어스름이 내려앉은 데다가 눈발이 짙어 시야가 막혔고, 바람소리로 청각도 둔해졌다. 그런 속에서 울리는 총소리도 여느 때와는 분명 달랐다. 길게 끌리는 것도 같았고, 휘어져 늘어지는 것도 같으면서, 묘한 슬픔의 소리로 들리기도 했다.

천점바구는 대원 넷을 데리고 눈발을 헤치며 산속을 걷고 있었다. 그들의 개털모자며 누비솜옷의 어깨 위에는 눈이 수북수북 쌓여 있었다. 그리고 미군의 야전용 검은 전화선을 몇 겹으로 꼬아 고무신이나 짚신을 묶은 발들은 눈투성이였다. 이번 작전에서 국방군들은 그 전화선을 능선을 따라, 또한 봉우리와 봉우리를 이어서 거미줄 치듯 늘여놓았던 것이다. 그래서 빨치산들은 그 전화선이 눈에 띌 때마다 절단해서 통신을 차단시킴과 동시에 절취물들은 몇 가닥으로 꼬아 발감개나 총 멜 끈으로 활용하고 있었다. 어느 솜씨 좋은 빨치산은 그것을 널찍하게 엮어내 허리끈을 만들기도 했다.

천점바구는 협공에서 벗어나 비상선을 찾아가고 있었다. 그들은 사흘째를 꼬박 굶은 채 싸우고 있는 형편이라서 모두가 하나같이 지쳐 있었다. 그들은 걸으면서도 눈을 뭉쳐 입에 넣고 있었다.

그들은 산굽이를 돌아서고 있었다.

"누구얏!"

"손 들어!"

느닷없이 터져오른 서로 다른 목소리였다.

천점바구와 네 대원은 순식간에 총을 겨누었다. 그러나 방아쇠는 당기지 못하고 있었다. 눈발을 사이에 둔 네댓 발짝 앞에는 그들과 똑같은 모습으로 이쪽을 향해 총을 겨누고 있는 국방군 대 여섯 명이 서 있었다. 너무 갑작스럽게 맞닥뜨려버린 그들은 서로 같은 순간에 총을 겨눈 채 방아쇠를 당기지 못하고 있었던 것이다.

군인들은 천점바구네보다 한 명이 많은 여섯이었다. 다섯 명과 여섯 명이 서로를 향해 방아쇠를 당기면 열한 명 모두가 고스란히 죽게 되어 있는 상황이었다. 천점바구는 왜 자신이 이런 실수를 저질렀는지 모른다고 짧게 후회했다. 그러나 그 답이 금방 나왔다. 눈이 오는 데다, 바람이 불고 있었고, 너무 지친 탓이었다.

천점바구는 상대방들을 노려본 채 생각을 가다듬고 있었다. 그런 후회는 다 쓸데없는 것이고, 남은 것은 단 하나, 방아쇠를 당길 것이냐 말 것이냐였다. 여기서 방아쇠를 당기고 죽어? 이런 밑지는 장사가 어딨는가, 아니, 1대 1로 죽는 거니까 밑지는 건 아닌데…… 이런 미련하고 바보 같은 싸움이 어디 있는가, 그럼 어떻게 해야지, 어떻게 해야 여기서 살아나지, 저쪽을 죽이고 이쪽만 살아날 수는 없고, 서로 못 본 것으로 하기로 해? 그렇지! 저것들도 방아쇠를 못 당기는 건 우리하고 똑같은 생각을 하고 있어서니까. 천점바구가 빨리 내린 결론이었다.

"국방군 동무, 담배 있으시요?"

천점바구의 입에서 나간 말이었다.

"있소."

앞에 선 국방군의 대꾸였다.

"이, 잘되얐소. 서로 쏘지도 못헐 총, 은제꺼정 요리 종그고 있을 것이요. 우리 담배나 한 대썩 갈라 피우고 서로 갈 길로 가는 것이 으쩌겠소?"

천점바구가 씨익 웃으면서 내놓은 제안이었다.

"그거 괜찮은 생각이오. 우리가 사적으로야 서로 원수진 일이 없으니까. 그런데 그냥 헤어지지 담배까지 피울 건 없잖소. 누구 눈에 띌 수도 있고 말이오."

국방군의 목소리에도 다소 긴장이 풀려 있었다.

"아, 담배 이약이야 그냥 헌 소리요."

천점바구의 대꾸였다.

"아니오, 담배가 없으면 주겠소. 그러면 이렇게 합시다. 서로가 마음 놓고 헤어질 수 있게 양쪽에서 한 사람씩 총을 거꾸로 해서 어깨에 엇갈리게 메도록 합시다."

"고것은 존디, 그짝은 여섯인디라."

"알고 있소. 그러니까 우리는 처음에 두 사람이 한꺼번에 하도록 하겠소."

"그리 되면 해결났소."

"그럼, 하나·둘·셋에 맞춰 양쪽에서 한 사람씩 총을 메도록 합시다."

"그러제라."

"그럼 시작합시다. 자아, 하나·둘·셋!"

국방군 두 명과 천점바구가 동시에 거꾸로 잡은 총의 멜빵에 머리를 넣어 어깨에 엇갈리게 했다. 양쪽에서 네 사람씩은 총을 겨누고 있었다.

"하나·둘·셋!"

서로 총을 겨눈 사람들이 여섯으로 줄어들었다.

"하나·둘·셋!"

서로 총을 겨눈 사람들이 넷으로 줄어들었다.

"하나·둘·셋!"

서로 총을 겨눈 사람들이 둘로 줄어들었다.

"하나·둘·셋!"

서로에게 총을 겨눈 사람은 아무도 없었다. 열한 사람들은 눈발 속에서 서로 마주 보고 서서 웃음 짓는 얼굴들이었다.

"담배가 없소? 없으면 주겠소."

국방군이 말했다.

"주면 고맙겠소."

천점바구가 대답했다.

"너희들도 담배 있으면 다 꺼내라." 국방군 하사관이 부하들에게 말하고는 "자아, 받으시오." 자기의 담배를 내밀며 천점바구 앞으로 서너 걸음 옮겼다.

"고맙소. 잘 피우겠소."

하사관 쪽으로 서너 걸음 옮겨간 천점바구가 담배를 받았다.

두 사람이 하는 대로 다른 국방군들과 빨치산들도 담배를 주고받았다. 그리고 모두 짤막짤막한 인사를 나누었다.

"나 건빵이 한 봉다리 있는디, 묵을라요?"

전라도말씨의 어느 국방군의 말이었다.

"하면이라. 있으면 주씨요."

반색을 하는 어느 빨치산의 대답이었다.

"잘들 가시오."

국방군 하사관이 말했다.

"몸덜 성허씨요."

천점바구가 말했다.

서로 엇갈린 그들은 눈발 자욱하게 휘날리는 속으로 자취를 감추어갔다.

"와따메, 인자 참말로 죽겄네. 이틀이나 꼬빡 굶어뿐께 배꼽이 등짝에 착 달라붙어불고, 백지장 한 장 들 기운도 없는디 은제꺼정 더 굶길랑고?"

말하기 좋아하는 배삼성이가 몸을 비스듬히 부린 채 짜증스럽게 말했다.

"배 동무넌 위쩨 은제고 말허는 것이 앞뒤가 안 맞고 그요? 백지장 한 장 들 기운이 없는 사람이 말만 잘허고 앉었소이."

김종연이 찌르고 들었다.

"워메, 영판 똑똑해뿌요이. 말이야 입으로 허는 것이고, 백지장이야 손으로 든다는 것이야 시 살 묵은 아그덜도 아는 일일 것인디."

말상대가 생겼다 싶은 배삼성이가 지체 없이 공박을 해댔다.

"허! 과거급제 열 분 허게 똑똑허시. 이틀 굶은 것 갖고 백지장 한 장 못 들 몸떵이로 빨치산 허겠다고 나슨 것도 우순 일이고, 그 몸떵이넌 무신 똑별난 삼시랑이 맹글어서 입기운, 손기운이 따로따로 써지까? 안직 사나흘은 더 굶을 기운이 남었다는 소리로구만."

김종연이 오금을 박고 들었다.

"아, 말얼 혀도 그리 징허게 허덜 마씨요. 이틀 굶은 것도 환장얼 허겠는디 사나흘얼 더 굶다니, 그래갖고는 여그 있는 사람덜 중에 살아날 사람 하나또 없소."

배삼성이는 벌컥 화를 냈다.

"원 벨소리 다 듣겄소. 사나흘 더 굶어봤자 닷샌디, 열흘 아니라 열닷새럴 굶어도 안 죽소."

김종연이 대질렀다.

"아아니, 김 동무가 은제 그리 오래 굶어봤소?"

배삼성이도 만만하게 말을 놓지 않았다.

"배 동무넌 빨치산이 첨에 될 적에 머시라고 배왔소? 얼어죽고, 굶어죽고, 총 맞어 죽을 각오허라고 안 그럽디여? 배 동무넌 그적에 그러겄다고 안 혔소. 인자 그 각오를 실천헐 때가 온 것이요. 여그 땅속 병기과 비트에서야 얼어죽고 총 맞어 죽을 걱정이야 면했고, 개딜이 온 산얼 뒤덮고 난리판굿을 벌이는 판에야 선요원이 양석 안 대주먼 굶어죽을 질밖에 더 있겄소?"

마침내 배삼성의 말이 막히고 말았다.

"닌장맞을, 양석얼 못 대주먼 말이라도 허고 끊어야제 사람이 맘얼 강단지게 묵든지 으쩌든지 허제. 쓰다 달다 한마디 없이 요리된께 이제나저제나 못내 못내 기둘리는 사람 맘이 요것이 머시여, 잡것."

배삼성이는 투덜투덜 혼잣말을 늘어놓고 있었다.

"배 동무, 조금만 더 참고 기다립시다. 바깥사정이 그럴 수밖에 없으니까 그럴 것이오. 마음을 느긋하게 먹고 물을 자주 마시시오."

조장이 부드럽게 말했다.

"근디 조장 동무, 총알 챙게 갈 때도 넘었는디 워쩐 일일께라?"

말이 별로 없는 서인출이 입을 열었다.

"글쎄요, 나도 그 문제를 생각해 보고 있는 참이오."

조장이 고개를 갸웃거렸다.

"근디 말이제라, 혹여 쌈이 다 끝장나뿐 것은 아니겄제라?"

김종연이 걱정스럽게 물었다.

"아무리 토벌대가 많이 몰려들었다고 해도 우리가 그렇게 허망하게 무너질 리가 없소. 산이 얼마나 많고 또 넓소. 절대로 그럴 리가 없는 일이오."

완강한 어조로 말하는 조장은 연방 고개를 저어댔다.

더는 아무도 말이 없었다. 등잔 하나가 굴 안의 어둠을 가까스로 밝히고 있었다. 재생총알을 한쪽에 수북이 쌓아놓은 그들은 일손을 놓고 있었다. 탄피가 더 공급되지 않아 일거리가 없었던 것이다.

그들은 바깥에서 진짜 총알을 주워서 싸우고 있다는 것도, 양식이 바닥나 모두 굶으며 싸우고 있다는 것도 전혀 모르고 있었다.

한편, 1개 소대의 군인들이 분대별로 전투대형을 만들어가지고 골짜기를 타고 오르고 있었다. 총들을 옆구리에 낀 채 제각기 다른 방향을 살피며 발소리 죽여 걷고 있는 그들의 모습으로 한눈에 수색전을 펴고 있다는 것을 알 수 있었다.

그들은 차츰차츰 비트에 가까워지고 있었다. 그들이 발을 옮겨 놓을 때마다 눈 밟히는 소리들이 뽀드득 뽀드득 바람결에 실려갔다. 눈은 그들의 발목까지 차오르고 있었다.

한 분대가 비트에 가까워졌다. 그들의 조심스러운 발길이 비트를 거의 지나쳐가고 있었다. 그때 한 군인이 뒤를 돌아다보았다. 그리고 고개를 갸웃했다. 그는 멈추었던 걸음을 다시 앞으로 떼려다가 또 고개를 갸웃했다. 그러더니 돌아서 몇 걸음을 옮겼다. 그리고 그는 아무렇게나 널려 있는 서너 개의 바위를 유심히 살폈다. 그의 얼굴이 문득 긴장되는가 싶더니 휘익 휘파람을 불었다. 일순간에 소대병력이 몸들을 납작하게 낮추었다. 그리고 군인 하나가 재빠르게 이쪽으로 이동해 왔다.

"뭔가!"

소위의 목소리는 낮고 빨랐다.

"저 바위를 좀 보십시오."

중사가 서너 개의 바위를 손가락질했다.

소위의 눈길이 그곳으로 집중되었다. 바위들은 윗부분에 눈이 덮이고, 아랫부분에는 쌓인 눈이 차올라 있었다. 그런데 그중의 한 개는 달랐다. 위에도 아래에도 눈이 없었던 것이다. 그 대신 눈이 녹아내린 물기가 번져 있었다.

"굴이다!"

소위의 놀라움 섞인 소리였다.

"예, 굴문입니다. 안의 훈김으로 눈이 녹은 거지요."

중사의 얼굴은 자신감에 차 있었다.

"저걸 어쩌면 좋은가?"

"수류탄 두어 개 까넣지요. 저항하면 골치 아프니까요."

"안 돼, 일단 항복하고 나오게 해야 돼. 그냥 막 죽여버릴 수는 없잖나."

"예, 알겠습니다. 소대장님 말씀대로 일단 해보고, 수류탄은 그다음 단계로 하지요."

"됐어. 소대원들을 전부 이쪽으로 집합시켜!"

소대원들이 서너 개의 바위를 둘러싸고 총들을 겨누었다. 그리고 중사가 총끝으로 눈 없는 바위를 밀어젖혔다. 바위는 쉽게 떠밀리며 아래로 데굴데굴 굴러내려갔다.

"굴속에 든 공비들 들어라! 너희들은 완전 포위되었다. 총을 버리고 밖으로 나와라. 반항하면 몰살시킨다. 열을 셀 때까지 나와라. 그렇지 않으면 반항하는 것으로 알고 몰살시키겠다!"

소위는 뻥 뚫린 구멍을 향해 쟁쟁한 목소리로 외쳤다. 굴속에서는 아무런 소리도 나오지 않았다.

"하나아!"

바람에 눈가루가 휘날렸다.

"두울!"

소나뭇잎들 위에 핀 눈꽃들이 바람에 뚝뚝 떨어져내렸다.

"세엣!"

희게 말라버린 갈대꽃들이 바람에 심하게 흔들리고 있었다.

"네엣!"

까마귀 네댓 마리가 까옥까옥 울어대며 날아갔다.

"다서엇!"

어느 군인의 코 들이마시는 소리가 유난히 크게 퍼졌다.

"여서엇!"

가시덩굴 사이에 낀 삐라 한 장이 바람에 떨고 있었다.

"일고옵!"

소위의 목소리가 한층 커졌다.

"여더얼!"

소위가 중사를 쳐다보았다. 중사의 두 손이 배낭의 멜빵에 매달린 두 개의 수류탄으로 옮겨졌다.

"아호옵!"

소위의 외침이 더 커졌다. 중사의 두 손에 수류탄이 하나씩 들려 있었다.

"열!"

굴속에서는 아무런 기척도 없었다. 중사가 수류탄 하나를 깠다. 그리고 또 하나를 깠다. 소위가 뒤로 물러났다. 중사가 수류탄 두 개를 한꺼번에 뻥 뚫린 어두운 구멍 속으로 던져넣었다.

콰광, 쾅!

폭음이 터졌다. 뒤엉킨 비명들이 폭음보다 길게 뻥 뚫린 구멍에서 새나왔다.

"새끼들, 있긴 있었군."

눈 위에 엎드렸던 소위가 일어나며 중얼거렸다.

전북도당도 군토벌대의 대대적인 공격을 받기는 마찬가지였다. 단지 사단만 다를 뿐이었다. 지리산의 전북 쪽 지역을 휩쓸었던 8사단이 총구를 뒤로 돌려 덕유산과 백운산을 중심으로 한 전북의 산악지대를 일제히 공략하기 시작했다. 지리산을 벗어난 도당사령부는 장수 백운산에서 토벌대와 맞서고 있었다.

백운산은 온통 눈으로 뒤덮여 백설산이 되어 있었다. 늘푸른 바늘잎의 나무들에는 소복소복하게 눈꽃들이 피어나 있었고, 잎 떨군 나뭇가지들에는 눈발이 휘몰아쳐온 쪽으로 눈옷을 입고 있었다. 살을 칼질해 대는 매서운 바람과 함께 눈은 날마다 내리고 있었다. 혹한 속에서 내리는 눈은 쌓이고 또 쌓였다. 그 눈 속에서 쫓기고 쫓는 싸움이 벌어지고 있었다. 총소리들이 매운바람을 찢어대며 싸늘한 겹메아리를 일으키고, 하얀 눈 위에 뿌려지는 핏방울들은 처연하게 붉은 아픔이었다.

빨치산들은 날마다 눈이 오기를 바랐다. 그것도 밤눈보다는 낮눈이 자주 오기를 기다렸다. 낮눈이 내리면 토벌대의 기동력이 둔화될 뿐만 아니라 자신들의 움직임을 쉽사리 은폐시킬 수 있었던 것이다. 그 은폐의 효과도 한 가지만이 아니었다. 눈발은 토벌대의 시야를 가려 자신들을 감싸주었고, 발자국을 그때그때 덮어 행로를 감추어주었다. 그런 이점에 비하면 걷기의 고역스러움이나, 발이 젖어드는 고통 같은 것은 얼마든지 참아낼 수 있었던 것이다.

군인들의 작전은 지리산에서와 똑같았다. 병력과 화력의 우세를 앞세운 그들은 산줄기의 능선들을 장악하고 아래로 쏠어내리는 작전과 함께 포위공격을 감행했다. 1개 사단병력 2만여 명을 풀어 삼사백 고지의 야산에서부터 천 이삼백 고지의 큰 산까지 일시에 장악하는 바람에 빨치산들은 지구당마다 선이 끊기거나 차단되어 그것 자체가 벌써 넓은 포위망에 갇힌 것이나 다름없었다. 빨치산들은 자기네 지역의 산들을 중심으로 토벌대의 총알밥이 되지 않으려고 뺑뺑이를 도는 사투를 다하고 있었다. 나날이 추워져가는 날씨 속에서 빨치산들이 가지고 있는 비상식량은 대개 닷새에서 엿새 사이에 바닥이 났다. 생쌀이나마 씹을 수 없게 되는 그때부터 빨치산들이 맞이해야 하는 하루하루는 생지옥이었다. 굶주림이 계속되면서 체력은 떨어지고, 눈보라 치는 추위는 허기에 지친 그들을 갈수록 가혹하게 위협해 댔다. 그리고 빨치산들은 눈을 뭉쳐 씹어대며 골짜기 골짜기를 헤쳤고, 총알이 빗발치는 속에 몸을 내던져 포위망을 뚫었고, 기회를 엿보아 토벌대를 기습하기도 했다.

도당사령부 병력은 25명 기준의 중대로 재편성되어 각기 독립적으로 투쟁하고 있었다. 더 이상의 소조편성은 할 수 없게 되어 있었다. 그 편성을 유지시키면서 적과 맞서 싸우는 것을 기본전략으로 삼고 있었다. 그런데 각 중대에는 도당의 고급간부들이 골고루 배치되어 있었다. 정치지도원의 역할을 겸해서 간부보존을 하기 위해서였다. 그들이 한 부대에 몰려 있다가 만일의 경우 한꺼번에 위험에 처할 사태에 대비해 미리 분산시킨 것이었다.

손승호네 중대는 군작전이 시작되고 열사흘째 밤을 맞고 있었다. 군인들이 피워올리는 불길이 능선을 따라 줄을 잇는 것을 보면서 그들도 움직임을 멈추었다.

"저 바위를 등지고 오늘 밤 설영을 하도록 하겠소. 보초는 네 사람씩 1개조요."

중대장의 지시였다.

그들의 중대원은 모두 열아홉이었다. 그동안 여섯 명이 죽어간 것이다. 넷은 총 맞아 죽었고, 하나는 얼어죽었고, 또 하나는 굶어

죽었다. 손승호는 얼어죽고, 굶어죽은 두 사람을 잊지 못하고 있었다. 얼어죽은 사람은 사흘 전에 잠든 채로 숨이 끊어졌던 것이다. 하필이면 자신이 그 죽음을 제일 먼저 확인했던 것이다. 그럴 수밖에 없었던 것이 다음 차례의 보초가 그 사람이었다. 멋모르고 그의 몸을 흔들었을 때 그 뻣뻣하고 딱딱하던 이물감. 머리칼이 곤두서는 섬뜩함에 하마터면 소리를 지를 뻔했다. 추위에 땡땡 얼어붙어 아무 감각도 통하지 않는 것 같았던 손이 이상하게도 죽어버린 몸은 예민하게 감지해 냈던 것이다. 그때 느꼈던 감촉이 손끝에는 여전히 남아 있었다.

손승호는 그가 얼어죽은 것이 날씨 탓만은 아니라고 생각했다. 며칠 계속된 굶주림에 추위가 겹쳐진 때문이었다. 그 사람은 반은 굶어죽고, 반은 얼어죽은 셈이었다. 그 대원의 아무 표정 없는 시체를 눈 속에 묻으며 중대원들은 그 누구도 입을 열지 않았다. 그러나 중대원들 모두는 그 대원이 죽어간 까닭을 다 헤아리고 있을 것임을 손승호는 짐작했다.

굶어죽은 대원은 바로 어저께 오후에 눈을 감았다. 앞사람의 발자국을 되밟아가며 이동을 하다가 적정을 살피기 위해 중대는 잠시 동안 멈추게 되었다. 이동방향을 새로 잡고 중대가 다시 움직이기 시작했을 때였다.

"주, 중대장 동무, 여그, 여그……."

대열의 중간쯤에서 다급하게 더듬는 소리가 너무 크게 울렸던 것이다. 그 무모하게 큰 소리가 왜 났는지를 설명하듯이 한 대원이 눈 위에 웅크리고 앉아 있었다.

"멋이요?"

눈꼬리를 세운 중대장이 재빠른 동작으로 뒤로 옮겨왔다.

"이 동무가 죽어뿌렀구만요."

헛김이 새는 것 같은 누군가의 대꾸였다.

"아니, 그새에? ……."

중대장은 멍한 얼굴이 되고 말았다.

총을 껴안은 그 대원은 마치 잠이라도 든 것처럼 웅크리고 앉아 있었다. 광대뼈가 불거진 바싹 마른 그 얼굴은 묘하게도 웃고 있는 것 같았다.

손승호는 핏기 없는 그 얼굴을 유심히 쳐다보며, 그가 숨이 끊어지기 직전에 무슨 생각을 했길래 저런 얼굴로 죽을 수 있었을 것인가를 생각하고 있었다. 이런저런 생각들이 잡다하게 떠올랐다. 집 생각을 했을까, 밥을 배불리 먹는 생각을 했을까, 따뜻한 방을 생각했을까, 손승호는 그런 생각들을 사정없이 무질러버렸다. 설령 그가 그런 생각을 하며 저세상으로 갔다 하더라도 그런 상상을 하고 있는 것은 자신의 천박함일 수밖에 없는 것이고, 또한 앞서 죽어간 동지에 대한 모독이었던 것이다. 어쨌거나 마지막 죽음의 순간에 웃음을 띠고 죽어간 그 동지는 굶주림과 추위에 시달리고 있는 투쟁의 현실을 불만스러워하거나 후회하지 않았던 것만은 그 웃음이 증명하고 있었다. 그가 무슨 생각을 했든 간에 그렇게 웃음 띤 얼굴로 죽어갈 수 있었다는 것은 장한 일이 아닐 수 없었던 것이다. 내일의 역사에 대한 신뢰니, 혁명의 성취에 대한 긍정이니, 하는 말들을 끌어다붙이지 않더라도 그 사람은 굶주림과 혹한을 못 이겨 죽어가면서도 자신의 삶을 웃음으로 마감했던 것이다. 그 웃음에 깃든 만족 앞에서 손승호는 말로 표현이 불가능한 어떤 경건함과 거룩함을 느끼고 있었다.

손승호는 보초 첫 번째 조가 되었다. 지정된 자리로 옮겨간 그는 바지주머니에서 삐라뭉치를 꺼냈다. 손이 곱아 마음처럼 빨리 꺼내지지 않았다. 여러 장의 삐라를 펴서 양쪽 발밑에 놓았다. 눈이 녹고, 발이 시린 것을 막기 위해서였다. 그 방법은 이미 그들 사이에서 유행하고 있었다. 걸을 때는 별로 모르지만 걸음을 멈추게 되면 몸 중에서 제일 시리고 아리는 데가 발이었다. 더구나 보초를 서느라고 눈 위에 서 있으면 발이 쏙쏙거리며 아려드는 고통은 참으로 견디기가 어려웠다. 추위에 얼어드는 것만이 아니라 지난해에 걸렸던 동상이 도지고 있어서 그 고통은 더 심했던 것이다. 조금씩 정도의 차이만 있을 뿐 동상에 걸리지 않은 빨치산은 하나도 없었다. 특히 구빨치들의 증상은 심했다.

삐라는 워낙 종이가 두껍고 질이 좋아서 서너 장씩을 발밑에 깔면 눈이 녹으면서 발이 얼어드는 것을 막는 데 효과를 볼 수 있었다. 매일같이 뿌려지고 있는 삐라는 그동안 엉뚱한 쓰임새로 바뀌어 있었다. 담배말이 종이로, 밑씻개 뒤지로, 간부들의 잡기장으로 쓰이고 있었다. 담배말이나 뒤지로는 약간 두꺼웠지만 요령 좋게 비벼대서 부드럽게 만들어 쓰는 솜씨들을 발휘했다. "와따, 저것

덜 싹싹 긁어다가 불 피우면 참말로 불땀이 좋겄는디이." 지천으로
널려 있는 삐라들을 보며 빨치산들은 더러 불을 못 피우는 안타까
움을 나타내기도 했다. 그런데 남자대원들 모르게 여자대원들만이
은밀하게 삐라를 사용하는 데가 있었다. 그것은 몇 장씩 겹쳐 접으
면 그럴듯한 1회용 생리대가 되었던 것이다. 남자대원들이 솜씨를
부리듯 여자대원들도 종이를 보들보들하게 손질해서 천보다 편리
한 생리대로 써먹고 있었다.

작은 바위에 몸을 감춘 채 손승호는 능선에서 피어오르고 있는
불빛들을 바라보고 있었다. 그 불빛들의 기세는, 덤빌 테면 덤벼라,
하는 것처럼 느껴졌다. 그 느낌은 첫날부터 열사흘이 지난 지금까
지 변함이 없었다.

저것들은 도대체 언제까지 저러고 있을 것인가. 이대로 끝장을
보자는 것인가. 만약 그렇다면 우리는 얼마나 더 버틸 수 있을 것
인가. 밥을 굶은 지가 벌써 이레째다. 그전에는 물론이고 빨치산생
활을 시작하고 나서도 처음 있는 일이다. 저것들은 바로 우리의 이
런 약점을 이용해서 장기전을 펴고 있는지도 모른다. 저것들이 앞
으로 열흘쯤을 더 이 상태로 나가게 되면…… 몇 사람이나 살아남
을 것인가. 우리는 치명타를 면하기 어려울 것이다. 지금도 벌써 모
든 대원들은 지칠 대로 지쳐 있지 않은가. 그러나…… 또한 우리는
지금 빨치산 본연의 임무에 그 어느 때보다도 충실하고 있는 것이
아닌가. 지속적인 투쟁으로 적의 후방을 교란해 대고, 그 결과로
어마어마한 적의 정규군들을 주전선에서 끌어내린 것이다. 적의

병력을 끌어내린 만큼 주전선의 싸움은 인민군들에게 유리하게 된다. 인민군들이 계속해서 유리한 입장을 차지하게 하려면 국방군들을 더 오래 끌어잡고 있어야 한다. 그러나 그 결과는…… 빨치산의 소멸인 것이다. 빨치산들 모두가 죽어야만 수행이 가능한 일이다. 빨치산…… 당과 함께 존재하고, 당을 위해서 소멸하는, 당의 정치군대. 마침내 모든 빨치산들은 바로 그 본연의 임무 앞에 선 것이 아닌가. 그렇다, 본연의 임무에 충실한 것만이 투쟁의 최선이다. 그것 외에는 올바른 길이 없다, 그것이 역사의 길이다…….

손승호는 휘몰아쳐오는 북풍을 가슴 뻐근하도록 들이켜며 어금니를 맞물었다. 눈앞이 아득해지는 현기증이 일어나며 귓속이 찡 울리는 이명이 길게 꼬리를 끌었다. 수시로 일어나는 허기증상이었다. 그는 총을 움켜잡으며 한동안 눈을 감고 있었다. 이레 동안 곡식은 한 톨도 입에 넣지 못하고, 먹은 것이라고는 눈덩이밖에 없었다. 그러면서도 눈 덮인 산을 줄기차게 타넘었고, 때로는 적과 맞서 총질을 해대고는 했다. 그러나 가끔 일어나는 현기증과 귀울림 외에는 아직 별다른 이상이 생기지는 않았다. 언제부터인가 속이 쓰리고 아리던 것도 점차로 가셔지게 되었다. 이상스러운 일이었다. 밥을 굶기 시작해서 사흘째가 고비였다. 첫날은 배가 고프다는 느낌만으로 넘길 수 있었다. 그런데 이튿날부터 속을 긁어내리는 것처럼 쓰리쓰리하고, 뱃속 여기저기가 비비 꼬이면서, 이빨 사이사이에서 신 침이 지르르 흘러나오고는 했다. 사흘째가 되자 속을 후벼파는 것처럼 쓰리고 도려내는 것처럼 아리면서, 허리가 휘청휘청 꺾였다. 그리고 머리가 터질 것처럼 아프고 어지럽기까지 해 몸의 중심을 잡기가 어려울 뿐만 아니라 입 안이 타들면서 목에서는 비위를 틀리게 하는 역한 냄새가 넘어왔다. 그저 정신없이 눈을 뭉쳐서 씹어대는 수밖에 없었다. 겨우겨우 사흘째를 넘기자 그런 여러 가지 증상들이 시나브로 수그러들기 시작했던 것이다. 몸은 날마다 지쳐갔지만 그런 고통에서 차츰 놓여날 수 있었던 것은 신기하고도 다행스러웠다. 몸이 굶주림에 적응해 가는 모양이었다. 그런 고비들을 넘겨 자신이 여지껏 버티어오고 있는 것에 그는 스스로에게 놀라고 있었다. 내 체력이 이렇게도 강한 것인가. 내 몸속에 이런 강단이 있었던가. 그는 새삼스럽게 자신을 돌아보지 않을 수 없었다. 어느 때라고 한번 잘 먹고 살아본 기억이 없어서 스스로의 체력에 자신감을 가져본 적이 없었다. 그러나 험하게 먹고 살아온 것으로 따지자면 자신보다도 더 고생을 겪은 대원들이 많았다. 그런데 그들도 잘 버티어내고 있었다. 결국 굶주림을 견디어내고 있는 것은 체력만이 아니었던 것이다. 서로가 조직을 형성하고 있는 결속감과, 그 조직이 만들어내고 있는 어떤 힘 속에서 모두는 고난을 이겨내고 있었던 것이다. 서로가 서로를 끌어당기고 있는 그 불가사의한 힘이 모두를 초인적으로 만들고 있었다.

바람이 세차게 불어대고 있었다. 바람을 타고 날아오는 눈가루들이 얼굴에 사정없이 끼쳐오고는 했다. 손승호는 밀려드는 졸음을 막아가며 발가락들을 꼼지락거리려고 애쓰고 있었다. 간부들이 입이 닳도록 되풀이하는 유일한 동상예방법이 그것이었다. 졸음은 체력이 떨어져갈수록 심하게 몰려들었다. 행군 중에 졸면서 걷는 것은 각자의 요령이었지만, 보초를 서면서 조는 것은 절대 금물이었다. 동초가 아니라 입초인 경우 졸음에 잡혔다 하면 깜빡 잠이 들고 말았다. 그 다음에 어떤 사태가 터지는지에 대해선 더 말이 필요하지 않았다. 교대시간까지는 절대 안 된다……. 손승호는 혀 끝을 깨물며 눈을 부릅떴다. 보초교대처럼 반가운 것이 없었고, 한편으로 잠을 깨워야 하는 상대방에게 그처럼 미안한 일도 없었다. 손승호는 그런 엇갈리는 감정으로 보초교대를 하고 방금 상대방이 빠져나온 자리로 파고들었다. 눈 위에 솔가지를 꺾어다 깔고, 그 위에 담요 한 장을 펴고, 또 한 장을 덮은 잠자리였다. 설영(設營)이 아니라 그야말로 설영(雪營)이었던 것이다. 그러나 그 잠자리에는 앞사람이 남겨놓은 여린 온기가 스며 있었다. 그것이 얼마나 따뜻하고 고맙게 느껴지는 것인지, 손승호는 매번 목이 메었다. 그는 담요를 끌어올려 얼굴을 덮으며, 이 싸움의 끝은 언제일까, 하고 생각했다. 그리고 담요 한 장의 두께가 바람을 막아주는 어둠 속에서 마음을 부리며 눈을 감았다. 더없는 아늑함과 함께 잠이 밀려들고 있었다.

그때가 몇 시쯤인지 손승호는 전혀 대중 잡을 수가 없었다. 느닷없이 터진 소리에 잠자리를 박차고 일어났다.

"적이다! 기습이다!"

이 짧은 외침에 모두는 잠자리를 박찬 것이었다.

"보초병 어디 있나, 보초!"

중대장의 다급한 소리였다. 그 말에 응답이라도 하듯이 어둠 속에서 불빛이 번쩍했다. 그리고 사방에서 총소리가 터지기 시작했다.

"산개하라! 피해라!"

피를 토하는 것 같은 중대장의 외침이었다. 대원들이 흩어지는 소리가 요란했다. 손승호도 무작정 뛰기 시작했다. 그때 갑자기 머리 위에서 환한 빛이 쏟아져내렸다. 순식간에 어둠이 사라지며 눈 덮인 산이 드러났다. 조명탄이 터지고 있었던 것이다.

포위다! 아래로 뛰어서는 안 된다. 비탈을 타야 한다. 옆으로 빠져야 한다. 손승호는 순간적으로 생각했다. 그런데 다리는 아래를 향해 뛰고 있었다. 주위는 좀더 밝아지고 있었다. 총소리는 더 요란하게 울려대고 있었다.

"아악!"

옆에서 비명이 터졌다. 손승호는 고개를 돌렸다. 한 대원이 총을 내던지며 고꾸라지고 있었다. 그 대원의 몸이 동그랗게 말리며 눈 위를 데굴데굴 굴러내렸다. 눈 위에 총알이 푹푹 박히고 있었다. 저 사람을 어떻게 하나! 순간적으로 머리를 스친 생각이었다. 그러나 손승호의 다리는 뛰기를 멈추지 못했다. 여기저기 박히는 총알이 그를 쫓아오고 있었다.

옆으로, 옆으로 비탈을 타! 내려가면 죽어! 손승호는 아래로만 내닫고 있는 다리에게 명령하고 있었다. 생각은 멀쩡한데도 마음대로 방향이 바꿔지지 않았다.

눈 덮인 바위가 나타났다. 여기서 방향을 바꿔! 그는 바위 뒤로 몸을 감추었다. 그리고 왼쪽으로 방향을 틀었다. 멀지 않은 곳에서 또 비명이 들려왔다. 이어서 '인민공화국 만세' 하는 소리가 요란한 총소리에 묻히고 있었다. 손승호는 어금니를 물며 부르르 떨었다. 그리고 다시 경사면을 옆으로 뛰기 시작했다. 어서 조명탄 불빛에서 벗어나야 된다는 생각밖에 없었다. 미끄러지고 구르면서 비탈을 옆으로만 뛰고 있었다.

조명탄 불빛을 벗어날 즈음이었다. 아래쪽에서 총소리가 터지기 시작했다. 그 소리에 비명들이 뒤섞이고 있었다. 급한 마음에 아래로만 계속 뛰어내려간 대원들이 당하는 것이었다. 손승호는 다리가 휘청 꺾이는 것을 느꼈다.

손승호는 숨을 헉헉거리며 어둠 속을 걸었다. 일단 조명탄 불빛에서 벗어나자 기운이 쭉 빠져버리며 도무지 뛸 수가 없었다. 가슴에서는 불길이 활활 일어나며 숨이 가빠 견디기가 어려웠다. 그는 휘청거리다가 결국 눈 위에 주저앉고 말았다. 손은 눈을 움켜쥐고 있었다. 눈을 입에다가 틀어넣었다. 눈이 입에서 녹았다. 또 하나 가득 욱여넣었다. 차가운 기운과 함께 물기가 목으로 넘어가기 시작하면서 가슴의 불길이 차츰 잦아들어가고 있었다.

그는 몸을 일으켰다. 총소리들은 여전히 바람 속에서 딱꿍, 따따꿍, 딱꿍 산을 울려대고 있었다. 총소리로부터 더 멀어져야 했다. 총을 들어올리며 그는 다시 걷기 시작했다. 총이 그렇게 무거울 수가 없었다. 입산하고 한 번도 느껴보지 못한 일이었다. 오래 굶주린 데다가, 있는 기운을 다 쓴 탓이었다. 그러나 총은 곧 생명이었다. 그는 총을 힘 모아 움켜잡았다. 토벌대의 수색망을 피해 한 발짝이라도 더 멀리 가야 했다. 산죽밭은 안 된다, 산죽밭은 안 된다. 그는 걸으면서 자신에게 환기시키고 있었다. 겨울산에서 빨치산들이 제일 숨기 좋은 곳이 산죽밭이었고, 토벌대들이 제일 먼저 수색하는 곳이 산죽밭이었던 것이다. 포위를 당해 산 아래쪽으로 뛰면 안 된다는 것을 알면서도 뒤에서 총알이 날아오는 급한 상황 속에서 방향을 바꾸기가 어렵듯이 마땅히 몸을 숨길 데가 없는 눈 덮인 산에서 푸른 잎들을 매달고 촘촘히 서 있는 넓은 산죽밭으로 숨어들고 싶은 유혹을 떼치는 것도 여간 어려운 일이 아니었다.

손승호는 사방을 경계해 가며 산등성이를 피해 위쪽으로 발길을 옮기고 있었다. 얼마를 걸었는지 총소리가 멀게 느껴지고 있었다. 그리고 하늘이 희번하게 트이고 있었다. 작전이 시작되고 열나흘째가 밝아오고 있다는 것을 그는 분명하게 계산했다. 더 어둠이 걷히기 전에 몸을 숨겨야 했다. 날이 밝기 시작하면 또 토벌대들이 전체적으로 움직이기 시작할 거였다. 지금 자신이 해야 할 일은 오직 하나, 살아나는 것뿐이었다. 목숨보존투쟁을 해야 했다.

그는 산죽밭을 지났다. 바위가 서너 개 기대고 얹혀 있는 곳도 지나쳤다. 아무리 눈 똑바로 뜨고 살펴보아도 눈 덮인 산에는 몸 하나 숨길 만한 곳을 찾아내기가 쉽지 않았다. 겨울산은 손바닥만하게 좁아져 보이고, 몸뚱이는 바윗덩이처럼 크게 느껴졌다. 그는 골짜기로 내려가고 싶은 유혹을 완강히 뿌리쳤다. 골짜기에는 바위 사이며 덩굴 속 같은 데에 숨을 곳이 더러 있었지만 그런 곳도 토벌대가 눈독을 들이기는 마찬가지였던 것이다.

그는 한참을 더 헤매다가 느낌이 이상한 곳을 발견했다. 경사가 급해진 부분에 마른 억새들이 무성했고, 그와 연이어 다복솔들이 서 있었다. 몸을 숨길 만한 곳이 아니어서 그냥 지나치려 했는데 이상하게도 다복솔이 마음을 끌어당겼던 것이다. 그는 무엇에 끌리듯 그쪽으로 발길을 옮겼다. 다복솔 가까이 간 그는 주춤 멈춰섰다. 다복솔 뒤의 급경사면에는 마른 풀들이 수북하게 쌓였는데, 그 뒤로 굴 입구의 윗부분이 드러나 있었다. 그는 비트라는 것을 직감했다. 수북하게 쌓인 마른풀들은 굴문을 위장하는 데 쓰는 것이었다. 그런데 왜 굴문을 저렇게 노출시켜 놓고 있을까? 빈 굴일까? 아니면, 토벌대에게 발각된 것일까? 그러나 마른풀들의 모양으로 보아 토벌대에게 어지럽혀진 흔적은 없었다. 그는 살금살금 굴 쪽으로 다가갔다. 몸을 바짝 낮추고 굴로 신경을 집중시켰다. 그러나 아무런 인기척이 느껴지지 않았다. 그는 좀더 가까이 다가갔다. 그래도 인기척을 느낄 수가 없었다. 혹시 자고 있는 것은 아닐까? 그는 총을 고쳐잡으며 마른침을 삼켰다. 그리고 낮은 소리로 입을 열었다.

"안에 누구 있소? 난 빨치산이오. 도당사령부 소속인데, 지금 쫓기고 있소. 안에 누구 있소?"

그러나 안에서는 아무런 기척이 없었다.

그는 총끝으로 마른풀더미를 천천히 헤치기 시작했다. 굴문이 점점 드러났다. 그래도 안에서는 기척이 없었다.

굴문은 앉은키만 한 높이로, 두 사람 정도가 드나들 수 있는 넓이였다. 굴속은 비어 있었다. 안을 들여다보는 순간 비리칙한 냄새가 끼쳐왔다. 그는 환자트였다는 것을 알아차렸다. 그리고 살았다는 안도감으로 몸이 허물어져내리는 것을 느꼈다. 그는 굴속으로 기어들어갔다. 바닥에는 마른풀들이 깔려 있었다. 그는 밖에 있는 풀더미를 끌어다가 출입구부터 위장시켰다. 아까처럼 윗부분이 드러나지 않도록 신경 썼다.

문을 단속하고 난 그는 무너지듯 굴바닥에 몸을 부렸다. 바람기가 없는 굴속의 아늑함에서 그는 따스함까지를 느끼고 있었다. 출입구에 비해 굴 안은 꽤나 넓은 편이었다. 예닐곱 사람이 거처할 수 있는 넓이였고, 천장도 허리를 펼 수 있을 정도로 높으막했다. 그다지 흔하지 않은 굴로, 꽤나 공들여 파냈다는 것을 알 수 있었다.

그는 눈을 뜨려고 애썼다. 그러나 손가락 하나 까딱할 수 없을 정도로 몸이 까라지면서 한없이 아래로 가라앉아가고 있었다. 퇴로를 확보해 놓지 않고 이런 굴속에 피신하는 것은 투쟁원칙에 어긋나는데…… 그는 이 생각을 하며 스르르 눈을 감았다. 그의 의식은 잠의 파도에 휩쓸려들고 있었다.

얼마나 잤는지 알 수가 없었다. 그는 목이 찢어지는 것 같은 갈증을 느끼며 잠에서 깨어났다. 그의 귀에 맨 먼저 들린 소리는 멀리서 울리는 총소리였다. 출입구를 위장한 풀더미 사이로 여린 빛이 스며

들고 있었다. 오전인지 오후인지 알 수 없는 채로 그는 낮이라는 것을 짐작했다. 목이 타들었지만 눈덩이를 뭉치려고 밖으로 나갈 수는 없었다. 미리 눈덩이 몇 개를 뭉쳐다가 바람이 통하는 문 쪽에 놓아두지 못한 것이 후회스러웠다. 그러나 그건 기운을 다소나마 회복한 다음에 갖게 되는 부질없는 생각이었다. 굴을 찾아들었던 그때는 몸을 더 이상 가눌 수가 없는 상태에서 목숨을 건지게 되었다는 안도감 이외에는 다른 생각을 전혀 할 수가 없었던 것이다.

손승호는 반듯이 누운 채 혹시 여기가 무덤이 되는 것이 아닌가 하는 생각을 얼핏 했다. 아니지, 날이 어두워지면 비상선을 찾아가야지. 빨치산이 이런 굴속에 웅크리고 앉아 죽을 수야 없지. 비상선을 찾아가야지. 그는 손을 말아쥐었다.

도대체 몇이나 살아남았을까…… 조명탄까지 쏘아대는 포위망 속에서…… 그런데, 이상하다. 토벌대의 야간기습은 없었던 일 아닌가! 그들이 어떻게 이쪽의 위치를 포위를 할 정도로 정확하게 알아낸 것일까…… 그리고 보초들은 무엇을 했길래 적들이 그렇게 가까이 접근할 때까지 모르고 있었을까. 그때 그의 뇌리를 치는 외침이 있었다.

"보초병 어디 있나, 보초!"

중대장의 외침이었다.

중대장은 왜 보초를 찾았을까? 그때 보초들이 보이지 않았던 것인가? 그들이 보이지 않았다면, 어디로 간 것인가? 혹시 그들이! ……그러나 손승호는 고개를 저었다. 그런 끔찍한 상상은 아예 하고 싶지가 않았다. 삐라 중에는 '귀순증'이라고 해서 증명서 모양을 갖춘 것도 있었다. 거기에는 '한 장이면 몇 사람이라도 통할 수 있다'는 유혹적인 문구가 적혀 있었다. 그것을 보고 대원들은 하나같이 비웃었을 뿐 어떤 감정의 동요를 나타내는 사람은 없었다. 그리고 투항자의 사진과 함께 귀순을 권하는 그자의 글이 실린 삐라도 있었다. 그것을 볼 때도 대원들은 동지를 팔아먹는 그자의 비겁과 파렴치함을 증오하고 매도했다. 투항자들이 더러 있는 것은 사실이었지만, 그렇다고 어젯밤의 기습이 보초병들의 배신으로 이루어진 것이라고 생각하고 싶지는 않았다. 그건 사람을 너무 절망에 빠뜨리고 암담하게 만드는 생각이었다.

손승호는 멀리서 가까이서 울리는 각기 감도가 다른 총소리들을 들으며 눈을 감고 있었다. 찬 바람에 실리며 메아리를 일으키고 있는 총소리들은 슬픈 울음 같기도 했고, 목숨이 끊어지는 마지막 비명 같기도 했다. 문득 박난희의 얼굴이 떠올랐다. 일단 그녀의 생각이 나자 그녀가 어찌 되었을까 하는 염려가 갈증처럼 심하게 일어났다. 여자의 몸으로 무슨 일은 당하지 않았을까…… 무사해야 할 텐데…… 지금쯤 어디에 있을까…… 그녀를 챙기지 못하고 혼자서 내뺀 것이 뒤늦게 죄의식으로 느껴지며 몸을 비틀리게 했다. 지리산을 떠나오며 손을 맞잡은 뒤로 그녀는 자신의 가슴에 뿌리내리기 시작한 한 그루 꽃나무였다. 그녀는 산에서 발견한 산생활의 또 하나의 의미가 되어 있었다. 그런데 혼자서 이게 무슨 꼴인가……. 그는 힘겹게 옆으로 돌아누우며 몸을 오그려붙였다. 재귀열을 앓을 때 그녀가 보였던 정성이 마치 고문이라도 하듯 차례로 떠올랐다. 그는 괴로움을 깨물며 눈을 꼭 감았다. 그녀의 유난히 크고 고운 눈과 함께 언제나 윤기 흐르는 목소리가 들려왔다. "해방의 날이 빨리 와서 영원히 이렇게 손을 잡고 살 수 있기를 바라면서 다시는 용기를 잃지 않겠어요." 그 말을 자신이 받아들임으로써 그건 둘 사이에 언약이 되었다. 그런데 그녀를 챙기지 못하고 혼자 뛰고 말았던 것이다.

한편, 박난희는 눈발이 희끗희끗 날리고 있는 산속을 혼자 걷고 있었다. 총을 갖지 않은 그녀는 왼쪽 다리를 심하게 절룩거리고 있었다. 모두 산산이 흩어질 때 그녀도 발이 내닫는 대로 정신없이 뛰다가 낭떠러지에서 굴러떨어졌던 것이다. 그때 칼빈총도 잃어버렸고, 무릎도 삐게 되었다. 심하게 다친 것이 무릎이었고, 결리고 아픈 데는 한두 군데가 아니었다.

그녀는 마른 풀섶에 간신히 몸을 숨긴 채 오전이 다 가도록 꼼짝을 하지 못했다. 몸이 아파 움직일 수가 없었던 것이다. 토벌대들이 수색을 해대는 위기를 두어 차례 넘기며 그녀는 눈만 뭉쳐서 씹었다.

결리고 아픈 데를 주물러가며 몇 시간을 보낸 그녀는 오후가 되자 가까스로 몸을 일으켜 비상선을 찾아나섰다. 그녀의 의식 속에는 부대에서 떨어져서는 안 된다는 한 가지 생각밖에 없었다. 모든 빨치산들의 생각이 그렇듯 그녀도 부대에서 떨어져 '돼지'가 되면 곧 죽음의 길이라는 것을 굳게 믿고 있었다.

그러나 그녀는 비상선을 찾지 못하고 몇 시간째 눈 덮인 산속을 헤매다니고 있었다. 굶주림에 지칠 대로 지쳐버린 그녀의 의식은 자꾸 혼란을 일으키고 있었다. 눈 덮인 봉우리들이 흔들려 보이는 속에서 비상선으로 정한 봉우리가 왼쪽에도 있다가, 오른쪽에도 있다가 하는 것이었다. 그녀는 정신을 다잡으려고 애를 썼지만 비상선 봉우리는 제멋대로 옮겨다니고 있었다. 의식이 흐려지기 시작한 그녀의 눈은 눈 덮인 산봉우리들을 제대로 구분해 내지 못하고 있었다. 그런데 눈까지 내리기 시작했다. 눈발을 보자 그녀의 마음은 초조감에 몰리기 시작했다.

눈발은 점점 심해지고 있었다. 북쪽에서 불어오는 바람도 거칠어지고 있었다. 그녀의 초조감은 공포감으로 바뀌었다. 눈 속에 곧 파묻혀 죽을 것 같은가 하면, 눈발 저쪽에서 어릿거리는 봉우리가 무슨 괴물처럼 보이면서 곧 덮쳐올 것만 같기도 했다.

"손 동무우! 손 동무우!"

그녀는 마침내 울부짖고 말았다. 그 목청껏 뽑아대는 소리가 얼마나 위험한 것인지 그녀는 이미 판단력을 잃고 있었다. 무대가수인 그녀의 유달리 크고 탄력적인 목소리는 눈발 속에 긴 메아리로 파문을 짓고 있었다.

"손 동무우! 손 동무우!"

그녀는 허리가 반으로 접힐 때까지 온 힘을 다해서 외쳐 부르고 있었다. 그녀의 목소리는 더 긴 산울림으로 바람을 타고 울려퍼지고 있었다.

탕! 탕탕!

총소리가 느닷없이 터졌다. 그녀는 푹 고꾸라졌다. 그녀의 가슴에서는 피가 솟구쳐올랐다. 낡고 때에 전 솜옷을 타고 내린 피는 눈 위에 새빨갛게 번지기 시작했다. 그녀는 큰 눈을 번히 뜬 채 숨이 끊어졌다. 피가 흘러내리고 있는 그녀의 몸을 군홧발들이 에워쌌다. 그 다리는 모두 18개였다.

어두워진 것을 확인한 손승호는 굴에서 몸을 내밀었다. 허겁지겁 눈을 입에 몰아넣었다. 심한 현기증과 함께 귀울림이 일어났다. 그는 눈 위에 털썩 주저앉았다. 현기증이 가실 때까지 한참이나 눈을 감고 앉아 있었다. 입에서 녹고 있는 눈의 찬 기운으로 정신이 좀 드는 것 같았다.

그는 다시 눈을 뭉치면서 눈발이 날리고 있다는 것을 알았다. 그 저주스러운 토벌대의 불길들이 산등성이에서 타오르고 있는 것도 보았다. 이제 가야지, 비상선을 찾아가야지. 저놈들이 쉬는 틈에 비상선을 찾아가야지. 그는 자신에게 일깨우고 있었다. 그런데 마음 한 자락은 굴에 묶여 있었다. 굴속의 아늑하고 편안함을 버리고 싶지 않았다. 안 된다, 돼지가 되고, 도깨비빨치산이 되겠단 말이냐. 너는 당원이야. 당원이 될 때 각오한 바가 있지 않았더냐. 가자, 비상선을 찾아가자. 동지들이 있는 곳으로 가자. 그는 단호하게 유혹을 뿌리쳤다. 그리고 몸을 일으켰다.

손승호는 능선을 피해가며 밤새껏 눈 속을 헤맸다. 너무 기운이 없어 걷기도 어려운 데다가 정신까지 어릿거려 방향을 분간할 수가 없었다. 어디를 어떻게 헤맸는지도 아리송한 채 날이 밝아오고 있었다. 그는 부들부들 떨어대면서 또 몸 숨길 곳을 찾고 있었다. 어젯밤에 떠나온 굴이 어디쯤인지 도무지 종잡을 수가 없었다. 밤 새도록 헤매서 몸은 얼 대로 얼어붙어 있었다. 그는 급한 대로 가 시덩굴이 얽힌 사이로 파고들었다. 가시덩굴 아래로는 마른 풀섶이 꽤나 타박했던 것이다. 가시덩굴 때문에 적의 수색이 미치지 않을 것이라는 판단이었다.

그는 풀섶 가운데를 헤치고 엎드렸다. 거기에도 물론 눈은 쌓여 있었다. 그러나 엎드리지 않고서는 몸을 안전하게 숨길 수가 없었다. 그는 엎드린 채로 눈을 뭉쳐서 먹었다. 군작전이 시작되고 열닷 새째 아침밥이면서 밥을 굶기 시작하고 아흐레째 눈밥이었다. 소 금도 진작 떨어지고 없었다. 소금이라도 찍어 넣으면 그래도 나았던 것이다. 사람이 이런 식으로 굶으면 언제까지 살 수 있는 것일까…… 제1비상선은 이제 선이 끊어졌고, 제2비상선은 오늘 안으로 꼭 찾아가야 하는데…… 꼭 찾아가야 하는데……. 그는 개털모자 쓴 머리를 눈에 박은 채 잠으로 묻혀들었다.

따꿍! 따꿍! 따꿍!

그는 총소리에 놀라 잠이 깼다. 한낮이었다.

따꿍! 따꿍! 따꿍!

따꿍! 따꿍! 따꿍!

총소리는 세 방씩 간격을 두고 울리고 있었다. 손승호는 직감적으로 그것이 토벌대끼리 보내고 있는 무슨 신호라는 것을 알았다.

혹시 작전을 끝내는 것 아닐까! 그의 머리를 스친 생각이었다. 제발 그러면 얼마나 좋을까. 그는 어디다 대고 기도라도 하고 싶은 심정이었다.

세 방씩 울리던 총소리가 멎었다. 눈 덮인 산에는 정적만이 가득했다. 얼마가 지나자 노랫소리가 들려오기 시작했다. 손승호는 귀를 세웠다.

전우에 시체를 넘고 넘어

앞으로 앞으로······.

그는 고개를 번쩍 치켜들었다. 마른 억새줄기들 사이로 줄을 선 군인들이 능선을 타고 내려가는 것이 보였다.

아, 맞다! 정말 작전이 끝났구나!

손승호는 주먹을 부르쥐었다. 그리고 쌓인 눈을 내리쳤다. 울컥 울음이 솟구쳤다. 살아났다는 감격이었다. 그는 두 팔을 뻗치며 천천히 윗몸을 일으켰다.

군인들의 모습이 다 사라지기를 기다려 손승호는 가시덩굴에서 빠져나왔다. 곧 날아갈 것 같은 마음과는 달리 걸음을 옮길 때마다 무릎은 휘청휘청 꺾였다. 총이 너무나 무거워 팔이 처져내렸다. 그는 비틀비틀 걸으며 제2비상선으로 정해진 산봉우리를 가려내려고 애쓰고 있었다.

한참을 걷던 그는 문득 걸음을 멈추었다. 그의 눈은 한곳에 고정되었다. 그의 눈길이 머문 눈 위에는 찢어진 건빵봉투와 건빵 두 개가 떨어져 있었다. 그는 건빵을 향해 허겁지겁 내달았다. 그의 눈에는 건빵 하나가 목침덩이만큼 크게 보이고 있었다. 그는 넘어지며 건빵 두 개를 덮쳤다. 눈과 함께 건빵을 잡은 그의 손이 잽싸게 입으로 옮겨졌다. 그는 눈 위에 무릎을 꿇은 채 건빵을 씹어대기 시작했다. 그의 삐쩍 마른 얼굴에는 더없이 흐뭇한 웃음이 피어나고 있었다.

"그날 밤 마지막 보초가 둘이었는데 바로 그놈들이 개들한테 넘어가서 한 짓이오."

제2비상선에 도착해 중대장에게 들은 말이었다. 손승호는 어지러운 눈길로 멍하니 하늘만 쳐다보았다.

그때까지 모여든 대원은 여섯이었다. 해가 질 때까지 기다렸지만 더는 오지 않았다. 열아홉에서 투항자 둘을 빼면, 열한 명이 죽었다는 결론이었다. 손승호는 속으로 박난희를 수없이 부르고 있었다.

만일을 모르니까 한 사람을 남겨 선을 더 대기로 하고 나머지 다섯 사람은 기진맥진한 몸들을 끌고 보투에 나섰다. 날이 샐 무렵에 돌아왔지만 박난희는 와 있지 않았다. 손승호는 속입술에 이빨이 박히도록 죄책감에 떨었다. 그건 처음으로 마음에 담았던 여자에 대한 돌이킬 수 없이 안타까운 그리움이기도 했다.

날이 밝으면서 도당사령부의 병력들이 다 모이기 시작했다. 전부 모인 병력은 3분의 1로 줄어 있었다. 대원들의 충격은 이만저만이 아니었다. 그 속에서 박두병의 무사를 확인하며 손승호는 잠깐이나마 박난희를 잃은 쓰라림을 잊을 수 있었다.

그러나 대원들이 받은 또 하나의 충격은 도당정치부장인 오원식의 투항이었다. 그는 25명의 부대원들을 데리고 고스란히 적진으로 넘어가버린 것이었다. 중앙민청 부위원장을 거친 경력과 도당정치부 책임자라는 그의 직책 때문에 대원들이 받은 충격은 그만큼 클 수밖에 없었다. 그런 고급간부들의 당성은 철통같고, 투쟁력은 강철 같다는 것을 일반대원들은 언제나 굳게 믿어왔던 것이다. 바로 그런 점들을 자신들에게 되풀이해 학습시킨 사람들이 그들이었던 것이다.

"대체 그게 어떻게 된 일입니까?"

너무 어이가 없고 이해가 안 되는 일이라서 손승호는 박두병에게 묻지 않을 수 없었다.

"참 기가 막히고 수치스러운 일이오. 그게 이북 출신 이론가들의 중대한 문제점이오. 투쟁의 바탕이 없이 자란 온실 사상가들의 작태가 그것 아니겠소. 이건 두고두고 비판·검토되어야 할 문제일 것이오. 그러나 말이오, 당적 입장에서 떠나서 볼 때 그건 어느 사회에서나 문제가 되는 지식인들의 위선과 기회주의가 발동시킨 추악함 아니겠소?"

박두병은 쓰디쓰게 웃음 지었다.

30

각 도당과 지리산의 전면공세

전남북도당 지역에서 군작전이 진행되고 있는 동안 지리산 일대에서는 거의 총성이 울리지 않았다. 빨치산들은 보투를 나가는 경우에 소수의 군부대나 군경합동부대와 부딪치게 되었다. 그러나 군인과 경찰이 다 같이 야간전투를 꺼리는 입장이라서 충돌이 커지지는 않았다. 상대방이 적극적으로 대들지 않는 한 빨치산들도 본래 목적인 보투에 더 열성을 보였다. 언제 또 대대적인 공세가 감행될지 몰라 식량확보는 시급했던 것이다.

빨치산들은 보투를 열심히 하는 한편으로 토벌대들이 버리고 간 물건들을 확보하기에 시간을 보냈다. 능선과 능선을 잇느라고 온 산에 거미줄을 치듯 깔아놓은 야전용 전화선은 말할 것이 없었고, 더 중요한 것은 총알줍기였다. 능선을 따라 토벌대가 진을 쳤던 자리를 찾아다니면 총알이 여기저기에 수월찮이 떨어져 있었던 것이다. 총알줍기를 하다 보면 총알이 가득 든 탄대를 줍는 대원들도 적지 않았다. 무거워서 그런 것인지 싸움을 하기가 싫어서 그런 것인지, 군인들은 탄대를 송두리째 버리고 간 것이었다.

"이왕에 선심 쓸 바에 총도 한 자리 내뿔고 가제 그랬으까이."

"금메 말이시. 그렸으면 영판 이뻐라고 혔을 것인디."

대원들은 이런 실없는 농담까지 주고받았다.

그 일을 하다 보니 이해룡의 부대에서는 뜻밖의 재미있고 기분 좋은 일이 생기게 되었다.

어느 여자대원이 총알줍기를 나섰다가 소변을 보게 되었다. 그 여자는 남자대원들의 눈을 피해 약간 비탈진 큰 나무 뒤로 갔다. 옷을 까내리자마자 쌔애 오줌발이 거세게 뻗어나갔다. 빨치산들은 누구나 대소변을 오래 참았다가 누는 것이 습관이 되어 있어서 오줌발이 거셀 수밖에 없었다. 빨치산에서는 대소변 보는 시간이 따로 없었고, 특히 행군 중에는 소변도 자주 볼 수가 없었다. 또 아무 데서나 대소변을 볼 수도 없었다. 적정이 불안한 지역에서 잘못 엉덩이를 까고 앉았다가 총알밥이 된 빨치산들도 없지 않았던 것이다. 그러다 보니 대소변을 오래 참는 것은 습관이 되지 않을 수가 없었다.

그 여자대원은 눈을 사르르 내려감고 오래 참은 오줌을 누는 시원함을 즐기고 있었다. 오줌발이 그치면서 그 여자는 어깨가 푸들거리는 시원한 진저리를 치며 눈을 떴다. 그리고 바지를 끌어올리다 보니 눈길은 자연히 아래로 향했다.

"워메메!"

그 여자는 바지를 끌어올리다 말고 눈을 휘둥그렇게 떴다. 그녀의 눈에 띈 것은 오줌에 젖은 가마니의 일부분이었다. 오줌발에 눈이 녹고 흙이 씻겨내려간 다음 가마니의 한 부분이 드러난 것이었다. 아이고메 워짤끄나, 개덜이 살짝허니 파묻어놓고 간 쌀가마니 아니라고! 그녀의 머리에 퍼뜩 떠오른 생각이었다. 그녀는 바지를 마저 끌어올릴 생각도 않고 두 손바닥을 기운차게 맞때렸다.

"동무더얼, 여그 쌀가마니가 있소, 쌀가마니이!"

그 여자는 허둥지둥 바지를 끌어올리고 돌아서며 목청을 뽑아댔다.

쌀가마니가 있다는 외침은 그 언저리에 흩어져 있던 빨치산들을 끌어모으는 데 그 무엇보다도 강력한 힘이었다. 총알줍기를 하고 있던 남녀 빨치산들은 다투어 모여들었다.

"워쩐 쌀가마니여?"

"아니, 땅에 묻힌 것 아니라고? 근디 워째 여그만 물이 젖어갖고 쩌 가마니가 뽀속허니 코빼기럴 내밀고 있는고?"

"와따, 딱 보면 몰르겄소? 오짐발에 눈이 녹고, 그 담에 헤성허니 덮은 흙이 씻겨내림서 쩌 가마니가 코빼긴지 궁뎅인지럴 내민 것 아니겄소?"

"잉, 맞소. 그 오짐발 참말로 씨기도 씨요. 좌우당간 쌀가마니럴 찾어낸 오짐발잉께 장허고 또 장허요."

"그 장헌 오짐발 임자가 뉘기여?"

"글먼 쌀에도 오짐이 뱄을 것 아니라고?"

"와따, 걱정도 팔자요. 똥 묻은 쌀도 씻그먼 그만일 것인디."

"맞소. 싸게싸게 파내고 봅씨다."

남자대원들이 이렇게 중구난방으로 떠드는 바람에 오줌 임자인 그 여자대원은 뒤늦은 부끄러움에 슬금슬금 뒤로 물러서지 않을 수가 없었다.

"하, 요런 잡것덜이 또 쳐들어와 꺼내 묵겄다고 살짝허니 숨케놓고 갔구마이."

"호로자석덜, 즈그덜끼리넌 꾀지게 헌다고 혔는디, 아나 요놈덜아, 우리가 먼첨 입맛 다셔분다."

"히히, 요리 쌀가마니 캐묵는 맛이 꼬시기가 무신 맛이까?"

"꼬시기로야 깨소금맛이고, 달기로야 조청맛 아니겄소?"

남자대원들은 절로 흥이 나서 이런 말들을 주고받으며 신바람나게 흙을 파헤쳐댔다. 가마니는 점점 그 모습을 드러내가고 있었다.

팽팽하게 배가 부른 가마니가 옆으로 누운 모습을 다 드러냈다. 남자대원들 넷이 제각기 한쪽 귀씩을 잡고 하나·둘·셋에 맞추어 기운을 썼다. 그런데 가마니는 꼼짝을 하지 않았다.

"와따, 장정 넷 기운이 워째 그요!"

"아무리 잘 못 묵고 산다고 네 사람 기운이 그래갖고 워찌 빨치산 해묵어지겄소?"

옆에 섰던 사람들의 비아냥이었다.

"요상시럽네. 나가 그리 곯아뿌렀으까아?"

"아닌디, 안직도 새북좆이 빨딱빨딱 잘 스고 있는디."

네 남자는 무색해진 얼굴로 고개들을 갸웃갸웃해댔다.

서너 남자대원들이 더 붙어서 가마니를 들어냈다. 그랬는데도 모두는 무거워했다. 그 이유는 곧 판명되었다. 가마니에 든 것은 쌀이 아니라 총알이었던 것이다. 총알들은 탄창에 여덟 발씩 끼워진 채 가마니 속에 차곡차곡 채워져 있었던 것이다. 그것은 모두 몇천 발이 될지 모를 엄청난 양이었다.

남녀대원들은 그 뜻밖의 일에 환성을 지르고 박수를 쳐댔다. 그들에게 총알은 쌀과 똑같이 없어서는 안 될 물건이었던 것이다.

누가 지어붙인 것인지 그 일은 '복보지'라는 이름의 이야기로 엮어지게 되었다. 그리고 그 야한 이름을 단 이야기는 선요원들의 입을 타고 문수리골로, 화엄사골로 퍼져나갔다. 또 얼마 뒤에는 섬진강을 건너 도당의 각 지구에까지 퍼졌다.

그뿐만이 아니었다. 어느 남자대원은 철쭉밭 속에서 총알 수백 발을 찾아내기도 했다.

그 남자대원도 총알줍기를 하고 있었는데, 어느 풀섶에서 총알을 발견하게 되었다. 그런데 총알은 한두 개가 떨어져 있는 것이 아니었다. 무심하게 여러 개를 주워가다 보니 퍼뜩 이상한 생각이 들었다. 총알들은 그냥 떨어져 있는 것이 아니라 무슨 줄을 치듯이 조로록 놓여 있던 것이다. 그 총알들을 따라 몇 걸음을 옮겼다. 총알들의 행렬은 철쭉밭 속으로 이어지고 있었다. 그리고 그 속에는 총알들이 수북하게 쌓여 있었다.

"동무덜, 동무덜! 욜로 와봇씨요, 욜로. 여그 귀신 곡헐 일이 생겼소오!"

너무 놀란 그 대원은 마구 소리치고 있었다.

가까이 있던 대원들이 금방 모여들었다. 그 남자의 손가락질을 따라 대원들이 철쭉밭 속을 들여다보았다. 그들도 모두 놀랐다.

"쩌것이 워쩐 일이까? 저리 많은 총알얼."

"금메 쩌걸 봇씨요. 요 총알덜얼 따라가면 총알이 수백 발 쟁여 있다 허는 말얼 허는 것맨치로 저 총알덜이 쪼로록 허니 줄얼 맞치고 있덜 않컸소."

그 남자가 대원들을 둘러보았다.

"누가 고런 일얼 혔을랑가?"

"군인 중에 우리럴 좋아허는 사람 아니겄소?"

"금메, 쩌것이 혹여 허방은 아니겄소?"

"허방?"

"아, 우리 잡을라는 허방 말이요. 붋았다 허먼 터져부는 그 폭탄 안 있소. 거 머시냐……."

"지뢰?"

"이 맞소, 지뢰, 고것얼 장치해 놓고 저 총알얼 건디렀다 허먼 터지게 맹근 것인지도 몰른다 그것이요."

"그 말 들은께 그럴 법도 허요. 조심혀야 쓰겄소."

"글씨, 조심허는 것이야 존디, 또 안 그럴란지도 몰를 일잉께 가차이 가보기나 헙씨다."

이렇게 되어 그들은 조심스럽게 철쭉밭으로 들어갔다.

"아니, 쩌것이 머시요? 종이쪽지가 찡게져 있덜 않으요?"

"맞소, 종이쪽지요."

"저것얼 빼면 폭탄이 터지는갑소."

"와따 겁도 에진간히 많소. 무신 글씨가 써진 것 같음마."

"쪼깐 더 가차이 가봅씨다."

"맞으요, 무신 글씨가 써졌소."

"나오씨요, 나가 고걸얼 빼볼랑께."

처음 총알을 찾아냈던 남자가 나섰다. 그는 탄창 사이에 끼워진 종이쪽지를 조심스럽게 빼냈다. 그러나 폭탄은 터지지 않았다.

'승리의 그날까지 용감히 싸우시오.'

종이쪽지에 적힌 글이었다. 그것은 어느 동조자가 남기고 간 짧은 편지였다.

그러나 지리산에서 총소리가 울리지 않는 날은 그리 오래가지 않았다. 전남북 지역에서 일단 작전을 멈춘 국방군 2개 사단은 1주일간의 휴식을 취한 다음 1월 10일부터 토벌작전을 다시 개시했다. 그런데 군작전은 달라져 있었다. 2개 사단병력을 각기 반씩 나눠 지리산과 도당지구를 동시에 공격하는 전면작전을 펼쳤던 것이다. 1차에서 집중공세로 타격을 입힌 다음 2차에서는 빨치산들의 수가 줄어든 것에 맞추어 전면공세로 바꾼 것이었다. 그것은 꽤나 과학적인 계산에 근거한 작전수행이었다. 지리산지구와는 달리 도당지구의 빨치산들은 기운회복은커녕 비상식량도 제대로 갖추지 못한 상태로 다시 토벌전에 맞서지 않을 수 없었다.

　이미 예측하고 있었던 일이어서 지리산 빨치산들은 1차 때처럼 동요하지 않았다. 이해룡은 변경된 전술에 따라 이번에는 병력을 소조로 편성하지 않았다. 그동안 간부회의를 통해서 지난번의 전술을 검토한 결과 소조편성으로 발생한 전투력의 분산을 막아보자는 것이었다. 물론 그때의 소조투쟁이 거둔 효과는 충분히 논의된 다음의 결론이었다. 비무장이 많은 상태에서 소조투쟁을 벌인 것은 적의 대대적인 포위작전에서 병력손실을 가능한 한 줄일 수 있었음과 동시에 적들의 작전을 교란시킬 수 있었던 효과를 나타냈던 점이 중시되었다. 그런데 전투력을 집결시키자는 새 전술이 채택될 수 있었던 데는 가슴 아픈 사실이 깔려 있었다. 지난번에 비무장들이 많이 희생됨으로써 그만큼 무장력이 강화된 현상이 벌어져 있었던 것이다.

　"그 많은 적의 병력에 둘러싸이고, 그 엄청난 화력에 당해가면서, 춥기는 얼마나 추웠고, 굶기는 또 얼마나 굶었소. 그러면서도 이만큼들 살아남았다는 건 기적이 아닐 수 없소. 그래요, 분명 기적이오. 중국공산당이 대장정을 하면서도 이런 식의 악조건 속에 고립된 적은 별로 없었소. 엄동설한에다가, 퇴로도 없고, 화력과 병력이 몇십 배 우세한 적과 맞서다니, 이건 세계 유격투쟁사상 초유의 일이 아닐까 싶소. 구라파 사람들은 중국공산당의 투쟁을 20세기의 기적이라고 한다는데, 글쎄…… 이 남조선 빨치산투쟁은 그럼 뭐라고 해야 할 건지 모를 일이오. 다들 기막히게 용맹스런 전사들이오. 간부들은 전사들을 더욱 따뜻하게 독려하기 바라오."

김범준이 무겁게 말했다. 그리고 그는 다시 말을 이었다.

"다음에 또 지난번과 같은 식의 공격이 들어오면 그때는 과감히 지리산을 탈출하는 작전을 써야 할 것 같소. 지난번처럼 지리산 전체가 포위된 상태에서 지리산에서만 맴돈다는 것은 자멸을 초래할 뿐이오. 그건 빨치산의 투쟁법이 아니오. 중국 홍군이 치명타를 입었던 것은 그전의 유격전술에서 일시나마 국민당군의 진지전에 응전했던 때였소."

그 전술에 반대의견을 내놓은 간부는 아무도 없었다.

이해룡은 대원들의 비상식량이 열흘치가 미처 못 되는 것이 못내 마음에 걸렸다. 그러나 어쩔 수 없는 일이었다. 그동안 보투에 최선을 다한 결과가 그것이었다. 날씨는 최악의 상태로 추워진 가운데 또 대원들은 굶으면서 싸울 수밖에 없게 되어 있었다.

"전사 동지 여러분! 다시 싸움이 시작되었습니다. 날씨는 지난번보다 더 추워지고, 이번에는 또 며칠 동안이나 싸워야 할지 모릅니다. 지난번과 똑같다면 우리는 또 보름 동안을 싸워야 합니다. 그동안 우리는 불도 마음대로 피울 수가 없고, 잠도 제대로 잘 수가 없습니다. 불을 마음대로 못 피우니까 쌀이 있어도 밥을 해먹을 수가 없습니다. 그러나 여러분, 생쌀을 씹더라도 쌀이나 많았으면 얼마나 좋겠습니까. 전사 여러분들이 지닌 비상식량은 열흘치가 조금 못 됩니다. 그러나 그건 우리 모두가 그동안에 목숨을 내걸고 최선을 다해 장만한 양식입니다. 이번 싸움이 보름 동안에 끝난다

하더라도 우리 모두는 닷새 이상 굶게 되어 있습니다. 동지 여러분, 각자가 지닌 양식을 최대한 아끼고 조절해 가면서 끝까지 견뎌주시기 바랍니다. 그래서 우리 다 같이 끝까지 살아남아야 합니다. 다 같이 강철 같은 용기로 투쟁에 나섭시다!"

이해룡은 매서운 바람이 몰아치는 속에서 대원들을 향해 비장하게 외쳤다.

군토벌대가 지리산으로 진입하기 시작했다. 이해룡은 피아골의 병력을 전부 화엄사골로 이동시켰다. 지리산을 벗어나 야산으로 옮기자는 새 전술을 실행하기 위해서였다.

이해룡은 화엄사골에 도착해서 박영발 도당위원장이 옮겨와 있다는 사실을 알았다. 지난번 도당에 대한 공세를 피해 옮겨온 것이다. 지리산을 일시적으로 벗어나 야산으로 붙는다는 계획에는 도당위원장도 찬동했다.

탈출 방향은 북쪽으로 정해졌다. 두 가지 이유 때문이었다. 서쪽과 남쪽으로는 섬진강이 가로막혀 있었다. 그리고 지난번에 경험한 바로 북쪽보다는 그 두 방향으로 토벌대들이 훨씬 많이 밀려들었던 것이다. 그럴 수밖에 없는 것이 빨치산들이 북풍 매몰차고 눈이 깊은 북쪽 골짜기들을 피해 남쪽 골짜기들에 퍼져 있었던 것이다. 북쪽 골짜기에는 고작해야 남원군당이 달궁골과 뱀사골에 산재해 있는 정도였다. 국방군의 그런 정확한 정보파악에 간부들은 적이 놀랐던 것이다.

부대는 두 개로 편성되었다. 이해룡은 임시편제인 2연대의 지휘를 맡았다. 도당위원장 보위대는 따로 편성되었다. 부대를 둘로 나눈 것은 지휘효과를 살림과 아울러 적에 대한 유인과 협공의 묘를 살리기 위해서였다.

철저한 정찰을 앞세워 작전을 시작한 것이 12일 밤이었다. 어둠을 이용해 감쪽같이 빠져나가는 것이 빨치산의 전술상 최선의 방법이었던 것이다. 그러나 그것이 뜻대로 되지 않았다. 이쪽의 인원이 많은 데다 토벌대의 야간경계가 심해 결국 전투가 붙게 되었다.

야간전투는 야간전투일 수가 없었다. 이 능선 저 능선에서 쉴 새 없이 쏘아올리는 조명탄으로 눈 덮인 골짜기는 대낮이나 다름없었다. 빨치산들의 모습은 푸른빛 품은 싸늘한 조명탄 불빛 아래 송두리째 드러났다. 어둠의 보호를 받고 있던 빨치산들에게 그 갑작스러운 불빛은 감당할 수 없는 공포였고, 대항할 방법이 없는 무기였다. 빨치산들의 대열은 금방 헝클어지며 혼란에 빠져들었다. 모두가 몸 숨길 데를 찾아 우왕좌왕하였다. 그런데 토벌대들은 박격포를 쏘아대고, 기관총을 갈겨대고, 수류탄을 던져댔다. 화력이 비교가 안 되는 데다 토벌대는 이미 능선까지 차지하고 있었다. 불리해도 이만저만 불리한 싸움이 아니었다. 박격포탄에 바위가 깨져 굴러내리고, 기관총과 소총들의 난사로 빨치산들은 여기저기서 선혈을 뿌리며 픽픽 쓰러져가고 있었다. 그 위기를 모면하는 최선의 작전은 한시라도 빨리 조명탄 불빛에서 벗어나는 것이었다.

"후퇴다, 후퇴! 비상선으로 후퇴!"

이해룡은 후퇴명령을 내릴 수밖에 없었다. 지리산을 벗어나려는 의도를 적에게 노출시킨 이상 전진시도는 무모한 희생만 낼 뿐이었다. 대원들을 계속 잃어가며 조명탄 불빛에서 벗어나기 위한 사투를 벌였다.

일단 위험지대에서 발을 빼낸 그들은 엉뚱한 쪽으로 방향을 틀었다. 비탈을 옆으로 타며 왔던 길을 되밟은 것이 아니라 주능선을 향해 골짜기를 치달아오르기 시작한 것이다. 추격하는 적을 따돌리는 한편 적의 투입이 적은 북쪽 계곡으로 넘어가자는 것이었다. 그 의외의 계획은 성공적이었다. 토벌대의 화력이 아무리 막강하다 해도 일단 어둠 속으로 자취를 감추어버린 빨치산들을 조명탄으로 찾아낼 수는 없었던 것이다.

어둠에 묻힌 눈 쌓인 골짜기를 그들은 ㄹ자를 그려가며 올라붙고 있었다. 노고단으로 이어지는 주능선에 올라서는 순간 그들을 맞이한 것은 무섭게 몰아치는 강풍과 함께 얼굴을 후려갈기는 모래알들이었다. 그들은 하나같이 숨이 막히는 충격을 느끼며 손으로 얼굴을 감싸야 했다. 매섭게 휘몰아치는 북풍에 섞여 그들의 얼굴을 후려때리고 있는 것은 모래가 아니었다. 그것은 북쪽 비탈에 있는 수많은 나뭇가지들과 풀잎들에 얹혔던 눈이 낮에 녹으면서 자디잔 고드름으로 맺히게 된 얼음이었다. 그것들이 거칠게 불어대는 강풍에 견디지 못하고 떨어져 날리고 있었던 것이다. 남쪽 골짜기에 비해 북쪽 골짜기가 얼마나 더 추운가를 그들은 실감하지 않을 수 없었다.

그들은 살을 찢어대는 얼음바람을 뚫고 달궁골을 타내렸다. 눈이 쌓인 비탈길은 오르기보다 내려가기가 몇 갑절 어려웠다. 모두가 전홧줄을 꼬아 감발을 하기는 했지만 미끄러지고 나둥그러지기를 숱하게 했다.

그들이 찾아간 남원군당의 트들은 텅텅 비어 있었다. 그렇다고 어디에 시체가 있는 것도 아니었다. 군당이 적의 공세를 피해 어디론가 이동했음을 알 수 있었다.

인원점검 결과는 희생자가 200명에 가까웠다.

"우리의 계획이 무모했던 것이 아니오. 적이 너무 강했소."

도당위원장의 침통한 한마디였다.

그러나 달궁골에서도 오래 견딜 수가 없었다. 거기서도 토벌대의 추격은 집요하게 이루어지고 있었다. 지난번에 비하면 토벌대의 수가 절반도 못 되게 적었지만 설한풍이 휘몰아치는 속에 날씨가 너무 혹독하게 추워 적과 대치하는 어려움은 마찬가지였던 것이다. 그들은 사흘 만에 뱀사골로 넘어갔다. 그러나 뱀사골이라고 해서 나을 것이 없었다.

뱀사골로 넘어온 것은 적의 추격을 따돌리면서, 부대를 소조로 편성하는 시간을 벌자는 것이었다. 부대를 소조로 분산시켜 적의 눈을 기만시켜야 했다. 부대의 규모가 커 보이게 하는 것은 적의 규모도 키우게 하는 것이었다.

"우리가 추위를 견디기 어려우면 적들도 견디기 어렵기는 마찬가지요."

도당위원장의 말이었다. 그건 이번 군작전에 대응하는 기본원칙이었다.

비행기는 지난번처럼 날마다 삐라를 뿌리고 다녔다. 그뿐만 아니라 골짜기 골짜기를 저공비행으로 날아다니며 귀순권고 방송을 해댔다.

"지금 지리산 골짜기마다 숨어서 고생하시는 빨치산 여러분, 안녕하십니까. 저는 전북도당 남원군당 여맹 선전부장이었던 이옥주입니다. 저도 얼마 전까지 투쟁이란 미명 아래 달궁골에서 여러분들처럼 온갖 고생을 다 겪었습니다. 그러나 여러분, 속지 마십시오. 혁명투쟁이란 처음부터 이루어질 수 없었던 헛소리였고, 지금은 더욱이 완전히 가망이 없어지고 말았습니다. 여러분, 이제 곧 휴전협정이 체결됩니다. 전쟁이 끝난다 그 말입니다. 전쟁이 끝나버리면 여러분들의 운명은 어찌 되겠습니까. 인민을 위한 혁명은 다 무엇입니까. 여러분들은 그동안 공산괴뢰집단에 이용만 당하고, 결국은 이 추운 산속에서 버림받은 운명에 처하게 된 것입니다. 여러분, 저는 그 사실을 얼마 전에야 깨달았습니다. 그리고 자유대한의 품에 안겼습니다. 물론 귀순하기 전에 많이 의심했습니다. 귀순을 하면 과연 살려줄 것인가. 살려준다는 것은 거짓말이 아닐까. 이용만하고 죽여버리는 것이 아닐까. 이런 의심들을 많이 했습니다. 그러나 여러분, 그런 의심은 다 필요 없습니다. 바로 저를 보십시오. 이렇게 분명히 살아 있지 않습니까. 빨치산 여러분, 이 추운 엄동설한에 무엇을 위하여 이 산골짜기에서 굶고 떨면서 고생하고 있습니까. 곧 휴전이 됩니다. 더 이상 속지 말고 어서 산에서 나오십시오. 계속 속으면 죽음이 있을 뿐입니다. 어서 산에서 나와 부모님과 형제자매와 처자식이 애타게 기다리고 있는 집으로 돌아가십시오. 따뜻한 방과 뜨끈뜨끈한 밥이 여러분을 기다리고 있습니다. 당장 산을 떠나십시오. 자유대한은 여러분을 기다리고 있습니다. 자유대한은 여러분의 지난 잘못을 일체 따지지도 벌하지도 않을 것입니다. 귀순증을 갖지 않아도 좋습니다. 지금 당장 가까이 있는 토벌대로 발길을 돌리십시오. 어느 부대에서나 여러분을 뜨겁게 환영할 것입니다. 지금 당장 결심하십시오."

젊은 여자의 목소리는 성능 좋은 확성기를 통해 골짜기마다 울려퍼지고 있었다.

칼바람 휩쓸고 있는 눈 뒤덮인 골짜기에서 간신히 몸을 은신하고 있는 빨치산들은 그 선전방송을 안 들을래야 안 들을 수가 없었다.

"참말로 저년이 저거 사람 맥아리 빠지게 맹그네그랴."

마른 풀섶 우거진 속에 몸을 감추고 있는 몇 사람 중에 한 사람이 하늘을 힐끗 올려다보며 내뱉었다.

"금메, 오살헐 년이요. 동지덜 내뿔고 도망질헌 것도 워디 헌디 저리 뻔뻔시럽게 주딩이 까서 인자 우리덜 맘할라 심숭생숭허게 맹글고 있으니."

옆사람이 말을 받았다.

"빨치산밥 하로라도 묵었다는 년이 참말로 지 맘이 동혀서 저리 새살얼 까고 자빠졌을께라?"

다른 사람이 의심스러운 얼굴을 했다.

"저리 청산유수로 까발리는 것이야 적어준 것 읽는 것일 것이고, 지 발로 걸어나간 년이람사 무신 수럴 쓰든지 살아나겄다고 저 개지랄허는 것 아니겄소."

"참 지랄 염병이오. 워찌 이리 맴이 몰뚝잖고 껄쩍지근헌거?"

"저 개자석덜얼 한두 분 겪어봤다고 실답잖은 소리 그리 허고 그요? 해방되고 지금꺼정 빨갱이야 허면 그리 악독허고 몰악시럽게 때레죽이고 쳐죽이고 헌 것 다 까묵어뿌렀소? 인공 만세 한 분 불렀다고 빨갱이로 몰아 죽이는 놈덜인디, 우리덜로 치자면 빨갱이 중에 빨갱인디, 으쩌요, 살레줄 상불르요?"

"그 말이 맞소. 전분 참에 헌 일만 봐도 저놈덜 속이 씨커먼 것이야 화경 딜에다보디끼 훤허요. 우리 동지덜얼 그 씨커먼 전홧줄로 칭칭 묶어 벌집얼 맹글어 죽인 것이야 우리덜 눈으로 똑똑허니 본 것이고, 거 머시냐, 천왕봉 아래 경남도당 쪽에서 경찰놈덜이 여자 대원덜얼 잡아 쇠꼬챙이럴 불에 달과갖고 양쪽 볼기짝에다가 한문으로 공비라고 쓰고 나서 총살시킨 일은 동무덜도 다 아는 이약 아니오. 삐라럴 뿌리덜 말든지, 잡은 사람덜얼 그리 몰악시럽게 죽이덜 말든지, 고런 숭악헌 놈덜얼 믿기럴 워디럴 믿겄소."

"하먼이라, 두말허면 잔소리요. 삐라 뿌리고 저리 방송해 대는 것은 다 우리 속여 빨치산 씨 몰리자는 심뽄께 우리가 더 맘 강단지게 묵고 끝꺼정 싸와야 쓰요."

"그래야제라. 기왕지사 죽을라먼 싸우다 죽어야제라."

새로 등장한 방송에 대한 빨치산들의 반응은 대개 이랬다. 처음에는 직감적으로 사기의 위축을 보이다가 끝내는 토벌대에 대한 증오와 불신으로 이야기들을 끝냈다. 지난번에 군경토벌대는 귀순자와 저항체포자를 구분해서 처리했는지 모르지만, 그들이 남겨놓고 간 처형의 여러 가지 모습들은 빨치산들에게 삐라에 대한 불신은 물론이고 토벌대에 대한 증오를 더 확대시켰다.

지난번과 또 달라진 것은 비행기들의 본격적인 공격이었다.

이해룡의 부대는 뱀사골로 옮겨오자마자 비행기의 공격을 받았다. 이해룡은 20여 명을 이끌고 상황정찰을 겸한 보초선을 정하고 있었다. 그런데 갑자기 비행기가 나타났다. 그건 삐라를 뿌리는 비행기가 아니었다. 어쩌다가 보았던 전투기였다. 그 비행기는 골짜기를 훑어오르듯 하며 날아오고 있었다. 한 대가 아니라 두 대였다. 기총소사를 해대고, 폭격도 해대는 그 비행기가 얼마나 무서운지는 이미 알고 있었다. 그는 자신들이 표적이라는 것을 직감하며 외쳤다.

"모두 피해라! 엎드려라!"

그는 바위 뒤로 몸을 던지고 있었다.

그때였다. 그는 눈앞에서 난데없는 불길이 확 일어나는 것을 느꼈다. 순간적으로 정신이 아찔했다.

"으악!"

"아이고메 나 죽네!"

"워메 엄니, 워메 뜨거라!"

비명과 아우성이 터지고 있었다. 그는 눈을 번쩍 떴다.

서너 명의 대원이 온몸에 불이 붙어 날뛰고 있었다. 순식간에 벌어진 그 일에 그는 잠시 어리둥절했다. 그런데 그때 또 이상스런 폭음과 함께 불길이 팍팍팍 일어났다. 그 불길에 싸인 대원들이 또 비명과 아우성을 지르며 불붙은 몸으로 날뛰기 시작했다.

"다 흩어져라! 다 흩어져서 바위 뒤에 숨어라!"

그는 외치며 불길에 싸인 대원들에게로 달려갔다. 미친 듯이 날뛰고 있는 대원들의 불붙은 몸을 어쩔 방법이 없었다.

"굴러라, 눈 위에 딩굴어!"

이미 제정신이 아닌 대원들은 날뛰기만 할 뿐 그의 외침을 알아듣지 못하고 있었다. 그는 대원들을 마구 눈 위에 넘어뜨리기 시작했다.

"딩굴어! 딩굴어!"

그도 미친 듯이 소리치고 있었다.

"대장니임, 비행기 또 오요!"

누군가의 외침이었다. 그는 고개를 번쩍 들었다. 비행기 두 대가 또 괴물처럼 날아들고 있었다. 그는 허겁지겁 바위 뒤로 몸을 내던졌다.

비행기는 또 불길을 차례로 터뜨려대며 지나갔다. 그러나 새로운 비명이나 아우성은 일어나지 않았다.

그는 바위 뒤에서 다시 뛰쳐나왔다. 두 명이 불붙은 몸으로 눈

위를 구르며 몸부림치고 있었다. 그리고 세 명은 옷들이 불타고 있는 채 눈 위에 엎어져 있거나 고꾸라져 있었다.

"동무들, 빨리 나와서 이 불 꺼, 불!"

이해룡은 눈 위에서 구르고 있는 두 대원을 향해 눈을 퍼부어대며 외치고 있었다.

숨었던 대원들이 모두 뛰쳐나와 눈을 퍼부어대기 시작했다. 다섯 사람의 몸에 붙은 불을 겨우 껐다. 그러나 세 사람은 이미 숨이 끊어진 뒤였다. 그리고 두 사람 중에 하나도 곧 숨이 끊어지고 말았다. 한 사람만이 얼굴이 온통 그을린 채 겨우 숨을 쉬고 있었다.

죽은 네 사람은 새까맣게 그을려 있었다. 비행기는 어디로 갔는지 더는 날아오지 않았다.

"동무들, 저 네 동무를 눈으로라도 묻어주시오."

이해룡이 목 잠긴 소리로 말했다. 그리고 그는 돌아섰다.

대원들은 네 사람의 시체를 옮겨다 나란히 눕혔다. 그리고 얼부풀고 튼 손들을 모아 눈을 퍼다가 그 흉측스럽게 그을은 시체들을 덮어나갔다.

그들이 눈장례를 끝낼 때까지 이해룡은 고개를 뒤로 젖힌 채 혼자 서 있었다. 흐린 하늘로 향한 그의 얼굴에는 눈물이 흘러내리고 있었다.

간신히 목숨을 건진 대원을 트로 옮겼다. 그러나 화상이 심해 그는 혼수상태로 다음날 숨을 거두고 말았다. 그들은 화상을 치료할 수 있는 약을 아무것도 가지고 있지 못했다.

네이팜탄 공격은 그 뒤로도 거의 매일 계속되었다. 단단히 경고를 했지만 희생자들은 자꾸 생겼다. 불시에 나타나는 비행기의 공격은 불가항력이었던 것이다. 빨치산들은 네이팜탄을 '불탄'이라고 불렀고, 그것을 무엇보다도 두려워했다.

네이팜탄은 빨치산들의 생명만 앗아가는 것이 아니었다. 이 골짜기 저 골짜기에다 때 아닌 산불을 일으켰다. 그러나 산불이 지리산을 온통 다 불태우지 않고 저절로 꺼지고 하는 것은 눈이 쌓여 있기 때문이었다.

하대치는 산굽이를 벗어나기 전에 대원들에게 담배를 피우게 했다. 그 산굽이를 벗어나면 다음 목적지까지 쉬게 할 만한 장소가 마땅찮았던 것이다.

대원들은 앉자마자 담배들을 말기 시작했다. 하대치도 쌈지를 꺼냈다. 그러나 쌈지에 든 것은 진짜 담배가 아니었다. 그건 단풍잎을 따서 담은 것이었다. 그러잖아도 담배가 귀해지기 시작하는 겨울인 데다가 토벌대의 작전마저 길어지다 보니까 담배가 동이 나고 말았다.

담배가 떨어지게 되면 빨치산들은 으레 마른 나뭇잎들을 따서 쌈지에 넣고 다니며 꼭 담배를 피우듯이 천연덕스럽게 연기를 빨아댔다. 그러나 나뭇잎이라고 해서 아무거나 대용담배가 되는 것은 아니었다. 참나뭇잎이 좋다느니, 단풍잎이 좋다느니, 때죽나뭇잎이 좋다느니, 심지어 호박잎이 좋다고까지 해서 서로간에 우김질이 많았다. 그건 신빨치들의 경우였다. 하대치 같은 구빨치들은 묵묵히 단풍잎을 말아 연기를 빨았다. 벌써 이런저런 나뭇잎들을 피워본 경험으로 단풍잎이 그중 나았던 것이다. 그 어떤 나뭇잎이라고 해서 담배의 그 아릿하고 아련한 특유의 맛이 날 리 없었지만 오래 몸에 밴 담배 피우는 습관은 휴식 때 무엇이든 말아 연기를 빨지 않으면 휴식다운 휴식이 안 되는 것처럼 생각하게 했다.

하대치는 손을 도르르 말아 그 안에 단풍잎담배를 넣고 연기를 빨았다. 그렇게 하면 어디로도 불빛이 새나가지 않았다. 밤에 담배를 피우는 장소는 주변의 안전이 확인된 곳이었지만, 빨치산들은 으레 손을 말아서 담배를 쥐었다.

"뒤로 전달, 강동기·천점바구 동무 앞으로."

하대치는 낮은 소리로 명령을 내렸다. 그리고 몸을 부르르 떨었다. 빌어묵을 날이 위째 이리 춥고 이려. 아니제, 삼동잉께 춥기넌 추워야제. 그려야 올 농사가 잘되제. 지가 인자 추와도 을매나 더 춥겄어. 그작저작 이달 넘기고 2월 접어들어 동백꽃 피기 시작허면 지도 끝장이제. 그는 앞으로 보름이 고비라고 생각했다.

강동기와 천점바구가 옆으로 와 앉았다.

"불르셨는게라?"

강동기가 물었다.

"이, 쪼깐 있다가 출발인디, 여그 산굽얼 벗어나면 네댓 가옥 사는 마실이 나오요. 거그럴 지내갈 적에넌 생똥 빠지게 뛸 참잉께, 두 동무넌 줄 밖으로 나서서 대원딜 잘 단도리혀얄 것이오."

"그러제라."

"알겄구만이라."

강동기와 천점바구가 함께 대답했다.

두 사람이 돌아가자 하대치는 또 강동기에게 죄를 진 것 같은 마음이 들었다. 그의 절친했던 동무 김복동이가 재귀열로 죽은 다음 지난번의 싸움에서 마삼수마저 죽어버렸던 것이다. 같은 사랑방동무 마삼수까지 죽게 되자 강동기는 영 풀이 꺾여 보였다. 다시 원기를 찾게 해주고 싶었지만 그는 마땅한 묘책을 생각해 내지 못하고 있었다.

"뒤로 전달, 출발."

하대치는 총을 힘주어 잡으며 일어섰다. 명령이 뒤로 전달되는 것과 함께 대원들이 어둠 속에서 줄줄이 일어서고 있었다.

부대는 소리 없이 찬 바람 속을 헤쳐나가기 시작했다. 바람소리만 매섭고, 하늘에는 싸늘한 별빛이 드문드문했다. 산들은 어둠 속에서도 그 무겁고 실한 자태를 더욱 검게 드러내고 있었다. 그 줄기들을 따라 멀게 찍힌 불빛들이 있었다. 토벌대들이 피우는 불빛이었다. 그 불빛들은 빨치산들을 더 춥게 만들었다.

산굽이를 다 돌아선 하대치는 걸음을 멈추었다. 멀지 않은 곳에 불빛 서너 개가 흐릿한 네모 윤곽들로 드러나 있었다. 그 각기 다른 크기의 네모난 흐린 불빛에서 하대치는 물큰 밥냄새를 맡았다. 그리고 따스한 아랫목의 아늑함도 불현듯 느꼈다. 그 불빛들은 석유등잔의 흐린 빛이 지게문이나 봉창에 젖은 것이었다.

"뒤로 전달, 뜀박질 준비."

하대치는 명령이 완전히 뒤로 전달될 시간을 헤아리며 숨을 한 껏 들이켰다. 속으로 열까지 센 그는 허리를 약간 굽히며 온몸에 힘을 주었다. 그리고 뛰기 시작했다. 한 줄로 선 대원들도 뒤따라 뛰기 시작했다.

하대치는 마을이 가까워지면서 속력을 조금 더 높였다. 그리고 집들의 뒤편을 지나면서는 있는껏 속력을 내서 달렸다. 봉창의 불 빛들은 잡힐 듯이 가까웠다. 하대치의 뒤에서는 대열에서 벗어난 강동기와 천점바구가 대원들과 함께 뛰면서 팔을 휘저어대고 있었 다. 빨리 뛰라는 신호였다.

하대치의 부대는 얼어붙은 찬 바람 속을 뚫으며 조그만 마을 뒤 를 삽시간에 통과하고 말았다. 어떤 눈치 둔한 대원으로서는 마을 을 지나쳤는지도 모를 지경이었다.

그것이 겨울에 마을을 통과하는 방법이었다. 겨울에는 다른 계 절에 비해 이탈자가 부쩍 늘어났다. 날씨는 땡땡 춥고, 배는 고프 고, 불은 마음대로 피울 수 없고, 잠은 눈 위에서 자야 하고, 악조 건을 다 갖춘 것이 겨울이었다. 그런데, 창호지에 밴 불빛, 거기에 비친 아기 어르는 그림자, 방 안에서 흘러나오는 즐거운 웃음소리, 아기 우는 소리, 그런 것들에 직면하게 되면 순간적으로 마음이 흔 들리지 않을 사람이 없었다. 그때 주저앉아버리면 영락없이 이탈 자가 될 수밖에 없었다. 그래서 보투도 겨울보투가 제일 어려웠다. 겨울보투에서는 여간해서 방에 들어앉는 일이 없었고, 안전하다고 해서 밥을 해먹고 떠나는 일도 드물었다. 한끼라도 더 벌자고 밥을 시켜먹게 되면 그동안에 방에 들어앉게 되고, 방에 들어앉으면 몸만 녹는 것이 아니라 마음까지 녹아내려 탈이 생길 위험이 그만큼 커졌던 것이다. 그런 일을 미리 피해도 겨울보투에서 이탈자가 한두 명씩 생겨나곤 했다.

하대치는 맞은편 산으로 건너가는 길목의 개울둑이 아무래도 신경에 거슬렸다. 매복을 치기가 쉬운 자리였다. 그는 강동기를 부를까 천점바구를 부를까 생각하다가 나이보다는 빨치산밥그릇 수가 더 많은 천점바구를 부르기로 했다.

"천 동무, 쩌그 저 앞에 뵈는 뚝방이 워찌 맘믹히요?"

"금메요, 지 맘에넌 안 좋은디라."

천점바구의 주저 없는 반응이었다.

"무신 냄새가 나요?"

"멀어서 냄새야 못 맡겄고, 딱 봉께 맴이 껄쩍지근헌디라."

"나 맘도 그려서 천 동무럴 불렀소."

"야, 지가 나서서 알아보겄구만이라."

"매복이 있으면 총얼 안 쏠 수 없는 일이고, 총소리럴 냄시로 질게 끌면 우리가 불리해진게로 후닥딱 해치워뿔고 산으로 붙어야 헐 것인디, 그러자면 우리가 일시에 몽창 공격얼 혀얄 것잉께 쥐도 새도 몰르게 알아내얄 것이요."

"야아, 그리 혀보제라."

천점바구는 혼자서 무슨 몸 빠른 짐승처럼 개울둑을 향해 어둠을 헤쳐갔다. 개울둑을 20여 미터 남겨놓은 지점에서 천점바구는 질겁을 하며 땅바닥에 엎드렸다. 개울둑 저쪽이라고만 생각했었는데 바로 코앞에서 인기척을 느꼈던 것이다. 어찌나 놀랐던지 땅바닥에 붙이고 있는 가슴이 펄떡펄떡 뛰고 있었다. 그는 이마를 땅에 대고 막혔던 숨을 내쉬었다. 귀에는 분명 사람의 말소리가 가느다랗게 들려오고 있었다. 그는 숨을 들이켜며 천천히 고개를 들어올렸다. 소리가 들려오는 곳은 오른쪽 방향이었다. 그런데 정확한 위치를 알아낼 수가 없었다. 사람의 모습이 전혀 잡히지 않았던 것이다. 그는 살금살금 포복을 하기 시작했다. 5미터 남짓 오른쪽으로 기어간 그는 개울둑 아래 참호가 파여 있다는 것을 알았다. 수류탄 하나만 까던지면 간단하게 해결될 것 같았다. 그러나 수류탄을 가지고 있지 않았다. 그는 엎드린 채 뒤로 물러나기 시작했다. 서너 발짝 정도 물러나던 그는 뒤에서 들리는 소리에 놀라 고개를 홱 돌렸다. 그 바람에 총이 손에서 벗어나 땅바닥에 떨어졌다. 밤의 정적 속에서 총이 땅바닥에 부딪치는 소리는 너무나 크고 요란했다. 그의 귀에서는 천둥이 울렸고, 그는 죽었구나 하고 생각했다. 아니나 다를까, 저쪽에서 외치는 소리가 날아왔다.

"누구냐!"

천점바구는 머리를 땅바닥에 대고 납작 엎드렸다. 그리고 어떻게 할까를 순간적으로 생각했다. 은폐물이 마땅찮았고, 적과의 거리가 너무 가까웠다. 잘못 움직였다가는 꼼짝없이 당할 것만 같았다. 이대로 엎드려 눈속임을 하는 게 어떨까 싶었다. 그런데 저쪽에서 두 줄기의 불빛이 어둠 속으로 뻗쳐나왔다. 그 손전등불빛은 이리 저리 움직이며 땅을 훑기 시작했다. 그대로 엎드려 있다간 마지막이었다. 천점바구는 이를 앙다물었다. 죽더라도 그대로 엎드려 죽을 수는 없었다. 그는 총을 버려둔 채 땅을 박찼다.

"저기다! 쏴라!"

뒤에서 터진 소리였다. 그때 천점바구는 10여 미터 이상을 내뛰고 있었다. 그는 더 욕심 부리지 않고 밭두렁으로 굴렀다. 뒤에서 총소리가 터졌다. 사격이 이쪽으로 집중되고 있었다. 총알들이 머리 위로 날아가는 소리들이 피웅 삐웅 요란했다. 그는 밭두렁에 몸을 바짝 붙이고 엎드려 하대치 대장이 빨리 공격해 오기만 애타게 바랐다. 적의 총소리가 바로 공격개시 신호가 될 것이기 때문이었다. 그 예상은 틀림없었다. 이쪽에서도 총소리가 요란하게 터지기 시작했다. 천점바구는 생각보다 훨씬 빠르게 울리는 총소리를 들으며, 역시 우리 대장님이 최고시여. 우리 대장님언 둘도 없는 영웅이시여, 영웅! 하며 감탄하고 있었다.

하대치는 손전등불빛이 어둠을 가르는 순간 천점바구가 위험에 빠진 것을 직감하고 대원들에게 돌격명령을 내렸던 것이다. 70여 명의 대원들은 총을 난사해 대며 돌격했다. 그들이 갈겨대는 총소리는 저쪽을 완전히 압도하고 있었다. 하대치는 천점바구를 구할 욕심에다가, 총소리를 길게 끌고 싶지 않아 돌격으로 밀어붙이고 있었다. 한두 사람의 희생을 염려해 총소리를 오래 내고 있다가는 적의 지원부대에 걸려 더 많은 피해를 낼 위험이 다분했던 것이다.

"어이, 항복이오, 항복! 총 쏘지 마시오, 항복이오!"

요란한 총소리에 뒤섞이는 외침이었다. 그러나 총소리는 그치지 않았다.

"총 쏘지 마시오, 항복이라니까, 항복!"

몇 사람이 함께 외치는 소리였다.

"동무덜, 사격 중지! 동무덜, 사격 중지!"

그때서야 하대치가 외쳤다.

그때 이미 토벌대의 매복참호는 포위상태에 빠져 있었다.

"싸게싸게 손 들고 나왓!"

하대치의 힘찬 목소리였다.

"우리 성님이 곡성군당에 있는 김한일인디요. 지넌 김경일이고라."

참호에서 첫 번째로 나오는 군인이 다급하게 말했다.

"지넌 우리 작은아부지가 나주군당에 있는 송태운디요."

두 번째로 나오는 군인의 말이었다.

"보이소, 우리 외삼춘이 경남도당 함안군당 조직부장 조상제라요."

세 번째로 나오는 군인의 말이 떨렸다.

네 번째, 다섯 번째로 나오는 군인들은 아무 말이 없었다.

"더 없나!"

하대치의 말이었다.

"야아, 모다 다섯이구만이라."

첫 번째의 군인이 재빨리 대답했다.

"뒤져보고, 무기 다 갖고 나오게 허씨요."

하대치가 옆에 선 강동기에게 일렀다. 천점바구는 어둠 속을 더 듬어 총을 찾아가지고 그때서야 하대치 옆으로 다가서고 있었다.

"대장님, 면목 없구만이라."

천점바구의 가라앉은 목소리였다.

"이, 천 동무! 상헌 디 없소?"

하대치의 목소리가 반가웠다.

"야아."

"수고혔소, 천 동무. 몸 성헌께 좋소."

하대치는 천점바구의 어깨를 잡고 흔들었다. 그리고 그는 참호에 서 네 번째로 나온 군인에게 불쑥 물었다.

"니놈 집구석언 반동 집구석이냐!"

"아, 아닙니다. 반동 아닙니다."

당황한 군인이 들어올리고 있던 팔을 내려 차려를 하려다가 다 시 팔을 뻗쳐올렸다.

"근디 왜 입산자가 없어. 느그 아부지 직업이 머시여?"

"농사짓습니다."

"말씨가 서울놈인디?"

"아닙니다, 경기도 오산입니다."

"니넌 느그 아부지가 멀 혀?"

하대치는 다섯 번째 군인에게 말을 옮겼다.

"아부지는 세상 뜨시구 어무니가 농사짓고 사느만유."

"집이 충청도여?"

"야아, 충남 홍성이구만유."

그때 참호로 들어갔던 대원들이 나오고 있었다.

"다 챙겼구만이라."

강동기가 보고했다.

"저것덜 몰아갖고 싸게 저 산으로 붙으씨요."

하대치가 명령했다.

"손 그대로 들고 싸게 걸어!"

강동기가 군인들에게 총을 휘둘러 보이며 명령했다.

"워메, 항복허고 나스면 입산자 가족은 살레준다 허등마 워쩔라고 이러시요?"

첫 번째 군인의 다급한 말이었다.

"싸게 걸어, 싸게!"

강동기가 그 군인의 엉덩이를 걷어찼다.

하대치의 부대는 개울둑을 넘어 건너편 산속의 어둠으로 신속하게 이동했다. 그들은 한동안 빠르게 걸어 산굽이 두 개를 돌았다. 하대치는 행군을 정지시켰다.

"느그가 빠르게 항복얼 혔고, 우리 대원덜이 하나도 안 상혔응께 천만다행헌 일이여. 글고 느그덜이 반동 집구석덜 자석이 아닝께 살려보내기로 허겄어. 느그가 빨치산으로 나스진 못혀도 앞으로 빨치산헌테 절대로 총질언 허덜 말어. 빨치산이 산도적이 아닌 것이야 느그덜도 다 알제! 앞으로 총질얼 혀얄 판이먼 하늘에다 대고 헛방얼 쏴! 알겄어?"

하대치의 말이었다. 다섯 군인이 어물어물 대답했다.

"저것덜 보내고 싸게 떠야겠소."

하대치가 강동기와 천점바구를 돌아보았다.

"느그덜 옷이고 구두고 싹 다 벗어놓고 빤쓰만 차고 가. 싸게싸게 벗어!"

천점바구가 나서며 총을 휘둘렀다.

군인들은 많이 당해보기라도 한 것처럼 주저 없이 옷들을 벗기 시작했다. 그들은 곧 셔츠와 팬티 바람에 맨발이 되었다.

"양말이야 신겨 보내기로 허제."

하대치가 나직하게 말했다.

"알겄구만이라. 느그덜 싸게 양말 줏어 신고, 맘 변허기 전에 얼렁 가뿌러."

천점바구의 말에 군인들은 다투어 다시 양말을 꿰신었다. 그리고 허둥지둥 어둠을 헤치며 산을 내려가기 시작했다. 하대치의 부대는 그들과 반대방향으로 움직이기 시작했다.

장교의 지휘를 받고 있지 않은 경우에 사병들 사이에서는 그런 일들이 더러 벌어지고 있었다. 그들은 위협적인 상황에 처하게 되면 의외로 쉽게 손을 들어올렸다. 그리고 자기네와 빨치산과의 연관관계를 밝히기에 바빴다. 경찰에 비해서는 군인에 대한 느낌이 다소 나은 빨치산들로서는 그런 젊은 군인들의 행동을 '순진하고 솔직하다'고 받아들였다. 그들이 밝히는 빨치산과의 관계를 확인할 길이 없었지만, 어떤 경우에는 정확하게 들어맞는 사실이기도 했다. 빨치산들은, 그들이 그래서 총알도 떨어뜨려놓고 가는 것이 겠거니 하고 생각했다. 그래서 그들에게 관대해질 수밖에 없었다.

바람이 쌩쌩 몰아치고 있었다. 군작전 열이틀째가 저물어가고 있었다. 조원제네 중대는 산중턱을 밟으며 이동하고 있었다. 모두가 지칠 대로 지쳐 있었다. 그들은 지금 막 중대별로 포위망을 뚫고 나오는 참이었다. 그들은 벌써 며칠을 쫄쫄 굶은 데다, 전투를 벌이고, 포위망을 뚫고 하느라고 완전히 탈진상태에 빠져 있었다.

조원제의 얼굴에는 길게 긁힌 상처가 나 있었다. 피를 물고 있는 긴 상처는 마치 빨간 색실이 붙어 있는 것 같았다. 그러나 그는 상처를 의식하지 못하고 있었다. 그렇다고 누가 말을 해주지도 않았다. 그들은 그저 눈 덮인 산비탈을 허덕거리며 걷기에 바빴다.

조원제는 두 손으로 눈을 몰아잡아 꾹꾹 눌렀다. 포위망을 뚫느라고 너무 기운을 써버렸는지 눈을 서너 차례 뭉쳐 먹었는데도 갈증은 가시지 않았다. 그는 눈을 으석으석 씹었다. 그러면서 3연대를 또 생각하고 있었다. 그들은 어쩌자고 자기네 연대와는 반대방향인 골짜기로 파고들어갔는지 모를 일이었다. 그들이 괜찮았을 것인가……. 그는 이 불안한 생각을 떼치지 못하고 있었다.

3연대가 토벌대 1개 중대와 정면으로 맞붙은 것부터가 무리였는지도 몰랐다. 서로 병력이 비슷했다 하더라도 다른 조건들을 고려했어야 했다. 단위부대의 화력 차이도 그렇지만 토벌대는 어느 부대나 지원병력을 엄청나게 가지고 있었다. 그리고 또 중요한 것은,

이쪽은 벌써 며칠째 굶고 있는 병력이었다. 3연대가 위기에 빠져 있다는 연락을 받고 갔을 때는 토벌대의 지원병력에게 공격을 당하고 있었다. 그 포위공격은 이쪽에서 충분히 교란시킬 수 있었다. 그러나 토벌대의 지원병력은 또 몰려들었다. 그들의 통신망은 이쪽의 예상을 앞지르는 기동성을 발휘해 내고 있었다. 다시 포위상태에 빠지면서 더 싸울 수는 없었다. 싸울수록 불리한 싸움이었다. 중대별로 분산해서 포위망을 뚫기로 결정했던 것이다. 그런데 3연대는 상식을 어기고 골짜기로 방향을 잡았던 것이다.

"얼려, 저것이 머시당가!"

놀라움에 찬 소리가 앞에서 들려왔다.

"쩌 사람이 워째 저러고 서 있어."

또다른 소리가 들려오면서 대열이 멈추었다.

조원제는 또 무슨 일인가 싶어 앞으로 걸음을 빨리 옮겼다.

"저 사람이 저러고 서서 자는 것 아니여, 시방?"

"아닌디, 죽은 것 아니까?"

"아니, 사람이 워찌 저러고 죽어?"

앞에서 들려오고 있는 말이었다.

"무신 일이요?"

조원제는 앞에 선 사람들에게 물었다.

"이, 지도원 동지, 저것 좀 봇씨요."

중대장이 비켜서며 앞을 가리켰다. 앞을 바라본 조원제도 놀라지 않을 수 없었다.

대원 하나가 나뭇가지를 붙든 채 꼿꼿하게 서 있었다. 그런데 그의 눈은 감겨 있었다. 나뭇가지를 붙든 것은 왼손이었고, 오른손에는 총끝 부분의 쇠가 잡혀 있었다. 그 희한한 모습은 얼핏 보기에 잠깐 졸고 서 있는 것 같았다.

"무신 일이겠소?"

중대장이 조원제를 쳐다보았다.

"죽은 것 겉소."

조원제의 대답은 짧았다.

"사람이 저러고도 죽어지겠소?"

"날이 원체로 추워논께 저리 얼어붙어뿐 것이요."

"자울르다가 말인게라?"

"그렇제라."

"참말로 기가 찰 일이요. 죽은 것이 맞는가 가차이 가봅씨다."

중대장이 혼자 가까이 가기는 내키지 않는 눈치였다. 조원제는 함께 가까이 갔다. 대원들이 그 뒤를 우르르 따랐다. 그 사람은 정말 죽어 있었다. 거칠게 몰아치는 설한풍을 맞받고 서 있는 그의 깡마른 얼굴은 푸르딩딩하게 얼어 있었다. 그러나 그 얼굴은 평온해 보였다.

"보초 세우고 여그서 쪼깐 쉬도록 헙씨다. 대원덜헌테 헐 말이 있응께."

조원제는 중대장에게 말했다.

"그러제라."

중대장이 보초를 지정하고, 다른 대원들을 앉혔다.

"동무덜, 저 대원이 워찌 저런 모냥으로 죽었는지 알겄소? 얼쭈 짐작얼 허는 동무덜도 있을 것인디, 저 사람언 부대가 밤에 여그쯤에서 쉴 적에 맨 뒤에 서서 저리 나뭇가지럴 붙들고 깜빡 잠이 들어뿐 것이요. 그래서 앞에서 전달 오는 소리도 못 듣고 저리 몸이 얼어붙어 죽어뿐 것이요. 날이 이리 땡땡 추운디 잘못 잠이 들었다 허먼 저리 되는 것이요."

조원제는 문화부 중대장으로서 학습을 겸해 대원들의 궁금증을 풀어주고 있었다.

출발하기 전에 한 대원이 나서서 나뭇가지를 붙든 손을 풀려고 했다. 그러나 손가락들은 어찌나 단단하게 얼어붙었는지 펴지지를 않았다. 총을 잡고 있는 오른손도 마찬가지였다. 무장을 하지 않은 대원은 없었지만 그래도 총을 그대로 두고 갈 수가 없어서 노리쇠를 빼내 총을 못 쓰게 만들었다.

대원들은 그 자리를 떠나면서 침울하고 언짢은 얼굴들로 뒤를 돌아보고 또 돌아보고는 했다. 차고 거센 바람 속에서 그 대원의 옷깃과 개털모자 밖으로 나온 머리카락들이 나부끼고 있었다.

부대는 날이 완전히 어두워진 다음에야 잠자리를 잡았다. 대원들이 너무 지쳐 있어서 몇 시간 눈을 붙이게 해서 연대가 정한 비상선으로 이동해 가기로 했다. 대원들은 눈 위에 잠을 자기 전에 제각기 눈들을 뭉쳐 눈밥을 먹고 있었다. 조원제는 어둠 속에서 그런 대원들을 물끄러미 바라보고 있었다. 빌어먹을, 불이나마 마음대로 피울 수 있었으면 얼마나 좋을까……. 그는 속쓰림처럼 일어나는 증오를 느꼈다. 제대로 된 세상을 만드는 길이 이다지도 힘들고 고통스러운 것인가. 그러나 그는 곧 고개를 저었다. 만주땅에서 독립투쟁을 한 선배들도 있었다. 거기는 영하 이삼십 도가 예사라고 했다. 아니, 만주땅까지 거슬러올라갈 것도 없다. 지금 지리산에서 투쟁하고 있는 동지들도 얼마든지 있다. 그 높은 지리산의 추위에 비하면 여기는 안방이나 다름없을지도 모른다. 지리산은 평균 영하 이십 도라고 했다. 여기는 그 절반도 못 될 것이다. 그래, 투쟁이 고난에 찰수록 승리는 값진 것이다. 볼셰비키의 승리는 시베리아의 얼음덩이 속에서 이루어졌기에 그렇게 찬란한 것이 아니냐.

대원들은 담요 한 장을 여러 명이 덮는 잠자리에 눕자마자 잠들이 들었다.

"지도원 동지, 보름이 찰라면 안직도 메칠이 남었는디, 저놈에 새끼덜이 은제꺼정 요리 지름얼 짜댈란지 몰르겠제라?"

중대장이 목소리를 낮추며 다가앉았다.

"긍께 말이오, 동계대공세라고 이름 붙였응께 이 삼동이 끝날 때꺼정 허겄다 그것 아니겠소?"

그가 중대장이라서 조원제는 말을 정확하게 할 필요를 느꼈다.

"그러자면 삼동얼 2월꺼정 잡고, 안직도 달포가 넘게 남었구만이라잉?"

"그리 되제라."

"글면 그간에 두 파수넌 더 저 염병헐 것덜이 지름얼 짜고 뎀빌 수 있다는 것인디, 그래갖고 요것이 되겠소?"

"머시가 말이요?"

"아, 저놈덜이 한바탕썩 분탕질 칠 때마동 우리 대원덜이 반타작으로 죽어가고 있는디, 요래갖고 앞으로가 워찌 되겄냐 그것이요."

"금메 말이요, 고것이 문제는 큰 문제제라."

조원제는 그것이 바로 자신이 염려하고 있는 문제라서 대답할 말이 없었다.

"무신 방도가 있기넌 있어얄 것인디, 이러다가는 큰탈나게 생기덜 안 혔는게라?"

"근디, 그리 걱정 안 혀도 될 것이요. 날이 갈수록 토벌대도 심이 빠져가고, 우리넌 토벌대가 쓰는 작전이란 것을 인자 다 알아뿌렀웅께 첨맹키로 그리 많이 상허지넌 않을 것이요."

"금메, 그 말도 맞기넌 맞는디, 그려도 걱정이 태산이요."

"간부덜 맘이야 다 똑겉을 것이요. 그럴수록 더 용맹시럽게 나서야제라."

"하먼이라. 대원덜이야 간부만 믿은께라."

그 이야기는 더 진전되지 않았다. 서로가 더 이상 할 말이 없었던 것이다.

조원제는 질정 없는 생각을 하다가 잠이 들었다. 그리고 얼마를 잤는지 잠을 깼다. 어둠 속에 정적은 끝이 없이 깊었다. 무언가 찬 기운이 얼굴을 스치고 있었다. 눈발이 날리고 있었다. 그는 조심스럽게 일어나 앉았다. 눈발이 언제부터 날리기 시작한 것인지 담요

위가 희번하도록 눈이 내려앉아 있었다. 그리고 양쪽에 담요를 뒤집어쓰고 서 있는 두 보초의 모습이 굳어진 듯 검은 윤곽으로 드러나 있었다.

조원제는 가슴이 찡 울리는 것을 느꼈다. 휘날리는 눈발과, 밤의 깊은 정적과, 눈 위에서 담요 한 장을 덮고 잠들어 있는 사람들과…… 알 수 없는 감정이 요동하면서 가슴이 먹먹해왔다. 그건 슬픔이거나 외로움 같은 단순한 감상이 아니었다. 무어라고 한마디로 할 수 없는 복잡한 감정들이 뒤엉켜 가슴을 축축하게 적셔오고 있었다. 그 밀물져오는 비감을 쓰라린 아픔처럼 느끼며 조원제는 얼굴에 눈발을 맞고 있었다. 자신의 중대원들은 어느덧 13명으로 줄어들어 있었다. 그러나 아직 2차공세는 끝나지 않고 있었다.

칼바람과 눈과 얼음 속에서 지리산의 2차공세가 끝났다. 1월이 다 저물어 있었다. 이해룡은 지칠 대로 지친 대원들을 이끌고 뱀사골을 벗어나 날라리봉으로 이어지는 주능선에 섰다. 바람이 거칠게 몰아치고 있는 속에 눈에 묻힌 수많은 골짜기들과 겹겹으로 이어져나가고 있는 봉우리들이 아득하게 눈 아래 펼쳐져 있었다. 그 지리산의 자태는 장엄하기도 했고, 황량하기도 했다. 아, 저 많은 골짜기들 속에서 이번에는 또 얼마나 많은 목숨들이 죽어갔는가……. 이해룡은 눈 덮인 골짜기들과 봉우리들을 멍하니 내려다보고 있었다. 그의 눈앞에는 흰 눈을 붉게 물들이며 죽어간 동지들의 모습이 떠오르고, 귀에는 총소리에 뒤엉킨 동지들의 울부짖음과 비명이 들려오고 있었다.

이번에도 대원들을 반 이상 잃어버렸다. 그들은 토벌대에게 죽어
간 것만이 아니었다. 얼어죽고, 굶어죽은 사람들이 지난번보다 더
많았다. 날씨가 더욱 추워졌고, 작전 날짜가 더 길어진 탓이었다.
그러나 한 가지 다행이라면 그런 악조건 속에서도 도당위원장이나
김범준 소장을 지켜낸 것이었다. 이해룡은 그것으로 대원들을 잃
은 가슴아픔을 위안 삼고자 했다.

이해룡은 귀에 익은 신음소리에 대원들 쪽으로 고개를 돌렸다.
잠깐 쉬는 동안인데도 몇몇 대원들이 나무에 기대 잠들어 있었다.
신음소리는 그들이 내고 있었다. 으으으으…… 목 속에서 구르고
있는 것 같은 그 앓는 소리는 숨을 내쉴 때마다 낮고 음산하게 흘
러나오고 있었다. 그것이 한 사람이 아니라 여러 사람의 소리가 합
해지니까 그 소리는 커지면서 음산한 느낌도 더해졌다. 그건 동상
의 고통이 심해 잠결에 무의식적으로 흘리는 신음이었다. 동상의
고통은 혹독했다. 살을 찢어대거나 뜯어내는 것 같은 그 고통은 견
뎌내기 어려운 아픔이었다. 손발에 동상이 걸리지 않은 사람은 단
하나도 없었고, 다소간의 차이만 있을 뿐이었다. 동상은 손가락 발
가락이 푸르죽죽하게 얼부풀어오르다가, 더 거무칙칙한 색깔로 변
하며 피와 진물이 흘러내리고, 그 피고름이 또 얼어붙어 손가락 발
가락들이 하나로 떡덩어리가 되고, 그러면서 검붉은 색깔로 변해
썩어들기 시작해서 마치 문둥병을 앓는 것처럼 손가락 발가락이
매듭매듭 떨어져나갔다. 동상은 도저히 막아낼 길이 없는 또 하나

의 적이었다. 동상은 대체로 손가락보다 발가락이 더 심했고, 떡덩어리가 된 발가락으로 산을 오르내리며 싸우고 있는 대원들도 적지 않았다. 그러나 치료약이라고는 아무것도 없었다. 냉수마찰을 하면 다소 치료가 된다고 했지만, 얼어붙은 얼음을 깨서 냉수마찰을 할 만큼 한가한 여유가 있지도 않았다. 도저히 걸을 수 없는 대원들은 환자트로 보내졌지만, 거기는 다른 부상자들에게나 마찬가지로 치료소가 아니라 일시 휴식처일 뿐이었다.

"자아, 동무들 그만 출발합시다. 힘들 내시오. 피아골이 얼마 안 남았소. 거기 가면 쌀이 있소. 어서 가서 뜨끈뜨끈한 밥을 해먹도록 합시다."

이해룡은 초췌하게 말라버린 대원들을 향해 목소리를 돋우었다.

대원들은 아무런 불평 없이 몸들을 일으켰다. 이해룡은 가슴이 뭉클해지는 것을 느끼고 있었다. 아, 저 대원들에게 적과 똑같이 입히고, 먹이고, 무장시키면 얼마나 기막히게 잘 싸울 것인가. 그는 안타까움과 안쓰러움을 지그시 눌렀다.

그들이 가고 있는 능선의 곳곳에는 토벌대들이 피웠던 모닥불의 흔적들이 남아 있었다. 타다 만 통나무들과 숯덩이들을 보면서, 그들은 어제까지도 그 불빛들을 골짜기의 눈구덩이 속에서 바라보며 견뎌내야 했던 추위를 다시 떠올렸고, 적에 대한 증오를 또 가슴에 심었다.

임걸령에서 피아골로 접어들자 빨치산들이 입은 피해가 드러나기 시작했다. 네이팜탄의 공격을 당해 시커멓게 타죽은 시체들이 눈 위에 나둥그러져 있었다. 어느 비탈에는 대여섯 명이 총을 갖지 않은 채 몸들이 벌집이 되어 죽어 있기도 했다. 토벌대는 빨치산들의 총을 가져가는 법이 없었다. 그들은 환자트의 환자들이 분명했다. 어느 곳에는 총을 껴안은 채 잠든 듯 혼자 죽어 있는 빨치산도 있었다. 선 떨어진 대원일 것이었다. 또 어느 곳에서는 불 피운 흔적을 남겨놓고 서너 명이 죽어 있기도 했다. 추위를 견디다 못해 불을 피우다가 당한 참변이었다. 그들은 그런 장면들을 아무 소리 내지 않고 묵묵하게 지나치고는 했다. 그러나 그들이 발을 멈춘 곳이 있었다. 전짓줄로 칭칭 묶어서 시커멓게 태워죽인 시체들 앞에 서였다. 시체는 모두 넷이었는데, 거기에는 여자가 하나 끼어 있었다. 그들은 모두 말이 안 나오는 충격을 받았고, 그리고 불길 같은 분노를 느꼈다. 시커멓게 타죽어간 동지들의 고통이 그들의 가슴을 푸들푸들 떨리게 했다.

각 도당과 지리산에서 동시에 실시된 제2차 동계대공세가 끝난 다음에 여러 가지 소문들이 떠돌기 시작했다. 전남도당 위원장 박영발이가 죽었다, 전북도당 위원장 방준표가 죽었다, 전남도당 부위원장이며 유격대 총사령관인 김선우가 죽었다, 하는 것들이었다. 그런데, 박영발이 지리산 뱀사골에서 죽었다고도 했고, 산내면 다릿목에서 죽었다고도 했으며, 방준표가 백운산에서 죽었다고도 했고, 덕유산에서 죽었다고도 하는가 하면, 김선우가 광양 백운산에서 죽었다고도 했고, 통명산에서 죽었다고도 했다. 그러나 그 모든 것은 다 터무니없는 거짓말이었다. 그 소문들은 토벌대에서 여러 가지 목적으로 유포시키고 있는 의도적인 것으로서, 심리전의 일환이었다. 서남지구를 대표하는 두 도당의 수뇌부가 없어졌다는 것을 널리 알림으로써, 첫째 민심을 안정시킴과 아울러 민간인 내부에 은폐되어 있는 동조세력들의 기대를 꺾고, 둘째 빨치산들에게 역정보를 제공해서 사기를 떨어뜨려 귀순을 유도하고, 셋째 군 토벌의 효과를 선전하고자 함이었다. 그러나 첫 번째와 세 번째는 효과를 거두었을지 모르지만, 두 번째는 아무런 효과가 없었다. 빨치산들의 모든 조직이 건재하고 있는 상태에서 선요원들이 거미줄 같은 조직망을 가지고 움직였기 때문에 그런 역정보가 거짓이라는 것은 금방 드러나고 말았던 것이다. 2차작전에서 죽은 도당위원장은 경남도당의 남경우 한 사람이었다.

그리고 두 차례에 걸친 군토벌대의 대대적인 공세로 전남북과 경남의 3개 도당과 지리산의 빨치산들이 60퍼센트가 넘게 죽어간 것은 사실이었다. 그러나 남아 있는 빨치산들은 그전과는 다르게 비무장대원이 없이 완전하게 무장을 갖추게 되었다. 수적인 감소가 꼭 전력의 감소일 수 없다는 점이 바로 정규군과는 다른 빨치산의 특이점이었다. 그러므로 2차공세 다음부터 군·경토벌대에서 공개적으로 사용하기 시작한 '잔비'라는 말은 자기네가 죽인 숫자만 중요시했지 바로 그런 '정예화된 빨치산'의 특이성을 제대로 파악하지 못했다는 것을 입증하는 것이었다.

31

또 하나의 전쟁터, 포로수용소

"자네는 내 심정을 잘 모를 거네. 그런 엉뚱한 거짓말을 하고 살아난 것이 내내 나를 괴롭히고 있네. 뭐라고 할까, 목숨에 급급한 비겁이라고 할까, 수단과 방법을 가리지 않고 살아나려고 했던 파렴치함이라고 할까, 말이 나왔으니 자네한테 솔직하게 고백하네만, 그런 감정들이 뒤섞인 나 자신에 대한 혐오감 때문에 나는 참 오래 괴로웠네. 내가 그 지경으로 살아났으면 이젠 일이나 제대로 해야 그렇게 살아난 의미도 있을 것이고, 나 자신도 혐오감에서 벗어날 수 있을 것 아닌가 말야. 내 말 알아듣겠지?"

김범우는 부끄러운 생각을 앞세우지 않고 마음을 털어놓았다. 앞에 앉아 있는 정하섭은 옛날의 제자가 아니었다. 그는 능력을 갖춘 조직의 간부였다.

"선생님, 선생님의 심정은 충분히 이해합니다만, 우선 대상을 보는 선생님의 시각부터 좀 교정했으면 합니다. 선생님은 지금 전적으로 개인적 입장에서만 그때의 일을 보고 계십니다. 그걸 조직적 입장으로 돌리라고 먼저 지적하고 싶습니다. 개인적 입장에서 보면 그때 한 말은 분명 거짓말이 되고, 그런 거짓말을 해서 살아난 것이 양심에 걸려 자기 자신이 비겁하고 파렴치하게 느껴질 수 있습니다. 그러나 조직적 입장으로 바꾸어보면 그때의 말은 어떻게 되겠습니까? 그건 거짓말이 아니라 귀중한 생명을 건지기 위한 훌륭한 전술적 임기응변이 됩니다. 당은 모든 전사들에게 그런 급박한 위기에 처했을 때 바로 선생님과 같은 임기응변으로 목숨을 건져야 한다고 학습시켰지, 양심에 어긋나니까 그런 거짓말을 하지 말고 그냥 죽어가라고 학습시킨 일은 없습니다. 그러니까 선생님은 훌륭한 전사 노릇을 하신 겁니다. 선생님, 제 생각을 어떻게 생각하십니까?"

정하섭은 김범우를 지그시 바라보며 웃음 지었다. 김범우는 정하섭을 물끄러미 바라보고만 있었다. 그 완벽한 논리구축에서 완성된 한 당원의 모습을 보고 있었다. 네가 나를 구해주는구나, 하고 김범우는 생각했다.

"그래, 자네 말을 그대로 받아들인다고 하세. 그렇다고 나는 이대로 그냥 있어야 한다는 것은 그 논리로 통하지가 않는데."

김범우는 자신의 요구가 남아 있다는 것을 환기시켰다.

"예, 물론입니다. 제가 오늘 찾아뵌 것이 바로 그 문제 때문입니다. 선생님이 통역을 맡으시는 것보다 더 중요한 일이 결정되었습니다."

정하섭은 눈 빠르게 주위를 경계했다.

"그래?"

김범우는 얼굴이 밝아졌다.

"예, 그건 다름이 아니고 선생님이 반공포로에 끼어 수용소를 하루빨리 벗어나는 일입니다."

정하섭의 말은 너무나 뜻밖이었다.

"아니, 그게 무슨 소린가?"

김범우는 순간적으로 모독감과 불쾌감을 한꺼번에 느꼈다. 저게 나를 봐주겠다고 저러는 모양인데, 사람취급 더럽게 하는군. 김범우는 정하섭이가 자신을 불신하는 데서 나오는 처사라고 느꼈던 것이다.

"아니 선생님, 왜 그렇게 기분 나빠하십니까?"

정하섭은 의아스러운 얼굴로 김범우를 쳐다보았다.

"자네 참 대단하군. 날 그렇게 불신하는 모욕을 주고서도 오히려 왜 기분 나빠하느냐고 묻다니."

김범우는 불쾌한 기색을 완연하게 드러내며 담뱃갑을 꺼냈다.

"아닙니다, 선생. 그건 너무 급한 오해십니다." 정하섭은 다급히 손을 내젓고는, "선생님, 제 말을 있는 그대로 들어주십시오. 이건 제 개인의 생각이나 의견이 아닙니다." 그는 진지한 표정으로 말했다. 김범우는 담배에 불을 붙이며 자신이 너무 예민하게 반응하는 것이 아닌가 하고 생각했다.

"선생님, 그건 말입니다, 선생님보고 그냥 나가서 반민족세력에

합류해 반동 노릇이나 하면서 살라는 것이 아닙니다. 선생님한테
는 엄연한 과업이 주어져 있습니다. 결론부터 말하자면 말입니다,
휴전에 따른 투쟁의 장기화에 대비해 조직을 인민들 속에 확보하
자는 것입니다. 선생님은 그 장기적 투쟁의 기반을 확보하기 위한
임무를 가지고 반공포로로 나가시는 겁니다. 이 일은 여기서 통역
으로 나서서 돌출되는 것보다 훨씬 중대한 임뭅니다. 어떻게 생각
하십니까?"

김범우를 쳐다보는 정하섭의 눈에 야릇한 빛이 서려 있었다.

"음, 그건 뜻밖의 말이군. 그건 아주 현명하고 중대한 결정 같은
데, 여기서 결정된 사항인가?"

김범우는 앉음새를 고치며 정색을 하고 물었다.

"아닙니다. 휴전회담 말이 나오면서 당 정치위원회에서는 그 사
항을 벌써 결정했던 것입니다. 그런데 아시다시피 전달과정에 애로
가 많아서 이렇게 늦어진 겁니다."

"그럼 그게 각 도당에도 전달되겠군?"

"물론입니다. 그런데 말입니다, 모든 도당의 조직이 입산해서 빨
치산화해 버린 것이 큰 문제점입니다. 그건 불가피했던 면이 분명
히 있었습니다만, 입산은 곧 조직의 노출로 직결되어 버리는 것 아
닙니까. 특히 우리 사회처럼 씨족단위의 사회에선 말입니다. 뒤늦
은 후회이긴 합니다만, 각 도당들이 인공하에서 비밀조직을 이중
으로 갖추는 대비를 하지 못한 것이 참 안타깝습니다. 제가 반공
포로로 나갈 수 없는 것도, 제가 활동 가능한 지역에서는 이미 노

출되어 버렸기 때문입니다. 그런 면에서 선생님은 최적의 인물인 겁니다. 그래서 선생님의 거취를 그렇게 결정한 것입니다."

"이제 알겠네."

김범우는 고개를 끄덕거렸다.

"어떻게 하시겠습니까?"

"어떡하긴, 따라야지."

김범우는 정하섭을 똑바로 쳐다보았다.

"선생, 감사합니다. 선선히 받아들여주셔서."

"무슨 말인가. 이게 어디 개인을 위한 일인가."

"예." 정하섭은 만족스러운 얼굴로 고개를 숙여 보이고는, "앞으로는 서서히 반공포로로 태도를 표명하시는 게 좋겠습니다." 그는 결론짓듯이 말했다.

"알겠네, 그렇게 하지. 그런데, 그 반공포로라는 건 언제쯤이나 내보낸다는 것인가?"

"예, 그게 지난 1월 16일에 포로석방건의안이라는 것이 남쪽 국회에서 가결되지 않았습니까? 그것을 계기로 국방군 장교들이 노골적으로 개입하는 반공포로 세력확장이 본격적으로 전개되기 시작했구요. 그러면서 석방 소문도 점점 퍼지기 시작했는데, 그게 구체적으로 언제인지는 아직 모르겠습니다."

"그렇겠지. 그게 이승만 정부 단독으로 결정할 문제가 아니라 휴전회담의 진척과 직결되어 있는, 미국의 영향력 아래 있는 문제니까."

"미국놈들, 참으로 악랄하고 흉악한 놈들입니다. 제네바 협정을 지킬 생각은 안 하고 외부와 차단된 이 섬에다 포로들을 가둬놓고 마음대로 공갈·협박·테러·살인을 감행해 가면서 반공포로를 억지로 만들어내느라고 혈안이 되어 있으니, 그게 어디 인간들입니까."

정하섭의 얼굴이 증오감으로 싸늘하게 굳어져 있었다.

"그건 그자들로서는 당연한 일일세. 이 전쟁이 말이야, 우리 민족의 입장에서는 순수한 민족세력과 외세에 업힌 반민족세력과의 싸움인데 말이지, 미국의 입장에서는 자기네 자유민주주의와 세계공산주의와의 싸움 아닌가. 유엔군의 이름을 빌려 이 전쟁을 벌이고 있는 미국이 전쟁을 끝내려고 하는 마당에 전쟁을 치른 무슨 대가를 얻어내얄 것 아니겠나. 그자들 입장에서 보면 자기네 젊은 이들을 수없이 죽인 전쟁이고, 자기네 재산을 수없이 없앤 전쟁이니까 말야. 그들이 이 전쟁에서 얻고자 한 것이 무엇이었겠나? 그건 처음부터 작정된 것으로, 자기네 자유민주주의 체제가 공산주의보다 우월하다는 것을 세계적으로 입증하는 것이었네. 그 첫 번째 작업이, 그들이 북쪽에서 후퇴를 하면서 북쪽사람들을 대대적으로 남쪽으로 이동시킨 피난민 작전 아닌가. 자네도 알겠지만 그때 북쪽에 파다하게 퍼진 소문이 무엇이었나? 원자폭탄 투하 아니었어? 원자폭탄 위력이야 이미 일본에서 입증된 것이고, 우리나라 사람들은 일본과의 관계 때문에 그 위력을 너무나 잘 알고 있는 판인데, 원자폭탄을 투하할 거라는 소문을 들은 북쪽사람들은 어째야 되겠는가? 원자폭탄을 피해 남쪽으로 피난짐을 쌀 수밖에.

그런데 그 많은 피난민들은 곧 전 세계를 향해서 공산주의 체제가 싫어서 자유민주주의 체제를 선택한 것으로 선전되고, 또한 그 선전을 입증하는 좋은 자료가 되었지. 물론 공산주의가 싫어서 북쪽을 떠날 작정인 사람들한테야 그 소문이 더욱 피난길을 재촉하게 했겠지만, 그렇지 않은 사람들에게는 그 소문은 얼마나 가혹한 것인가. 그러나 체제 우월을 세계적으로 입증해야 하는 입장에서는 그 많은 사람들이 고향을 잃게 하는 것쯤 아무것도 아니지. 언젠가 말했던 것처럼 양키들은 우리를 사람으로 보지 않으니까 말야. 그 일과 마찬가지로 포로는 그자들이 노리는 체제 우월을 내세울 수 있는 또 하나의 좋은 재료 아니겠나. 반공포로를 만들어내는 일은 그것을 위한 두 번째 작업인 것이네. 그런데 말이야, 미군이 제네바 협정을 지키지 않고 포로들의 개인 의사에 따라 송환지를 구분하겠다는 건 분명 국제법 위반이긴 한데, 그 주장에 전혀 논리적 근거가 없는 것도 아니라는 사실이 문제네. 그 근거가 바로 의용군들을 강압적으로 끌어갔다는 것 아니겠나."

"선생님, 그러나 의용군들 전체가 강압에 의해 끌려나온 건 절대 아닙니다. 시행과정에서 일부가 있었을 뿐입니다. 그렇게 따지자면 이승만 쪽에서도 이북에서 강압적으로 군대에 끌어가잖았습니까?"

"맞네, 그게 바로 문제지. 서로 싸우는 입장에서 상대방 지역의 사람들을 모병하거나 징병했다는 게 이 세상 어떤 전쟁에서 있을 수 있는 일이겠나. 그런 특이한 현상이 벌어진 건 이번 전쟁의 성격을 단적으로 나타낸 것이 아닐까 싶네. 적대국가간의 전쟁이 아니라 동일민족간의 전쟁이라는 점 말이네. 그 특이성이 이제 전쟁을 끝내려는 마당에서 반민족세력을 지원한 외국군대에 의해서 체제 우월성을 나타내는 선전물로 이용당하게 생긴 것이네."

"예, 선생님의 말씀이 정확한 것 같습니다. 어쨌든 그 흉계를 막는 길은 그자들의 폭력에 맞서는 투쟁뿐입니다."

정하섭이 결연하게 말했다.

"그렇겠지. 허나 조심하게. 분위기가 날이 갈수록 살벌하게 변하고 있으니까. 이 막사, 저 막사에서 끌려나갔다가 돌아오지 않는 사람들이 늘어나고 있네. 그 사람들이야 다 죽었다고 봐얄 것 아니겠나. 포로들 명단이 미군 손아귀에 장악되어 있는 상황에서 우리들 목숨은 개목숨이나 다를 게 없네. 누가 포로로 잡혔는지, 누가 죽어가는지 알 수가 없는 일 아닌가 말야. 여기는 서로가 서로를 의심해야 하는 전쟁터보다도 더 무섭고 살벌한 곳이네."

"예, 알고 있습니다. 그래서 드리는 말씀인데, 앞으로는 자주 찾아뵙기가 어려울 것 같습니다."

"당연한 일이지. 일을 하자면 안전도모가 최선이네."

김범우는 정하섭과 헤어졌다. 그는 다리를 절룩거리며 운동장을 천천히 걸었다. 피부에 닿아오는 바람결에 어느덧 봄기운이 서려 있었다. 남쪽 끝 섬이라서 봄이 빨리 오는구나, 생각하며 그는 볼을 쓸었다. 봄이라는 계절감각과는 달리 그는 마음 무거움을 느끼고 있었다. 자신의 행동방향이 결정된 것과, 또 하나의 전쟁터가 되고 있는 수용소의 상황이 가슴을 무겁게 누르고 있었다.

수용소가 본격적으로 전쟁터가 된 것은 작년 9월 무렵부터였다. 74·81·82·83 수용소가 반공세력에 장악되어 태극기가 게양되고, 그에 맞서서 76·77·78 수용소가 친공세력에 장악되어 인공기가 게양되면서 피를 뿌리는 사상전쟁은 각 단위의 수용소마다 소용돌이를 일으키기 시작했다.

한 단위의 수용소에 6천 명씩 수용되어 있는 포로들은 미군의 규정에 따라 자체조직을 갖추게 되어 있었다. 그건 곧 미군의 군사조직과 마찬가지로 막사 하나가 소대단위였고, 단위 수용소들은 연대가 되었다. 따라서 연대장에서부터 소대장에 이르는 간부들이 생겨나게 되었다. 그리고 헌병조직을 대신해서 '감찰대'가 있었다. 취사도 쌀과 부식을 공급받아 자체적으로 해결했으므로 취사반이란 조직도 짜여져 있었다. 통역관은 정문 위병소에 한 명씩 배치되어 있었다. 각 단위수용소의 사상대결은 필연적으로 그 조직들을 중심으로 이루어졌다. 어느 쪽에서 그 조직을 장악하느냐가 1차적인 싸움이었고, 그 다음이 지지세력 확보였다. 처음 간부들을 정할 때 무슨 심사기준이 있었던 게 아니고 나이가 좀 들었거나 통솔력이 있는 사람들을 지명했던 것이고, 기가 세거나 활달한 사람들이 스스로 맡고 나서면 그대로 통해버리고 했던 것이다. 그래서 간부들 사이에서도 성분이 서로 다를 수밖에 없었고, 사상대결이 조직장악에서부터 시작됨으로써 반대자를 축출하는 데 피를 뿌리지 않을 수가 없었다. 중요한 조직을 장악한 다음에는 포로들 중에서 사오백 명의 적극적인 지지자들을 찾아내 조직을 밑받침하게 함으로써 나머지 사람들을 억눌러 자기네 깃발을 올릴 수 있게 되었다. 그 2단계에서도 돌출되는 반대자에 대한 처단이 가혹하게 행해지는 것은 물론이었다. 그러나, 하나의 단위수용소에 어느 쪽 깃발이 올랐다고 해서 6천여 명 전부가 그쪽이라는 보장은 전혀 없었다. 목숨이 오락가락하는 공포 분위기 속에서 다수의 사람들은 침묵 속에 자기네들의 심중을 감춘 채 깃발에 따라 겉시늉을 하고 있었다. 반공세력들이 국방군 33경비대대의 노골적인 지원과 보호를 받아가며 싸움을 벌이고 있는 것에 비해 친공세력들은 상대적으로 방해와 탄압을 받아가며 싸움을 벌이고 있었다. 76수용소에서 내건 '인민군 포로들에 대한 야수적인 위협 협박 공갈 고문 투옥 학살을 즉시 금지하라!' 하는 현수막이 그 실상을 잘 입증하고 있었다. 그 양보가 있을 수 없는 싸움에서 쌍방간의 가혹성은 날이 갈수록 심해지고 있었다. 밤사이에 없어져버리는 사람들이 늘어났고, 그러면서 거제도 앞바다에 토막난 시체들이 수없이 떠다닌다는 소문이 퍼졌으며, 이 수용소 저 수용소에서 패싸움이 벌어져 사람이 죽고 다치는 일이 날마다 일어나고 있었다.

김범우는 몸이 거의 회복된 작년 10월 무렵부터 통역으로 나서기를 바라고 있었다. 미군정 시절에 그랬듯 이곳 수용소에서도 정문에 배치된 통역의 영향력은 막강했던 것이다. 통역이 어느 쪽 생각을 가진 사람인가에 따라 그 수용소의 색깔이 좌우될 정도였다. 모든 것이 미군의 손에 달렸으므로 통역의 입을 통해 간부조직을 어느 쪽으로든 뒤바꾸게 하기란 너무 쉬운 일이었던 것이다. 그러나 정하섭은 김범우의 그런 뜻을 뒤로 미루게 하다가 마침내 오늘과 같은 결정을 내놓았던 것이다.

김범우는 걸음을 멈추고 어스름에 묻혀가고 있는 국사봉을 멍하니 바라보고 서 있었다. 그는 하와이 포로수용소의 냄새를 또 문득 맡았다. 어느 순간마다 언뜻언뜻 맡는 냄새였다. 하와이 포로수용소와 거제도 포로수용소의 모습은 너무나 흡사했던 것이다. 미군들이며, 가시철망이며, 막사며, 기관총을 거치한 높은 초소며가 너무나 닮아 있었다. 그러나 그건 겉모습일 뿐이었다. 가시철조망 안에 갇혀 있는 사람들은 엄연히 달랐다. 그때는 일본놈들을 주축으로 조선사람들이 일부 섞여 있었고, 지금 이곳에는 순전히 한반도땅의 사람들이 자기네의 땅에서 미군의 포로가 되어 미군의 지배를 받고 있었다. 국방군 33경비대대라는 것은 미군의 명령에 따라 움직일 뿐 아무런 권한이 없었다. 거제도 포로수용소는 이번 전쟁에서 미국의 역할이 무엇이며, 그들이 누구를 적으로 삼고 있는지 여실하게 보여주고 있었다. 김범우는 그 생각을 할 때마다 피가 솟구치는 증오를 느꼈다.

그래, 철조망을 벗어나기로 하자. 저것들과의 새로운 싸움을 위하여…… 김범우는 주먹을 말아쥐며 숨을 들이켰다.

선우진은 술기운으로 얼굴이 불콰해져 있었다. 그는 술기운을 빌려 옆에 앉은 아가씨의 치마 밑으로 손을 디밀어 허벅지를 주무르

고 있었고, 옆의 아가씨는 그의 손놀림은 아랑곳없이 앞의 아가씨
가 뽑아대는 〈굳세어라 금순아〉에 맞추어 젓가락장단을 쳐대고 있
었다. 선우진과 마주 앉은 송지운은 노랫가락 사이사이에 을싸절
싸하는 소리를 끼워넣어가며 어깨를 들먹들먹해대고 있었다.

    ……남북통일 그날이 오머어언
    얼싸아안고 울어보자아
    얼싸안고 춤도 춰보자아

아가씨가 노래를 끝냈다.
"하아 고년 참, 얼굴만 삼삼한 줄 알았더니 노래솜씨도 삼삼하
구나."
옆에 앉은 송지운이 아가씨의 엉덩짝을 철썩 갈겼다.
"또 삼삼한 데가 한 군데 더 있다구요."
선우진의 옆에 앉은 아가씨가 냅름 말을 받았다.
"그게 어딘데?"
선우진이 술기운 젖은 눈을 굼뜨게 껌벅거렸다.
"어머머, 순진한 척하시네."
옆의 아가씨가 입을 삐쭉하며 눈을 흘겼다.
"어허허허…… 자넨 언제나 그쪽으로 머리가 팽팽 좀 돌래나그
래. 내가 가르칠 만큼 가르쳤는데두 그쪽으론 영 낙제점이라니까."
송지운은 기분이 좋아 죽겠다는 듯 선우진을 향해 손가락을 까

딱거려대며 헛웃음을 치고 있었다.

"어머, 그럼 정말 순진한 거예요?"

선우진 옆의 아가씨는 자신의 허벅지를 주물러대고 있는 손을 얼른 내려다보고 나서 의아스럽게 물었다.

"그렇다니까. 그쪽으론 영 쑥맥이라구."

"아닌데, 그런 것 같지도 않은데."

"야! 너 그만 떠들어." 송지운의 옆에 앉은 아가씨가 빠락 소리치고는, "으응, 그냥 넘어가면 어떡해애" 하고 콧소리를 섞어 아양을 떨며 송지운 앞으로 손을 내밀었다.

"그렇지, 약속한 걸 줘야지."

송지운은 기세 좋게 돈 한 장을 꺼내 찰싹 소리가 나도록 아가씨의 손바닥을 맞때렸다.

"저어, 형님 말이오. 전쟁도 이래저래 끝나가는 판인데 말이오, 어떻게 자리를 좀 옮기게 해달라니까요."

선우진은 아가씨의 치마 밑에서 손을 빼내고 똑바로 앉아서 말했다.

"자네 또 그 소린가? 나 혼자 버려두고 가겠다 그거야?"

송지운은 들을 것도 없다는 듯 팔을 내저었다.

"형님, 그러지 말고 제 사정 좀 봐주세요. 전쟁도 끝나는데 언제까지 여기 붙어 있을 순 없잖아요. 이건 저한테 심각한 문제니까 형님도 좀 심각하게 들어주세요."

선우진은 술상으로 바짝 몸을 붙이며 정색을 했다.

"저 사람 참, 지금 자리가 어때서 그래? 권력 마음대로 휘두르겠다, 신변안전 보장되겠다, 쇳가루 잘 생기겠다, 거기다가 이제 서울까지 옮겨오지 않았느냔 말야. 세상에 이보다 더 좋은 자리가 어디 또 있다고 그러는 거야?"

송지운은 약간 짜증스럽게 말했다.

"압니다, 이 자리가 좋다는 건 다 압니다. 허지만, 저한테는 이 생활이 잘 맞지를 않아요. 전쟁 때는 전쟁터도 피할 겸 신변안전도 취할 겸 해서 참아냈는데, 전쟁이 끝나면 할 일도 별로 없을 것이고 해서 딴 자리로 옮겼으면 하는 거지요."

"어허, 하나만 알고 둘은 모르는 소리. 전쟁이 끝난다고 하지만 그건 어디까지나 휴전이다 그거야, 휴전. 전쟁이 깨끗하게 끝나는 것이 아니고 잠시 쉬는 것이다 그 말이야. 그러니까 우리 끗발은 지금이나 마찬가지야. 혹시 북진통일을 해서 전쟁이 완전히 끝났다고 쳐. 그래도 끗발은 변하지 않아. 왜 그런지 아나? 누구나 권력을 유지하려면 우리 같은 사람들이 없어서는 안 되기 때문이야. 이렇게 앞길이 훤히 열려 있는 자리를 놓고 자넨 자꾸 어디로 옮기겠다는 거야?"

송지운도 진지해져 있었다.

"예, 그런 점도 알고 있습니다. 허지만 이 생활로 평생을 보내야 된다고 생각하면 앞이 답답하고 암담한 마음뿐입니다. 이건 절대로 배부른 소리가 아니라, 아무리 적응을 하려고 해봐도 잘 되지를 않습니다."

"저런 답답한 사람 봤나. 누가 쫄짜생활을 평생 하랬어! 여태까지 고생했으니까 앞으로는 승진 기회도 얼마든지 있어. 자리가 높아지면 하고 싶어도 사람 거칠게 다루는 일은 할 수가 없게 돼. 조금만 참아. 아까 말한 대로 이 자리만큼 살기에 편하게 모든 게 갖추어진 자리를 찾기도 어렵고, 또 이 자리만큼 애국하는 자리도 없어. 자네 빨갱이들한테 죽을 뻔하게 당한 일 벌써 다 잊어버렸나? 고향에 돌아갈 때까지 빨갱이들과 싸워야 할 게 아니냔 말야."

송지운은 양담배 팔말을 뽑으며 선우진을 똑바로 쳐다보고 있었다. 옆에 앉은 아가씨가 냉큼 성냥을 그어댔다.

"빨갱이새끼들이라면 치 떨리는 것이야 죽을 때까지 잊을 수가 없지요. 허지만 휴전이 되고 나면 자연히 일이 줄어 저 같은 것 없어도 형님 같은 분들로 충분하지 않겠어요?"

선우진의 태도는 조금도 누그러지지 않았다.

"참 그 사람 똥고집일세. 그럼 또다시 중학교 훈장질을 해먹겠다 그건가?"

송지운이 버럭 소리를 질렀다.

"원 형님도…… 중학교 훈장으로 되돌아가려면 뭐 하러 형님한테 부탁하고 말고 합니까."

선우진은 가당찮다는 듯 코웃음을 흘렸다.

"그게 아니면, 뭐 특별히 봐둔 자리라도 있다 그건가?"

송지운이 자리를 고쳐 앉으며 관심을 드러냈다.

"글쎄요, 교육계도 안 생각한 건 아닌데, 교육계로 옮기자면 대학

정도로는 가야겠고, 교육계가 아니라면 신문사 같은 데를 들어가면 어떨까 생각하고 있어요. 형님이 빽을 좀 동원해 주면 두 군데 어디고 안 될 리가 없잖아요?"

송지운을 주시하고 있는 선우진의 눈에는 탐욕이 차 있었다.

"아니, 중학교 선생하고, 대학교 교수하고는 그 자격이 다르지 않은가?"

송지운이 의아스럽게 물었다.

"아, 원칙적으로 따지자면야 물론 다르지요. 그러니까 형님 손을 좀 빌리자는 거구요. 이번 난리통에 교수들이 잡혀가고 죽고 해서 자리가 꽤 비어 있는 실정입니다. 무슨 수를 쓰든 이 혼란한 틈에 자리를 먼저 차고앉는 놈이 임자가 되는 거지요."

"그런데, 신문사는 또 뭔가?"

"예, 신문기자는 대학교 때부터 해보고 싶었던 직업 중의 하나였습니다. 그러니까 둘 중에 아무거나 하나가 되면 되는 거지요."

"으음…… 대학교수하고 신문기자라…… 어느 것이 더 좋을까? 대학교수는 점잖기는 한데, 그것도 훈장질이긴 매일반 아닌가. 훈장 똥은 개도 안 먹는다는데. 신문기자는 어떤가? 신문기자라…… 대학교수에 비하면 점잖은 것이 떨어지지. 그래도 살아가면서 광발 잡기 좋고, 아무 데서나 알아주기로는 대학교수가 델 게 아니지? 그것도 권력이 틀림없는데. 어떤 것이 더 나을까?"

송지운은 고개를 갸웃거려가며 신중하게 생각하고 있었다.

"신문기자가 훨씬 낫지요. 나 같으면 신문기자 하겠어요."

선우진의 옆에 앉은 아가씨가 불쑥 말했다.

"뭐라구?" 송지운이 맞은편의 아가씨를 째려보고는, "넌?" 하며 자기 옆의 아가씨에게 물었다.

"그거야 보나마나죠. 대학교수라는 사람들, 이런 술집에 한 번이라도 올 수 있는 줄 아세요? 이런 술집에 제대로 드나들지도 못하게 꾀죄죄하게 벌면서 점잖으면 뭘 해요. 그치만 신문기자들은 달라요. 수입도 좋고, 권세도 대단해요. 이름난 정치가들도 그 사람들한테는 꼼짝을 못하고 아부하고 그래요."

송지운의 옆에 앉은 아가씨의 야무진 대답이었다.

"그래, 좋다. 신문기자로 정하자. 자네 생각은 어떤가?"

송지운이 선우진에게 호기 있게 물었다.

"저야 되기만 하면 좋지요."

선우진이 약간 어눌하게 대꾸했다.

"그건 염려 말어. 이 송지운이가 그 정도 빽 동원 못할 줄 알아? 잘됐어, 자네가 신문사에 들어가 자리를 잡으면 이모저모로 쓸 데가 있겠는데. 아주 좋은 생각이야. 중요한 결정을 내렸으니까 우린 한 잔씩 하고, 넌 노래를 한 곡조 뽑아라."

송지운은 술잔을 들어올리며 맞은편 아가씨에게 명령했다.

"형님만 믿겠습니다."

선우진도 술잔을 마주 들었다.

고개를 삐딱하게 기울인 아가씨가 노래를 시작하고 있었다.

찬 바람 속에 동백꽃이 피기 시작하고 있었다. 겨울이 가고 있었다. 북국민학교 운동장에는 아이들이 가득 모여 있었다. 줄을 엉성하게 맞추고 있는 아이들은 시끌짝하니 소란을 일으키고 있었다.

"워메 추와죽겄는거. 발이 깨질라고 헌다."

낡은 검정 고무신에 맨발인 아이가 발을 동동 굴렀다. 그 발등에 때가 까맣게 끼어 있었다.

"와따, 나넌 귀가 떨어져나갈라고 헌다. 똑 죽겄다."

두 손으로 귀를 감싼 아이가 소름이 돋은 얼굴로 부들부들 떨었다. 그 아이의 때가 낀 손은 갈가리 터 있었다.

"나넌 발이고 귀고 안 시러운 디가 없다. 씨이, 우리만 이리 추운 디 세와놓고 선생님덜언 따땃허니 난로 쬐고 있는기여?"

다른 아이가 발을 동동거리며 교무실 쪽으로 눈을 째지게 흘겼다. 그러면서 그 아이는 코를 훌쩍 들이켰다. 입술에 곧 닿을 듯 말 듯 흘러내렸던 누런 코가 금방 자취를 감추었다.

"나넌 월요일만 되면 학교 댕기기가 싫다. 이놈에 애국조회가 징헌께."

옆의 아이가 몸을 부르르 떨었다. 그 아이는 그나마 무명목도리를 감고 있어서 두 손은 바지주머니에 넣고 있었다.

"니만 애국조회 징허게 생각헌다냐? 여그 있는 아그덜이 싹 다 징해허제."

"하먼, 교장선생님이 허는 말언 맨날 똑같음시로 질기만 헌께."

"나넌 교장선생님이 허는 말얼 다 외와뿐졌다."

"새끼, 후라이 까고 자빠졌네."

"머시야! 워쩨 욕허고 지랄이냐?"

"후라이가 아니면 워디 외부러봐."

"외면 어쩔래?"

"나가 니 아덜이다."

"이, 나 아덜이면 니넌 무신 일이고 나가 시키는 대로 혀야 써!"

"그려, 싸게 외기나 혀!"

"힝, 니넌 인자 죽었다. 잘 들어. 학생 여러분, 6·25는 누가 일으킨 전쟁입니까. 그것은 바로 북괴 김일성 도당이 자유롭고 평화로운 우리 자유대한을 집어삼키려고 모든 국민들이 편안하게 쉬고 있는 일요일을 이용해서 쳐내려온 것입니다. 북괴 김일성 도당은 쏘련제 탱크를 앞세우고 같은 형제, 같은 동포의 가슴에 대포를 쏘아대며……."

"야, 야, 선생님덜 나온다, 선생님!"

"이, 교장선생님도 나온다!"

"와따, 니 목소리할라 교장선생님 똑 탁해뿌렀다이."

"으쩌냐! 니넌 인자부텀 나 아덜이여. 싸게 아부지이 혀봐라."

"씨발놈, 누가 그리 총총허니 외와뿔지 알았간디. 시험 보는 것도 아닌 것인디."

선생들이 자기네들 반 앞에 서면서 아이들의 소란스러움이 앞에서부터 뒤로 물결치듯이 잦아들어가고 있었다.

"전체에에— 앞으로 나란히!"

훈육주임이 조회대에 올라서 발뒤꿈치를 세우며 목청을 뽑았다. 아이들은 일제히 두 팔을 수평으로 뻗어올리며 앞과 옆으로 줄을 맞추었다.

"바로옷! 저기 저 후미, 움직이지 말앗! 앞으로 나란히!"

훈육주임이 왼쪽에서 오른쪽으로, 오른쪽에서 왼쪽으로 느리게 훑어보았다.

"바로옷! 그대로 꼼짝 말고 움직이지 말앗!"

훈육주임은 조회대를 뛰어내려갔다.

운동장에는 생경스러운 고요가 가득 찼다.

"지금으로부터 월요일 애국조회를 시작하겠습니다. 다 같이 국기를 향하야, 국기에 대하여 경렛!"

아이들의 오른손이 일제히 왼쪽 가슴으로 올라갔다. 높은 게양대에 달린 태극기는 약한 바람결에 그 끝이 조금씩 흔들리고 있었다.

"바로! 다음은 애국가 봉창이 있겠습니다."

지휘봉을 든 선생이 천천히 조회대로 올라갔다. 아이들이 '콩나물깍지'라고 별명을 붙인 선생이었다. 아이들은 그 선생을 별로 좋아하지 않았다. 작년 가을에 새로 온 그 선생은 아이들을 학년별로 모아놓고 노래 가르치는 일을 주로 했다. 그런데 그 시간이 꼭 오전수업이 끝난 다음이었다. 그때의 시간이 배가 고픈 데다가, 집에도 못 가고 붙들려 노래를 배우자니까 아이들은 몸을 비비 틀었다. 그런데 그 선생은 어찌나 열성이었는지 아이들의 그런 사정을 전혀 보아주지 않았다. 풍금을 열심히 치다가 아이들이 연거푸 틀리면 벌떡 일어나 막대기로 교탁을 두들겨대며 소리를 지르고는 했다. 아이들은 날마다 노래 배우기에 지쳐 있었다. 배워야 할 노래는 끝이 없이 많았던 것이다. 〈6·25의 노래〉, 〈3·1절의 노래〉, 〈광복절의 노래〉…… 아이들은 가사를 외우랴, 곡을 외우랴, 어떤 노래가 어떤 노랜지 정신을 차리기가 어려웠다. 변소 벽에는 '콩나물 깍지'를 욕하는 낙서가 훈육주임만큼 많았다.

"동해물과 백두산이…… 시이작!"

그 선생이 고개를 까딱하며 지휘를 시작했다. 수많은 아이들의 목소리가 합쳐져 애국가를 부르기 시작했다.

애국가는 1절로 끝나지 않았다. 2절로 이어졌다. 그리고 2절로 끝나지 않았다. 다시 3절로 이어졌다. 그리고 또 3절로 끝나지 않았다. 다시 또 4절로 이어졌다. 4절이 끝나고 나서야 그 선생은 조회대를 내려갔다.

"다음은 교장선생님의 훈화가 있으시겠습니다."

교장이 머리를 뒤로 쓰다듬어 넘기며 느리게 조회대로 올라갔다.

"교장선생님을 향하여 경롓!"

아이들은 고개를 나부시 숙였다. 교장은 아이들을 휘둘러보고 나서 인사를 받았다.

"열주웅쉬엇!"

열중쉬어를 하는 아이들 사이사이에서 가느다란 한숨소리들이 흘러나왔다.

"에에, 오늘 아침 애국조회에서 여러분들이 부른 애국가 봉창은 너무 힘들이 없어요. 그렇게 애국가를 힘없이 불러서 무슨 애국이 되겠어요. 애국가는 힘 있게 우렁차게 불러야 애국이 되는 겁니다. 어깨와 가슴을 쫙 펴고, 아랫배에 힘을 넣고, 두 다리를 짱짱하게 버티고, 두 주먹을 불끈 쥐고 씩씩하게 힘차게 불러야 합니다. 여러분들은 애국가를 부를 때 그냥 아무 생각 없이 불러서는 안 됩니다. 우리나라가 북괴 공산집단한테 먹히려다가 아슬아슬하게 되살아난 것을 생각해야 하고, 지금도 잔악무도한 괴뢰군과 용감무쌍하게 싸우고 있는 일선장병 여러분들을 생각해야 하고, 여러분들도 어서 커서 북괴 김일성 도당들을 무찔러 우리 자유대한에 충성을 다하겠다는 굳은 각오를 가슴에 품으며 애국가를 불러야 합니다. 여러분들은 이 나라를 지키고 짊어질 내일의 일꾼이요 주인입니다. 그런데 여러분들이 그렇게 힘없이 애국가를 불러서는 북괴 공산도배들과 싸워서 이길 수가 없습니다. 그래서야 되겠습니까. 북괴 공산도배들은 우리의 원수고 적입니다. 그놈들은 우리나라를 집어삼키고, 우리들을 모두 죽이려고 한 흉악무도한 놈들입니다. 그러나 우리의 씩씩한 국군용사들과 우리의 우방인 미군용사들이 힘을 합쳐 용맹스럽게 싸워 그놈들을 쳐서 물리친 것입니다. 여러분들은 미국이 베풀어준 고마운 은혜를 한시라도 잊어서는 안 될 것입니다. 미국은 우리의 은인의 나라입니다. 미국은 우리를 공산도배들의 붉은 마수에서 구해주었을 뿐만 아니라 구호물자까지 계속 보내주고 있는 고맙고 또 고마운 나라입니다. 미국이 없었더라면 우리의 운명은 어떻게 되었겠습니까! 그건 보나마나입니다. 우리는 잔악무도한 빨갱이들에게 거의 다 죽었을 것이고, 간혹 살아 났다 하더라도 종놈 신세로 짓밟히며 살았을 것입니다. 여러분, 여 러분들이 후방에서 애국가나 6·25의 노래 같은 것을 기운차게 부 르고, 위문편지 같은 것을 정성들여 써보내야만 일선에서 싸우고 계시는 국군장병들도 더욱 용감하게 싸워 공산도배들을 쳐부수고 백두산 영봉에 태극기를 휘날리게 됩니다. 학생 여러분, 여러분들 도 소문을 들어 대략 알고 있겠지만, 이 산 저 산에 숨어서 우리나 라를 또다시 빨갱이세상으로 만들려고 호시탐탐 노리고 있는 빨 치산들이 이번 겨울에 용감무쌍한 국군아저씨들의 토벌로 거의가 죽었습니다. 이제 빨치산 폭도들은 산속에 얼마 남지 않았습니다. 그놈들도 이제 곧 다 죽여 없애 우리가 완전 승리할 날이 멀지 않 았습니다. 빨치산은 아주 악질 빨갱이들로서……."

교장의 훈화는 끝도 없이 계속되고 있었다.

교장의 훈화가 빨치산으로 옮겨지기 시작하자 고개를 숙이거나 눈길을 떨구는 아이들이 적지 않았다. 그 아이들 속에 염상진의 아들 광조와 딸 덕순이, 하대치의 두 아들 길남이와 종남이, 그리 고 김복동·김종연·서인출의 자식들이 끼여 있었다.

교장의 훈화가 끝나고 주번선생이 올라와 주훈을 발표했다. 그리 고 애국조회의 마지막 순서가 되었다.

"다음은 우리의 맹세 복창이 있겠습니다. 다 같이 힘차게 복창 하기 바랍니다."

교감이 조회대로 올라왔다.

"우리의 맹세."

"우리의 맹세에―."

아이들의 복창소리가 운동장을 울렸다.

"일, 우리는 대한민국의 아들딸, 죽음으로써 나라를 지키자."

교감의 선창을 따라 아이들이 복창을 해댔다.

"일, 우리는 강철같이 단결하여 공산 침략자를 쳐부수자."

"일, 우리는 백두산 영봉에 태극기 날리고 남북통일을 완수하자."

교감이 내려가자 아이들 사이에서는 소란이 일어나기 시작했다. 아이들은 제각기 발들을 동동 구르고, 귀들을 싸잡고 비벼대고 하면서 애국조회가 긴 것에 작은 입들을 모아 불평들을 털어놓고 있었다. 훈육주임이 무슨 구령인가를 외쳐댔지만 아이들의 소란은 금방 잡히지 않았다.

32

천점바구의 죽음과 동계대공세 종료

들녘의 실개울에 얼음이 풀리고 있었다. 돌돌거리는 물소리도 커져가고 있었다. 한낮이면 햇발도 햇솜이불처럼 포근했다. 보리싹들의 초록빛이 나날이 짙어가고 있었다.

그러나 산속의 밤은 여전히 겨울이었다. 1월에 비하면 추위가 한결 누그러지긴 했지만 밤에는 불을 피우지 않으면 견디기가 어려웠다. 때마침 군토벌대의 공세가 멈추어진 상태라서 빨치산들은 밤마다 마음 편하게 불을 피울 수가 있었다. 그들은 지난 공세 동안 혹한 속에서 불을 못 피운 것에 앙갚음이라도 하듯 푸지게 모닥불을 피워댔다. 그러나 그들 앞에 닥친 심각한 문제가 있었다. 농가에 양식이 바닥날 계절이 되어 보투에 어려움이 시작되고 있었다. 앞으로 보리를 거둘 때까지 네댓 달 동안은 갈수록 식량난에 빠질 수밖에 없었다. 그건 불가항력적인 난관이었다. 보투는 산에서 가까운 마을부터 시작해 왔으므로 날이 갈수록 멀리 나갈 수밖에 없었다. 산에서 멀어질수록 위험이 따르는 것은 더 말할 것이 없었다. 멀리 나갈수록 군경과 가까워지는 것이었다. 돌아오는 길에 매복에 걸릴 위험도 그만큼 많았다. 그러나 앉아서 굶을 수는 없는 일이었다. 당장 먹는 것도 문제였지만, 토벌대가 언제 또 들이닥칠지 모르는데 거기에 대한 대비도 최소한이나마 갖추어야 했다.

"저분 참에 이레럴 쉬고 공격이 들어왔는디, 요분에도 또 그렇다먼 인자 사흘이 남었소. 근디 우리가 모타논 양석언 한 됫박도 없소. 요런 빈주먹으로 공세럴 또 당혔다 허먼 옴지락딸싹 못허고 굶어죽을 판이요. 그려서 허는 말인디, 기왕지사 멀찍허니 나가야 될 판잉께 무등산얼 돌아 담양 쪽으로 팍 내질러보는 것이 워쩌겄소?"

이태식이 대원들을 둘러보았다. 무장병력 100이 넘던 그의 부대원들은 60여 명으로 줄어 있었다. 그러나 연대가 전멸해 버리거나, 3분의 1로 줄어들어버리는 것이 예사인 형편에 그가 60여 명을 확보하고 있다는 것은 대단한 일이 아닐 수 없었다. 이태식이 발휘해 온 투쟁력과 함께 그 점은 벌써 도당의 격려를 받았던 것이다.

"좋제라. 양석만 구헐 수 있다면야 담양 아니라 남원에넌 못 가고 목포라고 못 갈랍디여."

말을 불쑥 내놓은 것은 원종구였다.

"허, 저 사람, 총질언 죽어도 안 헐라고 허는 제겐이 배넌 질로 고픈갑네. 내 원 참!"

누군가가 퉁을 놓았고, 서너 사람이 쿡쿡거리며 웃었다.

"와따, 무담씨 무참 주고 그러요이. 니나 나나 언권이 있는 민주주의람서."

원종구가 뚱하니 대꾸한 말이었다.

"아이고메 참말로 서당개 3년이시. 누가 자네보고 빨치산이라고 혔어. 인심 좋게 대해준게 인자 꽁짜로 묵을라고 뎀비네 이거."

상대방의 말이 매워졌고, 웃음소리들이 더 커졌다.

"와따메, 인심 쓰는 짐에 그냥 나도 빨치산으로 쳐주제 무신 웬수졌다고 말얼 그리 꽝아리 백히게 허고 그래쌓소. 집 떠나 산에서 빨치산덜허고 한솥밥 묵고 살면 빨치산이제, 빨치산이 워디 시험 치고 나서 되는 것입디여?"

원종구의 느릿하면서도 할 말은 다 하는 소리에 대원들은 그만 와아 웃음을 터뜨리고 말았다.

"되얐소, 그 이약 거그서 끊고, 다른 동무덜 의견 듣기로 허겄소."

이태식은 말씨름이 더 꼬리를 무는 것을 막았다.

"지기럴, 나넌 이도저도 아니면 글면, 핵교 운동장에 축구뽈이여 머시여."

원종구는 입술이 부어터져 구시렁거렸다. 그런데 그는 유별나게 혼자서만 총을 가지고 있지 않았다. 그것이 바로 그가 빨치산에 끼여 있으면서도 빨치산취급을 받지 못하는 이유였다. 그는 입산하게 된 연유부터가 희한하게 남달랐다. 그는 산 가까운 마을에 사는 빈농이었는데, 작년 가을 어느 날 빨치산들의 보투 때 쌀짐을 지고 따라나서지 않을 수 없게 되었다. 물론 쌀짐을 진 것은 그 혼자만이 아니었다. 쌀짐을 진 네댓 사람은 으레 그렇듯 산 어느 지점에선가 돌려보내졌다. 돌려보내면서 수고했다고 쌀 몇 됫박씩을 나눠주었다. 빨치산한테 등짐질을 해주었다는 것만도 경찰에서 알면 그냥 넘어가지 않을 죄인데, 쌀까지 얻어가지고 왔다는 것은 죄도 큰 죄가 될 일이었다. 그래서 그들은 입을 봉하기로 단단히 약조를 했다. 그 일은 무사히 넘어가게 되었다. 그런데 그는 슬그머니 딴생각이 들게 되었다. 등짐을 져주고 쌀을 얻어온 것이 아무래도 신기하고, 그 대가가 쏠쏠해 일거리치고는 할 만했던 것이다. 그래서 그는 빨치산의 보투를 기다려 등짐지기를 자청하고 나서게 되었다. 그는 서너 차례나 등짐을 졌고, 그때마다 쌀됫박을 얻어갔다. 그런데, 꼬리가 길면 밟힌다고 했던가. 그는 누구의 입놀림에 의해선지 경찰의 의심을 받게 되었다. 경찰에게 잡혀가다가 도망을 쳐 산으로 빨치산을 찾아들고 말았다. 경찰을 피해 빨치산한테 피신해 온 그는 웃음거리가 아닐 수 없었다. 그런데 더 웃음거리가 된 것은, 그는 총이라면 질겁을 했다. 어찌나 겁이 많은지 총이라면 아예 만지지를 않으려고 했다. 그런 겁보가 빨치산의 등짐을 져다주고 살려고 한 똥배짱은 또 어디서 생긴 거냐며 대원들은 그를 웃음거리로 삼았다. 그는 이러지도 저러지도 못한 채 산에서 겨울을 맞았고, 총도 갖지 않은 몸으로 두 차례에 걸친 군토벌대의 그 무서운 공세 속에서도 용케 살아남았던 것이다.

"그짝으로 더트면 우리 빨치산세력이 약헌디다가, 들판이 넓은 께 개덜도 배치가 덜 되어 있을 것이고, 곡식도 여축이 있을 것 같구만이라. 일단 한분 나서보는 것이 좋겠구만이라."

조원제는 분석적인 의견을 내놓았다.

"이, 맞소. 나 생각도 그려서 그짝으로 가보잔 것이요."

이태식이 반색을 했다.

더 이상 의견이 없어서 그들은 그쪽을 보투지역으로 정했다. 그동안 후방부는 기능이 약화되어 보투는 부대별로 나설 수밖에 없었다.

이태식의 부대는 산자락을 밟으며 강행군을 시작했다. 밤사이에 일을 해내려면 왕복길이 빠듯했던 것이다. 서너 시간을 줄기차게 걸어 담양 언저리에 이르렀다. 날씨가 싸늘하게 추운데도 그들의 몸에는 땀이 끈적하게 내배 있었다. 어둠 속에서도 무성한 대나무 숲들이 담양인 것을 알려주고 있었다.

그들은 퇴로확보가 용이하면서, 규모를 갖추고 있는 마을 하나를 골라냈다. 먼저 마을 양쪽으로 정찰대를 내보냈다. 규모를 어지간히 갖추고 있는 마을에서는 무장한 치안대를 두고 있는 경우가 흔했던 것이다.

"치안대도 야경꾼도 없구만이라."

정찰대의 보고였다.

"잉, 아조 잘되얐소. 부대럴 둘로 갈라 한 부대넌 경비럴 보고, 한 부대넌 보투럴 허기로 허겄소. 보투넌 한 집에 두 사람썩 배치허고, 경비 스는 대원덜이 짊어질 것도 챙기도록 허씨요."

이태식이 신속하게 명령했다.

부대가 반으로 나눠지고, 곧 행동이 개시되었다. 둘씩 짝을 진 그들은 큰 집들부터 골라 담을 타넘었다. 조원제도 문간채가 딸린 집의 토담을 넘었다. 마당이 넓었고, 지붕에 기와를 얹지 않아서 그렇지 안채는 꽤나 컸다. 쌀가마니깨나 쌓아놓고 사는 살림인 것을 금방 알아볼 수 있었다. 조원제의 눈길은 안채의 끝방에 박혀 있었다. 밤이 자정을 넘었을 텐데 불이 켜져 있었던 것이다.

"장 동무, 쩌 방에 누가 안 자고 있는갑소. 안 시끄러울라면 쩌 방부텀 더터야 쓰겄소."

조원제는 옆의 대원에게 속삭였다.

"하면이라. 쩌 주딩이부텀 막아야제라."

"자아, 갑시다."

조원제는 총을 옆구리에 바짝 붙이며 발끝으로 걷기 시작했다. 마당을 가로질러 곧 토방에 이르렀다. 댓돌에는 흰 고무신 한 켤레와 운동화 한 켤레가 나란히 놓여 있었다. 조원제는 운동화를 참오랜만에 본다고 생각했다. 그때 불쑥 손이 내밀리더니 운동화를 집어들었다. 그리고 운동화가 자신의 눈앞으로 쑥 다가들었다. 조원제는 반사적으로 고개를 돌렸다. 옆의 장 동무는 운동화를 빨리 집어넣으라는 손짓을 했다. 조원제는 똑같은 손짓을 상대방에게 해보이며 고개를 저었다. 그러자 그는 운동화를 조원제의 바지주머니에다 쑤셔넣었다. 그리고 자기는 고무신을 얼른 집어들더니 양쪽 바지주머니에 한 짝씩을 쑤셔넣었다. 조원제는 가슴이 찡 울리는 것을 느꼈다. 상대방이라고 운동화가 탐나지 않을 리가 없었다. 그런데 그는 서슴없이 양보를 하고 있었다. 그건 문화부 중대장에 대한 대접일 것이었다. 조원제는 장문태가 자기보다 나이가 많고, 빈농 출신이라는 것을 생각해 냈다. 자신은 학교 다니면서 얼마든지 신어본 운동화였다. 그는 이따가 운동화를 고무신과 바꾸리라고 작정했다.

조원제는 마루로 성큼 올라섰다. 장문태도 뒤따라 올라왔다. 조원제는 문고리를 슬그머니 잡아당겼다. 방문은 열리지 않았다. 총끝으로 방문을 툭툭 쳤다.

"누, 누구여!"

방 안에서 울린 놀란 소리였다.

"소리 크게 내덜 말고 싸게 문 열어. 밤손님잉께."

조원제의 나지막한 대꾸였다.

"아이고메……."

곧 숨이 막히는 듯한 소리가 들리고, 조금 있다가 문고리 벗기는 소리가 났다. 조원제는 방문을 확 열어젖혔다. 속옷바람인 한 사내가 팔을 번쩍 치켜올렸다. 조원제는 따스한 훈기를 느끼며 방 안으로 발을 들여놓았다. 겁에 질린 사내는 총구에 밀리며 뒤로 주춤주춤 물러서고 있었다. 방바닥에는 호롱불이 밝혀져 있었고, 그 옆에는 책이 한 권 펼쳐져 있었다. 아랫목의 이불은 방금 사람이 빠져나온 흔적을 그대로 간직하고 있었다. 사내가 엎드려 책을 읽고 있었음을 보여주고 있었다. 심야삼경에 독서라. 태평세월이로구나. 조원제는 사내가 대학생일 거라고 짐작했다.

"학생이여?"

조원제는 불쑥 물으며 검정 고무신 신은 발로 펼쳐진 책의 한쪽을 걷어올렸다.

"예에……."

"대학생이시여?"

"예에……."

책이 덮이고, 조원제의 눈에 들어온 제목은 『괴도 루팡』이었다. 조원제는 일시에 비위가 확 상하고 말았다. 밤늦게까지 책을 읽고 있는 것에 대한 호감이 정반대의 감정으로 뒤집혀졌다. 요런 반동 새끼, 밥 배 터지게 처묵고 배때지 아랫목에 깔고 탐정소설 쪼가리나 읽고 자빠졌어! 조원제는 사내의 배에다 총구를 들이대며 내쏘았다.

"느자구없는 새끼, 쌀 워딨어!"

"예에, 아, 아부지가 광 열쇠럴 갖고 있는디요."

질겁을 한 사내가 부들부들 떨며 대답했다.

"가! 느그 아부지 방으로."

조원제는 총 끝으로 사내의 배를 푹 찌르며 턱짓을 했다.

"아이고메!"

사내가 엉덩이를 뒤로 쑥 빼며 또 숨 막히는 듯한 소리를 토했다.

"잡새끼, 엄살떨지 말엇!"

조원제는 사내의 장딴지를 걷어찼다.

사내를 앞세우고 널찍한 마루를 타고 안방 쪽으로 갔다.

"아, 아부지, 아부지, 얼렁 일어나씨요. 바, 밤손님덜이 오셨구만요. 아부지, 싸게 일어나랑께라."

사내는 방문을 마구 흔들어댔다.

"엉? 머시여! 뉘기여?"

방 안에서 울리는 당황한 소리였다.

"아부지, 밤손님덜이 왔당께라. 싸게 광 쇠때 내노씨요. 지가 시방 잽혀 있응께요."

"머시여!"

"워메 내 새끼 워쩔끄나!"

방 안에서 거의 동시에 울리는 남녀의 목소리에는 이제 잠기운은 없었다.

방문이 금방 열렸다. 두 사람이 마루로 허둥지둥 나왔다.

"옛소, 쇠때, 여그!"

어둠 속에 쇠들 부딪치는 소리가 맑게 울렸다.

"장 동무, 이 사람 델꼬 가서 쌀가마니 끌어내게 허씨요."

조원제는 열쇠꾸러미를 장문태에게 넘겼다.

"싸게싸게 움직이려. 핑핑 말 안 들으면 배꼽에 빵꾸 뚫버뿔 것잉께."

장문태가 총을 휘두르며 살벌하게 내질렀다.

"야아야, 이 양반덜이 시키는 대로 싸게싸게 혀라."

목이 멘 여자의 다급한 말이었다.

"잔소리 말고 자네년 싸게 밥상이나 챙겨."

남자가 여자한테 내쏘았다.

"무신 밥상얼 챙게라?"

"아 이 양반덜 저녁밥 묵어얄 것 아니여. 요런 행차럴 혔는디 저녁밥이나 지대로 묵었겄어."

남자는 나이 든 값을 하느라고 제법 여유를 보이고 있었다.

"으쩌제라? 묵다 냄긴 식은 밥뿐인디라."

"급헌디 뜨신 밥 새로 허겄능가. 고것이라도 싸게 챙게 오소."

"잉, 알겄소."

여자가 허둥거리며 마루를 내려섰다. 조원제는 입에 군침이 고이는 것을 느끼고 있었다.

"봇씨요, 광에 있는 곡석 다 가지가도 존게 존 일 헌다고 우리 아덜헌테넌 해꼬지허덜 마씨요. 쩌것이 어찌어찌 얻은 독자요."

남자가 조원제 앞에 두 손을 모았다.

"누가 해꼬지헌답디여?"

조원제는 통명스럽게 말했다.

"이, 고맙고 고마우요."

남자가 허리를 굽신거렸다.

"지도원 동지, 다 되얏구만이라. 근디, 광에 쌀가마니가 칠팔 개나 되는디, 아까와서 워쩌제라?"

장문태가 토방으로 올라서며 말했다.

"이 사람덜도 묵고살아야 허딜 않컸소?"

조원제는 기왕 가져가지 못하는 것 말이나 후하게 해두는 게 좋겠다고 생각했다.

"으쩔께라, 밥얼 딱딱 긁어도 한 그럭 택밖에 안 되는디."

부엌에서 상을 가지고 나오며 여자가 볼멘소리를 했다.

"집구석, 살림 사는 것허고는!" 남자는 벌컥 내쏘고는, "시장허실 것인디 요것이라도 싸게 드시제라. 원하시면 뜨신 밥얼 얼렁 헐 것 잉께요." 목소리를 바꾸어 말했다.

"와따메, 요 짐치냄새!"

장문태의 입에서 격하게 터져나온 소리였다. 조원제도 확 풍겨오는 김치냄새를 맡았고, 그 순간 이빨 사이사이에서는 군침이 지르르 흘러나왔다. 너무나 오랜만에 맡는 김치냄새였다. 조원제의 눈앞에는 문득 어머니의 얼굴이 떠올랐다.

"장 동무, 시간이 없소. 밥언 싸들고, 짐치년 입에다 몰아넣고 뜹시다."

조원제가 말했다.

"그러제라."

장문태는 주머니에서 보자기를 꺼내 밥그릇을 엎었다. 보자기를 묶어 혁대에 찬 다음 김칫그릇을 집어들었다.

"드시제라."

장문태는 입 안에 고인 침을 꿀떡 삼키며 조원제 앞으로 그릇을 내밀었다.

"장 동무 먼첨 드씨요."

"시간 없당께라."

장문태의 재치 있는 대꾸였다. 조원제는 더 사양하지 않고 두 손가락으로 김치를 집어 입에 몰아넣었다. 장문태도 거침없이 손가락으로 김치를 집어 입에 몰아넣었다. 두 사람은 으석으석 김치를 씹기 시작했다. 조원제는 김치맛에 취해 눈이 저절로 사르르 감겼다. 설이 지나 신맛이 감도는 김치는 유난스레 입맛을 돋우었다. 소금이 유일한 반찬인 산생활에서 그들에게 김치만큼 그리운 반찬도 없었다. 갈치속젓으로 담은 잘 익은 김치를 맘껏 먹어보는 것이 모든 빨치산들의 꿈이기도 했다.

조원제와 장문태는 두 번째로 볼이 미어지도록 김치를 입에 몰아넣고 그릇을 비웠다. 두 사람은 김치를 씹어대며 토방을 내려섰다. 조원제는 고맙다는 인사를 하려고 했지만 입에 가득 찬 김치 때문에 말을 꺼낼 수가 없었다.

두 사람은 광 앞에서 쌀이 가득 찬 배낭 하나씩을 짊어졌다. 그리고 서둘러 대문을 나섰다. 그때였다.

"나가그라, 썩 나가! 우리 집서 줄 것 아무것도 없다. 당장 나가라니께!"

뒤에서 들려온 외침이었다. 조원제와 장문태는 반사적으로 몸을 획 돌렸다. 그러나 그 외침이 무슨 뜻인지 조원제는 금방 깨달았다.

"저 잡것얼 팡 쐬뿔께라?"

장문태가 성급하게 말했다.

"아니요, 저건 우리럴 해꼬지헐라는 소리가 아닌 것이요. 경찰덜이 조사 나올 때럴 생각혀서 우리헌테 아무것도 준 것이 없다는 것얼 옆에 집덜에 미리 광고허는 것이요."

조원제는 장문태를 끌어당기며 빠르게 설명했다.

"고것이 그리 되는게라?"

"갑시다, 싸게."

두 사람은 쌀무게에 눌리며 고샅의 어둠을 헤쳐나갔다. 집합장소인 당산나무에 거의 이르렀을 때였다.

탕! 탕!

어디선가 총소리가 두 방 울려퍼졌다. 어둠 속에서 갑자기 울리는 총소리는 유별나게도 요란하고 컸다. 조원제는 머리가 심하게 울리는 충격을 받으며 그때까지 입 안에 가득 차 있던 김치맛이 싹 가시는 것을 느꼈다. 총을 힘껏 움켜잡으며 어둠 속을 여기저기 살폈다.

당산나무 아래에는 대원들이 반 이상 와 있었다. 그들은 쌀이 든 배낭들을 진 채 앉은자세로 총을 들고 있었다. 그들의 놀라움과 긴장이 그대로 드러나고 있었다.

"지도원 동무, 개덜 아니겠소?"

강경애가 조원제 옆으로 다가오며 목소리가 급했다.

"금메요, 총소리가 더 안 나는 것이 이상스럽소. 혹시 우리 대원이 오발했는지도 모르겠소."

조원제는 침착해지려고 애쓰며 사태파악을 하려고 했다.

"누가 오발했드라도 위험허요. 싸게 떠야제."

"그렇제라. 곧 대장이 올 것이요."

두 사람은 더 말을 하지 않았다.

묵직한 배낭을 짊어진 대원들이 허둥지둥 모여들고 있었다. 조원제는 시간을 아끼기 위해서 미리 인원파악을 해나갔다.

이태식이 경비조를 이끌고 돌아왔다.

"총소리가 우리 쪽에서 났는디, 워쩐 일이요?"

이태식이 대원들을 향해 대뜸 내놓은 말이었다.

"야아, 지가 총질얼 혔구만이라."

누군가가 어둠 속에서 대답했다.

"무신 일이 났소?"

"야아, 우리 몰르게 도망질헐라고 혔구만이라."

"워찌 됐소, 그 사람?"

"주, 죽었구만요."

잠깐 동안 침묵이 흘렀다.

"싸게 떠야겄소. 대원덜 워찌 됐소?"

이태식이 물었다.

"보투조는 다 왔구만요."

조원제가 대답했다.

"되얐소. 짐들 갈라 지는 것은 여그부텀 뜨고 나서 허겄소. 출발이요."

이태식의 부대는 예정된 퇴로를 따라서 신속하게 마을을 벗어났다. 대나무숲들이 여기저기서 그 특유의 서걱거리는 소리들을 내고 있었다.

그들은 산굽이를 두어 번 돌아 짐들을 나눠지게 되었다.

"워쨌그나 보투에서 사람얼 죽이먼 인심이 사나와지는디……."

이태식의 침통한 말이었다. 인심을 잃게 되는 것도 그렇고, 군경의 역선전 재료로 이용되는 것도 그렇고, 좋을 것이 아무것도 없었다. 그렇다고 의심스러운 짓을 한 자를 없앤 대원을 책할 수도 없는 일이었다. 조원제는 이태식의 마음을 다소나마 가볍게 해줄 무슨 말을 찾아내지 못하고 있었다.

그들은 새벽녘에 무등산의 백아산 쪽 기슭에 도착했다. 그들은 중대별로 자리를 잡고 불을 피웠다. 새벽의 추위도 매운 데다가, 강행군을 멈추자 몸에 끈끈하게 밴 땀이 식으면서 추위가 엄습했던 것이다.

불은 그냥 모닥불을 피웠다. 입산 초기에 자주 피웠던 '구들불'은 상황이 불안해지면서 차츰 피울 수 없게 되었다. 구들불은 준비가 번거로웠고, 하룻밤이라도 안전하게 잘 수 있을 때 피우는 것이었다. 구들불은 땅을 한 자 정도의 폭과 깊이로 길게 파내고, 그 구덩이에다 불을 피웠다. 나무들이 다 타서 불덩이만 남으면 그 구덩이를 중앙으로 잡아 천막을 쳤다. 그리고 구덩이에는 얄팍한 돌들을 걸쳤다. 그러면 불기운으로 천막 안이 훈훈해지면서, 돌들은 열기를 품어 그대로 구들장이 되었다. 대원들은 양쪽으로 갈라져 누워 발들은 모두 구들장을 따라 나란히 모았다. 그렇게 눕게 되면 발만 따뜻한 것이 아니라 땅에도 열기가 스며 장딴지까지는 따스함을 느낄 수 있었다. 구들불을 피우고 자면 잠도 달았고, 아침에 일어나면 몸도 가뿐가뿐했다. 그 구들불을 피우는 방법은 일찍이 전남의 구빨치들이 고안해서 써먹게 됨으로써 전북과 경상도로 퍼져나간 것이었다.

조원제는 모닥불이 활활 타는 것을 보다가 깜빡 잠이 들었다. 그는 잠이 좀 많은 편이었고, 짧은 시간에 깊은 잠을 자는 남다른 능력을 가지고 있었다. 그래서 담배를 피우지 않는 그는 대원들이 담배를 피우는 동안에 코까지 골며 깊은 잠에 빠지기가 예사였다. 담배를 다 피운 대원들이 흔들어 깨우면 그는 눈을 감은 채 "한 대썩 더 피우제" 하고는 했다. 그래서 그의 또 하나의 별명은 '한 대썩 더 피우제'였다. 그런데 그는 그렇게 깊이 자다가도 일단 눈을 떴다 하면 언제 잤느냐 싶게 큼직한 눈이 또릿또릿해져 기민하게 움직였다. 그 신속하게 일어나는 변화에 대해 제일 신기해하고, 이해할 수 없어 하는 사람이 강경애였다. 그녀는, 뱃속에서부터 빨치산으로 타고난 별난 체질이라고 결론짓고 말았다. 사실 조원제 자신으로서도 속 시원한 해명을 할 수 없는 처지라서 그녀의 결론에 동의할 수밖에 없었다.

"불이야, 불!"

"싸게 꺼, 싸게!"

"지도원 동지 아니라고!"

조원제의 솜바지에 불이 붙고 있었고, 네댓 명의 대원들이 달려들어 불을 끄느라고 소란을 일으켰다. 잠결에 다리를 잘못 뻗어 불이 옮겨붙은 모양이었다. 조원제는 그것도 모르고 잠이 들어 있었다.

불을 끄는 소란에 조원제는 부시시 눈을 떴다.

"워째 요리 야단덜이여?"

조원제의 잠 덜 깬 소리였다.

"지도원 동무 옷에 불이 붙었었소."

"쪼깐 늦었드라면 큰탈날 뿐헜소."

"워디 딘 디 없소?"

대원들이 입을 모았다.

"에이, 따땃허니 존디, 쪼깐 있다가 끄제."

그가 눈을 껌벅거리며 한 말이었다.

군토벌대의 제4차작전이 시작되었다. 그것은 3차작전과 마찬가지로 전남북도당 지역과 지리산 일대에 걸친 것이었다. 그러나 도당과 지리산의 빨치산들 입장에서는 각기 세 번째 당하는 공세였다.

4차공세를 맞는 빨치산들의 기세는 3차 때와는 달랐다. 1월의 혹한에 비하면 2월의 추위는 그들에게 별다른 위협이 될 수 없던 것이다. 추위의 혹독한 속박에서 어느 정도 풀려나게 된 그들은 그만큼 기동력을 발휘해 가며 토벌대에 대응해 나갔다.

그러나 그들에게는 날씨의 덕을 보게 된 것과는 반대로 새로운 어려움이 생겼다. 추위보다 더 가혹한 복병이 그들 앞에 나타난 것이다. 그 뜻밖의 복병은 '보아라 부대'와 '사찰빨치산'이었다. 그 두 가지 복병은 모두 투항한 빨치산들로 이루어져 있었다. '보아라 부대'는 남원군 전투사령부에 소속되어 지리산토벌대의 길잡이 노릇을 했고, '사찰빨치산'들은 각 경찰서의 사찰계에 소속되어 각 지역

토벌대의 앞장을 섰다. 그들은 목숨과 지난날의 산생활과를 맞바꾼 자들이었다. 그래서 그들은 빨치산들의 퇴로를 미리 차단시키게 하거나 매복을 치게 했고, 비상선을 기습하게 하거나 접선장소를 포위하게 했고, 환자트나 비트를 손가락질해서 공격하게 만들었다. 이 뜻밖의 사태로 빨치산들이 입는 피해는 엄청났다.

이해룡의 부대에서 '보아라 부대'의 배신행위를 파악한 것은 군작전이 중반으로 접어들고 있는 2월 15일경이었다. 그때는 이미 환자트 거의가 공격을 당한 뒤였다.

"어디서나 소수의 배신자들은 있게 마련이오. 그런 자들을 미리 색출, 처단하지 못한 우리의 불찰이 반성되어야 하오. 그리고 이미 적이 되어버린 그자들을 당장 박멸할 수 없는 한 감정은 무용지물이오. 우리가 그자들에게 보복하는 길은 우리가 모든 것을 새롭게 일신시켜 그자들이 아무 쓸모가 없게 만들어버려 적들이 그자들을 없애게 하는 방법뿐이오."

김범준 소장의 침착하고 냉정한 말이었다.

그래서 첫 번째 대두된 안건이 전혀 다른 골짜기로 이동을 하자는 것이었다. 그러나 그건 곧 취소되었다. 다른 도당과의 관계가 무너지고, 지리가 익숙하지 못하면 오히려 예상하지 못한 피해를 입을 위험이 있었던 것이다. 두 번째로 제시된 의견이 지역을 그대로 지키면서 모든 투쟁방법을 바꾸자는 것이었다. 그 의견을 채택하기로 결정하고 모든 것을 전면적으로 바꾸게 되었다. 선요원들의 비밀루트가 바뀌었고, 그에 따라 접선장소가 바뀌었으며, 부대의 이

동선과 함께 비상선들도 바뀌었다. 그러자니까 그들의 고생은 갑절로 커졌다.

"씨부랄 놈덜, 좆대감지 단 새끼덜이 잔생이 해묵을 짓거리가 없어서 동지덜 폴아묵고, 죽이는 짓거리로 나슬 것이여. 오살육시럴 혀서 죽일 놈덜이제."

"하먼, 고것덜이 워디 인종이여. 즘생만도 못헌 개잡녀러 것덜이제. 참말로, 고것덜 잽히기만 허먼 나 손으로 기엉씨 오살육시럴 허고 말 것이여."

"허, 가당찮소 오살육시. 고런 인두겁얼 쓴 새끼덜언 이마빡에서부텀 발끝까지 하로에 한 치썩 포럴 떠감스로 지놈덜이 진 죄럴 뼛속까지 애리고 씨리게 알게 혀서 수십 날로 죽여야 써."

"이, 고것 좋으요. 고런 싹수머리 없는 새끼덜이 이름얼 붙여도 보아라 부대가 머시여, 보아라 부대. 보라니 머럴 보라는 것이여. 즈그놈덜 그 잘난 꼬라지 보고 우리보고도 그리 되라는 것인가? 호로개쌍녀러 새끼덜!"

그들은 몇 명씩 모여앉으면 으레 '보아라 부대'에 대해 이렇듯 분노를 터뜨리고, 증오를 끓였다. 그러나 보아라 부대원들은 쉽게 잡히지 않았다. 그럴수록 그들의 눈은 계급 없는 국방군복을 입은 보아라 부대원들을 찾아 번뜩거렸다.

지리산의 2월은 1월에 비해 맑은 날이 많았다. 햇볕이 오래 머무는 남쪽 골짜기의 양지바른 등성이의 눈은 녹아내리기도 했다. 바람이 없는 날 한낮의 햇볕은 졸음이 올 정도로 포근했고, 언뜻 봄이 아닌가 착각을 일으키게도 했다. 그러나 해가 떨어지면서부터는 어김없이 추위가 기승을 부리기 시작했다. 낮에 녹아내린 눈은 다시 얼어 빙판이 되었다. 그러다가 날이 돌변해 앞이 막히도록 눈발을 퍼부어대기도 했다.

비행기는 날마다 쉬지 않고 삐라를 뿌려댔다. 그리고 귀순권고 방송도 계속되었다. 그 방송에서 '보아라 부대'에 대한 선전도 나왔다. 주저하지 말고 어서 귀순해 보아라 부대원들처럼 자유대한의 품에 안겨 승공전선의 일꾼으로서 충성을 다하고 새 마음 새 뜻으로 새 인생을 설계하라는 내용이었다. 어떤 빨치산들은 그런 방송을 하는 비행기를 향해 총을 갈겨대는가 하면, 욕을 퍼부어대며 감자를 먹이기도 했다. 감자는 주먹 하나만 먹이는 것이 아니라 두 손, 두 다리를 동원해 차례로 먹이고, 그것도 모자라 나중에는 머리통으로도 먹여댔다.

지리산에서와 마찬가지로 도당의 빨치산들도 '사찰빨치산'에 대한 증오와 분노가 뜨거웠다. 사찰빨치산들이 하는 일도 보아라 부대원들과 다를 것이 없었던 것이다.

어스름이 내리고 있는 속에서 하대치의 부대는 토벌대 2개 소대에게 쫓기고 있었다. 포위를 뚫고 다음 산으로 붙으려는데 갑자기 나타난 다른 부대의 공격을 받고 뒤로 밀리다 보니 산줄기를 잃고 산밭이 있는 야산들 사이에 놓이게 되었다. 그것을 기회라고 생각하는 모양으로 토벌대는 세차게 추격을 가해오고 있었다. 하대치도 위기를 느꼈다. 토벌대를 따돌릴 뾰족한 방법이 없이 그대로 쫓기기만 하다가는 또 앞을 차단당하면서 포위당할 위험이 컸던 것이다. 토벌대의 통신망은 그런 의외의 상황을 곧잘 만들어내고는 했다. 그런 궁지에 몰리기 전에 무슨 방법을 써야 한다고 생각하고 있는 하대치의 마음은 초조하기만 했다. 이쪽이 51명이니까 토벌대 2개 소대하고는 한바탕 맞붙어서 결판을 낼 수도 있었다. 그러나 승산 있는 싸움을 벌일 만한 지형지물을 찾아내지 못하고 있었다.

하대치는 부대원들을 이끌고 야산굽이를 돌았다. 그때 그의 눈이 커졌다.

"이, 되얐어!"

그의 입에서 터져나온 소리였다. 그의 눈에 띈 것은 초가집 두 채와 그 뒤로 펼쳐진 대밭이었다.

"동무덜, 쩌그 저 대밭에서 개덜허고 한바탕 혀야겄소. 날도 침침해지고, 대밭쌈이야 개덜이 우리 당헐 수가 없응께로. 맘덜 단단허니 묵으씨요."

하대치가 기운차게 외쳤다. 그 목소리가 나흘을 굶은 사람이라고 할 수가 없었다.

하대치의 부대는 이제 쫓기는 쪽이 아니라 유인하는 쪽이 되어 있었다. 하대치의 명령에 따라 밭두렁에 의지한 그들은 토벌대를 향해 총을 쏘기 시작했다. 상황이 바뀌자 토벌대들도 신속하게 흩어지며 응사를 해왔다. 토벌대의 자동소총이 숨 가쁘게 총소리를 토해내고 있었고, 그것을 엄호 삼아 토벌대들은 진격을 해오고 있었다. 토벌대들은 병력과 화력의 우세를 믿는 탓으로 언제나 공격이 적극적이었다.

하대치의 부대는 대밭을 향해 조금씩 뒷걸음질을 했다. 그들이 물러설수록 토벌대들은 더 적극적으로 공격을 가해왔다. 날은 꽤나 어둑어둑해져 있었다.

"동무덜, 모다 대밭으로 들어가씨요!"

마침내 하대치가 명령했다. 기다리고 있던 빨치산들은 삽시간에 대밭으로 자취를 감추었다.

그들은 발밑을 조심해 가며 대밭 중간쯤까지 이동했다. 대밭을 제멋대로 걸었다가는 대를 쳐내고 남은 밑동에 발바닥을 찔리기 일쑤였다.

그 끝은 대창과 똑같이 날카로워서 한번 찔렸다 하면 발바닥이 찢어져 피가 흐르는 상처를 냈다. 아이들이 멋도 모르고 대밭에서 뛰다가 밑동을 밟아 그 끝이 발을 뚫고 발등까지 솟기는 일도 더러 있었다. 그래서 밤에 대밭에 들어가는 것은 금물이었고, 도둑놈도 대밭으로는 쫓지 않는 법이었다.

대밭은 한결 더 어두웠다. 그들은 가로로 땅바닥에 다 엎드렸다. 그리고 총들을 겨누었다. 대밭에서 총격전을 하는 것은 양쪽이 서로 어려운 일이었다. 우선, 대들이 무질서하게 서 있어서 낮에도 시야의 방해가 심했다. 거기다가 촘촘하게 선 대나무들은 총알의 진로를 방해했다. 동그란 대나무에 부딪친 총알들은 제멋대로 방향을 바꾸어버렸다. 흔한 일은 아니었지만, 어떤 총알은 대나무를 빙그르르 감고 돌아 쏜 쪽으로 되날아오는 경우도 있었다. 재수가 없

으면 자기가 쏜 총알에 자기가 맞아 죽을 수도 있는 것이 대밭전투
였다. 그래서 대나무밭에서 싸울 때는 땅바닥에 바짝 엎드려 사격
은 약간 높게 가하는 것이 상책이었다. 서서 움직이다가는 어떤 총
알에 맞아 죽을지 모를 일이었다. 대밭전투는 화력전이 아니라 경
험전이었다.

토벌대가 총을 난사해 대며 대밭으로 밀려들기 시작했다.

"사겨억 개시!"

하대치가 명령했다.

대밭에는 서로 쏘아대는 총소리가 진동했다. 총알에 맞은 대나
무들이 비명 비슷한 이상한 소리를 내며 떨어댔다. 그 바람에 대나
뭇잎들이 서로 엇갈리며 몸을 비벼대는 소리들이 소란스럽게 일어
났다. 그리고 몸을 낮추지 않은 토벌대 쪽에서 비명들이 울렸다.

빨치산들이 쉴 새 없이 총을 갈겨대고 있는 가운데 강동기와 천
점바구는 각기 열 명씩의 대원들을 데리고 왼쪽과 오른쪽으로 빠
지고 있었다. 좌우협공을 가할 계획이었다. 상대방들이 전열을 가
다듬기 전에 치려는 것이 하대치의 생각이었다.

천점바구는 비어 있는 초가집을 등지고 토벌대에게 사격을 시작
했다. 그 반대편에서는 강동기가 공격을 해대고 있었다. 토벌대는
대밭 속에 갇힌 데다 삼면공격을 당해 이중으로 곤경에 빠지게 되
었다. 토벌대 쪽에서는 비명과 아우성이 뒤엉키고 있었다.

"포위다! 후퇴, 후퇴!"

이런 외침도 터지고 있었다.

토벌대들은 자동소총을 난사해 대는 가운데 후퇴를 해대고 있었다. 천점바구와 강동기는 그 뒤를 따라붙고 있었다. 대열이 흩어져버린 토벌대들은 짙어진 어둠 속으로 제각기 내달리고 있었다. 하대치는 연락병을 띄워 천점바구와 강동기의 추격을 막았다.

"대밭에 죽어자빠진 개덜헌테 건빵이고 머시고 묵을 것이 있을 것인디⋯⋯."

누군가가 한 말이었다.

"모다 가서 멫이나 죽었는지 조사허고, 무기고 묵을 것이고 챙게 봇씨요."

하대치는 대원들에게 지시했다. 그리고 자신은 천점바구와 강동기가 돌아오기를 기다리고 있었다.

토벌대 사망자는 모두 열여섯이었다. 대원들이 모아온 전리품들 중에는 과연 건빵이며 담배며 캐러멜 같은 것들이 있었다.

하대치는 출발에 앞서 인원점검을 시켰다. 그런데 두 명의 결원이 생겨 있었다. 그때서야 하대치는 2대대장의 모습이 보이지 않는 것을 알았다.

"싸게 유 동지럴 찾으씨요, 유 동지!"

하대치는 가슴이 덜컥 내려앉으며 서둘러댔다.

2대대장은 머리에 관통상을 입은 채 대밭에 죽어 있었다. 하대치는 그를 붙들고 한동안 멍하니 앉아 있었다. 그의 죽음이 너무나 허망하고 기막혔던 것이다. 그는 특이한 경력을 가진 구빨치였다. 제주도 4·3투쟁에 나섰다가 체포되어 재판을 받고, 목포형무

소에서 복역하다가 1949년 9월의 대탈출사건 때 검거를 피해 입산한 사람들이 몇 명 있었다. 그는 그중의 한 사람이었다. 그는 그동안 온갖 고난을 무릅쓰며 투쟁해 온 그야말로 백절불굴의 전사였던 것이다. 그런 그가 싸움 같지도 않은 싸움에서 죽어버렸다는 것이 하대치를 못 견디게 했다. 그는 곧잘 유순한 웃음을 지으며 해방이 되면 제주도로 자리회를 먹으러 가자고 말하고는 했었다.

하대치는 가슴에 구멍이 뻥 뚫린 것 같은 상실감을 안은 채 2대대장의 선임을 생각하지 않을 수 없었다. 아까운 사람은 가도 싸움은 계속해야 했으므로 자리를 비워둘 수는 없었다. 그는 천점바구와 강동기를 놓고 밤새껏 고심했다. 천점바구는 강동기보다 나이가 어렸고, 강동기는 천점바구보다 투쟁경력이 모자랐다. 그러나 통솔력이나 투쟁력은 두 사람이 다 눈금을 읽을 수 없도록 근수가 어슷비슷했다. 하대치는 새벽녘에야 마음을 정해 먼동이 터오는 것을 보고 연락병을 지구사령부로 보냈다. 사령부도 상황에 따라 떠돌고 있는 입장이라서 이동이 있기 전에 빨리 일처리를 해야 했다.

햇발이 퍼지기 전에 연락병은 돌아왔다. 사령부에서는 하대치의 생각을 그대로 받아들여 결정을 내리고 있었다. 하대치는 곧 대원들을 집합시켰다.

"동무덜, 지끔부터 당이 결정헌 2대대장얼 발표허겄소. 2대대장에 천점바구 동무, 천점바구 동무가 맡었든 중대장언 외서댁 동무로 결정되았소."

"워메, 워메, 으쩌끄나! 쩌것이 무신 소리다냐!"

너무 느닷없는 발표에 놀란 외서댁의 입에서 터져나온 소리였다.

"조용히 허씨요. 발표 다 안 끝났응께." 하대치가 냉엄하게 일갈하고는, "당의 결정얼 모든 대원덜언 박수로 환영허고, 앞으로 새로 임명된 간부덜얼 중심으로 더 합심혀서 해방투쟁에 나스기럴 바래겠소." 그는 박수를 치기 시작했다.

대원들이 다 함께 박수를 치기 시작했다. 아침햇살 속에서 대원들의 박수를 받고 있는 천점바구와 외서댁의 거칠고 마른 얼굴에는 더없이 밝은 웃음이 피어나고 있었다. 하대치는 천점바구와 강동기를 놓고 고심한 끝에 결국 투쟁경력 우선의 원칙을 따랐던 것이다. 그 점을 이따가 따로 강동기에게 일깨우려고 그는 생각하고 있었다.

"나 겉은 놈헌티넌 택없이 과만헌 자리제라."

천점바구가 못내 쑥스러워하고 겸손해하며 대원들에게 밝힌 소감이었다. 그러나 그는 속으로 외치고 있었다. 염상진 대장님, 지럴 잠 보시씨요. 지가 요로크름 대대장이 되얐구만이라. 앞으로 더 열렬허니 투쟁혀서 지도 기연씨 대장님맹키로 될라능마요.

"나가 요런 출세헐라는 것이 아니었는디, 우리 냄편 체면 안 깎았응께 다행이구만요."

외서댁이 눈물을 찍어내며 한 말이었다.

"축하해요, 외서댁 동무. 두 분이 이렇게 된 게 정말 너무 기뻐요."

김혜자는 외서댁을 붙들고 좋아서 어쩔 줄을 몰라했다. 외서댁은 그런 김혜자를 물끄러미 바라보며 고개를 끄덕였다. 천점바구를 붙들고 좋아하고 싶은 김혜자의 마음을 헤아리고 있었던 것이다.

보름이 넘어도 군작전은 끝날 줄을 몰랐다. 으레 보름이면 끝나리라고 예상하고 있었던 것이 빗나가자 빨치산들은 당황했다. 다른 때와 마찬가지로 그들은 오래 굶으면서 싸우느라고 기진맥진해 있었던 것이다. 그런데 지난 두 차례와는 다르게 작전이 보름을 넘기자 그들은 신체적으로 지친 데다 심리적으로도 지치고 있었다.

천점바구의 대대는 기습당한 사령부를 구해내기 위해 토벌대의 측면을 치고 들었다. 그러다 보니 산중턱에서 토벌대와 정면으로 맞붙지 않을 수 없게 되었다. 토벌대의 수는 천점바구네보다 세 배 이상 많았다. 천점바구의 대대는 사령부가 위기에서 벗어날 때까지 그 병력을 상대로 싸워야 하는 일종의 결사대 임무를 띠고 있었다. 그의 대대가 한 가지 유리한 것은 너덜겅을 중심으로 해서 비탈의 윗부분에 위치해 있다는 것이었다.

토벌대들은 수적인 우세를 이용해서 밀고 올라왔다. 마침 너덜겅의 바위들은 그렇게 크지 않았다. 천점바구는 대원들에게 바위를 몇 개씩 앞에 쌓아 방어벽을 급조하게 했다. 바위들을 들어낸 자리는 자연스럽게 몸을 들어앉힐 수 있는 공간이 되었다. 토벌대들은 바위들에 몸을 감춰가며 맹렬한 기세로 총을 쏘아댔다. 총알이 충분한 천점바구네 대원들도 아래를 향해 마구 총을 갈겨대고 있었다. 총알들이 바위들에 부딪쳐 튕겨나가고, 돌조각들이 폭탄의 파편처럼 흩뿌려지고 있었다. 천점바구는 총을 쏘면서도 토벌대의 우회공격을 경계하고 있었다. 앞장섰던 토벌대 서너 명이 비명을 지르며 바위들 위를 구르기도 하고 고꾸라지기도 했다. 토벌대 쪽에서 먼저 총소리가 멎었다. 천점바구도 사격을 중지시켰다. 총소리들이 멎자 산에는 갑자기 한밤중 같은 적막이 밀려들었다. 천점바구는 숨을 들이켰다. 그런 깊은 적막은 수없이 경험하는 것이면서도 전혀 익숙해지지 않고 언제나 괴이쩍고 생소했다. 토벌대 쪽에서 뭐라고 외치는 소리가 들려왔다. 천점바구는 귀를 기울였다. 그러나 알아들을 수 없는 소리였다. 새로운 작전지시겠거니 생각했다.

"동무덜, 쪼깐만 더 젼디씨요. 곧 연락병이 오먼 뒷등생이럴 빨딱 넘어갈 것잉께."

천점바구는 대원들을 향해 의식적으로 여유 있게 웃어 보이며 말했다. 외서댁과 눈길이 마주쳤다. 머리에 붉은 띠를 질끈 동여맨 그녀는 눈을 찡긋해 보였다.

토벌대들이 다시 사격을 시작했다. 산의 적막이 산산이 깨져나가면서 산울림이 파도로 일어났다. 천점바구도 사격명령을 내렸다. 총소리들은 더욱 요란하게 뒤엉켰다. 양쪽에서 사격이 한창 불붙고 있었다.

"대대장 동무, 쩌그 봇씨요. 멫 눔이 기올라오고 있소!"

외서댁이 저쪽에서 소리쳤다.

천점바구는 아래를 주시했다. 토벌대 대여섯 명이 납짝 엎드려 바위들 사이사이에 몸을 숨겨가며 기어오르고 있었다. 그들은 총도 가지고 있지 않았다. 천점바구는 그들이 수류탄 공격을 하기 위한 돌격대라는 것을 금방 알아챘다. 그리고 정신없이 사격을 해대는 것은 그들을 엄호하는 동시에 이쪽의 눈을 속이기 위한 것이라는 사실도 알 수 있었다. 천점바구는 먼저 공격을 하기로 했다.

"동무덜, 동무덜 앞에 쌓인 바우뎅이덜얼 각단지게 밑으로 굴리씨요!"

그건 천점바구가 가끔 써먹는 방법이라서 대원들은 그 명령을 금방 알아듣고 사격을 중지했다. 그리고 바위들을 굴려내리기 시작했다. 수십 개의 크고 작은 바위들이 바위투성이인 너덜경 위를 굴러내리며 서로 부딪쳐 튕겨오르고, 깨지며 처박히기도 하고, 구르는 바위에 부딪쳐 엉뚱한 바위가 굴러내리기 시작하고, 삽시간에 바위사태가 일어나고 있었다.

토벌대 쪽에서 사격이 뚝 그치며 외침들이 터지기 시작했다. 그리고 비명과 아우성이 요란했다.

그때였다. 오른쪽에서 갑자기 총소리들이 터져올랐다.

"기습이다!"

천점바구가 외치며 총을 들었다. 그러나 때는 너무 늦어 있었다. 토벌대 이삼십 명이 총을 갈겨대며 몰려오고 있었다. 거기에 대응해 전열을 바꿀 여유가 없었다. 전열을 바꾸다가는 전멸할 것 같았다. 천점바구는 순간적으로 외쳤다.

"후퇴, 후퇴! 왼짝으로 후퇴!"

그의 대원들이 허둥지둥 너덜경 위를 뛰기 시작했다. 총알들이 바위에 부딪치며 돌조각들을 튕겨올렸다.

"으왁!"

대원 하나가 비명을 토하며 바위들 위에 곤두박였다.

"동무, 이 동무!"

천점바구가 달려가 그 대원을 붙들어 일으켰다. 그리고 서너 발짝 옮겼다.

"동무덜!"

천점바구가 이렇게 외치며 비틀비틀하다가 총과 붙들고 있던 대원을 놓치며 푹 고꾸라졌다.

"안 돼요, 천 동무!"

여자가 부르짖으며 천점바구에게로 내달았다. 그 여자는 천점바구를 일으켰다. 그리고 꼭 남자들이 하듯이 상대방을 양쪽 어깨에 걸쳤다. 그러는 동안에도 너덜경 위에는 총알들이 빗발치고 있었다. 천점바구를 어깨에 걸친 그 여자는 비척거리며 너덜경을 벗어나고 있었다. 너덜경을 다 벗어나 몇 걸음 옮겼을 때였다.

"엄니이─."

그 여자는 날카로운 비명을 지르며 천점바구와 함께 무너져내렸다.

"쩌것이 누구 소리여!"

그들에 앞서 너덜경을 벗어나 뛰고 있던 외서댁이 홱 돌아섰다.

"아니, 쩌것이, 쩌것이!"

천점바구와 김혜자가 쓰러져 있는 것을 발견한 외서댁의 눈이 뒤집혀졌다. 그녀는 그들을 향해 뛰려고 했다.

"안 돼요. 외서댁 동무도 죽소!"

뒤따라오던 대원이 외서댁의 팔을 낚아챘다.

"요것 노씨요!"

외서댁이 팔을 뿌리쳤다.

"대장덜이 다 죽어뿔먼 우리넌 워쩔 것이요!"

그 대원이 소리쳤다. 그때 외서댁은 자신이 중대장이라는 것을 퍼뜩 떠올렸다. 그리고 이미 토벌대들은 너덜겅 위를 밟기 시작하고 있었다.

외서댁은 돌아설 수밖에 없었다.

"뛰씨요, 싸게 뛰씨요!"

외서댁은 울음 섞인 소리로 외치며 뛰기 시작했다.

"천 동무우…… 천점바구 동무우……."

가슴팍에서 피를 철철 흘리고 있는 김혜자는 간신히 천점바구를 부르며 팔을 뻗치고 있었다.

"김 동무, 그냥, 그냥 가제……."

배가 피범벅인 천점바구가 김혜자 쪽으로 가까스로 기며 팔을 뻗치고 있었다. 토벌대들이 총을 난사해 대며 너덜겅을 중간쯤 넘어서고 있었다. 천점바구와 김혜자의 손이 겨우겨우 맞잡혔다.

"천 동무우……."

김혜자의 일그러진 얼굴에 웃음이 피어나는 듯싶었다.

"김 동무우……."

천점바구의 얼굴도 약간 웃는 것 같으면서 김혜자의 손을 잡은 팔이 부르르 떨렸다. 서로가 처음 잡은 손이었다.

"인공 만세에……."

천점바구의 입에서 가늘게 흘러나온 소리였다. 그리고 그의 머리가 땅바닥으로 푹 떨어졌다. 김혜자는 천점바구를 향해 눈을 번히 뜬 채 숨이 끊어져 있었다.

외서댁은 하대치에게 천점바구의 죽음을 보고했다.

"머, 머시라고, 천 동무가!"

하대치는 눈을 부릅뜨며 부르짖었다. 그리고 어깨가 축 처져내리며 멍한 얼굴이 되었다. 그 얼굴이 점점 굳어지면서 핏기가 가시고 있었다. 그러더니 눈 가장자리가 파르르 떨리고, 콧날이 씰룩거리고, 입술이 부들부들 떨렸다. 그는 아랫입술을 깨물었다. 그의 눈에 눈물이 가득 찼다. 그는 돌아섰다. 그의 넓고 두꺼운 어깨가 들먹거리기 시작했다. 대원들은 그의 뒷모습을 보며 모두 눈시울을 적시고 있었다. 그러면서 대원들은 천점바구를 새삼스럽게 떠올리고 있었다. 그들은 하대치의 눈물을 처음 보았던 것이고, 천점바구의 비중을 새롭게 느끼고 있었던 것이다.

이틀 뒤에 군토벌대의 작전이 끝났다. 2월이 다 가고 있었다.

하대치는 외서댁을 앞세우고 천점바구가 죽은 장소를 찾아갔다. 안창민과 이지숙, 강동기도 그들을 따라나섰다. 그리고 부대원들이 뒤를 따랐다.

손을 맞잡은 천점바구와 김혜자의 시체는 너덜겅 옆에 그대로 놓여 있었다. 두 남녀의 그 예사롭지 않은 모습에 직감적인 반응을 나타낸 건 이지숙이었다.

"두 동무가 좋아하는 사이였나요?"

· 이지숙은 외서댁에게 낮고 빠르게 물었다.

"그랬제라. 이승서 못 이룬 뜻 저승으로 감서 이룬 심이구만요."

외서댁의 목이 메었다. 이지숙은 눈물을 찍어냈다.

대원들이 안창민의 지시에 따라 시체 옆에서 대여섯 걸음 떨어져 있는 큰 소나무 아래 구덩이를 팠다. 하대치와 안창민이 천점바구의 머리 부분을 들었고, 이지숙과 외서댁이 김혜자의 머리 부분을 들었다. 그리고 다른 대원들이 두 사람의 몸을 받쳐들었다. 두 주검을 정성스럽게 받쳐들면서 그들 모두는 마른풀들 아래서 새싹들이 파릇파릇 돋아오르고 있는 것을 보았다. 두 사람의 맞잡은 손은 구덩이로 옮길 때도, 구덩이 안에 눕혀지면서도 풀어지지 않았다.

구덩이에 다시 흙이 채워지는 동안 안창민은 준비해 온 한지에 붓글씨를 썼다.

천점바구
　　　　두 동지의 묘
김 혜 자

그 비문은 소나무의 껍질을 벗기고, 그 속살을 깎아낸 자리에 붙여졌다. 속살을 깎아낸 자리에는 송진이 내배 있어서 한지는 풀칠이라도 한 것처럼 찰싹 달라붙었다. 한지의 먹물은 소나무에 스며들게 되어 있었고, 한번 스며든 먹물은 사람의 몸에 문신을 한 것과 마찬가지로 소나무와 그 수명을 함께하는 것이었다.

평장의 묘 위에 너덜경에서 판판한 돌들을 골라다가 옮겨놓았다. 이지숙이 어디선가 진달래가지를 꺾어다가 돌 위에 올려놓았다. 그 가지에는 열릴락 말락 한 꽃망울들이 몇 개 달려 있었다.

100일에 걸친 군토벌대의 동계대공세 동안 전남북과 경남, 그리고 지리산에서는 1만 8천여 명의 빨치산들이 죽어갔다.

33

1952년 5·15 결정

3월 12일을 기하여 국방군 수도사단과 8사단의 서남지구 공비 토벌작전이 종료되었다. 그리고 그 임무는 본래대로 서남지구 전투경찰사령부와 일부 국방군 예비대로 넘겨졌다.

국방군의 대공세는 꼬박 겨울 석 달 동안이었다. 그 공세가 끝나자 모든 빨치산지역은 적막에 싸였다. 그들은 지역마다 그동안의 피해와 투쟁결과를 정리해 나갔다. 피해는 더 말할 것 없이 엄청난 병력의 손실이었다. 그 결과는 조직의 재편성을 불가피하게 했다. 그리고 병력확보를 위한 초모사업의 필요성이 절실하게 되었다. 그러나 초모사업의 필요성만큼 현실적인 난점들이 가로놓여 있었다. 휴전협정이 시작된 이후로 보투의 협조가 날로 나빠져온 것이 현실이었다. 곡식의 지원이 소극적으로 변해가는 인심에서 목숨을 내걸어야 하는 초모사업이 잘될 리가 없었던 것이다. 그리고 초모사업에 대해서는 이미 회의적인 결과가 나와 있기도 했다. 지역에 따라 초모사업을 해본 바로는, 제대로 빨치산생활을 하는 사람은 열 명에 두세 명 정도라는 결론이었다. 나머지는 사상적·체력적으로 약해 이탈하거나 탈락되고 말았다. 체력이 약해 탈락되는 것은 어쩔 수 없다고 하더라도 사상이 무장되지 않아 고의적으로 이탈하는 자들은 그야말로 백해무익이었던 것이다. 학습을 아무리 시켜도 마음이 열려 있지 않으면 돌덩이에 불공드리는 격이었고, 고의적으로 이탈을 하자고 마음먹으면 막을 재간이 없었던 것이다. 싸우다 보면 부대가 흩어지는 일이 숱하게 일어나는데 그때 비상선을 찾아오지 않고 얼마든지 도망을 칠 수 있었고, 보투를 나가 부대원들이 마을에 분산될 때 어둠 속에 몸을 감추기란 너무 쉬운 일이었다. 그렇게 해서 도망친 자들이 제 목숨을 건지기 위해 무슨 짓을 할 것인지는 너무나 빤했던 것이다.

그런 문제점과는 구분해서 3개월 동안의 투쟁결과가 점검되었다. 그동안의 투쟁은 계절적으로나 상대적으로나 최악의 상태에서 최선을 다한 투쟁이었다는 결론을 내리게 되었다. 그 결론에 입각해서 헌신적 투쟁력을 발휘해 혁혁한 투쟁성과를 올린 전사들을 찾아내게 되었다.

전남도당에서는 전사의 최고영예인 도단위 '영웅'이 두 사람 탄생하게 되었다. 그들은 백아산지구의 이태식과 조계산지구의 하대치였다.

"다 대원덜이 헌 일이제 나가 헌 일이 머시가 있간디……"

하대치가 감격스러움을 감추며 소리 낮춰 한 말이었다.

"죽은 동무덜헌테 면목 없는 일이구만. 싸게 해방이 돼야제."

대원들의 축하 속에서 이태식이 시무룩하게 한 말이었다.

투쟁영웅—그것은 실로 대단한 영예이면서, 거기에 걸맞은 우대도 뒤따르고 있었다. 그 개인 앞으로 조직의 여러 가지 신문들이 다배달되었고, 모든 공식문건들이 따로 전달되었다. 그건 영웅을 하나의 단위 부대와 똑같은 비중으로 대접하는 것이었다. 그리고 인민해방이 된 다음의 대우에 대해서도 미리 밝혀져 있었다. 당적 지위가우선적으로 주어짐은 물론이고, 평생 동안 의·식·주를 당이 해결하고, 비행기를 제외한 모든 교통편도 일생에 걸쳐 무료였다.

논두렁이며 밭두렁에 새싹들이 파릇파릇 돋아오르고, 야산의밑자락에도 초록빛이 감기며 진달래꽃들이 흐드러지게 피어나기시작했다. 땅바닥에 바짝 붙어 있던 보리들도 어느새 한 뼘 길이로자라올라 있었다. 그러나 그 보리들이 양식이 되자면 까마득한 세월이 남아 있었다. 진작 보릿고개가 시작되어 죽도 끓일 수가 없게 된 수많은 사람들에게 하루하루를 넘긴다는 것은 죽음과 맞닿아 있는 고통이었고, 그런 속에서 앞으로 남아 있는 석 달 남짓한 날들은 까마득하게 먼 세월로 느껴질 수밖에 없었다. 그 영향은 어김없이 빨치산들에게도 미쳤다. 전과는 달라진 경찰토벌대의 세력에다가 계절적인 악조건까지 겹쳐 보투는 갈수록 어려워지고 있었다.

조원제의 중대는 땅거미를 밟으며 산자락을 타고 있었다. 그들은 밀기울에다가 보리싹을 섞어 찐 개떡을 한 덩이씩 아침으로 먹었을 뿐이었다. 그리고 저녁밥을 어떻게 해결해야 할지 아무런 기약이 없었다. 보투에 대해서는 연대와 합류를 한 다음에나 생각할 문제였다. 그렇게 되면 저녁밥은 고스란히 굶게 되어 있었다.

"얼려, 쩌그 마실이 있네!"

앞에서 걷고 있는 어느 대원의 반가움 넘치는 소리였다. 그 들뜬 소리에 배고픔이 숨김없이 드러나고 있었다.

"워디여, 워디?"

"잉, 딱허니 우리 기둘리고 있었구마."

"한바탕 더터묵을 만히여, 워쩌?"

뒤에서 걷고 있는 대원들이 기다렸다는 듯 다투어 입을 열었다.

"동무덜, 목소리가 너무덜 크요."

조원제는 나직하게 주의를 환기시켰다. 그러면서 사람의 마음이란 참 묘한 것이라고 생각했다. 지난겨울의 공세 때는 추위 속에서도 열흘 남짓씩을 굶으면서 싸워낸 대원들이 이제 하루이틀 굶고서도 배고픔을 감추지 않고 그대로 드러내고 있었던 것이다.

"아이고메 시장시런거. 쩌것 털어서 무신 묵자 것 나오겄다고?"

"금메, 마실이 쪼깐헌디다가 궁짜할라 끼뵈요이."

"그려도 한 끄니 입 다실 것이야 없겄소?"

대원들의 소리 낮춘 말들이었다. 그들은 이미 보투를 한다는 것을 전제로 해놓고 자기들 생각을 주고받고 있었던 것이다. 조원제는 열 채가 못 되는 초가집들을 내려다보며 대원들의 그런 반응에 마음이 짐스러워지지 않을 수 없었다. 미리 짜인 보투계획은 없었고, 그렇다고 배가 고픈 대원들의 기대를 문화부 중대장이라고 해서 일방적으로 묵살할 수도 없었던 것이다.

"지도원 동지, 위째야 쓸랑게라?"

대원들의 눈치를 살피며 중대장이 난처한 얼굴로 물었다.

산자락 끝을 살짝 깔고 앉은 초가집들은 해거름의 적요 속에 서로를 벗하며 옹기종기 모여 있었다. 그리고 네댓 집의 처마 밑으로는 푸르스름한 저녁연기가 퍼져흐르고 있었다. 고샅에는 아이들이 팔딱거리며 뛰어노는 콩알만 한 모습들과, 그런 아이들 옆을 지나쳐가는 어른들의 모습도 보였다. 그 풍경 속에서는 아이들을 불러들이는 어느 아낙네의 긴 목소리도 들리는 것만 같았다. 그지없이 아늑하고 그윽한 저녁풍경이었다. 조원제는 그 눈에 익은 정취에 곧 눈물이 날 것만 같은 심정이었다. 어디선가 자신을 부르는 어머니의 정겨운 목소리가 길게 들리고 있었다. 눈 아래 내려다보이는 작은 마을은 어머니의 품이었고, 두고 온 고향마을이었다. 어찌 내 심정만 이러랴. 보투할 게 있든 없든 일단 들러서 가게 하자. 사전에 계획이 없는 즉흥적인 보투는 원칙의 위반이지만 사기진작을 위해서는 원칙을 잠시 비켜설 수밖에 없다. "위쨌그나 부하덜언 한술이라도 더 잘 믹이고, 잘 입혀야 써. 그래야 용기도 잘 내고, 잘 따르는 법잉께. 명령이라고 억지로 믹혀들어지간디." 이태식이 입버릇처럼 하는 말이었다. 그래서 그는 연대장이면서도 언제나 대원들과 한솥밥을 먹었고, 제일 늦게 숟가락을 들고 제일 먼저 숟가락을 놓았다. 그리고 부하들이 누구나 옷이 심하게 헐었으면 어디서나 옷을 벗기고 자기 옷으로 갈아입혔다. 그는 아무렇게나 해서 영웅이 된 것이 아니었다.

"좋소, 정찰대럴 앞장세와 보투럴 허고 갑시다."

조원제는 중대장을 보며 고개를 끄덕였다.

정찰대는 마을에 적정이 없다는 신호를 보내고 있었다. 그들 중대는 마을의 고샅으로 빨려들었다. 아이들이 쭈뼛거리다가 제각기 흩어져 자기네 집으로 달아났다. 그 대신에 이 집, 저 집에서 어른들이 코 째진 고무신이나 짚신들을 끌며 황급히 사립 밖으로 나섰다. 남자보다는 여자들이 더 많았고, 네댓 명의 남자들은 모두들 나이가 들어 있었다.

"어여 오시씨요, 애덜 쓰시제라."

"을매나덜 고상이시요. 어여 오시게라."

남녀 가리지 않고 마을사람들은 인사하기에 바빴다. 아이들은 그런 어른들 뒤에서 두려움과 호기심에 찬 눈들을 굴리고 있었다.

"안녕허시요. 춘궁에 살기덜 에롭제라?"

조원제는 그들에게 웃음을 보내며 인사를 받았다. 그러나 속으로는 그들이 내비치고 있는 친절스러움을 그대로 다 믿지 않았다. 그들은 토벌대에게도 똑같은 태도를 취한다는 것을 잘 알고 있던 것이다. 그렇다고 그들의 그런 행동을 간사하다고 생각하지 않았고, 그들을 불신하지도 않았다. 그들은 두 세력의 틈바구니에 끼여 당연히 그럴 수밖에 없는 일이었다. 다만 그들이 마음 저 깊은 밑바닥에 숨기고 있는 진심이 무엇인가가 중요한 문제였다. 그 진심이 이쪽을 지지하고 따르게 만드는 것, 그것이 또 하나의 투쟁이라는 것을 조원제는 잊지 않고 있었다.

"동무, 담배 있소, 담배?"

"봇씨요, 영감 동무, 담배부텀 내놓씨요."

한 남자에게 대원들 두셋씩이 달라붙어 주머니를 여기저기 뒤져대고 있었다. 담배 대신 나뭇잎들을 말아 피운 그들이 보투 때면 으레 벌이는 웃지 못할 풍경이었다.

"어허허허…… 이 사람덜아, 아무리 담배럴 굶었어도 이 늙은이 나이대접은 혀줘야 쓸 것 아니드라고? 담배 집 안에 있응께 안으로 들더라고."

수염이 허연 노인이 주머니뒤짐을 당하며 헛웃음을 치고 있었다.

그 장면을 목격하며 조원제는 울컥 화가 치미는 것을 느꼈다. 그 노인의 헛웃음에 싸여나오고 있는 무척 유순한 것 같은 말에는 날카로운 꼬챙이가 들어 있었던 것이다. 그 날카로운 꼬챙이에 인민을 위해 투쟁한다는 빨치산의 심장이 꿰뚫리고 있었다. 조원제는 순간적으로 그걸 느끼며 대원들을 향해 소리를 지를 뻔했다. 빨치산의 명분이 아니더라도 젊은 사람들이 담배를 찾아내려고 노인의 조끼주머니를 뒤져대는 것은 차마 보기 민망한 일이었다. 조원제는 감정을 누르며 고개를 돌렸다.

예상했던 대로 그 마을에는 알곡이라고는 하나도 없었다. 밀기울이나 수수가루 같은 것에 봄나물들을 섞어 묽게 끓인 죽이 고작이었다. 그것이나마 하루 세끼를 다 채우지 못하고 점심은 거르는 형편이라고 했다. 춘궁기에는 어느 마을에서나 흔하게 볼 수 있는 궁색한 살림살이였다.

그들은 죽 한 사발씩을 이 집, 저 집에 흩어져 얻어먹고 갈 길을 서둘렀다. 마을사람들은 습관인 것처럼 보자기에 싼 작은 덩어리들을 눈치 살펴가며 내놓았다. 그것들이 죽을 쒀 먹을 수 있는 무슨 곡식가루라는 것을 금방 알 수 있었다.

"인민 여러분, 우리덜언 죽 한 사발썩얼 대접받은 것도 과만허니 생각허고, 고마운 맘으로 묵고 갑니다. 그것덜언 내놓지 말고 아그덜 믹여살리씨요. 우리덜이야 안직도 쌀가마니 쟁에놓고 배 터지게 묵고 사는 부자놈덜 것 챙게 묵을 것이요. 그놈덜 쌀얼 뺏어다가, 요리 에롭게 사는 여러분덜헌테 골고로 노놔디리는 것이 우리가 헐 일인디, 밤낮으로 싸우니라고 그리 못허는 것을 이해허시씨요. 우리가 시방 목심 내걸고 싸우는 것은 누구나 차등 없이 공평허니 사는 시상얼 맹글자는 것잉께, 여러분덜언 맘속으로 그날이 오기럴 기둘림스로 당장 살기가 에로와도 맘덜 강단지게 묵고 견디도록 허씨요. 이만 우리덜언 뜨겄소."

조원제는 힘이 넘치는 소리로 말했다. 그를 바라보는 마을사람들의 파리하고 메마른 얼굴들이 사뭇 밝아져 있었다. 그의 짤막한 말은 아주 선전적이면서 선동적이었다. 그는 짧은 시간 동안에 정치지도원의 임무를 빈틈없이 해내고 있었던 것이다.

마을을 벗어난 그들의 중대는 산으로 파고들며 발 빠른 행군을 시작하고 있었다. 조원제는 기계적으로 발을 옮겨놓으며 담배문제를 골똘히 생각하고 있었다. 그건 그전부터 별로 좋게 생각해 온 문제가 아니었다. 그런데 오늘 일을 목격하고 보니 그냥 덮고 지나가 앞으로도 되풀이할 문제가 아니라는 생각이 들었던 것이다. 인민을 위해 싸우는 인민의 해방전사라는 체면과, 나이를 고하간에 덤벼들어 주머니를 뒤져대는 그 불한당 같은 짓이 너무나 상반되고 이율배반적이었던 것이다. 그까짓 담배가 뭔데! 그러나 조원제는 망설였다. 자신이 가진 결정적인 약점이 있었다. 그건 담배를 피우지 않는다는 것이었다. 자신이 담배를 피우면서, 담배를 끊는 솔선을 보이면 얼마나 당당하랴. 그러나 담배를 피우지 않는 입장에서 담배의 백해무익론을 펼치며 중대원 전체가 담배끊기를 제안했을 때 과연 설득력이 얼마나 있을 것인가가 염려였다. 설득이 되지 않고 문화부 중대장의 강압조치로 받아들여졌을 때 사기에 미칠 영향과, 그 후유증도 생각하지 않을 수가 없었다. 그렇다고 앞으로도 계속 그런 불이익행위를 방관하고 묵인할 수는 없었다. 주머니 뒤짐을 당하는 사람은 그 누구나 기분이 좋을 리 없었고, 그 불쾌한 기분은 곧장 '이래가지고도 인민을 위해 싸운다고' 하는 불신감으로 이어지게 되어 있었다. 사소한 담배 때문에 그런 결정적 비난을 당하게 되는 걸 알면서도 언제까지 그런 행위를 못 본 척할 수는 없었다. 그건 문화부 중대장으로서 직무유기이고, 근본적인 해당행위였다. 다른 부대들은 모르지만 자신의 중대에서만은 더 이상 그런 행위를 용납할 수가 없었던 것이다.

"중대장 동무, 긴급을 요허는 사항이 있소. 워디 담배 피울 만헌 디럴 골랐으면 쓰겄소."

조원제는 마침내 중대장에게 말을 꺼내고 말았다.

"그러제라."

중대장이 대답하며 어둠살이 퍼져내리고 있는 산줄기를 휘둘러 보았다.

그들 중대는 앞이 산으로 막힌 골짜기로 파고들었다. 보초를 세우고 중대원들은 둘러앉았다.

"담배덜 태우씨요."

조원제가 말했다.

어렴풋한 어둠 속에서 중대원들은 부지런히 담배들을 말기 시작했다. 조원제는 그들이 담배를 말아 피우기를 기다렸다. 부싯돌 불빛들이 튕겨지기 시작하고, 담뱃불들이 빠알갛게 피어나며 담배냄새가 퍼져흘렀다.

"동무덜, 우리가 행군얼 중단허고 요리 모여앉은 것은 휴식얼 취허자는 것이 아니고 자기비판토론얼 통해서 우리헌테 중대헌 문제럴 결정허자는 것이요. 나가 지도원으로서 먼첨 비판얼 행헐 것잉께 동무덜언 민주주의 원칙에 입각혀서 허심탄회허게 반대토론에 나서주기를 바라겄소."

조원제는 말을 멈추고 대원들을 휘둘러보며 아랫배에 힘을 넣었다.

"나가 비판허고자 허는 것은 다름이 아니고 우리 대원덜이 보투에 나슬 때마둥 마실에 들어갔다 허먼 담배럴 구허니라고 정신 없이 인민덜 괴비럴 뒤지는 행위에 대해서요. 오늘도 동무덜언 영 축없이 그 행위럴 혔소. 동무덜이야 오래 담배럴 굶었응께 그런다 고 혀도, 괴비럴 사정없이 털리는 사람덜 기분이 어쩔란지 동무덜 언 한 분이라도 똑바라지게 생각혀 본 일이 있소? 술언 어런 앞에 서 묵어도 담배넌 어런 앞에서 못 피우게 되야 있소. 근디 동무덜 언 되나케나 어런이고 노인네고 안 개리고 괴비럴 뒤져댄다 그것 이요. 나이 지긋헌 어런덜이 나이 시퍼런 젊은것덜헌테 그 꼴얼 당 험시로 기분덜이 워찌겄소? 우리 빨치산덜이 멋 허는 사람덜이요? 인민해방을 위해 싸우는 인민의 전사라고 선전허고 있덜 않소. 그 런디 그 꼴얼 당험시로 어런덜이 속으로 머시라고 허겄소. 아나, 인 민의 전사! 우아래도 몰르는 놈덜이 인민해방얼 혀! 가당찮다, 괴 비나 뒤지는 불쌍것덜이! 요러크름 욕 안 허는 사람덜이 워디 있겄 소. 우리넌 양석도 아닌 그까진 담배 땀세 목심 내걸고 싸움시로 도 욕얼 묵고 인심얼 잃어서야 되겄소. 고것은 우리만 욕얼 묵고 끝 나는 것이 아니라 당얼 욕믹이는 것이고, 당얼 욕믹이는 행위는 곧 해당행위인 것이요. 그라고 따지고 보면 빨치산투쟁에서 담배라는 것은 백해무익이요. 담뱃불로 위치가 발각되고, 담배냄새로 공격얼 당허고, 위험시런 일이 을매나 많요. 담배넌 손해에 비허먼 이익 은 하나또 없는 심이요. 나가 이리 말허먼, 담배럴 피울지 몰릉께 그리 말허는 것이라고 헐란지도 몰르겄는디, 나가 딱 한 가지만 묻 겄소. 밥언 굶으먼 틀림없이 죽소. 담배럴 영 끊어뿔먼 죽소, 안 죽소? 답언 동무덜이 다 잘 알 것이요. 긍께로 당얼 위허고, 우리 투쟁얼 위허고, 인민얼 위혀서 우리 중대원덜언 오늘부텀 담배럴 끊기로 제안허는 바이요. 동무덜언 내 제안에 대해 지끔부터 기탄없이 반대토론얼 혀주기 바라겄소."

조원제는 자리에 앉았다.

좀더 진해진 어둠 속에 침묵이 흐르고 있었다. 목에 걸린 끄음소리만 가끔 들릴 뿐 입을 여는 사람은 아무도 없었다.

"싸게 반대토론덜 허씨요. 반대의견이 없으면 나가 내놓은 제안이 만장일치로 결정되는 것잉께."

조원제는 침묵이 곧 결정이라는 사실을 환기시켰다. 그래도 침묵은 계속되었다. 조원제는 몸을 일으켰다.

"반대의견이 없으면 결정 내리겄소. 마지막으로 묻겄소. 반대의견 있으면 싸게 발언허씨요."

그래도 말을 하는 대원은 없었다.

"좋소, 결정 내리겄소. 위대한 당의 이름으로 우리 중대는 오늘부로 전 대원덜이 담배럴 끊을 것얼 만장일치로 결정허는 바이요. 본 결정은 당에 보고될 것이며, 차후로 본 결정을 위반허는 대원은 당규에 따라 처벌될 것이요. 본 결정을 공박수로 접수허기 바라겄소."

조원제의 말을 따라 중대원들은 손바닥이 서로 엇갈리는 소리나지 않는 박수를 치기 시작했다.

"동무덜, 모다 담배럴 끊는 기념으로 담배럴 마지막으로 한 대썩 피우는 것이 으쩌겄소. 그라고 남은 담배허고 쌈지넌 이 자리에다다 내뿔고 뜨도록 헙씨다."

조원제의 이 제의에 대원들은 전부 반색을 했다.

그들 모두는 마지막 담배를 평소보다 두 배는 크게 말았음은 물론이었다.

조원제의 중대원 모두가 일시에 담배를 끊었다는 소문은 다음 날로 다른 부대에서 부대로 퍼져나갔다. 그건 나이 어린 문화부 중대장 조원제의 이름을 또 한 번 상기시키는 계기가 되었다.

"참말로, 아무도 못 당헐 일이여. 나가 영웅 자리 넘게줘야 헐 판인디?"

이태식이 조원제를 물끄러미 쳐다보다가 어이없다는 듯 웃으며 고개를 설레설레 저어댔다.

진달래꽃이 지천으로 피어났다. 나뭇가지마다 새 움이 파릇파릇 돋아나고 있었다. 들녘이며 산들은 싱그러운 초록빛으로 물들어 있었다. 햇발은 날로 두터워져갔다. 그 햇발 속에서 아지랑이의 아롱거리는 춤도 날마다 현란해지고 있었다. 아지랑이의 춤은 천지에 가득 차 숨이 막힐 지경이고, 무엇이든 아른아른 어지럽게 보이게 만들었다. 그런데 짙은 초록빛이 유난스러워 아지랑이의 아롱거림을 삭아내리게 하는 데가 있었다. 그건 보리밭들이었다. 보리는 이제 패고 있었다.

진달래꽃들은 산줄기를 타고 오르며 피어나고, 아지랑이는 신들린 혼춤인 양 어지러이 아롱거리고, 진초록 물감을 들어부은 듯한 보리밭들은 싱싱하게 넘실거리고, 보리밭에 깃을 친 종달새들은 아지랑이 가득한 창공으로 날아오르며 간드러지는 목청을 뽑아늘이고 있었다. 4월은 그렇게 무르익어가고 있었다. 4월은 그리도 시적 정서로 충만해 있었지만, 농촌의 대부분의 사람들은 죽마저 끓일 것이 없어서 누르팅팅하게 부황이 들어가고 있었다.

아이들의 뼈마디 앙상한 삐쩍 마른 손에는 삐비가 한 움큼씩 들려 있었고, 어쩌다 보이는 개들도 굶주릴 대로 굶주려 꼬리를 축 늘어뜨린 채 고샅을 비실비실 걸었다. 아직 양식으로 거둬들일 수 없는 보리를 바라본 채 끼니를 끓일 것이 없는 사람들에게 4월은 온갖 꽃들이 피어나고, 온갖 새들이 우지짖는 춘삼월 호시절이 아니라 배꼽이 등가죽에 달라붙는 굶어죽기 직전의 달이었다.

그런 영향이 산에 있는 빨치산들에게도 그대로 미쳤다. 해마다 그랬던 것처럼 빨치산들도 어려운 식량난을 겪고 있었다. 그들이 그나마 견딜 수 있는 것은 군토벌대에 비해 경찰토벌대의 공세가 산발적이고 미온적인 때문이었다. 그들도 부황이 들어가며 4월의 투쟁을 넘기고 있었다.

5월로 접어들면서 산마다 신록의 가지가지 초록색깔들이 풋풋하게 돋아올랐다. 그 싱그러운 초록빛들 속에서 야산이 아닌 백운산이며 조계산이며 백아산 같은 데도 진달래꽃들이 피어나기 시작했다. 끝물로 피어난 진달래꽃들과 함께 소쩍새의 목 쉰 울음이 절정을 이루고 있었다. 키 큰 나무들의 그늘 아래서 작은 산꽃들도 다투어 꽃을 피워내고 있었다.

조계산지구에서는 뜻하지 않은 경사가 벌어지게 되어 모든 대원들이 어리둥절해져 있었다. 지구정치위원 안창민과 여맹위원장 이지숙의 결혼이 그것이었다. 동지들 간의 이성관계는 철저하게 금지시켜 온 상태에서 그들 두 사람이 결혼을 하게 된다는 것은 너무나 뜻밖의 사실이었고, 더구나 당에서 결혼식을 올려준다는 것에 대원들의 놀라움은 더욱 컸다.

도당위원장 박영발은 그동안의 방침을 바꾼 것이었다. 당성이 투철하고, 투쟁경력이 뛰어난 전사들이 서로 사랑하고 있는 경우 당이 그들의 결혼을 공식적으로 인정하여 그들의 소망이 이루어지게 함과 동시에 혁명부부로서의 결속력을 갖게 하려는 것이었다. 그렇다고 그들이 부부생활을 할 수 있는 것은 아니었다. 결혼 첫날밤을 보낸 다음 부부는 해방의 그날까지 부대 소속을 달리해야 하는 제한이 따르고 있었다. 그런 제한조건이 따른다고 하더라도 그건 모든 대원들이 전혀 예측하지 못했던 획기적인 조처가 아닐 수 없었다. 그 뜻밖의 조처는 모든 대원들에게 환영을 받았다. 그렇다고 애인을 가진 대원들이 많은 것도 아니었다. 서로 사랑하는 관계를 맺고 있는 대원들은 극히 일부에 지나지 않았다. 그런데도 전체 대원들이 그 조처를 환영하는 까닭은 무엇일까. 그것은 일종의 심리적 반응이었던 것이다. 그들은 그 조처를 당의 관대함으로 받아들이는 동시에 새로운 자유를 갖게 되는 것으로 생각했다. 그리고 결혼이라는 흥거운 구경거리를 산중에서도 갖게 되었다는 즐거움이었다.

외서댁은 산꽃들을 정성스럽게 따 모으고 있었다. 그러면서 천점바구와 김혜자를 생각하고 있었다. 지기랄, 죽드라도 쪼깐 더 있다가 죽제. 요런 존 법이 생겼구마. 김혜자가 살었드라면 요 법얼 을매나 좋아라 혔으까이. 머리꼭지가 하늘에 닿게 뛰고 또 뛰었을 것잉마. 그리도 속맘 보타감서 천점바구 각시 되기럴 바랬는디. 그 원 풀고 갔음사 을매나 좋았을랑고. 여학교꺼정 댕긴 김혜자가 무학인 천점바구럴 그리 좋아헌 것도 다 팔자여. 음마, 이리 말허면 안 되겄제? 학벌로 사람 가치 저울질허는 것이야 반동덜 시상에서나 써묵는 법이제. 나 대그빡도 안직 반동시상에서 찐 땟국물이 다 빠지덜 않은 것이여. 김혜자가 천점바구럴 서방 삼기로 허고 좋아헌 것이야 사람이 사람얼 좋아헌 것이제. 니나 나나 차등 없이 다 동무로 사는 시상에서나 볼 수 있는 기맥힌 일이제. 백정 아덜 허고 족보 내세우는 집안 딸허고…… 참말로 기맥힌 일이여. 김혜자가 그 총알 퍼붓는 너덜경 위럴 천점바구 들쳐미고 뛴 것얼 생각 허면……. 여자 맘이란 것이 그리 기맥힌 것이여. 항꾼에 죽자 헌 맘이었겄제. 죽음스로 기연시 서로 손잡고 죽었으니 김혜자가 원 풀이럴 헌 것이제. 그려도 맺힌 맘이야 따로 또 지니고 갔을 것인 디. 넘덜 앞에서 당당허니 혼례식얼 못 올렸응께로. 사람 정이란 것 이 눈으로만 왔다 갔다 허는 것이 달브고, 손잡음서 가심 찌릿거리 는 것이 달브고, 잠자리서 살 섞는 것이 달븐 법인디. 그리 치자면 김혜자 맘에 풀린 원보담 안 풀린 원이 더 많겄제. 그려도 워쩔 것 이여. 항꾼에 묻힌 것으로 다행 삼아야제. 근디!

외서댁은 증오심이 파르르 곤두서는 것을 느꼈다. 개잡놈에 새끼덜, 무신 철천지웬수가 졌다고 그 소나무럴 싹뚝 짤라뿌렀을 것이여. 징헌 놈덜, 송장꺼정 안 파내기 다행이제. 그 사삭시런 놈덜이 송장 파내면 즈그놈덜이 해꼬지당헐랑가 무서바 손 안 댄 것이겠제.

외서댁은 얼마 전에 중대원들을 이끌고 천점바구가 묻혀 있는 근방을 지나가게 되었다. 그녀는 마음이 쓰여 도저히 그냥 지나칠 수가 없었다. 그래서 일부러 천점바구가 묻혀 있는 곳을 찾아갔다. 그런데 비목을 겸한 표적물인 소나무가 간 곳이 없었다. 그건 잘못 본 것이 아니었다. 소나무는 밑동이 도끼로 찍히고 톱질을 당해 잘려 있었다. 그것이 토벌대의 소행임을 금방 알 수 있었다. 외서댁은 끓어오르는 분노를 참을 수 없었지만 그대로 발길을 돌리지 않을 수가 없었다. 그러나 하대치에게는 그 말을 전하지 않았다. 괜히 속을 상하게 만들고 싶지가 않았던 것이다. 그러면서 그녀는, 하대치도 알고 있으면서 그 말을 꺼내지 않는지도 모른다고 생각했다.

외서댁은 산꽃들을 한 아름 따가지고 허리를 폈다. 그만하면 풍성한 꽃다발이 될 만했다. 신부 이지숙이가 들 꽃다발이었다. 외서댁은 여러 가지 산꽃들을 물끄러미 바라보았다. 그 고운 야생화들과 겹쳐 자신의 혼례식 장면이 떠올랐다. 사모관대 차림의 입 꾹 다문 남편의 얼굴이 크게 다가들었다. 정이 다 크기도 전에 떠나버린 남편이었다. 아이를 셋은 낳아야 여자의 가슴에 남정네의 정이 제대로 차는 법이라고 했다. 그런데 겨우 아이 하나를 낳고, 그 다음의 세월은 남편의 산생활로 혼자서 살아야 했다. 그리고 이별이었다. 정보다는 부끄러움이 앞서고, 그리움보다는 죄스러움이 앞을 막아서는 짧고 아쉬운 결혼생활이었다.

외서댁은 손등으로 눈물을 닦아내며 천천히 걸음을 옮겼다. 남편만 생각하면 눈물이 금세 솟고는 했다. 씻어질 길이 없는 죄스러움 탓이었다. 자신만 아니었더라도 지금까지 어엿하게 살아 있을 남편이라는 생각을 떼칠 수가 없었던 것이다.

안창민과 이지숙의 결혼식은 널찍한 평지가 있는 골짜기에서 올려졌다. 지구의 대원들 200여 명이 모였고, 총사에서 사령관 김선우와 부사령 염상진이 참석했다. 안창민과 이지숙은 진달래꽃에 에워싸여 나란히 서 있었다. 대원들이 진달래꽃을 수없이 꺾어다가 꽃밭을 만들어놓았던 것이다. 안창민은 머리를 말끔하게 깎고, 옷을 깨끗하게 빨아 입고 있었다. 이지숙은 흰 저고리에 검정 치마를 입고, 꽃다발을 한 아름 안고 있었다. 그리고 그녀는 머리를 풀어헤쳤고, 얼굴에는 분가루가 살폿 발라져 있었다. 그녀는 평소와는 딴판으로 무척이나 고와 보였다.

"저리 채리고 섰응께 여맹위원장 동지가 영판 이뻐뿌요이."

"금메 말이요. 빨치산냄새가 한나또 안 나요."

"시방 맴이 워쩔께라?"

"아, 날라갈 것맨치로 좋제 워째라. 좋아허는 사람헌테 시집얼 가는 것인디."

"양가 가족이 하나또 없는디, 좋기만 허겠소?"

"음마, 쩌 두 동지가 그냥 예사 사람입디여? 부모고 성제간이고 다 두고 입산헌 빨치산이란 것 잊어뿔고 고런 소리 허요?"

여자대원의 말이었다.

"대원 여러분, 모두 조용히 해주십시오. 지금부터 안창민 동지와 이지숙 동지의 결혼식을 거행하도록 하겠습니다."

정치위원의 말을 따라 대원들이 조용해졌다.

"총사 사령관 동지께서 주례를 맡아주시겠습니다."

염상진과 나란히 돌을 깔고 앉아 있던 김선우가 천천히 두 사람 앞으로 걸음을 옮겼다. 그는 삼십 중반의 나이였고, 훤칠한 키에 미남이었다. 그러나 눈매가 매섭고, 냉정한 인상이었다.

"당이 결정한 규정에 따라 안창민 동지와 이지숙 동지는 서로의 의사를 합쳐 결혼할 것을 원하는바, 이 결혼식을 통하여 두 동지는 부부가 됨을 당과 전사 여러분들이 확인하고 보증하는 바이올씨다."

김선우의 짤막한 결혼성립 선언이었다.

"다음은 총사 부사령 동지께서 축사를 해주시겠습니다."

염상진이 몸을 일으켰다. 그는 고개를 숙인듯 하고 걸음을 옮겨 두 사람 앞에 섰다. 그의 얼굴은 약간 상기되어 있었다.

"에, 안창민 동지와 이지숙 동지가 새로 결정된 당의 규정에 따라 첫 번째 부부로 탄생된 것을 기쁘게 생각하고, 제가 그 축사를 하게 된 것을 영광으로 생각합니다. 두 동지에 대해서는 제가 비교적 잘 아는 편입니다. 두 동지와 함께 군당에서 구빨치투쟁을 했기 때문입니다. 두 동지의 투쟁경력을 여기서 일일이 다 말하지는 않겠습니다. 다만 제가 말하고자 하는 것은, 두 동지의 뜨거운 혁명적 열정이 바로 사랑의 열정이라는 점을 밝혀두고자 합니다. 두 동지는 한 가지 목적을 위해 투쟁하는 전사로 서로 만났고, 함께 투쟁을 해나가면서 서로 사랑하게 되었고, 투쟁이 계속되는 속에서 부부가 되었으며, 앞으로도 부부전사로서 더욱 힘차게 투쟁해 나갈 것입니다. 그러니까 두 동지는 투쟁하는 부부로서 모든 전사들의 시범이고 모범인 것입니다. 오늘과 같은 자랑스러운 모습을 보여준 두 동지를 존경하며, 오늘의 이 결혼을 끝없이 축하드립니다. 대원 여러분들도 두 동지의 결합을 아낌없이 축하해 주시기 바라며, 두 동지께서는 투쟁 속에서 이루어진 이 가식 없고 조촐한 결혼식의 의미를 가슴 깊이 새겨 앞으로 더욱 투쟁에 매진해 줄 것을 당부하는 바입니다. 다시 한 번 진심에서 우러나오는 축하를 드리면서, 이것으로 두서없는 축사를 마치고자 합니다."

고개를 약간 숙여 보인 염상진이 자리로 돌아갔다.

"그러면 마지막 순서로, 신랑 안창민 동지와 신부 이지숙 동지가 돌아서서 대원 여러분들에게 인사를 드리겠습니다. 앞에 선 대원들께서는 여기 있는 진달래꽃을 뿌려 축하해 주시고, 뒤에 있는 대원들께서는 박수로써 열렬한 축하를 보내주시기 바랍니다. 신랑 신부 뒤로 돌아서주십시오."

안창민과 이지숙이 돌아섰다.

"와아아—."

"우우—."

기쁨의 소리들이 터지기 시작했다.

두 사람은 대원들을 향해 깊이 고개를 숙였다.

앞에 선 대원들이 서로 다투어 진달래꽃가지들을 집어들었다. 그리고 안창민과 이지숙을 둘러싸고 가지들을 흔들어대거나 꽃을 따서 던졌다. 두 사람은 곧 나부끼고 흩날리는 진달래 꽃보라에 파묻혔고, 힘찬 박수소리들이 골짜기를 울려대고 있었다. 외서댁은 대원들 속에 섞여 부지런히 꽃을 따 던지면서, 이, 복 받고 사씨요. 오래오래 항꾼에 복 받고 사씨요. 이런 말을 수없이 뇌며 눈시울이 젖고 있었다.

김선우와 염상진도 똑바로 서서 박수를 보내고 있었다. 김선우는 아까와는 달리 환하게 웃음 짓고 있었다. 그는 소문대로라면 이미 석 달 전에 광양 백운산에서 죽었어야 했다. 그에 대한 소문은 가지가지였다. 그는 미모의 여비서와 함께 죽었는데, 그 여자가 임신 중이었다고 했다. 또한, 그는 포위를 당하자 혼자 도망치다가 온몸에 총을 맞고 죽었다고도 했다. 그런가 하면, 그는 비트에서 죽었는데, 그곳에 그가 읽은 책이 많아 그것에 감동한 국군 장교가 예의를 갖춰 장례를 치러주었다고도 했다. 그런 터무니없는 헛소문 속에서 그는 건재하고 있었다. 경기도 인천 출신인 그는 일찍이 중앙당을 통해 전남도당에 보내진 인물로, 박영발 직전에 잠시 동안 도당위원장을 맡았었고, 전쟁이 일어나고 인민군들이 전남지역을 장악하게 되자 도당 전역에 내붙인 공고문을 이미 죽고 없는 최현 위원장의 이름으로 낼 정도로 사려 깊은 사람이었다. 불행하게 최후를 마친 최현 위원장에 대한 예우를 겸해 신화적으로 널리 알려진 최현의 이름을 통해 인민들의 호응을 넓게 얻고자 함이었다. 그는 철저한 원칙론자이면서, 머리가 비상했고, 사람을 휘어잡는 마력을 가지고 있었다. 그가 아무리 중앙당을 통해 내려왔다고 하더라도 남다른 특출함이 없었다면 그 어느 도보다도 좌익의 뿌리가 깊고, 한다하는 인물들이 수두룩한 전라남도에서 자기 자리를 확보해 나가면서 도당위원장까지 맡을 수는 없었을 것이다. 인공의 시작과 함께 당간부들이 개편되면서 그는 모든 면에서 선배인 박영발에게 위원장 자리를 내주고 부위원장으로 물러나앉았다. 인민군의 후퇴와 함께 도당들이 입산하면서 도당의 모든 조직은 군사투쟁조직으로 바뀌었다. 도당위원장들은 유격대사령관이 된 것이다. 그런데 전남도당만 유일하게 도당위원장과 유격대사령관이 분리되어 있었다. 그 이유가 꼭 박영발이 몸이 불편하기 때문에 그랬던 것인지는 확실하지가 않았다. 박영발은 김선우라는 존재를 인정함으로써 오히려 조직의 안정을 꾀하려 했다는 추측도 나돌았다. 원칙론자인 김선우는 빨치산 규율 중에서도 특히 이성관계를 엄하게 다스려 총살을 불사하는 인물로서, 자기의 여비서에게 임신을 시킬 사람이 아니었고, 도당위원장이나 사령관은 언제나 이삼십 명의 무장보위대에 둘러싸여 있으므로 어떤 경우에도 혼자 도망치는 일이 있을 수 없으며, 전투상황 속에서 적들이 밀어닥칠 때까지 사령관이 비트에 앉아 있다는 것은 빨치산의 기초상식에도 어긋나는 허황한 얘기였다.

안창민과 이지숙은 광목천막 안에서 첫날밤을 맞이했다. 대원들이 멀찍멀찍 떨어져 두 사람의 첫날밤을 지켜주고 있었다.

"결혼이 실감나시나요?"

이지숙이 어둠 속에서 가만히 물었다.

"잘 모르겠소. 이 동무는?"

안창민의 목소리는 여느 때 없이 어눌했다.

"솔직하게 말하자면, 전 너무나 좋아요. 날마다 결혼하고 싶었으니까요."

부끄러움을 어둠에 감춘 이지숙은 이렇게 속삭였다.

"아무 보잘 것도 없는 나를……."

"그런 말 하면 싫어요. 그럼 저는 뭐 보잘 게 있나요?"

"글쎄…… 막상 결혼식을 치르고 나니 남자로서의 자격이 무엇인지 생각하게 되고, 그러다 보니 그런 마음이 들게 되었소."

"한 가지 결정하고 싶은 게 있어요. 공적으로야 물론 '동무'지만, 단둘이 있을 때는 그럴 수는 없잖아요?"

"그건 아무 염려할 게 없소. 우린 오늘 밤으로 '동무'라는 호칭을 마지막으로 쓴다는 것을 잊어버리고 있소? 앞으로는 어쨌거나 '여보·당신'을 써야 하는 것 아니겠소?"

"아…… 그걸 깜빡 잊고 있었어요."

두 사람 사이에서는 한동안 말이 없었다. 소쩍새의 쉰 울음소리가 서러움으로 덩이져 들려오고 있었다.

"그럼…… 언제 떠나야 하나요?"

"내일 바로요."

또 두 사람의 말은 중단되었다. 산중의 밤 정적이 그들의 숨소리까지 가려내고 있었다.

"성공할까요?"

"그거야…… 우리가 하기에 달린 것 아니겠소."

"여길 뜨는 것도 비밀이겠지요?"

"아마 탈주로 역선전되기가 쉬울 거요."

"예, 그게 비밀에 부치는 것보다 오히려 우리가 더 보호받을 수 있는 방법이겠군요. 그리고 말예요, 한 가지 좋은 방법이 생각났어요. 일단 조사를 받고 풀려나면 결혼식을 다시 올리는 거예요. 그럼 위장이 정말 완전해지잖아요."

"아, 그럴 수 있겠소. 그거 좋은 방법이오."

안창민과 이지숙은 다음날 부대에서 자취를 감추었다.

'산속의 열 명 당원보다는 인민 속의 한 명의 당원이 낫다.' 이것은 전남도당이 내린 '1952년 5·15 결정'이었다.

그것은 물론 전남도당의 단독결정이 아니었다. 유격대 중심의 투쟁을 장기적인 당사업 중심으로 바꾸는 그 중요한 전술전환을 일개 도당이 마음대로 할 수 있는 것이 아니었다.

34

제5지구당 결성

전남도당이 '5·15 결정'을 내린 것은 그보다 앞서 이루어진 '제5지구당' 결성에 따른 것이었다.

1952년 4월 30일 지리산 빗점골에서는 '제5지구당' 결성을 위한 조직위원회 회의가 열리게 되었다. 이해룡은 그 회의에 참석하는 박영발과 김범준을 호위하게 되었다. 박영발은 조직위원 중의 한 사람이었고, 김범준은 박 위원장의 요청에 따라 객원으로 참석하는 것이었다.

일단 노고단으로 올라 임걸령을 지나고, 날라리봉과 토끼봉을 넘어 연하천이 있는 명선봉에 이르는 주능선은 한나절이 조금 넘는 발길이었다. 빗점골은 명선봉과 형제봉의 양쪽 골짜기가 삼각형으로 만나는 가운데 지점에 있었다. 빗점골에서 계곡물을 타고 내려가면 지리산 속에서는 제일 규모가 큰 마을인 의신이 나왔고,

그 물줄기는 대성골을 흘러내린 물줄기와 대성교에서 하나가 되었다. 그러니까 빗점골은 천왕봉과 노고단 사이의 중간지점이면서, 지리산에서 가장 높고 깊은 골짜기들 중의 하나였다.

4월이 끝나가고 있는 지리산의 날씨는 그지없이 포근하고 따스했다. 하늘은 한량없이 맑고 깨끗했으며, 푸른 잎들이 돋아오르는 속에서 진달래꽃들이 철쭉에 앞서 이제 막 꽃잎들을 피워내고 있었다. 봄이 활갯짓하는 정취는 더없이 아름답고 경쾌했다. 그러나 주능선을 걷고 있는 이해룡 일행은 봄의 풍광을 즐길 수가 없었다. 그 속에 지난겨울의 상처가 그대로 남아 있었던 것이다. 아니, 오히려 그때보다 더 처참하고 흉측한 모습으로 변해 살아 있는 그들의 마음을 비통하게 만들었다. 그동안 시체들은 날짐승 길짐승들에게 뜯기고 파헤쳐진 데다가, 눈이 녹는 것과 함께 심하게 썩기 시작해 그 형체도 참혹할 뿐만 아니라 냄새도 지독해 코를 두를 수가 없을 지경이었다. 그들은 그런 시체들 옆을 죄인처럼 고개 떨군 채 소리 없이 지나치고는 했다.

그들은 토끼봉과 명선봉 중간에 있는 총각샘에서 목을 축이고 주능선을 벗어나 계곡을 타내리기 시작했다. 그 지점까지 오는 동안 적정은 아무 데서도 느낄 수가 없었다. 군작전이 끝난 다음에 지리산 역시 소강상태로 접어들었던 것이다. 전투경찰대가 가끔 공격을 해왔지만 소나기 퍼부어대듯 온 산을 한꺼번에 뒤집었던 군작전에 비하면 산발적이고 부분적인 경찰력에는 여유 있게 대처할 수 있었던 것이다.

골짜기의 커다란 바윗등에는 지난겨울에 페인트로 쓴 투항권고
문들이 낡아가고 있었다. 그리고 흙 묻고 찢어진 삐라들도 새잎들
이 돋아오르는 풀섶 여기저기에 남루하게 남아 있었다.

조직위원 이현상·박영발·방준표·김삼홍·김선우·조병하·박찬
봉으로 이루어진 회의는 처음부터 순조롭지가 못했다. 그것은 지
난해 1951년 8월 31일에 중앙당 정치위원회에서 의결한 '94호 결정
서' 때문이었다.

6·25에 당, 단체는 영용한 투쟁을 전개했으나 결정적인 '조국해
방투쟁' 과정에서 당이 요구하는 수준에서 자기 임무를 수행치 못
했다. 전쟁시기 1년 이상 경과했으나 빨치산투쟁은 결정적 성과를
쟁취하지 못했으며 대중을 조직화해 폭동을 일으키지 못했고 인민
군 공격이 있었음에도 국방군 내부에 '의거운동'과 와해를 일으키
지 못했다. 이는 당 정치노선과 정책은 옳았으나 남조선 내의 단체
들이 잘못해서 그런 것이다. 앞으로 당사업 강화를 위해서 종래의
행정지역에 따른 조직체를 보류하고 잠정적으로 5개 지역을 설정,
각 지구조직위원회를 조직해 일체의 당사업을 지도토록 한다.

이것이 '미해방지구에서의 우리 당 사업과 조직에 대하여'라는
제목이 붙은 '94호 결정서' 내용이었다. 그리고 다섯 개의 지구당
관할구역이 명시되어 있었다.

제1지구 서울 경기도 전역

제2지구 울진군을 제외한 남부 강원도 지역

제3지구 논산군을 제외한 충청남북도 전역

제4지구 경상북도와 울진군 및 낙동강 이동(以東)의 경남지역

제5지구 전남북 전역과 경남 낙동강 이서지역 및 논산군과 제주
    도 지역

그 결정서는 세 가지의 중대한 사항을 담고 있었다.

첫째 당의 기본정책 변화

둘째 전쟁수행 책임의 규정

셋째 도당의 해체와 제5지구당 결성

이 세 가지 문제는 회의가 시작되자마자 격론을 불러일으켰다.

이현상은 결정서를 그대로 접수하자는 입장이었고, 문제점을 지
적하며 이의를 제기하는 것은 주로 박영발과 방준표였다. 두 사람
은 어디까지나 당의 기본원칙에 입각하여 '94호 결정서'가 왜 부당
한가를 논리적으로 따지고자 했다.

그 결과 전남·북도당위원장 두 사람은 '중앙당의 지령이 정식문
건이 아니며, 도당을 해체하라는 것은 중앙당이 남조선 현지 실정
을 잘 모르고 한 결정'이라는 결론을 내렸다.

두 사람은, 당은 휴전회담 개최와 함께 민족해방전쟁을 잠정적으
로나마 중단하고, 당의 정책을 그에 따라 변화·재수립하고 있는데,
그런 중대한 사안을 결정할 때에는 당의 기본조직의 중추인 각 도

당이 반드시 참가하게 되어 있는 것이 당의 기본원칙인바, 도당의 의사가 완전히 배제된 그 결정서는 '정식문건이 아니'라는 것이었다. 아무리 전쟁상황이라 하더라도 당의 기본원칙을 위배한 그런 편의주의적 결정은 있을 수 없으며, 기본원칙이 무시되고서는 당은 존재할 수 없다는 입장이었다.

그리고, '도당 해체에 대한 반대' 역시 당조직의 기본원칙에 입각하여 그 부당성이 지적되고, 그 다음에 현지의 실정이 첨가되었다. 당조직은 불가항력적인 상황에 처하여 적의 힘으로 국가조직이 파괴되고, 당의 중앙조직이 와해되는 경우에라도 그 기본조직은 적 치하에서도 존재시켜야 한다는 것이 기본원칙인데 아무리 잠정적이라는 단서를 붙인다고 하더라도 기본원칙을 위배하는 도당의 해체는 있을 수 없으며, 인민을 기반으로 하는 당의 존재가 도당을 해체하게 되면 그 순간부터 존재부정이 되므로 도당은 해체할 수 없고, 또한 남조선 전역은 이미 적들의 폭력조직의 강화로 도당활동마저 곤경에 빠져 있는 실정인데, 거기다가 도당보다 지역규모가 큰 지구당들을 결성해 가지고는 지도·통제력이 완만해지고 이완되어 더욱 곤경을 가중시키는 '현지 실정을 잘 모르는' 결정이라는 것이었다.

이렇게 되면 첫 번째와 세 번째 문제만 논의되고 두 번째 문제는 빠져 있는 것 같았다. 그러나 그것은 이미 첫 번째 논의에 포함된 문제였다.

그리하여 나오게 된 결론이 '도당을 그대로 둔 채 제5지구당을 결성한다'는 기형적인 절충안이었다. 그에 따라 탄생한 '제5지구당'의 위원장은 이현상, 부위원장 박영발, 그리고 조직부·유격지도부·기요과·연락과·경리과·신문사 등의 조직을 갖추게 되었다.

아무런 발언권이 없이 회의를 지켜본 김범준은 그저 마음이 우울하고 무거울 뿐이었다. 왜냐하면 휴전협정을 하지 않을 수 없는 상황에서 그런 결정서를 채택하게 된 중앙당 수뇌부의 고통스러움을 충분히 감지할 수 있었고, 반면에 목숨을 내걸고 있는 투쟁현장의 치열성을 그대로 당의 기본원칙을 고수하는 치열성으로 연결시키고 있는 두 도당위원장의 심정도 충분히 이해할 수 있었던 것이다. 김범준은 두 도당위원장이 두 번째 문제를 따로 거론하지 않은 것이 꼭 첫 번째 문제에 포함되기 때문에 그런 것이라고는 생각하지 않았다. '남조선 내의 단체들이 잘못해서 그런 것이다.' 이 단적이고도 결정적인 '전쟁수행의 책임규정'에 대해서 그들 두 사람이 도당위원장 입장에서 반발하자면 얼마든지 할 수 있었다. 그런데 정작 그들은 그 문제에 대해서는 아무런 이의도 제기하지 않았다.

그들의 그런 태도에서 김범준은 공산당원으로서의 그들의 면모를 보고 있었다. 그들은 휴전회담을 하지 않을 수 없는 상황에서 당이 인민들 앞에 처하게 된 곤궁한 입장을 십분 이해하고 납득하는 것이라고 믿었다. 그 대목은, 인민들 앞에 선 당의 책임을 '선택적으로 결정'한 것이었고, 그들은 그 '선택된 책임'을 말없이 짊어지고자 한 것이 분명했다. 그런 분별 때문에 그들이 고수하고자 하는 원칙론을 이해하고, 절충안마저 수긍할 수밖에 없다고 김범준은 생각했다.

김범준은 화엄사골로 돌아오면서도 마음 무거움을 덜 수가 없었다.

임걸령에 이르러 목들을 축이고 다리쉼을 하고 있을 때 이해룡이 김범준 옆으로 다가왔다.

"소장 동지, 특별한 일 없으시면 저희 피아골 트에서 며칠 묵으시지요."

이해룡이 낮게 말했다.

"무슨 일 있으시오?"

김범준은 이해룡의 마음을 더듬듯 이윽히 쳐다보았다.

"예, 어제 회의에 대해 여쭤볼 게 많습니다."

이해룡의 젊은 눈에 야릇한 빛이 스치는 것을 김범준은 느꼈다. 언제나 솔직하고 용맹스러운 이해룡을 마음에 두고 있는 김범준은 부드럽게 웃으며 고개를 끄덕였다.

임걸령에서부터 화엄사골까지는 안마당을 오가는 것이나 마찬가지여서 이해룡의 부대는 피아골로 빠지고, 도당위원장 자체 보위대만으로 가도록 되어 있었다. 위원장에게 양해를 얻은 김범준은 이해룡의 호위를 받으며 피아골로 접어들었다.

"소장 동지, 아직도 동상을 앓고 계시는군요."

갈수록 걸음이 불편해지고 있는 김범준을 이해룡이 부축했다.

"아니, 괜찮소. 워낙 고질이 돼놔서."

김범준은 가볍게 웃으며 이해룡의 부축을 사양했다. 김범준은 진정으로 부축을 받고 싶지 않았다. 투쟁의 현장에 있는 한 아직 그런 모습이고 싶지는 않았던 것이다.

이해룡은 트에 도착할 때까지 회의에 대해서는 아무것도 묻지 않았다. 김범준은 이해룡의 그런 간부다운 묵직한 태도가 더없이 흡족하게 여겨졌다.

트에 자리를 잡자 이해룡이 말을 꺼냈다.

"소장 동지, 회의 내용에 대해 어젯밤에 대강 들었습니다. 그런데 말씀입니다, 중간간부들은 회의 내용보다는 결정서 내용에 훨씬 관심들이 많았습니다. 동지께서는 그 내용을 어떻게 생각하십니까?"

이해룡은 어조에서부터 표정까지 벌써 불만스러움을 감춤 없이 드러내고 있었다.

"그래, 중간간부들이 결정서 내용 중에 무엇에 관심이 많았고, 그 반응은 어땠는지 궁금하군요."

김범준은 일부러 넌지시 물었다.

"예, 그것이야 더 말할 것 없이, 전쟁이 이렇게 된 모든 책임이 남선 단체들한테 있다는 결론이었습니다. 그 엉뚱한 결정에 중간간부들은 하나도 빼놓지 않고 흥분하고 반발했습니다. 우리는 그동안 몇 년을 죽을 둥 살 둥, 아니 더 이상 비참해질 수도 없는 악조건 속에서 싸우고 또 싸워왔습니다. 그런데 그 공을 알아주지는 못할망정 이제 와서 전쟁이 잘못된 책임을 전부 우리한테 뒤집어씌우다니, 이게 말이나 되는 소립니까!"

이해룡의 감정에는 금방 불이 붙고 있었다.

"이 동지, 동지들의 심정 잘 알고 있소. 그러나 마음을 좀 가라앉히고 차분하게 생각하도록 합시다. 그러지 않으면 우리가 방향을 잃게 돼요."

김범준은 쓰다듬는 듯한 그윽한 눈길로 이해룡을 바라보았다.

"예, 흥분하지 않으려고 해도 그 생각만 하면 억울하고 분해서 뜻대로 되질 않습니다."

"아마 그럴 거요. 허나, 흥분한다고 해서 억울하고 분한 게 풀리는 건 아니오. 억울하고 분하지 않으려면 논리적으로 그 책임이 없다는 걸 입증해야 되지 않겠소?"

"예, 전쟁이 이 모양이 된 결정적 원인은 미국놈들이 개입한 데 있고, 그 중대한 문제를 파악하는 건 마땅히 중앙당의 책임 아래 이루어져야 할 일이 아닙니까. 그런데 미국놈들은 사흘 만에 치고 들어왔고, 그놈들에게 맞서 싸우느라고 수많은 전사들과 인민들이 죽어가는데 도당은 속수무책이었습니다. 그 시기에 당에서 급하게 대처한 일이 한 가지 있습니다. 남선 전역에서 의용군을 뽑아가는 것이었습니다. 그런데 그게 전부 자원이 아니고 강제성도 띠어 인심을 많이 잃었고, 반공세력 또한 많이 만들어낸 것은 누구나 다 아는 사실 아닙니까. 그 모든 것들이 어디서 저지른 과오고 오류입니까. 그런데도 이번 결정서에는 그 책임에 대한 언급은 한마디도 없이 '당 정치노선과 정책은 옳았다'고 되어 있습니다. 세상에 이런 법이 어디 있겠습니까."

"이 동지, 동지의 지적은 타당성이 있기는 하지만, 좀 감정을 누르시오."

김범준은 그 예상하지 못했던 날카로움에 급소를 찔린 기분이었고, 상급간부로서 입장 거북함을 느꼈다. 그러나 강압적으로 말을 중단시킬 수는 없었다. 일단 문제가 제기된 이상 발언은 충분히 들을 필요가 있고, 그 발언에 문제가 있거나 판단기준이 잘못되었을 경우 상급자로서 시정시키거나 바르게 알게 하는 것은 그 다음 단계였다.

"소장 동지, 보시다시피 저는 지금 흥분하고 있지 않습니다. 저는 당을 이유 없이 비난하는 것도, 악의적으로 반당발언을 하는 것도 아닙니다. 해방전쟁을 이렇게 만든 책임이 남선 단체들한테 있다는 납득하기 어려운 결정에 대해 당원의 자격으로 정당한 반대이유를 제시하고 있는 겁니다. 그 다음에, 한 가지 또 지적할 사항이 있습니다. 지난 1950년 9월 인민군들이 전체적으로 후퇴할 때 중앙당은 모든 도당의 기간조직과 간부들은 후퇴하라고 지령했습니다. 그런데 지령이 늦어 퇴로가 막혔고, 도당들은 후퇴를 중단하고 입산했습니다. 그 다음부터 모든 구빨치들은 솔선해 나서서 전에 활동했던 야산들을 중심으로 읍·면 단위부터 빨치산 조직을 신속하게 구축해 나가 결국 도당 조직까지 완료시켰습니다. 그건 중앙당의 지시가 일체 없이 완전히 자발적으로 이루어진 일이었습니다. 이현상 선생이 남부군을 이끌고 남선 빨치산 조직을 만들려고 내려오면서 남선에는 아무것도 없는 줄 알았는데 각 도당마다 상상할 수 없을 정도로 많은 빨치산들을 조직화시키고 있어서 너무나 놀랐다는 것은 빨치산이면 누구나 다 아는 사실입니다. 그 빨치산들은 그동안 피눈물나는 투쟁을 해오면서 당이 요구하는 제2전선을 구축해 왔습니다. 그러면서 육칠만 명이 죽어갔습니다. 그런데도 남선 단체들이 잘못한 것입니까?"

이해룡의 입이 꾹 다물렸다. 그리고 눈자위가 붉어지며 눈에 물기가 번져나갔다. 흉터로 패인 그의 왼쪽 볼이 푸들푸들 떨리고 있었다.

김범준은 이해룡의 그런 모습을 차마 바라볼 수가 없었다. 차라리 그가 감정을 노출시켜 소리라도 질러대면 오히려 나을 것 같았다. 그러나 그럴 사람이었으면 그렇게 조목조목 논리적 근거를 대지도 못했을 것이란 생각이 뒤미처 들었다. 김범준은 그의 눈물이 자신의 가슴을 무겁게 적시는 것을 느꼈다.

김범준은 고급간부와 중간간부의 차이를 실감하지 않을 수가 없었다. 도당위원장들은 문제 삼지 않은 '책임'에 대해서 중간간부인 이해룡은 집중적으로 문제 삼고 있었던 것이다. 그건 역시 당원으로서의 차원과 인식의 높낮이에서 비롯되는 어쩔 수 없는 차이였던 것이다. 그 차이를 어떻게 극복시켜 이해룡의 의식을 고급간부의 차원으로 끌어올릴 것인지가 김범준으로서는 난감하기만 했다. 즉물적 인식에 머물러 있는 그의 의식을 당의 '선택적 결정'이 무리 없이 이해되게 이끈다는 것은 당장 될 일이 아니었던 것이다.

"이 동지, 동지의 지적은 내 개인적인 입장에서 생각해도 타당하고, 당도 타당성을 인정하리라 믿소. 그리고 이 동지나 다른 중간 간부들의 심정도 충분히 이해하고 있소. 그런데 한 가지 내가 말하고 싶은 것은, 이 동지가 지적한 그런 중요한 문제점들은 중앙당에서 이미 오래전에 제기되고, 비판되었을 거라는 점이오. 그리고 이번 결정서는 그런 문제점들과는 분명히 구분해서 채택된 것이라는 점도 말해 두고 싶소. 이 동지는 그 사실에 대해 이해할 수 없는 점이 당연히 생길 텐데, 그건 내가 차츰 설명해 나갈 테니까 나한테 숙제로 맡겨주는 게 어떻겠소?"

김범준은 이해룡을 찬찬히 쳐다보았다.

"예에……."

이해룡은 미심쩍은 얼굴로 대답을 흐렸다.

"이 동지, 당은 어떤 경우에도 당원이나 전사들을 억울하게 만들지 않소. 그 점은 앞으로 충분히 이해가 되도록 설명을 하겠소. 이 동지는 새로운 결정에 따라 각오도 새롭게 해주기를 바라겠소."

"예, 알겠습니다. 그러나 기왕 말이 나온 김에 중앙당이 지시한 새 투쟁방안에 대해서도 한마디 했으면 합니다."

"그러시오. 어디 들어봅시다."

김범준은 이해룡의 말을 그 개인의 생각이라고만 듣지 않았다.

"예, 그 방안이라는 게 또 문젭니다. 지금 투쟁하고 있는 사람들은 다 아는 사실입니다만, 우리는 안팎으로 최악의 상태에 빠져 있지 않습니까. 입산 초기에 비해 지금 병력은 이삼십 분의 일로 줄어들어버렸습니다. 그런데 이와 반대로 적들의 조직은 어마어마하게 강화되었습니다. 그 힘에 의해 투쟁인민들의 세포조직이 깨져나가고 있는 지가 오래되었습니다. 적들의 조직력이 남쪽 전역에 걸쳐 얼마나 강력하게 작용하고 있는가는 중앙당의 문건 하나가 도착하는 데 여덟 달씩이나 걸렸다는 게 잘 증명하고 있지 않습니까. 사태의 악화는 그것만이 아닙니다. 지난 동계공세로 탈주자들이 많이 생겨 '보아라 부대'나 '사찰빨치산'들이 생겨난 것만이 아니라 그 반동새끼들은 산에 있는 사람들의 이름이고 동네까지 다 까발려서 경찰에서는 구역별로 명단을 작성하고, 그걸 또 전체적으로 수합해 나가고 있는 실정입니다. 이런 형편에서 지하세포망을 구축하려고 조직원이 하산한들 어디 가서 발 디딜 틈이 있겠습니까. 그 결정서가 작년 9월에 바로 도착했으면 또 몰라도, 이제 와서 그 지시는 시효가 너무 지나버린 겁니다. 상황이 변해도 너무 변했습니다."

"정확한 상황판단이오. 그래서 수정된 회의결과가 나온 것 아니겠소. 그만하면 이 동지의 의견을 충분히 개진한 것 같은데, 역시 남은 문제는 앞으로의 투쟁일 뿐이오."

김범준은 이야기를 마무리 짓고자 했다.

"괜히 말을 많이 했습니다."

이해룡이 고개를 숙여 보였다.

빗점골회의에서는 '제5지구당' 결성과 함께 결정서 제8호를 결의하였다. 그 주요 내용은 두 가지였다. 첫째, 당사업에 주력하기 위해 당세 확장과 세포망의 강화를 꾀한다. 둘째, 유격전의 효과를 높이기 위해 부대를 소조로 편성하여 분산투쟁을 전개한다. 총기와 실탄 확보, 초모사업에 의한 투쟁력 강화, 토벌대의 거점 기습 같은 것은 그 뒤에 붙은 조항이었다. 그 결의에 따라 전남도당의 '5·15 결정'이 나왔고, 그 실행을 위하여 안창민과 이지숙은 첫 번째로 위장귀순을 결행하게 되었던 것이다.

　당이 대원들의 결혼을 공식적으로 인정하게 되자 남모르게 속이 달아오르는 사람이 있었다. 강경애를 사모하는 김동혁이었다. 그의 가슴에는 할 말도 많고 그래서 심정도 갈피갈피 복잡했지만, 그런 것들을 한마디로 간추리면 강경애와 결혼식을 올리는 것이었다. 그는 그 말 못할 소원을 가슴에 안은 채 혼자 속을 끓이고 있었다.
　사실 결혼을 하는 것으로 모든 문제가 해결되는 것은 아니었다. 결혼을 하면 당장 다음날로 다른 부대로 갈라져야 하는 고민이 있었다. 그러나 그건 구더기 무서워 장 못 담그기였다. 그가 급한 것은 무슨 수를 써서라도 강경애가 나의 마누라라는 간판을 내거는 일이었다. 그 말뚝을 확실하게 박아놓고 나면 헤어져 지내는 것쯤이야 견뎌낼 수 있을 것 같은 것이 그의 심정이었다. 그리고 그의 마음이 다급한 또 하나의 이유는 나날의 생활에 대한 불안감이었다. 언제 죽을지 모르는 위험 속에서 하루라도 빨리 그녀의 모든 것을 갖고 싶었던 것이다. 어물어물 날을 보내다가 죽어버리게 되면…… 그 상상에 사로잡히게 되면 그는 그만 미쳐버릴 것만 같았다. 그 좋고 좋은 여자를 어째보지도 못하고 죽는다는 것은 너무 억울하고도 분한 일이었다.

그렇다고 그는 어느 때 한 번 그 여자에게 좋아한다는 말을 똑똑하게 해본 적이 없었다. 어쩌다 그녀와 눈길만 마주쳐도 가슴이 얼어붙고는 했다. 그러니 그녀에게 속말을 하자면 혼자 있는 그녀를 찾아가야 하는데, 그러자면 입보다 먼저 다리가 얼어붙어버릴 일이었다. 그의 이러지도 저러지도 못하는 모습은 옆사람들의 웃음거리가 아닐 수 없었다. 그는 자연히 이 사람, 저 사람의 놀림감이 되고는 했다.

"와따, 여자넌 절개, 남자넌 머시라고 허등가!"

"남자야 배짱이제라."

엉뚱한 사람의 맞장구였다.

"나 참, 붕알이 한 짝뿐인 것도 아니겄고, 남자가 위째 그리 땁땁허고 짜잔허게 그려그래. 그리 몸살나게 좋으면 씨언허니 팍 질르고 나가뿌러."

"허, 누가 알 것이요. 여자 놓고 저리 기가 팍 죽어뿐 것 보면 붕알이 한 짝뿐일란지도."

"그러기야 헐라등가. 배냇빙신 육손이는 흔혀도 배냇고자 외붕알언 없는 법이시. 김 동무가 간이 쪼깐 작아 암뜬 것이제."

"암뜨고 기죽는 것도 유분수제, 저리 괭이 앞에 새앙쥐요, 호랑이 앞에 퇴깽이가 되야갖고서야 장개럴 간다 헌들 여자럴 꿰비끼기나 허겄고, 연장이 지대로 서지기나 허겄소? 히히."

대원들의 이런 놀림에도 김동혁은 그저 쑥스러운 듯 웃음만 짓고는 했다.

"근디 말이여, 강 동무야 빨치산으로넌 남자 두 몫아치 허고, 워디다 내놔도 요로타 허는 영웅감인디, 그리 용맹시런 여자가 시악씨감으로야 워째 쯤 요상털 않컸다고?"

"잉, 그 말이 맞으요. 무신 일로 화가 나서 냄편얼 개덜 보대끼 허고 뗌비먼 위쩔 것이요. 개덜헌테 총질허대끼 싸납게 뗌비먼, 아이고메 붕알에서 방울소리 안 나겠소?"

"흐흐흐, 평상에 딴 조갑지 맛 한 분이라도 보고 살기넌 글러묵은 것이제. 그러다가 꼬랑댕이 잽혔다 허먼 그때넌 두 눈에 딱 쌍심지 키고 냄편얼 노란개로 봤다가, 검은개로 봤다가 험시로 뗌빌 것인디, 와따, 낯짝이먼 와드득 쥐어뜯을 것이고, 머리크락이먼 얼씨구나 휘어잡어 패대기럴 칠 것이고, 붕알이먼 이 웬수야 허고 잡아채 뿌랑구럴 뽑을 것인디, 삼수갑산이 눈앞이겄제이."

"아이고메, 그 말 듣고 봉께 오만정 다 떨어지요이. 강 동무넌 우리럴 대허는 맘허고, 개덜얼 대허는 맘허고가 따로따로 있는디, 참말이제 지 속 뒤집는 짓거리 혔다 허먼 냄편이고 머시고 개덜 대허는 맘으로 영축없이 박치고 들 것 아니겄소. 남자가 한평상 삼스로 한 지집헌테만 염불디림서 살 수야 없는 법인디, 아이고메 강 동무 겉은 여자 바지게로 져다 줘도 나넌 싫으요."

"허기넌 강 동무가 우리럴 대허는 맘이 쏠쏠허고, 용맹시리 쌈얼 잘혀서 그렇제, 워디 인물이야 쪽 빠진 디가 있드라고?"

"거그다가 처녀이기나 허간디요?"

"시끄럽소, 동무덜! 헐 말이 따로 있제 고것이 무신 잡소리요덜!"

부르르 소리친 것은 김동혁이었다. 그런 그의 눈은 묘한 살기를 품고 있었다.

김동혁은 자신을 놓고는 무슨 농담을 하거나 어떻게 놀려대도 그저 사람 좋게 웃어넘겼지만, 강경애에 대해서는 조금만 흠을 잡는 것 같으면 단 한마디의 농담도 들으려 하지 않았다. 정작 강경애한테는 그 그림자도 밟지 못할 정도로 접근을 하지 못하면서도 강경애를 위하는 데는 체면이고 뭐고 불구하는 그의 지성에 대원들은 그저 감탄하고 그리고 딱해할 뿐이었다. 그의 그렇듯 애달아하는 것에 비해 강경애는 너무나 딱딱한 바윗덩이였던 것이다. 그렇다고 그 어떤 대원도 김동혁과 강경애의 중매쟁이로 나설 엄두를 내지 못하고 있었다. 그건 강경애의 단단한 마음을 돌릴 자신이 없어서였고, 한편으로는 남자대원들 그 누구나가 강경애라는 여자가 김동혁의 개인소유가 되는 것을 그다지 달가워하지 않았던 것이다.

김동혁은 애가 달수록 점점 용감해져 갔다. 그건 강경애의 마음을 끌기 위해 그가 할 수 있는 유일한 방법이었다.

"지도원 동지, 김동혁 동무가 배가 아파서 생판 난리가 났구만이라."

연락병의 보고였다. 좀 엉뚱한 보고에 조원제는 연락병을 멀뚱하게 쳐다보았다.

"멀 배불르게 묵은 것이 있다고 배가 아프고 그런다요?"

조원제는 엉뚱하다는 느낌에 따라 이렇게 대꾸하면서 자신의 말이 잘못되었다는 것을 깨닫고 있었다. 보고를 해야 할 만큼 심하게 아플 거라는 생각이 잇따라 떠올랐던 것이다.

"화약 까믹여봤소?"

조원제는 몸을 일으키며 물었다.

"하먼이라. 두 방이나 까믹였어도 안 낫는당마요."

"두 방이나?……"

조원제는 고개를 갸웃했다. 무슨 심상찮은 병이 걸린 게 아닐까 싶었다. 그러지 않고서야 배 아픈 데 특효약인 M1총알 화약을 두 개씩이나 까먹고도 안 나을 리가 없었던 것이다. M1총알 화약의 어떤 성분이 배를 낫게 하는지는 모르나 하여튼 배 아픈 데는 그것이 특효약인 것만은 틀림없었다. 그것도 구빨치들이 알아낸 치료약이었는데, 총알이 귀했던 시기에는 그것을 함부로 까먹지 못하도록 금지되어 있었다. 그러다가 군작전과 함께 총알이 흔해지자 그 금지는 자연히 풀리게 되었다.

"그거 요상허시. 맹장병이라도 걸린 것이까? 가봅씨다."

조원제는 연방 고개를 갸웃거리며 걸음을 떼어놓았다. 약을 먹어도 안 듣는 화급한 뱃병으로 그는 맹장염밖에 떠올릴 것이 없었다. 학교 다닐 때 가끔 그 병으로 데굴데굴 구르는 학생들을 보았던 것이다. 갑자기 발병하고, 시간을 끌면 창자가 터지고, 배를 쩨는 수술을 받아야만 낫게 되는 그 병은 누구에게나 그렇듯 그에게도 무서운 큰 병으로 인식되어 있었다. 그런데 그가 고개를 자꾸 갸웃거리는 것은 맹장의 위치가 왼쪽 아랫배인지, 오른쪽 아랫배인지 갑자기 생각이 헝클어졌던 것이다. 한번 혼란이 일어나자 왼쪽 같은가 하면 오른쪽 같기도 했고, 오른쪽 같은가 하면 왼쪽 같기도 했고, 혼란은 점점 심해서 생각은 뒤죽박죽이 되고 말았다.

김동혁은 두 팔로 배를 감싼 채 몸을 바짝 오그려붙이고 누워 신음하고 있었다. 핏기 없이 찡그려진 얼굴이나 숨을 헐떡이는 된 신음소리가 무척 심하게 아픈 것이 틀림없었다. 저게 맹장염이면 어떡하나 하는 생각으로 조원제는 덜컥 겁이 났다. 맹장염이면 저러다가 창자가 터지고, 까무러치고, 그러다가 죽어갈 수밖에 없었다. 수술을 할 설비도, 치료할 약도 없기는 했지만 그나마 의무과장은 지난 공세에 죽고 말았던 것이다.

"동무, 김 동무, 워디가 아프요, 워디?"

조원제는 김동혁을 조심스럽게 흔들었다.

"김 동무, 정신 채리고 답혀. 지도원 동지가 오셨응께."

옆의 대원이 김동혁의 어깨를 조금 세게 흔들었다.

"아이고메, 아이고메……."

김동혁이 된소리를 내며 몸을 일으키려고 했다.

"아니, 아니, 뉘 있으씨요." 조원제는 다급하게 김동혁의 어깨를 누르고는, "김 동무, 배가 워디가 아프요? 아랫배요, 윗배요?" 그는 마치 진찰에 임하는 의사처럼 심각하고 진지한 얼굴이었다.

"야아, 여그…… 여그, 아이고메 나 죽겄네에!"

김동혁은 배를 가리키다 말고 신음을 토하며 몸을 비비 틀었다. 조원제는 그 위치를 확인할 틈도 없었다. 그 아파하는 모습에 마른 침을 삼키며 또 물었다.

"아픈디 몸 필라 말고 말로 허씨요. 아랫배요, 윗배요?"

"야아, 여그 옴목가심 밑이…… 쥐어뜯고, 비비 틀리고, 아이고메 엄니이!"

"옴목가심 밑이먼 윗배 아니라고."

조원제는 아랫배가 아닌 것에 일단 안심을 하며 한숨을 내쉬었다. 그러나 맹장염이 아니라는 것뿐 무슨 문제가 해결된 것은 아니었다. 그 괴로워하는 모습을 보고만 있어야 한다는 것이 너무나 난감했다.

"저리 배가 아프면 바늘로 손꾸락 밑얼 뜨기도 허는디, 으쩌겄소?"

조원제는 갑자기 그 생각이 떠오른 것을 신통하게 생각하며 옆에 있는 서너 명을 둘러보았다.

"고것이야 급허게 얹힌 디 쓰는 것이제라. 저 병이야 아는 병인디, 나스게 헐 사람이 따로 있제라."

대원 하나가 고개를 꼬아틀며 하는 말이었고, 다른 대원들은 큭큭 웃는 기색이었다. 조원제는 이상한 낌새를 직감했다.

"워째, 무신 일 있었소?"

조원제는 고개를 꼬았던 대원에게 눈길을 박았다.

"아까 참에 김 동무가 무신 소리럴 혔등가 강경애 동무헌테 무참허니 통얼 맞었구만이라. 그러고 나서 김 동무 얼굴이 희놀허게 변

험스로 맥아리가 빠지는 것 겉등마 저리 배가 아파 난리굿이 났구
만요."

눈을 내려뜬 조원제는 보일 듯 말 듯 고개를 주억거리고 있었다.
김동혁은 간헐적으로 신음을 높였다 낮췄다 해가며 계속 아파하
고 있었다.

"동무덜이 옆에 잠 붙어 있으씨요. 나가 댕게올 디가 있소."

조원제는 돌아섰다. 그러면서 피식 웃었다. 아까 대원들이 웃음
을 참아냈던 뜻을 환히 알 수 있었던 것이다.

"강 동무, 강 동무가 살인 내게 생겼소."

조원제가 불쑥 내놓은 말은 이랬다.

"무신 뜸금없는 소리다요?"

강경애가 눈을 휘둥그렇게 떴다.

"강 동무가 책임지고 살려내야 헌께 싸게 간호병 헐 맘묵고 나스
씨요."

조원제는 문화부 중대장의 얼굴을 하고 있었다.

"무신 소린지 통 몰르겠소, 지도원 동지. 쪼깐 조단조단허니 말해
봇씨요."

강경애가 눈 사이를 찡그리며 두 손으로 머리를 쓰다듬어 넘겼다.

"속 맥히는 소리럴 을매나 야박허게 혔으면 김 동무가 저리 배가
꾀어 죽어가겄소. 가서 말로 허든지, 손으로 배럴 주물르든지, 강
동무가 책임지고 낫게 맹글어놓씨요."

"지도원 동지! 속얼 몰르면 말얼 마씨요!"

강경애가 바락 소리를 질렀다. 조원제는 그녀를 멍하니 쳐다보았다.

"김 동문가, 그 느자구없는 삼시랑이 나보고 머시라고 혔는지 알겄소! 아 금메, 밑도 끝도 읎이 지허고 나허고 서방 각시가 되자고 혔당께라. 근디도 나가 존 말로 허게 생겼소? 글고, 나보고 배릴 낫게 허라는디, 글먼 그 정신 나간 말얼 들어주랴 그것 아니겄소? 지도원이먼 고런 사사로운 일꺼정 간섭허고 명령헐 권한이 있다 그것이요?"

눈꼬리를 곤두세운 강경애는 야물딱지게 따지고 들었다. 조원제는 어깨에서 힘을 빼며 웃었다. 김동혁이 한 말이 너무나 뜻밖이었고 어이가 없었던 것이다.

"강 동무, 미안허게 되얐소. 나넌 김 동무가 고런 소리꺼지 헌 줄은 몰르고, 김 동무가 좋아허는 표식얼 허는디 강 동무가 너무 과허게 헌 줄로 알았소."

"참말로, 나가 딴 부대로 뜨든지 혀야제 심들어서 못살겄소."

강경애가 땅을 발로 차며 울상을 지었다.

"그 곤란헌 입장 다 아요. 그려도 워쩔 것이요, 다 한 대원인디. 강 동무가 가서 무슨 존 말로 맘얼 잠 풀어줘야 옹친 배가 낫덜 않겄소?"

강경애는 한참을 아래만 내려다보고 있었다.

"그러제라. 다 같은 동진디⋯⋯."

고개를 든 그녀가 어색한 듯, 쓸쓸한 듯 웃었다.

강경애가 찾아간 효과인지 어쩐지 김동혁은 밤을 넘기면서 배가 낫게 되었다. 강경애가 배를 쓸어주었다느니, 어쩌느니 하는 싱거운 소리들이 웃음소리에 실려 오갔다.

그러고 나서 이틀이 지나 김동혁은 죽었다. 그날도 누구보다 먼저 정찰조에 자원한 그는 매복에 걸려 죽고 말았다. 조장이었던 강경애는 부대에 돌아와서까지 서럽고 서럽게 눈이 퉁퉁 붓도록 울었다. 대원들은 그 서러운 울음의 의미가 무엇인지 갈피를 잡지 못했다. 다만, 김동혁은 강경애를 위해 죽어갔다는 생각만은 모두가 똑같이 하고 있었다.

조원제는 새로운 부대 개편을 계기로 1대대 지도원 겸 연대 부정치위원이 되었다. 그 결정에 조원제 본인도 놀랐고, 주위의 대원들도 다 놀랐다. 그의 어린 나이에 비해 직책이 너무 높았던 것이다.

정치지도원 선정은 비밀사항이 아니었다. 선정과정이 공개되지는 않았지만, 대상후보자가 누군지는 다 알려져 있었다. 후보자는 모두 넷이었다. 그런데 세 사람은 조원제보다 나이가 열 살 정도씩은 위였다. 그래서 조원제는 후보에 올랐다는 것만으로도 만족했던 것이다. 나이가 많다는 것이 신빨치의 경우는 꼭 투쟁경력과 비례하는 것이 아니었지만, 정치지도원이란 직책의 특수성 때문에 투쟁경력이나 당성이 엇비슷하게 되면 나이가 우선할 수밖에 없었다. 그리고 후보에 오른 대원들은 모두가 그 나름으로 요건들을 다 갖추고 있었던 것이다. 그런데 당은 뜻밖에도 제일 나이 어린 조원제를 연대 부정치위원으로 뽑아 모든 대원들을 놀라게 만들었던 것이다.

당에서는 물론 그 선정 이유를 공개했다.

첫째, 전염병 재귀열이 창궐하여 무수한 대원들이 희생되어 갈 때 문화부 중대장으로서 단 한 명의 부대원도 희생시키지 않았다.

둘째, 문화부 중대장으로서 전 부대원의 문맹퇴치를 이룩함으로써 중요한 당사업 중의 하나를 시범적으로 달성시켰다.

셋째, 흡연이 빨치산활동에서 이익보다는 피해가 더 크다는 것을 자각하고 전 부대원들이 민주적으로 금연을 결의케 함으로써 문화부 중대장의 소임에 최선을 다하였다.

넷째, 오랜 당활동을 통하여 그 어떠한 당적 처벌도 단 한 번 받은 바가 없다.

당은 정치지도원을 뽑은 기준이 투쟁경력과 공적 중심이었다는 것을 밝히는 동시에 나이는 장애요인이 될 수 없다는 것을 모든 대원들에게 보여주고 있었던 것이다.

"축하허는구마. 요리 높아져뿌렀응께 인자 나 따라댕기라는 소리도 못허겄는디. 정치위원 동지, 앞으로 나 잠 잘 생각혀 주씨요잉."

이태식이 악수를 청하며 능청스럽게 한 말이었다. 이태식은 조원제에게 가끔, 인민해방이 되면 평생 밥 굶지 않고 살게 해줄 테니 '영웅'인 자기만 따라다니라는 농담을 했던 것이다. "아무리 영웅이라고 큰소리치지 마씨요. 당이 책임지는 것이야 장본인 하난께." 조원제의 야무진 공박이었다. "허어 참, 갈라묵제이." 이 대꾸에 조원제는 그만 얼굴을 들 수 없이 무색해지고 말았다. 이태식이 자기를 생각하는 마음은 자기가 이태식을 생각하는 마음이 따라가기는 어림이 없다는 깨달음이고, 부끄러움이었다.

"앞으로 연대장 동무만 쫓아댕김서 잘못얼 파내야 쓰겄소."

조원제는 눈을 째리며 불퉁스럽게 대꾸했다. 그러나 그의 얼굴은 환한 웃음으로 차 있었다.

"어이, 어이, 그리 허소."

이태식은 고개를 끄덕거리며 더없이 기분 좋게 웃었다.

자신이 정치위원이 되는 데 가장 적극적으로 나선 사람이 이태식이고, 제일 기뻐하는 사람도 이태식이라는 것을 조원제는 너무나 잘 알고 있었다.

그런데 호사다마라고 했던가. 조원제는 정치위원이 되고 며칠이 지나지 않아 엉뚱한 과오를 범하고 말았다.

5월인데 소를 잡고 말았던 것이다. 당에서는 생식기와 논농사 준비가 겹쳐 있는 3월부터 5월까지는 소의 도살을 엄격하게 금하고 있었다.

소를 잡은 것이 말썽이 된 것은 소 한 마리가 골고루 나누어져 대원들의 입으로 들어가버린 지 나흘이 지나서였다.

"요것이 워쩐 일이여? 고깃뎅이 보투혔다는 것이 그 소였든갑제?"

뒤늦게 소를 잡았다는 것을 알게 된 이태식이 어이없다는 듯 눈을 껌벅거리며 조원제에게 물은 말이었다.

"허먼 워쩔 것이요. 그리 말 안 허먼 안 잡수실 것인디."

조원제는 눈길을 피하며 어색스럽게 웃었다.

"이, 묵기야 맛나게 묵었응께 아즘찮이제." 이태식은 그다운 여유와 말솜씨를 보이며 두어 번 입맛을 다시고는, "연대 부정치위원 되등마 아조 쌈빡허니 당규정 지키는 것 시범 뵈어뿌렸구마이. 그 덕에 재판얼 받어야 될 것이구마. 자기비판으로는 면해질 사건이 아닝께." 그는 아무런 책망 같은 것이 없이 그저 사태진전을 조용히 알려주고 있었다.

"그리 안 헐 수가 없는 헹펜이었는디, 연대장 동무헌테 미안시럽구만이라."

조원제는 뒷머리를 긁적거렸다.

"항, 무신 연고가 단단허니 있었겄제."

이태식은 조원제의 어깨를 두들겼다.

그날 조원제는 항미소년돌격대를 만나게 되었다. 조원제의 마음에 너무나 오랜만에 만난 그들이 반가웠던 것은 잠깐이었다. 그들은 조원제의 목이 메고 가슴이 미어지게 만들었다.

그들은 그동안 열여섯으로 줄어 있었다. 그리고 하나같이 옷은 찢어지고 헐어빠져 있었고, 옷들만큼 몸들도 삐쩍 마르고, 지쳐 있었다. 이태식이 하는 식으로 그들에게 옷을 갈아입히자 해도 어른들의 옷이 그들의 몸에 너무 맞지를 않았던 것이다. 그리고 조원제의 가슴을 아프게 하는 것은 그들의 옷이 먼저가 아니었다. 제대로 먹지를 못해 심하게 마르고, 황달기가 돌기도 하는 그들의 모습이 가슴을 긁어내리고 있었다.

그들은 지난겨울의 그 살인적인 공세 속에서도 열여섯 명씩이나 살아남아 있었다. 그건 마치도 기적 같은 일이었다. 어린 그들이 그런 고난을 뚫고 살아남았는데, 제대로 먹지를 못해 이제 황달까지 들어가고 있었다. 그러면서도 그들은 총을 들고 있었다.

조원제는 그들의 배고파하는 눈들을 보면서 도저히 그대로 헤어질 수가 없었다. 그들에게 무엇인가를 먹이지 않고서는 견딜 수가 없었다. 그건 감상이 아니었다. 배곯는 어린 동지들에 대한 나이 든 자로서의 책무감이었다. 언제 또 만나게 될지 모를 그들에게 몇 끼의 양식이나마 마련해 주지 않고서는 나이를 더 먹은 대원으로서의 의미가 참으로 면목 없었던 것이다.

조원제는 이태식을 생각했다. 얼마 전에 부대가 움직이다가 무등산 기슭에서 나무꾼소년을 만난 적이 있었다. 소년은 못 먹어 깡말라 있었고, 옷은 색깔이 다른 천조각으로 누덕누덕 기운 누더기였다. 소년은 앙상하게 마른 손에 끝이 다 뭉그러진 갈퀴를 들고, 긁어도 나올 것 없는 봄산을 힘겹게 긁고 있었다. 그런 소년의 모습이 일순간에 이태식의 마음을 끌어당긴 것은 지극히 당연하고 자연스러운 일이었다. 더욱이 그때는 점심 무렵이었다.

"우리 여그서 점심밥 묵고 가제."

이태식이 불쑥 내놓은 말이었다.

그것이 소년에게 밥을 먹이려는 의도였음을 대원들이 깨달은 것은 조금 더 시간이 지나서였다.

"아가, 니 우리가 누군지 알겄냐?"

이태식이 소년에게 가까이 가며 물었다.

"야아, 빨치, 아니 쩌어……." 소년은 당황하더니, "산사람이제라." 얼른 고쳐서 말했다.

"이, 맞었어. 근디 말이여, 빨치산이란 말은 나쁜 말이 아니여. 빨갱이란 말이 나쁜 말이제." 소년의 마음을 알아차린 이태식이 이렇게 말하고는, "니 우리가 무섭덜 않냐?" 웃으며 말했다.

"아니어라. 아저씨덜언 도적놈이 아닌디라."

고개를 젓는 소년의 목소리는 깡마른 것에 비해 또리방했다.

"허, 요것이 영 이뻐뿌네이!"

이태식은 하늘을 향해 소웃음을 한 번 웃고는, 귀여워 죽겠다는 듯 소년의 머리를 빠르게 좌우로 쓰다듬었다.

소년은 밥을 싸왔을 리 없었다. 이태식은 옆구리에 차고 있던 밥을 아주 보자기째 소년 앞에 펼쳐놓고는, 소년이 단맛이 뚝뚝 떨어지도록 밥을 맛나게 먹으며 재잘재잘 풀어내는 이야기 듣기에 정신을 팔고 있었다.

"……아부지넌 폴세 노무자로 끌려나갔고라, 엄니넌 우리덜 델꼬 혼자 품도 폴고 밭농새도 짓고 험시로 고상고상허고 사는디, 금메 할메가 덜컥 아퍼부렀당께라."

이 대목에서 이태식의 '이, 이' 하는 소리로 이어지던 소리장단이 갑자기 '이이이!' 하며 꼬리가 치켜올라갔다. 그건 '뭐라고!' 하는 말을 대신하는 것으로, 놀라움과 무슨 병이냐는 물음을 한꺼번에 나타내고 있었다. 상대방의 이야기를 따라가며 그냥 '이, 이' 하면 '그래,

그래'였고, '이—?' 하면서 부드럽고 길게 위로 올라가면 '뭐라고?' 하는 의문의 표시였고, '이이, 이이' 하며 짧게 꼬리가 감기면, '아니야, 아니야' 하는 부정의 뜻이었고, '이— ' 하고 편안하게 늘어지면 '알었어' 하는 수긍의 의미였다. '어머니'가 어감에 따라 갖가지의 감정을 표현해 내는 것과 같았다.

"할메가 풍으로 아파뿐께 일언 많아지제, 할메 약 구해야제, 엄니 고상이 곱쟁이로 커졌제라. 글고, 할메 약값도 없는 판잉께 사친회비럴 낼 수가 없어서 나도 학교럴 작파혔고라. 집구석에서 빈들빈들 놀지 말고 나무해 오라고 엄니가 잡진께 날마동 나무럴 혀야제라. 아부지가 없는디다가 나가 장남잉께로, 나무허는 것이야 나 몫아치 아닌감요."

소년의 사연은 이태식의 마음을 사로잡을 만했다. 눈자위가 붉어진 이태식은 마침내 자기의 비상식량을 몽땅 털어서 소년에게 안기고 말았다.

"아니, 연대장 동지, 비상식량얼……."

조원제의 입은 이태식의 거칠고 큰 손에 틀어막히고 말았다.

"원칙 위반인 거 다 안께 못 본 칙끼 혀, 못 본 칙끼."

애원하듯 하는 이태식의 빠른 말이었다.

"순사헌테 들키먼 큰탈난께 조심혀야 써."

이태식은 걸음을 옮기면서도 뒤돌아보며 이 말을 다짐하고 있었다.

소년은 한 됫박도 못 될 잡곡보자기를 안고 눈물이 그렁그렁해져 고개를 끄덕이고 있었다. 빨치산이란 말을 입에 올려서는 안 된다는 것을 알고 있는 소년에게 굶주림은 빨치산에게 양식을 받아가는 위험을 무릅쓰게 하고 있었다.

그때 모든 대원들이 눈물을 머금었다는 것을 조원제는 며칠이 지나서 알았다.

이태식은 알지도 못하는 소년에게 비상식량을 털어주었던 것이다. 그런데 어린 대원들을 위해 무슨 일인가를 하는 건 너무 당연한 일이었다. 조원제는 그들을 위해 대낮의 보투를 결심했다. 어디든 경찰이 방심하고 있어서 대낮의 보투는 오히려 안전하고 효과적일 수도 있었던 것이다.

조원제는 마을을 찾아 산자락을 무질러나가기 시작했다. 서너 개의 야산을 지났는데 뜻밖에 눈에 잡히는 것이 있었다. 한 남자가 소를 몰고 가고 있었던 것이다. 그 남자는 맨몸이어서 농부인지 아닌지 구분할 수가 없었다. 농기구를 지지 않은 경우 소장수일수도 있었던 것이다. 그러나 조원제는 그 생각을 얼른 떼쳐버렸다. 문제는 소 자체였지 소유자가 아니었던 것이다. 저것을 어째야 하나…… 조원제는 순간적으로 갈등을 일으켰다. 당의 규정과 배곯은 대원들과…… 당의 규정과 정치위원이란 직책과…… 당의 규정과 안전이 보장된 먹이와…… 당의 규정과 한 마리의 소와 수십 명의 굶주림과…….

조원제는 소년병들을 돌아보았다. 그리고 마침내 외쳤다.

"저 소를 확보하시오!"

조원제는 재판을 받기 전에 출판과장부터 만나야 했다.

"자네가 지식계층의 모범으로 아주 잘하고 있는 줄 알았는데 이게 웬일이지?"

나이 많은 출판과장이 의문 담긴 얼굴로 지그시 쳐다보았다.

"교장선생님, 그간 안녕하셨습니까. 면목 없이 됐습니다."

교장선생님이 그동안에 많이 늙으셨다고 생각하며 조원제는 고개를 깊이 숙였다. 서중학교 출신들은 출판과장을 만나면 언제나 '교장선생님'이었다.

"앉게나. 무슨 까닭이 있었을 터인즉, 보태지도 빼지도 말고 말해 보게나."

그건 신문에 사건보도를 하기 위한 취재였던 것이다.

그 일이 신문에 보도가 될 만큼 큰 사건이라는 것을 새삼스럽게 깨달으며 왼쪽을 힐끔 쳐다보고는 자리를 잡았다. 그쪽으로 눈길이 끌린 것은 등사를 하고 있어서만이 아니었다. 등사를 하긴 하는데, 등사하는 사람의 손에 들린 것은 흔히 보는 롤러가 아니라 숟가락이었던 것이다. 잘못 보았나 싶어 다시 보았는데, 분명 검은 등사잉크 묻은 숟가락의 등으로 원지 위를 빠르게 문질러대고 있었다. 조원제는 그럴 수밖에 없는 사정을 직감하며, 빨치산한테는 불가능이 없구나! 감탄하고 있었다.

조원제는 '교장선생님'의 분부대로 있었던 일을 보태지도 빼지도 않고 그대로 다 말했다.

"그래……." 출판과장은 한동안 고개를 끄덕끄덕하고 있다가,

"그 소년병들이 배탈이나 안 났는지 모르지?" 하며 조원제를 빤히 쳐다보았다.

"예, 그래서 기름기넌 하나또 안 믹였구만요. 우리 부대원덜이 탈 안 난 것 보먼 괜찮얼 것이구만요."

"알았네. 너무 심려할 것 없고, 가보시게."

"예. 그런디 로라가 은제 없어져뿐 모냥이제라?"

조원제가 왼쪽을 쳐다보며 물었다.

"그리 됐네. 지난 겨울공세 때 정신이 하나도 없었으니까. 이 없으면 잇몸으로 살아지는 법이지."

출판과장은 주름 잡히는 얼굴로 씨익 웃어 보였다. 그 넉넉하고 여유 있는 모습에서 조원제는 어떤 힘을 느꼈다.

"교장선생님, 건강하십시오."

조원제는 다시 고개를 깊이 숙였다.

《백아산 승리의 길》은 도당 안의 신문들은 말할 것도 없었고, 다른 도당의 신문들과 비교해서도 그 내용이 가장 알차다는 것은 정평이 나 있었다. 그것이 바로 '교장선생님'의 능력이라는 것을 조원제는 언제나 자랑스럽게 생각했다. 신문은 산중의 유일한 읽을거리였고, 빨치산 자신들의 살아 움직이고 있는 고동소리였으며, 당과 일체감을 느끼게 하는 핏줄이었던 것이다. 조원제의 눈앞에는 지난 겨울공세 때 등사판을 짊어진 한 대원이 눈이 퍼붓는 속으로 허둥지둥 사라지던 모습이 선하게 떠오르고 있었다.

조원제는 재판에서 '견책' 심판을 받았다.

"정치위원으로서 당의 규정을 어긴 바는 '경고' 이상의 처벌을 받아야 하나, 그 정상이 참작을 요하므로 당은 '견책'에 처한다."

그렇게 일이 마무리되는 줄 알았다. 그런데 다른 지구의 신문들이 뒤따라 그 사건을 보도하고 있었다. 조원제는 영 입맛이 썼다. 그러나 그런 기분은 전혀 내색하지 않았다. '견책'을 받은 몸인 데다가, 그 보도들은 한 특정인의 잘못을 지탄하고 확대하자는 것이 아니라 그 사건을 계기로 당의 규정을 상기시켜 같은 사고를 방지하고자 하는 목적을 가지고 있었던 것이다.

"그리 졸갱이럴 쳐야제 입맛얼 다시제."

먼 산을 쳐다보는 척하며 이태식이 능청스럽게 한 말이었다.

"묵은 괴기나 토해놓씨요."

조원제가 벌컥 화를 내듯이 하며 대질렀다. 그러나 이태식은 말이 막히지 않았다.

"쩌그 저 밤낭구에 밤이 서너 개년 더 달릴 것잉마. 그것 따묵소."

그러고는 스적스적 걸어갔다. 조원제는 그 뒷모습을 보며 헛웃음을 흘리고 말았다. 말이 막히는 쪽은 언제나 조원제였다.

35

현실투쟁에서 역사투쟁으로

"하, 그 무식하고 주먹밖에 없는 놈이 처가 돈 깔고 앉아 유지 행세하고 드는 것도 눈꼴시어 다래끼가 나고, 비위가 상해 먹는 것마다 되넘어올 판인데, 그놈이 돈맛이 들어 이제는 또 새 사업을 하겠다고 설레발을 치고 나서는 판이니 이것 참 기가 찰 노릇 아니겠소. 이거 잘못하다가는 벌교바닥이 그놈 손에 놀아나고, 금융조합도 그놈이 먹겠다고 덤빌지 모르지 않겠소?"

세무서장 최익도는 말꼬리로 낚싯바늘을 만들어 금융조합장 유주상의 면전에다 던졌다.

"아니 최 서장님, 농담이라도 그리 말하지 마시오. 말이 씨 된다는 말이 있는데." 유주상은 기색이 싹 달라지며 자리를 고쳐 앉고는, "그런 불한당 같은 놈이 감히 어찌 금융조합을 넘보겠소. 금융조합이 청년단 같은 아사리판도 아니고, 엄연히 계통과 체계가 있는 단첸데. 어쨌든 그놈은 쫄딱 망해야 해요." 발끈하는 그의 얼굴이 금방 벌겋게 달아올랐다.

그가 의외로 낚싯바늘을 덥석 물고 덤비는 것에 최익도는 환성을 지를 지경이었다. 그러나 최익도는 그것으로 만족할 수가 없었다.

"유 조합장님, 그게 그리 간단하게 생각할 문제가 아닐 것이오. 내 말은, 그놈이 유 조합장님 자리를 차지하고 앉으려고 한다는 뜻이 아니오. 그 배운 것 없이 무식한 놈이 어디 그게 될 법이나 한 일입니까. 거저 내줘도 하루도 앉아 있지 못할 무식쟁이지요. 내가 하는 말은 말이오, 금융조합이라는 데가 돈 많이 맡긴 사람이 큰소리치게 되어 있는 바에야, 그놈이 딴마음 먹고 돈을 자꾸 저금해 대면 결국 유 조합장님 입장이 어떻게 되겠냐 그겁니다."

최익도는 낚싯대를 잡아채고 있었다.

"천만에요! 그런 놈 돈은 절대 받지 않아요. 지금도 한 푼도 저금한 게 없고요."

유주상은 부르르 떨기까지 하며 소리 질렀다.

최익도는 너무나 쉽게 목적 달성이 되어버려 싱겁고, 기분이 이상하기까지 했다. 유주상의 기분을 저 정도로 만들어놓았으니 그놈한테 조합 돈을 빌려줄 리는 없었던 것이다. 정작 그 말은 한마디도 꺼내지 않고서도 목적을 달성한 자신의 능력에 최익도는 뻐근한 만족을 느끼고 있었다.

"그놈이 돼먹지 못하게 설쳐대는 것을 원하지 않는다면 최 서장님은 날 염려할 게 아니라 오히려 서장님이 책임질 일이 크다는 것을 알아야 합니다."

유주상은 잘 피우지도 못하는 담배를 꼬나물고 성냥을 신경질적으로 그어댔다.

"아니, 내 책임이라니요?"

마음이 느긋해져 있던 최익도는 그 갑작스러운 말에 놀라 의자에서 등을 뗐다.

"세무서가 뭘 하는 덴니까? 그놈이 시작하겠다는 새 사업이 뭔지 모르지만, 그전에 그놈이 가지고 있는 솥공장이나 정미소부터 못 해먹게 족치는 방법을 세무서장쯤 되면 모르지 않겠지요? 자고로 세무서에서 맘먹고 뒤 파헤쳐서 해먹어지는 사업 있던가요?"

유주상은 최익도와는 달리 직사포를 쏘아대고 있었다.

"아하, 그렇지요, 그렇지요. 손에 칼을 들고도 써먹을 생각을 못하다니."

최익도는 정말 그 생각까지는 못하고 있었던 것이다. 유주상이가 그의 손에 들린 칼을 뽑아준 셈이었다.

유주상은 눈을 내리깔고 최익도를 쳐다보며, 자기 힘 들이지 않고 복수를 하게 된 것에 더없는 통쾌감을 느끼고 있었다. 네까짓놈이 내 논을 떼쳐먹고 성할 줄 알았더냐. 유주상은 염상구놈이 망해 뻘바닥에 거꾸로 처박히는 꼴을 벌써 보고 있었다.

세무서장 최익도는 집안의 사촌·육촌형들과의 경쟁심으로 땅을 욕심내다가 농지개혁 바람에 그만 혼쭐이 났던 것이다. 논을 온갖 방법으로 빼돌리고 감추고 한다고 했지만 피해를 전혀 안 볼 수는 없었던 것이다. 손해를 본 것이 생살 뜯어낸 것만큼이나 아리고 쓰려 그는 세상 돌아가는 눈치에 한발 늦었던 것을 후회하고 또 후회했다. 그 손해를 복구하기 위해서는 앞으로 남들보다 두 발 먼저 가야 한다는 것이 그의 다짐이었다. 그는 눈에 불을 켜고 남들보다 두 발 먼저 뗄 기회를 노리기 시작했다. 그래서 그가 포착한 것이 후생사업과 제재소 매입이었다. 후생사업은 그 열기가 막 일기 시작한 유망업종이었다. 전쟁으로 불타고 부서진 건물이며 집들이 수없이 많았고, 그것들을 새로 짓고 고치자면 목재들은 끝없이 필요했고, 공비토벌이라는 명목만 붙이면 행정관청의 벌채허가가 없이도 군·경토벌대장의 직권으로 관할구역의 나무들을 마음대로 쳐낼 수가 있었고, 군·경토벌대장과 손을 맞잡기만 하면 그들의 트럭을 동원해 나무를 실어낼 수 있었고, 그 통나무들을 목재로 만들어야 하니까 후생사업에 손대는 경우 제재소 경영은 땅 짚고 헤엄치기 장사로 이중의 이익을 거머잡을 수 있었던 것이다. 후생사업, 그 이름도 얼마나 멋들어진가. 그 번드르르한 이름 아래 작전 트럭들이 동원되면서 누이 좋고 매부 좋은 돈벌이가 이루어지는 것이니 그 또한 얼마나 신바람나는 일인가. 최익도는 마침내 후생사업에 돈을 걸고, 뒤따라 제재소를 사들이려고 하다 보니 앞을 가로막는 물건이 있었던 것이다. 그게 바로 염상구였다. 그래서 그는 염상구의 돈줄을 막을 속셈으로 유주상을 찾아왔던 것이다. 그런데 유주상과 말을 하다 보니 돈줄을 막게 된 것만이 아니라 염상구를 칠 수 있는 또 하나의 방법까지 알아내게 되었던 것이다.

유주상은 유주상대로 자기 손으로 칼질을 하지 않고도 논을 떼먹힌 원한을 갚을 수 있게 되어 결국 두 사람은 서로의 목적을 공평하게 이룬 셈이었다.

　한편, 염상구는 몇 시간 뒤에 제재소 주인과 남원장에 자리를 잡고 있었다.

　"나가 앗싸리허게 말허는디, 우리 아그덜만 아님사 솥공장이 제재소보담 더 값나가는디 멀라고 맞바꾸자고 허겄소. 전쟁언 끝난 것이나 마찬가지고, 그리 되면 청년단 헐 일이야 당연허니 없어질 것이고, 허면 그 아그덜 다 워쩔 것이요? 주먹 써서 묵고살으라고 역전이고 차부에 쫘악 풀어놔뿔께라? 그리 되면 유지인 나 체면에 똥칠이고, 나 빼고 벌교바닥서 사업 해묵는 사람덜 애 잠 쎅일 것 아니겄소? 그 꼬라지가 되면 서로 안 존 일잉께 나가 책임지고 믹여살려야 쓰겄는디, 고것덜얼 솥공장에 처박자도 기술이 없고, 정미소에 처박자도 기술이 없다 그것이요. 근디 제재소에넌 기술이 없이도 기운만 써서 낭구럴 퍼내리고 퍼올리는 일이 태산이다 그 말이요. 요것이 나럴 위허는 것이 아니고 우리 벌교럴 모다 위허는 일잉께 맞바꾸자는 것인디, 이 사장 생각얼 톡 까놓고 말해 봇씨요."

　상대방을 노려보듯 하고 있는 염상구의 실눈 가장자리가 사르르 떨리고 있었다.

　"금메 말이요, 말씸이야 천냥만냥으로 존 말씸인디, 고것이 긍께로 크나 작으나 저저끔 아는 터가 있응께 해묵어지는 사업이라는 것인디, 나가 솥공장 쪽이야 통 땅뜀도 못허는 봉사라 논께 서로 맞바꾼다는 것이 워디 그리 손바닥 뒤집대끼 쉬운 일이겠소? 쪼깐 더 생각해 봐야제라."

제재소 주인이 염상구와는 다르게 느릿느릿한 어조로 말하고 있었다.

"아니 이 사장님, 무신 생각이 그리 기요? 요 이약이 시작된 지가 폴세 한 달이 넘었소. 허고, 일이야 밑엣것덜이 다 허는 것이제 사장이 허는 것입디여? 나를 봇씨요. 나가 솥공장얼 아는 것이 머시가 있소. 그렇다고 솥공장이 엎어지기럴 혔소, 뒤집어지기럴 혔소. 그려도 나가 맡음시로 늘품이 있었으면 있었지 쫄아붙지넌 안 혔소. 이 사장이 말허는 것얼 들잔께 바꿀 맘이 없는갑는디, 날만 질질 끌지 말고 가타부타 이 자리서 딱 짤라 말허씨요. 이 사장이 그리 텁터그리허게 나오면 나가 제재소럴 새로 채레뿔고 말겄소."

"야아?"

제재소 주인이 눈을 흡뜨며 허리를 곤추세웠다.

"머럴 그리 놀래고 그요. 나가 낼이라도 부산으로 떴다 허면 열흘 안으로 제재소 하나 채리는 것이야 식은 죽 묵기다 그 말이요. 나가 솥공장허고 제재소럴 맞바꾸자는 것이 나만 좋자는 것이 아니란 말 안직도 못 알아묵겄소!"

염상구가 침을 뱉듯이 내쏜 말이었다.

"아이고메, 쪼깐만 참으씨요. 나가 속에 있는 말 다 털어놓겄소."

마음이 다급해진 제재소 주인은 마른침을 삼키며 엉덩이를 들

썩했다. 염상구라는 자의 막가는 성질로 오기를 부리자면 능히 제
재소를 새로 차릴 수 있는 일이었고, 그렇게 되면 자기의 제재소는
똥값이 되고 마는 것이었다. 제재소라는 것은 돈만 가지고 있으면
새로 차리기가 너무나 쉬웠던 것이다. 염상구의 말대로 열흘 안으
로야 어렵겠지만 빈 땅에 둥근 톱날 몇 가지와 전기설비 기계를 사
들이면 차려지는 것이었다.

"속에 든 말이라니. 싸게 헛씨요!"

염상구는 상대방을 빤히 노려보았다.

"이, 고것이 다른 말이 아니고라, 세무서장이 폴세부텀 자기헌테
폴으라고 생난리단 말이요. 그러니 나가 새중간에 찡게서 워째야
쓰겄소."

"머시라고! 최익도 고런 간나구 겉은 새끼가."

염상구가 버럭 소리 지르며 술상을 내리쳤다.

"세무서장도 헌다허는 권센디 나가 워째야 쓰겄소."

제재소 주인은 제재소를 솥공장과 맞바꾸더라도 다소 얼마쯤의
웃돈을 받아낼 속셈으로 세무서장을 팔아대고 있었다.

"하아, 권세에? 나 일에 뒤에서 재 뿌리는 고런 새끼넌 까죽얼 홀
라당 벳게뿔 것잉께 나헌테 맽기씨요."

염상구는 험상궂은 얼굴로 소매를 걷어붙였다.

염상구는 눈치 빠르게 제재소 돈벌이가 제철을 만나게 되었다는
것을 알아차리고 있었던 것이다. 그것보다는 먼저, 솥공장이 갈수
록 돈벌이가 시원찮아지게 되어 있음을 확실하게 알아내고는 가망

없는 사업을 다른 것으로 바꾸려고 눈을 크게 뜨고 살피다 보니 제재소가 걸려들었던 것이다. 솥공장이 장사가 시원찮은 것은 전쟁통이라서 그런 것만이 아니고 더 크게는 양은솥 때문이었다. 가벼우면서 나무가 적게 드는 양은솥이 쏟아져나오는 판에 무겁고 나무가 많이 드는 무쇠솥은 자꾸 밀려날 수밖에 없었던 것이다. 그런데 염상구는 그런 속사정은 싹 감추고 그럴듯한 말을 앞세워 솥공장과 제재소를 맞바꾸려 하고 있었다.

구산댁이 밥상을 들고 부엌에서 나왔다. 칠이 벗겨지고 묵은 상처가 많이 찍힌 소반에는 빈 밥그릇 네 개와 숟가락 네 개, 고춧가루라고는 구경도 못한 시퍼런 김치가 한 그릇 놓여 있었다. 무거울 것도 없는 상을 들고 마루로 걸어가는 구산댁의 걸음걸이는 약간씩 흔들리듯 하며 불안스러웠다.

구산댁이 밥상을 마루에 놓자마자 아이들이 다투어 몰려들었다. 세 아이들 중의 하나가 지저분한 손을 내뻗쳐 김치가닥을 냉큼 집어들었다.

"새끼야, 니가 먼첨 묵지 말어. 우리 것인디!"

옆의 아이가 눈을 치뜨며 바락 소리 질렀다. 김치가닥을 집어든 아이는 들은 척도 않고 고개를 뒤로 젖혀 순식간에 김치가닥을 입 안으로 감추어넣었다. 그 아이는 하대치의 둘째아들 종남이었다.

"야 이 씨발놈아, 나 말이 안 딛기냐!"

옆의 아이가 더 크게 소리치며 팔꿈치로 종남이의 옆구리를 푹 질렀다.

"요 개놈에 새끼, 니 죽고 잡냐!"

종남이가 눈을 부릅뜨며 고개를 홱 돌렸다.

"이잉, 할메에— 오빠덜 또 싸운다네."

빈 숟가락을 빨고 있던 계집아이가 부엌 쪽에다 대고 소리 질렀다. 구산댁은 부엌벽에 높직이 걸어놓은 소쿠리를 떼내리고 있었다.

"요새끼럴 그냥 팍 박치기혀서 코피럴 터쳐뿔라."

"이새끼야, 느그 땀세 우리만 더 배고파진께 싸게 느그 집으로 끼대가뿌러. 머시가 잘났다고 지랄이여, 지랄이."

두 아이는 서로 멱살을 잡고 곧 싸움이 붙을 기세였다.

그런데 한 아이는 바로 옆에서 벌어지고 있는 그런 소란도 아랑곳하지 않은 채 아무 표정이 없는 얼굴로 벽에 등을 대고 멍하니 앉아 있었다. 그 아이는 하대치의 큰아들 길남이였다.

"아이구메 요런 징허고 징헌 삼시랑덜아, 워째 그리 서로 못 잡어묵어 걸핏허면 쌈질이냐 쌈질이. 시상에 웬수가 따로 없다, 느그덜이 웬수제. 길남아, 니넌 쌈 못허게 말릴 생각언 안 허고 멋 허고 있냐."

구산댁은 소쿠리를 마루에 던지듯 하고 주저앉으며 한숨을 토해냈다. 그녀는 아들마저 입산해 버리고, 외손자 둘까지 얹혀 있는 세월을 살아내느라고 그동안 파삭 늙어 있었다.

"할메, 종남이 오빠가 낼름 짐치럴 집어묵어 쌈이 났다네."

서인출의 딸은 제 오빠 편을 들고 있었다.

"아이고 이 웬수녀러 새끼덜아, 인자 고만 멱살잽이 풀고 밥 묵을 채비나 혀. 잘 묵지도 못혀 히놀놀헌 꼬라지덜 해갖고 번뜩허면 쌈허고 나스는 기운은 워디서 솟기냐. 아, 싸게 손목쟁이덜 놓고 못 돌아앉겄나!"

구산댁은 소리 지르며 주먹을 들어올렸다. 그제야 두 아이는 서로 맞잡았던 멱살을 마지못한 듯 놓았다.

"개놈에 새끼, 밥 묵고 보자."

종남이가 셋째손가락 마디가 튀어나오게 쥔 주먹을 눈앞에 들어 보이며 상대방을 노려보았다.

"헹! 밥 묵고 일대일로 뛰자."

서인출의 아들 상호도 똑같은 몸짓으로 대항했다.

"아이고 요런 속창아리 없는 새끼덜아, 에미 애비가 없이 사는 요리 각다분헌 신세면 느그덜이나 서로 다독기림서 살아야제 맘이나 땃땃해질 것인디, 무신 척진 웬수덜이 만났다고 눈만 뜨면 그저 달구새끼덜맹키로 쌈박질이여, 쌈박질이."

구산댁은 두 손자를 나무라는 것인지, 그저 푸념을 하는 것인지 모를 소리를 늘어놓으며 소쿠리의 밥을 밥그릇에 퍼담고 있었다. 그런 그녀의 기름기 없이 파삭 늙은 얼굴에는 진한 근심이 끼어 있었다. 밥상에 둘러앉은 세 아이의 눈길들은 모두 구산댁의 손놀림에 모아져 있었다. 소쿠리에는 거무튀튀한 깡보리밥이 담겨 있었다.

"길남아, 싸게 밥 묵을 생각 안 허고 멀 그리 넋 빼고 앉었냐."

구산댁은 밥그릇을 상에 놓으며 외손자 길남이 쪽으로 눈길을 보냈다. 그제야 길남이는 벽에서 등을 뗐다. 구산댁은 속으로 혀를 찼다. 저것이 워찌 저리 번혀뿌까이. 구산댁은 또 콧등이 찌르르해져 나오지도 않은 콧물을 들이켰다.

길남이·종남이·상호, 나이 순서대로 밥 담긴 그릇이 놓여져갔다. 종남이와 상호는 서로의 밥그릇을 넘보느라고 빠르게 눈을 희번덕였다. 그들의 밥그릇에는 깡보리밥 덩어리가 반을 미처 못 채우고 있었다. 그래서 질 나쁜 사기그릇의 투박함은 더 심해 보였다.

"다 똑겉이 담었응께 싸울 생각 말고 싸게싸게 묵어!"

구산댁은 손자들에게 눈을 흘기며 먼저 못을 박았다. 밥때마다 하는 소리였다. 그 말은 되씹기 싫었지만, 안 할 수도 없는 일이었다. 그 말을 미리 하지 않으면 으레 친손자 상호가 투정을 부리고 들었던 것이다.

아이들은 허겁지겁 밥을 먹기 시작했다. 측은한 눈길로 손자들을 바라보는 구산댁의 얼굴에는 그늘이 더 짙어졌다. 그러나 마음 한편으로는 깡보리나마 삶아서 점심을 때워넘기게 된 6월이라서 더없이 다행스럽기도 했다. 어린것들이 밥 달라고 칭얼거릴 때 아무것도 먹일 것이 없어 끼니를 굶겨 넘기게 하는 것처럼 가슴 아리고 쓰린 일도 없었던 것이다.

또 눈이 젖어들며 손자들의 모습이 어른어른해지기 시작하자 구산댁은 고개를 떨구었다. 애비들 없이 고생하는 손자들을 바라보노라면 어김없이 솟아나는 눈물이었다. 구산댁은 아이들이 눈치

채지 못하게 손등으로 눈물을 닦아내고는 숟가락을 들었다. 그리고 소쿠리에 붙은 보리알들을 긁어모았다. 그것은 한 숟가락도 다 못 되었다. 구산댁은 그것을 입으로 떠넣었다. 그것이 점심이었다.

구산댁은 소쿠리를 물에 담그려고 일어나다가 되짚어 앉았다. 소쿠리 옆구리에 뚫린 구멍을 삼베조각으로 꿰매 때운 사이에 보리알 하나가 낀 것이 보였던 것이다. 소쿠리를 안은 구산댁은 그 보리알을 손가락 끝으로 깔짝거렸다. 보리알은 나오는 것이 아니라 오히려 더 밀려들어갔다. 구산댁은 어찌할까를 생각하다가 숟가락을 돌려잡았다. 손잡이 끝으로 다시 깔짝거렸다. 그러나 보리알은 쉽게 꺼내지지 않았다. 곡식 한 알이 천금인디……. 보리알이 잘 나오지 않을수록 구산댁의 고개는 기울어지며 소쿠리 안으로 박히듯 하고 있었다.

"실례헙니다, 실례허겄구만요."

사립 쪽에서 들려온 남자 목소리에 구산댁은 화닥닥 놀라며 몸을 일으켰다. 놀란 것은 구산댁만이 아니었다. 정신없이 밥을 먹고 있던 아이들도 질겁을 하며 벽 쪽으로 물러나앉았다. 그건 서인출과 하대치·들몰댁이 입산한 뒤로 온 식구들이 겁내기 시작한 '남자 목소리'였다. 네 아이들 중에서 제일 큰 길남이가 유난히 파랗게 질려 부들부들 떨고 있었다.

"뉘, 뉘시다요?……."

구산댁은 간신히 이 말을 밀어냈다. 그나마 사립 앞에 선 남자가 혼자인 데다가 총을 들지 않아서 혼겁을 한 마음을 거머잡으며 가까스로 밀어낸 말이었다. 그러나 구산댁의 가슴은 쿵쿵 뛰고 있었다.

"예에, 여그가 서인출 씨 집이 맞는게라?"

키가 멀쑥하게 크고 얼굴이 긴 남자가 공손하게 물었다. 그런데도 구산댁의 가슴은 쿵 내려앉고 있었다. 그녀의 귀에는 아들의 이름 '서인출'이만 들렸지 그 뒤에 붙은 '씨'라는 존칭은 전혀 들리지 않았던 것이다.

"그, 그, 그런디……."

말끝인 '라' 소리는 입속에서 얼버무려지고 있었다.

"예에, 지녁 회정리 1구에 있는 야학선생인 이근술이라고 허는구만요. 머럴 쪼깐 알어볼 일이 있어서 이리 찾아왔는디, 들어가도 괜찮허겠는게라?"

이근술이 그 사람 좋은 웃음을 얼굴에 담고 느릿하고 부드러운 목소리로 말했다.

"야학선상님이라고라? 무신 일인지 들오씨요."

구산댁은 그제야 손바닥으로 가슴을 누르며 하르르 한숨을 내쉬었다.

"아그덜이 밥얼 묵든 참인갑네요이."

토방으로 가까워진 이근술이 아이들을 훑어보며 다정하게 웃었다. 그런데 길남이는 이근술과 눈길이 마주치자 흠칫 놀라며 얼른 고개를 돌려버렸다.

"야아, 보리밥 한 뎅이씩 믹이든 참이요."

구산댁은 얼른 밥상을 살펴보았다. 밥그릇들에는 아직 한두 숟가락의 보릿덩이들이 남아 있었다.

"이, 순사고 청년단이 아닝게 겁묵지 말고 싸게들 묵어뿌러라."
구산댁은 쭈뼛거리며 눈치 살피고 있는 아이들 앞으로 밥상을 밀쳐주고는, "더운디 잠 걸치씨요" 이근술에게 자리를 권했다.

"지가 잠 알아볼라는 것은 다른 것이 아니고라, 이 집 아그덜언학교럴 지대로 댕기고 있는가 어쩐가 허는 것이구만요. 아부지덜이입산헌 지가 오래되야간께 그런 집 아그덜이 대개 사친회비럴 못내서 학교럴 못 댕기게 되얐드만이라. 그려서 우리 야학에서 그런아그덜얼 모아 갤치기로 허고 요리 알아보고 댕기는구만요."

입산한 집들은 으레 어른이나 아이들이나 가릴 것 없이 사람을무서워한다는 것을 아는 까닭에 이근술은 찾아온 용건부터 알아듣기 쉽게 말했다.

"음마, 시상이 워쩐 시상이라고 빨갱이자석덜얼 골라다가 갤칠라고 헌다요? 그래갖고 성허겄소?"

'빨갱이'라고 발음하는 구산댁의 눈은 휘둥그레져 이근술을 뻔히 쳐다보고 있었다.

"고것이야 일없을 것이요. 잘못얼 혔으면 어런덜이 헌 일이제 어린 아그덜이 무신 죄가 있겄소. 고런 일이야 다 우리가 알아서 헐 것잉께 걱정 마시고, 쟈덜언 시방 워쩌요?"

"금메 말이요, 선상님이 요리 오신 것이 목 타들어 꼬드라져가는사람헌테 물바가치 내리는 고마움이제 멋이겄소. 시상에나 만상에나 요리 고마울 디가 워디 있겄소. 글안해도 요분 4월부텀 저 새끼덜 셋얼 핵교 작파시키고 안 있소. 월사금얼 못 낸께 핵교서넌 날이 날마동 잡지기넌 허제, 애비덜이 없응께 꼬린 동전 한 닢 생길 디는 없제, 전디다 전디다 못혀서 다 핵교럴 작파혔지라이. 근디, 쩌것덜이 즈그 애비 없는 시상얼 살어가자먼 못혀도 소핵교 공부넌 혀야 사람 노릇이 될 것인디, 요 일얼 워쩔 것이다냐, 요 일얼 워쩔 것이다냐, 힘스로 요 늙은 속이 숯이 되고 있든 참이었제라."

구산댁은 미리 준비라도 해놓은 것처럼 막힘 없이 엮어내렸다.

"그렸구만이라. 글먼 당장에 오늘 저녁부텀 보내씨요."

이근술은 밝게 웃으며 만년필과 수첩을 꺼냈다.

"싯이나 되는디 워쩔께라?"

여태까지 끼어 있던 근심기가 다 가신 얼굴로 구산댁이 물었다.

"다 보내씨요."

"학년이 다 달븐디 워쩔께라?"

"다 따로따로 갤치요."

"워메 존거, 워메 아즘찮인거. 내 새끼덜 살아났네!"

구산댁이 외치며 손바닥을 맞때렸다.

"아그덜 이름이 머시요?"

"야덜아, 싸게싸게 인나 선상님헌티 인사디리고, 각단지게 느그덜 이름 말씸디려라."

구산댁은 신명나는 목소리로 손자들에게 일렀다.

길남이부터 차례로 이름과 학년을 댔다.

"저 길남이가 워디 아프당가요?"

이근술이 수첩을 접으며 물었다.

"길남이요?" 길남이 쪽으로 힐끗 눈길을 돌리는 구산댁의 안색이 싹 어둡게 변하더니, "말도 마씨요, 어련덜얼 잡어다가 잡지고 왈기고 허는 것도 워디 헌디, 저 에린것얼 끌고 가서 겁믹이고 욱대기고 따구 치고 혀댔응께 저것이 워찌 되았것소. 영판 똘방똘방허든 아그가 그 일 당허고 나서부텀 겁이 말도 못허게 많어지고 저리 병색이 돌아뿌렀소. 밤마동 소리도 질르고, 오짐도 싸고, 에린 맘에 골병이 들어뿐 것이요. 즈그덜도 다 새끼 키우고 삼스로 혀도 혀도 너무덜 허요."

구산댁의 눈에서는 어느새 눈물이 줄줄이 흘러내리고 있었다.

"너무 그리 속상해허지 마씨요. 다 험헌 시상이라 당허는 일인께라. 지가 앞으로 길남이럴 다른 아그덜보담 더 맘 써서 대허것소. 야학은 회정리 입구에 있는 교회요."

이근술은 마루에서 일어났다.

"고맙고 고맙구만이라, 선상님."

구산댁이 치마를 거머잡고 따라 일어나며 눈물을 추슬렀다.

"길남아, 오늘부텀 공부허로 오니라. 알겄지야?"

이근술이 따스하게 말하며 길남의 머리를 쓰다듬었다.

"야아……."

길남이의 가느단 대답이었다.

"선상님, 시상에나 아즘찮이 아즘찮이 또 아즘찮이요."

구산댁은 사립 밖에서 이근술에게 합장을 하고 몇 번이고 허리를 굽혔다.

"예에, 예, 얼렁 들어가시씨요."

이근술은 마주 허리를 굽히며 손짓을 하고 있었다.

"경찰에서 뭐라고 할 이유가 없고, 만약 뭐라고 하면 내가 다 알아서 하겠소. 우리가 지금 할 일이 무엇이겠소. 그 가엾은 아이들을 철저하게 모아 가르치는 일이오."

이근술은 먹먹해져오는 가슴으로 또 서민영 선생의 말을 듣고 있었다. 그리고 서민영 선생의 권유에 따라 야학일을 맡게 된 것이 갈수록 생각해도 잘한 일이라 여겨지고 있었다. 서민영 선생의 생각이나, 그분이 살아가고 있는 세상은 그전에 자신이 전혀 몰랐던 너무나 새로운 별천지였다. 뒤늦게나마 그런 세상을 만난 것이 큰 기쁨과 보람으로 가슴을 뿌듯하게 채우고 있었다.

6월 8일 판문점에서 휴전회담이 가조인되었다. 그 소식이 산에 있는 빨치산 대원들한테까지 퍼지는 데는 열흘 가까이 걸렸다. 그것은 그들에게 '5·15 결정'에 이어 두 번째 충격이 아닐 수 없었다.

'산속의 열 명 당원보다는 인민 속의 한 명의 당원이 낫다.' 그 결정을 알고 충격을 받지 않은 빨치산은 단 한 명도 없었다. 그건 곧 빨치산투쟁은 더 이상 필요 없다는 뜻이었기 때문이다.

이제 우리는 무엇인가!

이제 우리는 어떻게 해야 하는가!

충격 속에서 누구나 똑같이 갖게 된 의문이고 그리고 질문이었다. 그 다음에 오는 것은 허탈과 절망감이었다. 대원들은 굳이 그런 감정을 숨기려 하지 않았다. 그렇다고 탈주자가 생기는 동요가 일어나는 것도 아니었다. 탈주할 만한 사람들은 지난 겨울공세 때 거의 다 떠나버린 탓이었다. 그들은 생활에서 익힌 대로 토론을 통해서 자신들의 생각을 모아 당에 알리고자 했고, 당이 무언가 새로운 길을 열어주기를 바라고 있었다. 그런 욕구들 앞에서 부담을 느껴야 하는 건 부대의 정치지도원들이었다. 당에서는 그 결정에 따른 지도지침을 아직 내리지 않고 있었기 때문이었다.

"동무덜, 너무 다급허게 생각허지 마씨요. 당은 시방 동무덜 맘얼 다 알어 그 일얼 허고 있을 것이요. 나 생각으로넌 '5·15 결정'이 빨치산투쟁은 계속험스로 인민 속에 지하조직도 구축해야 헌다는 중요성얼 그리 말헌 것이제 빨치산투쟁얼 아조 끝맺겄다는 뜻이 아닐 것이 틀림없소. 모다 맘 풀지 말고 강단지게 챙김스로 기둘립시다."

조원제는 이런 내용의 말로 대원들의 마음속에 일기 시작한 불안감을 없애려고 노력했다.

그러던 어느 날이었다. 이발사 출신의 대원이 조원제 옆으로 다가오며 말했다.

"지도원 동지, 머리 깎을 때가 지냈구만이라."

그의 손에는 가위가 들려 있었다. 그가 총만큼 소중하게 간직하고 다니는 눈에 익은 가위였다.

"그리 되았소?"

조원제는 모자를 벗고 머리칼을 만지며 웃었다.

"쩔로 앉으씨요."

"이, 고마우요. 날도 더와진게 씨언허니 깎아주씨요."

조원제는 나무 아래 그늘로 가 앉았다. 사각거리는 가위질소리를 들으며 조원제는 아른아른한 졸음의 물결에 잠겼다가 떴다가 하고 있었다.

"다 되얐소."

조원제는 졸음에서 깨어나며 그 달치근한 시간이 너무 짧아 아쉬웠다.

"와따 씨언허다. 고마우요이."

조원제는 짤막해진 머리칼을 쓸어보며 인사했다.

"고맙기년이라. 글먼 가볼라요."

그 대원은 날렵하게 생긴 가위를 빠르게 찰칵거리며 씨익 웃어보였다.

그런데 그 대원은 정말 그날 밤에 가버리고 말았다. 그러니까 이발을 해준 것은 그가 남기고 간 마지막 선물이고, 작별인사였던 것이다. 그냥 떠나기가 마음에 걸렸던 것인가……. 조원제는 먼 산을 보며 쓸쓰레하게 웃었다. 그러나 그가 산을 내려간 것에 대해서는 실망도 배신감도 느끼지 않았다. 어쩌면 너무 오래 견디었는지도 모른다는 생각이 들기도 했다.

그 대원은 언젠가 보투에서 페니실린 한 병을 구해온 일이 있었다. 약품은 당연히 환자트로 보내게 되어 있었다. 그런데 그는 페니실린이 만병통치라는 말을 들은 바가 있어서 남들 눈을 피해 훌쩍 마셔버렸던 것이다. 그것이 주사약이라는 것을 모른 것은 그렇다 치더라도, 그는 어디도 아픈 데가 없었던 것이다. 염증에 특효약인 페니실린 한 병이 대부분 염증환자들로 차 있는 환자트로 보내지지 못하고 멀쩡한 자의 뱃속에서 오줌으로 변해버린 것이다. 그 어처구니없는 사건은 이발사라는 잡직 자유노동자가 드러낸 파렴치한 이기주의의 전형이 아닐 수 없었다. 그때도 씁쓰레하게 웃어야 했던 것이다.

조원제는 그 탈주 한 건을 겪고 나서 휴전회담 가조인 소식을 듣게 되었다. 그리고 때를 같이해서 당으로부터 지도지침도 받게 되었다.

한편, 염상진은 총사 대원들을 모아놓고 당의 지도지침을 전달하고 있었다.

"동지 여러분, 여러분들은 지난 '5·15 결정'이 내려진 다음 낙망이 되어 기운들이 빠지고, 앞날이 걱정되어 투쟁을 제대로 할 수 없었다는 것을 잘 알고 있습니다. 그런데 또 여러분들은 휴전협정이 가조인되었다는 소식을 듣게 되었습니다. 그 소식에 여러분들은 또다시 놀랐을 줄 잘 압니다. 그러한 사태에 임하여 앞으로 우리 모두가 취할 투쟁 방향에 대하여 당의 결정을 여러분들 앞에 알리고자 합니다. 당은, 지난 '5·15 결정'이 내려진 그날로부터 우리의 투쟁이 현실투쟁에서 역사투쟁의 단계로 바뀌었다는 것을 분명하게 밝히는 바입니다. 동지 여러분! 모두 똑똑하게 들으십시오. 우리의 투쟁은 이제 현실투쟁이 아니라 역사투쟁 속에 있습니다. 여러분들은 그동안 학습을 열심히 해왔으므로 현실투쟁이 무엇인지, 역사투쟁이 무엇인지 다 아실 것입니다. 현실투쟁은 인민해방을 우리가 살아 있는 동안 눈앞에서 성취시키는 것이며, 역사투쟁은 인민해방을 우리가 목숨을 바쳐 뒷날 역사 속에서 성취시키는 것입니다. 여러분, 역사투쟁은 바로 목숨을 바치는 죽음의 투쟁입니다. 우리 앞에 놓인 투쟁은 오직 한 길, 우리보다 먼저 역사투쟁을 벌이고 죽어간 수많은 동지들의 뒤를 따라가는 것입니다. 여러분, 앞서 죽어간 그 많은 동지들은 우리의 정의로운 싸움이 역사 속에서 기필코 승리한다는 것을 믿었습니다. 또한 인민해방의 진리를 지키는 싸움에 바친 자신들의 목숨이 역사 속에서 틀림없이 되살아난다는 것을 믿었습니다. 그렇습니다, 우리도 그 사실을 철통같이 믿어야 합니다. 역사와의 싸움은 깁니다. 우리는 그 역사의 승자입니다. 우리는 그 역사의 주인입니다. 우리가 흘리고 죽어간 피는 인민해방의 꽃으로 역사 위에 찬란히 피어날 것입니다. 여러분, 우리는 그 틀림없는 사실을 믿어야 합니다. 그래야만 우리보다 앞서 죽어간 수많은 동지들의 죽음에 보답하는 것입니다. 인민해방의 역사는 우리를 부르고 있습니다. 민족해방의 역사는 우리를 부르고 있습니다. 이 마당에 어찌 죽음을 두려워하겠습니까. 최후의 순간까지 투쟁하다가 깨끗하게 죽어가는 것만이 가장 당당하고 떳떳한 해방전사의 모습입니다. 그런 용맹스럽고 자랑스러운 여러분들의 모습을 인민들은 똑똑하게 기억합니다. 그리고 그 정신을 이어받아 인민들은 계속해서 투쟁할 힘을 얻습니다. 그리하여 마침내 인민해방은 우리의 힘으로 쟁취되고야 맙니다. 그것이 인민해방의 역사이며, 역사의 발전법칙이며, 불변하는 역사의 힘인 것입니다. 동지 여러분, 이제 역사투쟁은 본격적으로 시작되었습니다. 우리는 빨치산으로서 빨치산답게 투쟁할 최후의 기회를 맞이하게 되었습니다. 앞으로 남은 것은 오직 하나, 빨치산답게 당당하고 용감하게 죽는 것입니다. 동지 여러분, 모든 사람은 목숨이 하나씩밖에 없습니다. 그러나 어차피 누구나 한 번은 꼭 죽고야 맙니다. 여러분들은 어떻게 죽기를 원합니까! 착취자들처럼 배부른 돼지새끼들로 죽기를 원합니까! 아니면, 착취자들에게 붙어먹는 더러운 개새끼들로 죽기를 원합니까! 이것은 다시 물을 것도 없는 말입니다. 여러분들은 일찍부터 그런 자들을 적으로 삼고 집 떠나 입산해서 지금까지 온갖 고난을 무릅쓰고 빨치산투쟁을 전개해 왔기 때문입니다. 그러면 마지막으로 하나, 동지들을 버리고 하산해서 돼지새끼들과 개새끼들에게 동지들을 팔아먹는 더럽고도 또 더러운 여우새끼들로 죽기를 원합니까. 동지 여러분! 역사투쟁이 시작된 이 마당에 죽음이 두려우면 당장 앞으로 나오십시오! 목숨이 아까우면 당장 앞으로 나오십시오!" 염상진의 불붙고 있는 눈길이 대원들을 휘둘러보았고, 대원들은 굳게 다물린 입으로 염상진을 응시하고 있었다. "아무도 없습니까! 좋습니다, 우리는 이제 죽음을 불사하고 역사투쟁의 길로 돌진할 것을 각오했습니다. 역사투쟁을 위해 더욱 용맹스럽게 싸울 것을 맹세했습니다. 우리의 각오와 맹세를 당과 인민 앞에 박수로써 표시합시다!"

염상진은 그 어느 때보다도 굳센 태도와 어기찬 어조로 연설을 해나갔다. 그리고 우람한 나무처럼 버티고 서서 박수를 치기 시작했다. 대원들도 비장감 서린 얼굴들로 일제히 박수를 치기 시작했다. 그 격렬하게 물결치는 박수소리들은 산골짜기를 울려대며 길게 이어지고 있었다.

'역사투쟁'을 알리는 강연은 각 지구마다에서 열리고 있었다. 그런 다음부터 부대단위로 토론회들이 활발하게 벌어지기 시작했다. 대원들은 달라진 투쟁을 맞이하여 자기들의 마음을 털어놓고 싶어했던 것이다.

조원제도 1대대의 토론회를 열었다.

"전사동지 여러분, 역사투쟁언 곧 결사투쟁입니다. 죽음의 투쟁이라는 말이제라. 그리고 또 역사의 승리투쟁이라는 뜻이기도 허구만요. 지끔부텀 역사투쟁얼 전개허는 것에 대하여 토론회럴 개최허겄습니다. 자유롭게 발언덜 허시씨요."

첫 번째 대원이 일어섰다.

"에에 머시냐, 휴전이 될라는 이 마당에서 역사투쟁얼 시작허는 것이야 전적으로 찬동허요. 우리가 이적지 개덜 가심에 빵꾸 뚫음시로 싸와갖고 인자 와서 던적시럽게 개덜헌테 살레달라고 손들 수도 없는 일이고, 그런다고 살레줄 개덜도 아니고라. 근다고 앞이 첩첩이 맥혔으니 북선으로 갈 수도 없고라. 우리가 헐 일언 역사투쟁뿐이 없는디, 나 한나 죽는 것이야 암시랑토 안 헌디, 남치기 새끼덜이 짠허고 불쌍허단 생각언 띠치기가 에롭소. 고것덜이 나중에 나이 묵으면 알겄제만 안직이야 에레서 역사투쟁이 멋인지 몰릉께라. 나만 맴이 덜 좋은 것이 아니고 새끼덜 딸린 대원덜이야 맴이 다 똑겉을 것잉께 나가 검사검사혀서 헌 발언이요."

두 번째 대원이 다급하게 일어섰다.

"이, 배 동무 발언이 탱자까시맹키로 나 가심얼 찔르요. 나도 새끼가 둘 딸린 몸잉께라. 근디, 나넌 새끼덜이야 다 즈그 묵을 것 타고난다는 옛말얼 믿고 잡으요. 그 말얼 믿고 맘 편허게 죽을 작정이요. 나가 지끔꺼정 시물여섯 해럴 살었는디, 그중에서 입산투쟁 험시로 산 3년이 질로 존 시상이었소. 니나 나나 다 차등 웂이 동무로 살고, 묵어도 항꾼에 묵고 굶어도 항꾼에 굶음서 공평허니 살고, 웬수덜헌테 총 쏨스로 배짱으로 살었응께 요보담 더 재미지고 존 시상얼 워디 가서 또 살아보겄소. 한 가지 한이 있다먼, 요런 시상얼 살어서 못 맹글고 가는 것이제라."

세 번째 대원이 바지를 추스르며 일어났다.

"박 동무 말이 쌈빡허요. 근디 나가 헐라는 말얼 뺏게뿔러서 원통허기도 허요." 몇몇 대원들이 웃었다. "나넌 기본출 중에서도 질로 지랄 겉은 백정놈에다가, 무식허기로야 딱허니 낫 놓고 기역자도 몰르는 봉사였제라. 근디 박 동무 말맹키로 사람대접 요러타께 잘 받음서 산다가, 글 깨쳐주고, 학습시켜 주고 혀서 글이란 글은 줄줄이 읽어대고, 에로운 글도 다 해득허게 맹글어준 당의 은혜럴 죽을 때꺼정 안 잊어뿔 것이구만이라. 허고, 입산혀서 지끔꺼지 우리 시상얼 맹글어봤응께 나넌 은제 죽어도 원도 한도 없구만이라.

이러나저러나 한 분 죽을 목심, 나넌 무선 것이 암것도 없소."

네 번째 대원이 일어나 모자를 벗어들었다.

"동무덜 발언 다 기맥히게 감동적입니다. 정의로운 역사는 반드시 승리헌다는 역사의 신뢰로 싸워야 될 상황에 처해서 그간에 자제혀 왔던 말얼 솔직허니 허겄구만요. 지넌 중학교럴 나왔기 땀세 지식계급으로 취급됐습니다. 지식계급이라 논께 기본출인 대원덜에 비해 그간에 여러 가지로 괴로움이 많았습니다. 지식계급의 잔재럴 청산혀야 허는 의무에다가, 똑같은 잘못이나 실수럴 혀도 지식계급잉께 더 비판되었고, 지식계급이라 딴 대원덜보담 더 열심으로 싸울라고 애썼습니다. 그런디도 입당은 또 지식계급이라 밀리고 제쳐지고 혀서 쉽덜 안 혔습니다. 그리 되자 서운헌 맘이 생기고, 나가 왜 투쟁허고 있는가 허는 생각이 들기도 했습니다. 그려도 혁명이나 인민해방이 꼭 기본출만얼 위허는 것이 아니고, 또 기본출만이 혁명과 인민해방의 주인은 아니다 허는 생각으로 서운험과 불만얼 참어냈습니다. 이제 모두가 죽기로 각오헌 역사투쟁 앞에서 지가 가진 그런 생각이 옳았다는 것얼 확인헙니다. 죽음의 투쟁앞에서 나넌 인자 지식계급이 아닌 자유로운 투사가 된 기쁨을 느낍니다."

조원제는 가슴이 뜨끔해지는 것을 느꼈다. 그 대원은 몸이 더럽고, 옷이 더럽기로 유명한 '거지왕초'였다. 광주동중학교 출신인 그는 몸도 씻지 않았고, 머리도 깎지 않았고, 옷도 빨아입을 줄을 몰랐고, 찢어져도 기워입지도 않았다. 그래서 '거지왕초'가 된 그는 싸움은 열심으로 해대면서도 말은 거의 하지 않았다. 그런 그가 자신의 속말을 다 털어놓았던 것이다. 그의 발언은 자신이 왜 거지꼴을 하며 살아왔는지를 해명하고 있었다.

물론 조원제는 지식계급들이 세 가지로 분류된다는 것을 알고 있었다. 몸가짐을 단정하게 하고 모든 투쟁에 적극적으로 나서는 축, 그 대원처럼 몸가짐을 아무렇게나 하고 다니며 투쟁에 대체로 소극적인 축, 그리고, 산에서 견디지 못하고 탈주해 버리는 축이었다.

조원제는 그 대원과 자신이 그동안 너무나 대조적으로 빨치산생활을 해왔음을 새삼스럽게 느끼고 있었다. 그가 말하는 지식계급의 고민과 갈등에 대해서 조원제는 충분한 타당성을 인정할 수 있었다.

그 다음으로도 발언은 계속 이어졌다.

"나넌 총이나 씬물이 나게 쏴보고 죽었으면 좋겄소."

"나넌 쌀밥얼 배가 터지게 묵었으면 좋겄소."

"나넌 장개럴 가고 잡어 죽겄소. 누가 중매 좀 나스씨요."

"나넌 공산당에서 똑 한 가지가 맘에 안 드는 것이 있소. 나넌 죽어서도 귀신으로 웬수덜얼 웬꼬지허고 댕기고 잡은디, 공산당에서는 귀신 겉은 것을 없다고 헌다 그것이요."

토론회는 어느덧 유언발표회로 변해 있었다. 그러나 조원제는 제지하지 않았다. 죽음을 결의하는 마당에 유언을 한마디씩 하는 것도 토론회를 갖는 충분한 의미가 된다고 판단했던 것이다.

대원들은 거의가 한마디씩 다 했다. 그러나 '휴전이 되는데 북쪽에서는 왜 우리에 대한 대책을 세우지 않느냐'는 식의 발언이나, 당에 대해서 무슨 원망을 하는 내용의 발언 같은 것은 하나도 나오지 않았다. 조원제는 그런 토론의 결과가 무척 만족스러웠다. 그건 대원들이 빨치산의 근본임무를 똑바로 알고 있다는 것이었고, 자신들이 왜 죽어야 하는지를 분명히 알고 있다는 반증이었기 때문이다.

대원들의 분위기는 바뀌었다. 그들은 전체적으로 비장해진 가운데 서로서로 전보다 더욱 다정해졌다.

36

감옥살이도 역사투쟁이다

7월의 폭염이 계속되고 있었다. 날씨 탓인지 그동안에도 별로 움직임이 활발하지 않았던 토벌대는 거의 움직임을 멈추고 있었다. 날씨 때문만이 아니라 숲이 짙어질 대로 짙어져 산속으로 파고들었다가는 오히려 자기네들에게 불리하다는 것을 아는 까닭일 수도 있었다.

염상진은 폭염 속에서 폭염보다 더 뜨거운 보고를 받아야 했다. 그건 안창민과 이지숙이 체포당했다는 소식이었다. 위장귀순이 탄로난 때문이었다.

염상진은 땅바닥에 무릎을 꿇었다. 그리고 두 손아귀에 산풀들을 움켜잡으며 부르르 떨었다. 질끈 감은 눈앞에 결혼식날의 안창민과 이지숙의 모습이 떠올라 있었다. 그들에게 못할 일을 시켰다는 죄의식이 가슴을 쥐어짰다.

염상진이 무릎을 꿇을 수밖에 없도록 절망스러운 것은 그들이 체포되었다는 사실 때문만이 아니었다. 그 다음에 이어진 소식이 었다. 그들이 이미 광주로 압송되었다는 것이었다. 결사대로 구출 작전을 일으킬 기회마저 없어지고 말았던 것이다.

염상진은 개인적으로 위장귀순을 반대하는 입장이었다. 그 전술 은 실현 가능성이 너무 희박했던 것이다. 적들은 인민들 사이사이 에 조직을 강화시켜 놓고 있었고, 휴전회담으로 인민들의 태도는 날이 갈수록 변해가고 있었다. 그런 상황에서 위장귀순에 의한 지 하세포망 구축이란 거의 불가능한 전술이었다. 기존했던 투쟁인민 의 조직들도 거의 와해상태에 빠져 있었던 것이다.

염상진은 안창민과 이지숙이 떠난 다음 줄곧 그들에게 선을 대 놓고 있었다. 조사를 받고 경찰서에서 나오고, 집에서 다시 결혼식 을 올리고, 그 소식을 들을 때까지만 해도 불안하나마 어떤 기대 를 걸 수 있었던 것이다. 그들이 다시 결혼식을 올렸다는 위장에 대해서는 무릎까지 쳤던 것이다.

염상진은 도저히 그대로 앉아 있을 수가 없었다. 광주 어디에 갇 혀 있는지 알아내야 했고, 손을 쓸 수 있는 데까지 써야 된다고 생 각했다. 기왕 인민 속의 장기화투쟁을 시작한 이상 사형을 당하게 방치할 수는 없었다. 장기화투쟁은 평생에 걸치는 투쟁이었다. 그 러므로 무슨 수를 쓰든지 당력을 집중시켜 사형만은 면하게 하고 싶었다. 역사투쟁 앞에서 스스로 목숨을 끊는 것과 적들의 손에 사형을 당하는 것과는 너무나 다른 문제였던 것이다.

염상진은 자신의 그런 생각을 사령관에게 말했다.

"좋은 생각이오. 광주시당과 협조하면 무슨 방법이 생기지 않을까 싶소. 염 동지가 책임지고 일을 처리하는 게 좋을 것 같소."

이렇게 사령관의 동의를 얻은 염상진은 광주시당과 선을 대려고 직접 나섰다. 그리고 군당의 오판돌에게도 선을 띄웠다.

"안 동무의 어머님한테 선을 대서 최대한 빨리 안 동무가 갇힌 데를 알아내라고 하시오."

염상진은 선요원에게 지시했다.

백운산을 출발한 염상진은 백아산지구를 거쳐 무등산 기슭에서 광주시당과 접선했다.

"안 동무 집에 선을 대서 안 동무가 어디에 갇혀 있는지 알아내라고 지시해 놨습니다. 그러니까 위원장께서는 그 다음부터를 맡아주시면 되겠습니다. 어떤 힘을 작용시켜서든 사형을 면하게 해야된다는 게 당의 입장입니다. 물론 안 동무의 집에서도 애를 쓰겠지요. 그러나 노모 한 분뿐이시고, 손을 쓸 만한 재산도 없는 형편입니다. 그러니 위원장 동지께서 발벗고 나서주셔야 되겠습니다."

염상진은 평소와는 다르게 잔뜩 힘이 들게 말하고 있었다.

"예, 잘 알겠습니다. 제 힘이 닿는 데까지 최선을 다하겠습니다."

시당위원장이 염상진을 쳐다보며 진중하게 말했다.

한편, 안창민의 어머니 신씨는 더 늙고 약해진 몸으로 폭염 속을 허덕거리고 다녔다. 신씨가 땀으로 삼베옷을 다 적시며 찾아다니는 것은 안씨 문중의 사람들이었다.

"워찌허겄습니껴. 죄가 밉제 목심언 살려내얄 것 아니겄습니껴."

신씨는 작은 몸을 더 작게 오그리며 그저 머리를 조아렸다.

"어허 참, 숯뎅이 되는 부모 맘이야 어찌 몰르겄소만 죄라는 것이 다 천층만층 구만층인 것이요. 그 자석이 진 죄가 워디 예삿죄고 그 자석이 또 워디 쫄짜빨갱이기나 허요? 염상진인가 머시깽인가 허는 놈 담이라는 것이야 시상이 다 아는 일인디, 무신 수로 목심이 살려내지겄소. 쌀얼 백 가마니, 천 가마니 쳐딜에 봇씨요. 그 목심이 살려내지는가."

마구 삿대질까지 해대며 언성을 높이던 남자는 카악 가래를 돋워올렸다.

"긍께, 살려내잔 것이 워디 죄 없는 몸맹키로 감옥에서 꺼내지는 것이겄습니껴. 감옥살이야 을매럴 허든지 간에 죽는 것이야 면허게 허자는 것이제라. 딛기는 소문으로 돈얼 쓰고 변호사럴 사고 허면 목심이야 건진다고 허드만이라. 긍께 워쩌겄습니껴, 그것도 안씨 문중 핀께 워찌 심덜얼 잠 모타주시씨요."

몸이 더 작게 오그라들고 있는 신씨의 두 손바닥은 모아져 있었다.

"금메, 안씨 문중 피도 좋고, 한 족보에 이름 올른 일가친척 뿌시레기도 좋소. 문중에서 심얼 모투든지, 돈얼 모투든지 간에 그럴라면 무신 똑별난 이유가 있어얄 것 아니겄소. 문중 이름얼 빛냈다든가, 문중에 무신 이익얼 쥤다등가 혀얄 것 아니겄냐 그 말이요. 근디 그 자석언 머시요. 나라가 금허는 빨갱이질허다가 대역죄인 되야갖고 문중 이름에 먹칠 똥칠 다 헌 눔인디, 문중에 바랠 것이 머시가 있소. 허고, 아짐씨 생각혀서 문중이 워찌 혀볼라고 혀도 그 놈에 죄가 워낙에 숭악해서 경찰 눈앞에 꼼지락 못허게 생겼웅께 그리 알고 가씨요. 나 일보로 나가야 쓰겄소."

남자는 찬바람을 일으키며 자리를 차고 일어났다.

신씨의 초췌한 얼굴에 경련이 일어나며 눈에 눈물이 번져갔다.

문중 사람들은 하나같이 그런 식으로 박절했다. 그런 냉대 속에 이삼일을 돌아다니고 난 신씨는 완전히 주저앉고 말았다.

아들을 죽이고 마는구나!

신씨는 그 절박함 앞에서 시시각각 피가 타들고 있었지만 돈을 구할 데라고는 그 어디에도 없었다. 학생으로 나이가 어리면 500만 원, 나이가 스물다섯이 넘었으면 1천만 원, 자리가 좀 높은 경우에는 1,500만 원 정도를 쓰면 풀려난다는 소문이 진작부터 파다하게 퍼져 있었다. 학살당한 민간인 가족이 나타나 손가락질을 하지 않는 한 그것이 공정가격이라고 했다. 그런데 돈을 구할 수 없는 신씨는 차라리 자기가 먼저 죽고 싶은 심정이었다.

저녁밥도 끓이지 않은 신씨는 어둠 가득한 마당의 평상에 넋 놓고 앉아서 하늘을 멍하니 올려다보고 있었다. 어둠 속에서는 모기들이 앵앵거리고, 뭇별들이 박힌 하늘에는 은하수가 기다랗게 흐르고 있었다.

"기신게라."

대문 쪽에서 난 조심스러운 여자 목소리였다. 그러나 신씨는 그 소리를 알아듣지 못하고 있었다.

"아짐씨이, 기신게라?"

대문 쪽의 목소리가 조금 더 커졌다.

"이!" 신씨는 문득 정신을 수습하고는, "거그 누구 왔소?" 하며 평상에서 몸을 일으켰다.

"야아, 들몰 가실댁이구만이라."

반가움이 실린 목소리가 좀더 또렷해졌다.

"이 밤중에 가실댁이 워쩐 일이다요."

신씨는 서둘러 대문 쪽으로 발길을 돌렸다.

대문을 들어서는 건 가실댁 혼자가 아니었다. 네 여자가 더 있었다. 신씨는 어둠 속에서도 그들이 누구인지 금방 알아보았다.

"이 밤중에 워쩐 일덜이요. 어여 앉으씨요."

신씨는 이상한 느낌을 가지며 평상에 자리를 권했다.

"요리 밤중에 찾아뵌 것언 다른 것이 아니고라, 요분 참에 당허신 일얼 챙기시자면 돈이 목심이라는 소문인디요. 그래서 즈그덜이 논얼 한 마지기썩 내놓기로 맘얼 모탔구만이라."

가실댁의 조심스러워하는 말이었다.

"이 사람덜아!"

신씨의 입에서 나온 감격 어린 소리였다. 신씨는 전혀 생각지도 못했던 그 고마움에 가슴이 푸드득 떨렸던 것이다.

"자네덜도 모다 남정네가 없는 헹펜에 새끼덜 델고 살아야 헐 것인디 한 마지기썩얼 내노면 워쩔라고……."

마음이 다급하다고 그 제의를 덥석 받아들일 수가 없어 신씨는 이렇게 말했다. 방 서방을 위시한 옛 소작인들은 모두 입산을 한 처지였던 것이다.

"아니구만이라. 그간에 즈그덜이 누구 덕으로 살았고, 그냥 공짜로 받은 논인디 요분 일에 내놓는 것이야 당연지사제라. 다도 아니고 한 마지기썩만 내놓는 것잉께 퇴허지 마시고 즈그덜 사람 맹글어주시씨요."

가실댁의 예를 갖추는 말에 신씨는 더욱 가슴이 저리고 있었다.

"나가 면목 안 스는 일인지 암스로도 사정이 워낙에 급헌게 그 말덜얼 고맙고 고맙게 받겠네. 참말로 너무덜 고맙네."

목이 잠겨드는 신씨는 소매 끝으로 눈물을 찍어내고 있었다.

"꼼짝 말엇!"

방문이 박살나며 구둣발들이 뛰어들었다.

"어!"

조원제와 또 한 사람이 숟가락을 내동댕이치며 총으로 손을 뻗치려는 순간 눈앞에 총구멍이 들이닥쳤다.

"꼼짝 말고 손 들엇!"

경찰은 소리치며 조원제 옆에 놓인 총을 구둣발로 밀어찼다. 총은 방구석으로 쭈르륵 밀려갔다.

속았구나, 허방인디!

순간 조원제의 머리를 친 생각이었다. 그의 입에는 밥이 가득 물려 있었다.

"싸게 손 들어!"

다른 경찰이 조원제 옆사람의 총을 걷어차며 소리쳤다.

조원제와 옆사람의 눈이 순간적으로 마주쳤다. 그리고 두 사람은 천천히 팔을 들어올렸다. 조원제는 선요원도 속았다는 것을 직감했다.

"싸게싸게 일어낫!"

조원제를 겨누고 있는 경찰이 총구를 휘둘렀다.

조원제와 선요원은 팔을 든 채 몸을 일으켰다. 몸을 반쯤 일으키던 조원제가 뒤로 홱 돌아섰다. 그의 손은 뒷벽의 선반에 놓인 수류탄으로 뻗쳐가고 있었다. 그때 뒤에서 개머리판이 그의 어깻죽지를 내려쳤다.

"억!"

비명과 함께 조원제의 입에서 밥덩이가 떨어져내렸다. 그 순간그의 머리에 번쩍 떠오르는 것이 있었다. '산속의 열 명 당원보다는인민 속의 한 명의 당원이 낫다!' 그 소리는 자포에 사로잡혀 있는그의 의식에 찬물을 끼얹고 있었다. 그리고 조원제는 그 의미가 새롭게 가슴에 말뚝으로 박히는 것을 느꼈다.

"개지랄 치지 말고 싸게 밖으로 나갓!"

경찰이 총 끝으로 조원제의 등을 떠밀었다.

"개자석이 박쥐였구마……."

허탈한 선요원의 중얼거림을 들으며 조원제는 마루로 나섰다. 마당의 햇빛 속에 총을 겨눈 경찰들이 가득 차 있었다. 조원제는 눈을 질끈 감았다. 그때 들리는 말이 있었다. "요리 이별허먼 은제 또 만내지까이." 이태식의 목소리였다. "조 동무, 몸조심혀 감스로 잘 허씨요이." 강경애의 말이었다.

조원제는 두 팔을 들어올린 채 제재소의 안채를 벗어나 밖으로 나왔다. 큰길과 함께 사람들이 많이 보이게 되자 자신도 모르게 고개가 떨구어짐을 느꼈다. 니가 무신 죄럴 졌냐! 당당허니 고개럴 들어라! 조원제는 스스로에게 외쳤다. 이를 맞물고 턱을 끌어당긴 조원제는 앞을 응시하며 고개를 빳빳이 세웠다.

부대를 떠나올 때 대원들에게는 무슨 중요한 물건을 조달하러 가는 것으로 해두었다. 그러나 자신이 맡은 임무는 '5·15 결정' 수행과 '8·4투쟁'이었다. '8·4투쟁'은 8월 5일에 실시될 정·부통령선거에 대한 교란 및 저지 투쟁이었다. 그런데 아무 일도 시작해 보지 못하고 침투하자마자 잡히고 만 것이다. 그 거점책이 이중첩자라는 것을 선요원도 몰랐다는 것이 어처구니가 없는 한편으로, 그동안 자신들의 조직이 그런 식으로 물이 새고 있었다는 것을 조원제는 실감해야 했다.

"쩌 앞선 사람은 영판 젊으네이."

"그렁마, 인자 시물이나 됐을랑가?"

"못 묵어서 그렇제 인물이 영판 좋구마. 인물값허니라고 저리 당당허까?"

"금메, 저리 당당헌 사람 첨 보겄구마. 뉘집 자석인지 영 아깝네웨."

큰길을 오가는 사람들의 눈길이 모두 두 사람에게 쏠리고 있는 가운데, 길가에 선 몇 여자들이 수군거리는 말이었다. 선거바람이 불고 있어서 큰길에는 사람들이 부쩍 늘어 있었다.

제재소에서 화순경찰서까지는 그다지 멀지 않았다. 조원제는 화순에서 제일 넓고 번화한 길을 두 팔 들어올리고 걸으며 누군가가 자신을 알아보기를 바라고 있었다. 그래서 자신이 잡혔다는 사실이 집에 알려져야 했던 것이다. 그의 머리는 벌써 '5·15 결정'에 입각한 새로운 투쟁을 위해 신속하게 돌아가고 있었다.

경찰서 직전에서 조원제는 한 사람과 눈이 마주쳤다. 그의 가슴에는 확 전등불이 켜졌다. 그 남자는 문중의 아저씨뻘이었다. 양복 차림의 그 남자는 당황한 기색으로 얼굴을 돌렸다. 조원제는 그 눈치빠름에 안도의 숨을 내쉬었다.

"죽으나 사나 약얼 구허로 나왔다고만 허씨요."

유치장에 갇히면서 조원제는 선요원에게 빠르게 속삭였다.

밤이 늦어도, 다음날도 집에서는 아무도 찾아오지 않았다. 조원제는 그때서야 문중의 그 아저씨의 외면이 눈치 빠른 행동이 아니라 진짜 외면이라는 것을 깨달았다. 자기에게 무슨 불똥이라도 튈까 봐 그 아저씨는 집에 알려주는 것마저 외면해 버렸던 것이다. 인공시절에 그리도 달아올랐던 세상인심은 이제 다시 여순투쟁 다음인 1949년께로 되돌아가 있음을 조원제는 처절하고 절실하게 느끼지 않을 수가 없었다.

조원제는 점심 무렵에 조사를 받으려고 유치장에서 나왔다. 사무실로 들어가 의자에 앉으려는데 누가 알은체를 해왔다.

"아니, 니가 누구여! 조, 조원제 맞제?"

조원제는 자기를 향해 다가오고 있는 몸집 건장한 사내를 쳐다보고 있었다. 그 사내는 학생 때부터 잡혀다니면서 낯이 익은 박 형사였다. 그는 턱없이 반가운 기색이었지만 조원제는 오히려 앞이 막히는 낭패감을 느꼈다.

"원제 니가 이적지 살어 있었구나."

박 형사는 신기하다는 듯 조원제를 내려다보았다. 그러고는 의자를 끌어다가 마주 앉았다.

"니 잽힌지 집에서 아냐?"

박 형사가 소리 낮춰 물었다. 조원제는 짧게 고개를 저었다.

"알겄다, 나가 알려주제." 박 형사는 짧게 말하고는, "야 이 재앙궂은 놈아, 쪼깐헌 놈이 허라는 공부나 헐 일이제 니까징 것이 공산주의럴 머럴 안다고 입산꺼지 혀서 요 꼬라지냐. 요놈아, 느그 부모 애깨나 썩이겄다." 그는 다시 큰 소리로 말하며 조원제의 머리를 쥐어박고는 일어섰다.

조원제는 전혀 예상하지 못했던 호의에 그만 어리둥절해졌다. 자신의 과거까지 환히 알고 있는 박 형사와 맞닥뜨리는 순간 조원제는 이제 죽었구나 하는 심정으로 당할 각오를 단단히 했던 것이다.

과연 아버지는 해질녘에 찾아왔다. 박 형사는 아버지와 단둘이 만날 수 있는 자리까지 만들어주었다.

"고맙다. 니가 이리 살어서 왔응께."

아버지의 첫마디였다. 조원제는 무슨 말부터 해야 좋을지를 몰라 고개를 약간 수그렸다. 언제나 어렵기만 한 아버지였다.

"몸언 워디 아픈 디 없냐?"

"예에…… 엄니허고 식구덜언……."

"다 괜찮허다. 원제야, 인자 모든 대결투쟁언 끝났다. 앞으로넌 세월에 의지혀야 헌다."

조원제는 고개를 들었다. 아버지의 의미 깊은 눈이 자신을 쳐다보고 있었다. 조원제는 그제야 동지로서의 한 가닥 유대감이 아버지라는 어려움을 헤치고 새롭게 움트는 것을 느꼈다. 자신의 사회주의 의식의 바탕은 아버지로부터 비롯되어 있었다. 일제시대부터 조직원이었던 아버지가 인공 때 당의 간부조직에 포함되지 않았던 것은 '비밀당원'으로 옛날의 선이 다 끊어진 상태인 데다가, 신분을 위장하고 있던 공무원으로서 직책이 너무 높았기 때문이었다. 그 사연이 좀 복잡했다.

"알고 있구만요."

조원제는 아버지를 쳐다보며 대답했다. 그때 아버지의 얼굴이 문득 긴장하는 것을 느꼈다.

"허면, 역사 속의 투쟁이 길다는 것을 실천허겠다는 뜻이냐?"

눈에 힘을 모은 아버지가 낮고 질긴 소리로 물었다.

"예, 지시구만요."

"알겄다. 그 담 일부텀언 이 애비가 알어서 허겄다."

아버지가 허리를 폈다.

"비용이 많이 들 것인디요."

"일없다. 니가 입산헌 담부텀 이 애비가 헌 투쟁이 먼지 아냐. 요런 날에 대비혀서 정신없이 돈 모툰 일이었다."

아버지는 승자처럼 환하게 웃었다.

"부탁이 한 가지 있는디요."

"무신?"

"지 혼자 잽힌 것이 아니고 또 한 사람이 있구만요."

"알겄다. 당연히 항꾼에 혀야제."

조원제는 아버지가 커다란 산으로 느껴졌다.

아침저녁으로 찬 바람이 선들거리기 시작하는 9월이 되어서야 하대치는 안창민과 이지숙이 무기징역을 받았다는 것을 알게 되었다.

"워메 되얐뿌렀소!"

그들이 사형을 당하지 않게 되었다는 것에 하대치는 순간적으로 펄쩍 뛰어오르며 외쳐댔던 것이다. 그러나 '무기'라는 징역을 한참 생각해 보니 그렇게 반가워할 것이 아니었던 것이다. 끝도 한정도 없는 징역살이가 무기였던 것이다. 그 끝이 죽음이었다.

"아니, 나가 요리 좋아라 허다 봉께 미친놈 겉은디요."

기색이 싸늘하게 변한 하대치의 말이었다.

"왜요?"

담배연기를 깊이 들이켠 염상진이 하대치를 쳐다보았다.

"차근허니 생각혀 봉께 무기라는 것이 죽어서야 끝나는 징역살

인디, 깜방에서 아무 일도 못험시로 평상얼 보내다가 깜빵에서 죽
느니 당장 팍 죽어뿌는 것이 낫제라."

"하 동무, 죽는다는 것만 생각하면 하 동무 말이 맞소. 허나, 감
옥에 갇혀 있다고 해서 아무 일도 안 하는 것이 아니오. 감옥살이
하는 것도 투쟁의 하나요. 그것은 우리의 역사를 지키는 투쟁이오.
굽히지 않고, 지치지 않고, 꿋꿋하게 의지를 지키며 감옥살이를 해
나가는 것은 또한 적들에게 우리가 옳다는 것을 보여 결국 그들이
굴복하게 하는 투쟁이기도 하오. 그리고 특히 안창민 동무 같은 사
람은 감옥에서 할 일이 많소. 감옥에 있는 많은 동지들을 상대로
끝없이 위로하고 격려하고 그리고 교양하고 학습해서 모두가 감옥
투쟁을 굳건한 용기로 해나갈 수 있도록 힘찬 선전과 선동의 임무
를 수행해야 하오. 그 임무에 충실하며 평생을 감옥에서 살다가 감
옥에서 죽으면 그 죽음이야말로 얼마나 값나가는 것인지 말로는
계산이 안 되는 일이오. 평생에 걸쳐 전개한 감옥투쟁에서 영향을
받은 수많은 사람들은 그 죽음을 기억할 것이고, 그 영향은 내일
의 투쟁에서 반드시 힘으로 뭉쳐져 솟구치게 되어 있소. 그러니까
감방살이는 또 하나의 역사투쟁이라는 것을 알아야 하오."

염상진은 그 옛날과 하나도 달라진 것 없이 차분하게 설명해 나
가고 있었다.

"고것이 또 그리 되는구만이라이."

피우던 담배도 끄고 진지하게 듣고 있던 하대치가 뚜벅 말했다.

"물론 안 동무와 이 동무가 감옥에서 평생 동안 겪어야 될 고생

을 생각하면 무슨 할 말이 있겠소."

염상진은 풀잎을 뜯어 잘근잘근 씹으며 먼 하늘로 눈길을 보냈다. 옥양목 행주질을 친 듯 말끔한 하늘에 솜덩이처럼 뭉클뭉클 부풀어오른 새하얀 뭉게구름들이 피어나 있었다. 그 구름에 가을이 깃들어 있었다.

"오판돌 동무할라 그리 가부렀이니 인자 단풍 떨어지대끼 한나 한나 시나브로 작별혀 가는구만이라이."

담배연기를 한숨처럼 내뿜으며 하대치가 쓸쓸한 어조로 말했다.

오판돌은 열흘 전쯤에 복내면 뒷골짜기에서 대원 세 명과 함께 포위당해 싸우다가 탈출구를 뚫지 못하고 끝내 수류탄으로 자폭하고 말았던 것이다. 염상진의 뒤를 이어 보성군당을 건실하게 이끌어왔던 오판돌다운 죽음이었다.

염상진은 천천히 하대치에게 고개를 돌렸다.

"하 동무, 너무 서운해하지 마시오. 어차피 투쟁은 동지들을 헤어지게 만드는 것이고, 죽어가는 데는 순서가 없는 법이오."

염상진이 웃으면서 말했다. 그 웃음이 그지없이 스산했다.

"금메요…… 찬 바람이 일기 시작허는디, 낭구 이파리가 떨어져 내리면 개덜이 씨게 나오겄제라?"

하대치는 화제를 바꾸었다.

"틀림없이 그럴 거요. 아마 이승만 도당은 이번 겨울을 이용해서 우리들을 다 없앨 작정을 할 거요. 우리를 없애지 않고서는 제놈 체면이 안 서니까. 작년 겨울에도 이현상 선생을 생포해서 자기 앞에 데려오라고 했다는데, 노망 든 영감탱이요. 이현상 선생이 누구신데 생포될 때까지 가만히 있으시겠소? 어쨌든 모든 전투준비를 단단히 해야지요."

염상진은 자리를 털고 일어섰다.

"뜨시게라?"

"오래 쉬었소."

염상진은 손을 내밀었다.

"살펴가시씨요."

하대치는 염상진의 손을 잡았다. 그는 전에 없던 외로움이 왈칵 밀려드는 것을 느꼈다.

하대치는 멀어져가는 염상진을 지켜보고 서 있었다. 안창민과 이지숙의 소식을 선요원을 통해 알리지 않고 직접 걸음해서 알려주고 가는 그 깊은 마음을 하대치는 한없는 고마움과 함께 가슴 절절하게 느끼고 있었다.

한편으로 이태식은 조원제와 선요원이 체포되었다는 것만 알 뿐 그 다음 소식을 알 수가 없어 날마다 애를 태우고 있었다. 그럴 수밖에 없는 것이 화순 읍내에 유일했던 거점책이 정체를 드러내면서 등을 돌리고 말았으니 뒷소식이 연결될 리가 없었다. 조원제에 대한 뒷소식을 알고자 하는 것은 어디까지나 개인적인 궁금증일 뿐이었지 긴급을 요하는 공적 업무가 아니었던 것이다.

이태식은 옆을 떠난 사람으로 가슴에 휑하니 바람구멍이 뚫린다는 말을 비로소 실감하고 있었다. 조원제가 옆에 있어서 얻은 도움은 한두 가지가 아니었다. 어려운 당이론은 도맡아 설명해 주었고, 문건이나 신문의 어려운 한자말들을 다 해석해 주었고, 당의 새로운 전략전술에 대한 판단과 해석방법을 가르쳐주었고, 연설을 하게 될 때마다 내용을 잡아주었던 것이다. 그렇게 많은 도움을 주면서도 그는 이쪽을 조금이라도 무시하거나 업신여기는 법이 없었다. 언제나 귀찮아하지 않고 성심껏 가르쳐주고 도와주었던 것이다. 그는 머리가 놀랄 만큼 좋았고 그래서 나이에 비해 아는 것이 너무나 많았다. 한번 슬쩍 읽은 것 같은 문건 내용들을 다 머리에 담고 다녔다. 그러니 네댓 차례나 읽었다는 당사를 줄줄이 외워대는 것은 하나도 놀랄 일이 아니었다.

그런 조원제를 탐내는 데도 많았다. 사령부 선전과에서 끌어가려고 하는가 하면, 출판과에서 오라고 했고, 후방부에서도 손짓을 했다. 그런 곳으로 자리를 옮겨가면 화선투쟁을 하는 부대에 비해 훨씬 더 안전하고 몸이 편할 수 있었다. 사령부의 각 조직은 우선적으로 보호되었고, 그 조직원들은 가능하면 전투에 나서지 않았다. 그리고 보투도 하지 않게 되어 있었다. 그런데도 조원제는 전혀 움직일 생각을 하지 않고 자신의 옆을 지켜주었던 것이다. 그런 조원제를 생각할수록 이태식은 가슴에 뚫린 구멍이 커질 뿐이었다.

조원제가 산을 떠나야 한다는 당의 결정을 알았을 때 이태식은 곧바로 시정을 건의할까 했었다. '영웅'이라는 자신의 영향력을 앞세우면 시정이 안 될 것도 없었던 것이다. 당의 결정에 대해서 그런 생각을 가진 것은 처음 있는 일이었다. 그러나 한편으로, 여그다

붙들어놔도 남은 것은 죽을 일뿐이다. 그려, 그리 똑똑헌 것으로나, 그 시퍼런 나이로나 시방 죽기로는 너무 아깝다. 가서, 무신 수럴 써서라도 죽지 말고 살아나그라. 그래서 그 존 머리, 그 씬 뚝심으로 우리 죽은 담에라도 찰지고 끈끈허게 투쟁허는 것이여. 샘얼 짚이짚이 팜스로 찔기게 투쟁혀 나가는 것이 니가 헐 일이고, 그 일얼 잘혀야 우리가 먼첨 죽는 뜻도 되살려지는 것잉께. 그려, 가그라. 가서, 니 목심 닿는 디꺼정 삼스로 니가 맡은 역사투쟁얼 허는 겨, 하는 생각으로 마음을 정리했었던 것이다.

"연대장 동무, 또 조 동무 생각 허시요?"

강경애가 이태식 옆으로 가까이 오며 말을 걸었다.

"이, 강 동무……."

이태식이 생각에서 깨어나며 담배쌈지를 꺼냈다.

"연대장 동무가 똑 조 동무허고 연애라도 헌 것 겉으요."

강경애가 이태식의 옆에 앉으며 불쑥 말했다.

"금메, 여자였으면 그랬을란지도 몰르제."

이태식이 힘없는 웃음을 흘렸다.

"나 생각으로넌 조 동무가 영리헌께 고비고비럴 잘 넘길 것 겉은디요."

"나도 그리넌 생각허요."

"글먼 인자 맘 단도리허시씨요. 부모자석지간에도 사람은 다 이별허는 것이요."

"그려, 강 동무 말이 맞소."

이태식이 담배를 말며 고개를 끄덕거렸다.

"조 동무도 맘이 강단짐스로도 정이 많은디, 워디 있드라도 그 평상에 연대장 동무럴 잊어뿔겄소."

"그려, 그려, 있는 집 자석치고 그리 난 칙 안 허고, 맘 따땃허니 정 많기가 에로운 일이요."

이태식은 말이담배에 침을 두 번, 세 번 적시고 있었다.

"음마, 날이 썬들기린다 혔등마 폴세 물오리가 와뿌렀소."

강경애가 저편 하늘을 보며 감탄인지 놀라움인지 모를 소리로 말했다.

"폴세 물오리가!"

이태식의 눈길도 강경애가 보고 있는 하늘 쪽으로 옮겨졌다. 정연하게 줄을 선 기러기들이 남쪽 산줄기 위를 날아가고 있었다. 그 새들의 느릿거리는 날갯짓에 겨울이 실려 있었다.

"우리도 인자 채비럴 단단허니 혀야겄소. 개덜이 좋아라 허는 철이 오고 있응께."

이태식이 벌떡 몸을 일으켰다. 하면, 하면, 그래야제라! 강경애는 영웅 이태식의 모습이 되살아나는 것을 뻐근한 마음으로 올려다보고 있었다.

"손 동무, 그간에 고생 참 많았습니다. 이별 기념으로 뭘 하나 드렸으면 좋겠는데, 아무것도 드릴 것이 없습니다."

박두병이 소탈하게 웃으며 빈손을 펴 보였다.

"무슨 말씀을요. 저도 아무것도 드릴 것이 없는걸요."

손승호도 웃으며 빈손을 펴 보였다.

"그래요, 빨치산의 이별에 무슨 물건을 주고받는 게 오히려 이상하지요. 우리 서로 마음을 주고받읍시다."

박두병이 뭉툭하게 큰 코를 벌름했다.

"예, 참 좋은 생각이십니다."

그 생각의 일치가 손승호는 자못 신기하고도 놀라웠다. 자신이 그 말을 할까 했었는데 어색할 것 같아 그만두었던 것이다. 지금도, 저도 그 말을 하고 싶었습니다, 해야 하는 건데 말이 그렇게 나가지 않았다.

"이거 받으세요, 귀순증입니다. 만일의 경우에 사용하십시오."

박두병이 접은 종이를 주머니에서 꺼내 내밀었다.

"예에……."

손승호는 어떤 긴장을 느끼며 그 종이를 받아들었다.

"김범우 만나시거든 그때 일 사실대로 말해 주세요. 내가 일부러 떼놓았던 거라고요. 그 친구는 어떻게 살고 있는지…… 결과적으로 그 사람 말이 맞아떨어진 셈이지요."

박두병의 얼굴에 자조적인 웃음이 스치고 지나갔다.

"그동안 무사한지나 모르겠군요."

손승호는 귀순증을 주머니에 넣었다.

"글쎄요, 워낙에 거칠었으니. 그 사람이 무사하면 손 동무 사업에도 도움이 클 텐데요."

"그러기를 바라야지요."

"예, 손 동무도 부디 무사하시길 빕니다."

박두병이 몸을 일으켰다. 그리고 손을 내밀었다. 손승호는 그 손을 잡았다.

"손 동무, 그간에 참 고생이 많았어요. 우리의 투쟁경험이 손 동무의 글솜씨로 씌어져 세상에 널리 퍼질 날을 우리 함께 기약합시다."

"예, 그러지요."

그들은 서로의 손이 으스러져라고 힘주어 잡았다.

"선요원이 범바위까지 안내할 겁니다."

박두병의 목소리가 약간 잠기는 듯했다.

"예, 부디 건강하십시오."

손승호의 목소리도 약간 변해 있었다.

손승호는 발 빠른 선요원의 뒤를 따라 박두병한테서 멀어지고 있었다. 손승호는 고개를 넘어서면서도 끝내 뒤를 돌아보지 않았다. 박두병에게 자신의 마지막 모습을 약하게 보이고 싶지 않았던 것이다.

손승호는 덕유산을 떠나고 있었다. 1950년 9월 말에 산으로 들어왔다가 공교롭게도 1952년 9월에 산을 떠나고 있었다. 산에서 보낸 세월이 햇수로 3년이고, 만으로는 2년이었다. 그동안에 겪어낸 수많은 일들이 떼어놓는 걸음걸음마다 얽혀들고 있었다. 큰일에서부터 작은 일까지, 겪고 본 모든 것들이 하나도 잊혀지지 않고 의식에 또렷또렷이 박혀 있었다. 그건 결코 기억력이 좋아서가 아니었다. 처음부터 산에서 겪은 일들은 그 어느 것도 잊어서는 안 된다고 작정하고 머릿속에 차곡차곡 쌓으려고 줄기차게 애썼던 것이다. 치열할 수밖에 없는 산생활의 특수성과 그 노력은 서로 합치되어 아무리 사소한 일도 잊어버린 것이 거의 없었다. 무슨 일이든 기억에서 떠올리기만 하면 그때의 주변 풍경이며, 분위기며, 냄새까지 그대로 되살아나고는 했다. 어쭙잖은 것이었지만, 자신이 쓴 글을 한 줄도 빠뜨리지 않고 외우고 있다는 사실에 스스로도 놀랄 때가 있었다. 박두병의 말대로 그 체험의 기억들을 모조리 글로 옮겨놓으면 몇 권의 책이 될지 모를 일이었다. 그 개인의 체험일 수가 없는 일들을 빠짐없이 기억하고자 했던 데는 언제인가 기록으로 남기려는 욕구가 없지 않았던 것이다.

손승호는 고향으로 가도록 되어 있었다. 고향으로 잠입해 긴 투쟁을 시작하는 것이었다. 물론 고향을 떠난 다음의 세월을 어디서 어떻게 보냈는지는 벌써 머리에 엮어져 있었다. 정의로운 역사를 위하여 새로 시작하는 싸움— 박두병의 이 말을 그는 전적으로 수긍했다. 그래서 고향으로 가야 하는 길을 나서게 되었다. 산에서와 마찬가지로 그 길이 죽음으로 이어져 있는 길임을 그는 잘 알고 있었다. 그러나 그는 그 길을 나서는 데 아무런 두려움이 없었다. 이 세상 그 누구의 목숨이 죽음으로 이어져 있지 않은 목숨이 있는가. 그러나 그 보편적 명제 앞에서 두려움이 없는 건 죽음을 종교적으로 초월해서가 아니었다. 구체적인 자각으로 죽음을 끌어안았기 때문이었다. 죽음이 추상적일 때 두려움은 생기고, 현실의 안

위에 집착할 때 그것은 증폭되는 것이었다. 자각한 자의 죽음은 그 것 자체가 행동이었다. 역사 또한 마찬가지였다. 자각하지 못한 자에게 역사는 존재하지 않으며, 자각을 기피하는 자에게 역사는 과거일 뿐이며, 자각한 자에게 비로소 역사는 시간의 단위구분이 필요 없는 생명체인 것이다. 역사는 시간도, 사건도, 기록도 아닌 것이다. 그것은 저 먼 옛날로부터 저 먼 뒷날에 걸쳐져 살아서 꿈틀거리는 생명체인 것이다. 올바른 쪽에 서고자 한 무수한 사람들의 목숨으로 얽어진 생명체. 그래서 역사는 관념도, 추상도, 과거도 아닌 것이다. 그것은 오로지 뚜렷한 실체인 것이다. 그러므로 역사는 흘러가는 것이 아니라 크는 것이다. 솥뚜껑 같은 사람의 힘과 의지로 역사는 크는 것이다. 솥뚜껑은 하나가 아니었다. 솥뚜껑은 수없이 많았다. 이제 자신도 그 뒤를 따라가는 하나의 솥뚜껑이고자 했다.

"동무, 여그가 범바우요."

선요원이 걸음을 멈추었다.

손승호는 앞에 우뚝 솟은 바위를 올려다보았다. 집채보다 훨씬 큰 바위의 형상이 흡사 무슨 짐승이 버티고 앉아 있는 것 같았다. 그는 바위의 무게감이 가슴에 얹히는 것을 느꼈다. 그는 어금니를 꾹 맞물었다. 그래, 너처럼 억세고 단단하게 버티리라.

"여그서부텀 알로 내레갈수록 조심혀야 쓰요."

"알겠소. 수고하셨소."

"글면 조심혀서 잘 가씨요."

선요원이 돌아섰다.

"동무도 잘 가시오."

손승호는 선요원의 등을 보고 말했다. 그의 뒷모습이 문득 솥뚜껑처럼 느껴졌다. 솥뚜껑의 죽어가던 모습이 선하게 떠올랐다. 그리고 그 옆에 박난희의 모습도 떠올랐다. 무대에서 시를 읽고 있는 모습이었다.

손승호는 눈을 감았다가 떴다. 그리고 돌아섰다. 산의 정적이 왈칵 끼쳐왔다. 그는 숨을 들이켰다가 천천히 내쉬었다. 입산을 하고 나서 지금까지 이렇게 혼자 떨어져 있었던 때가 없었다. 토벌대의 공격으로 어쩌다가 외톨이가 되는 때가 있었다. 그러나 그때는 이미 비상선이 정해져 있었다. 그러니까 그때는 혼자가 아니었다. 비상선으로 동지들과 다 연결되어 있었다. 이제 자신에게는 찾아갈 비상선이 없었다. 오로지 찾아갈 거점이 있을 뿐이었다. 산의 정적이 그대로 외로움으로 바뀌고, 눈 아래로 펼쳐진 드넓은 공간이 외로움의 바다로 느껴졌다. 이제부터는 그 바다를 혼자 헤엄쳐나가야 한다.

손승호는 다시 범바위를 한 번 올려다보고는 발을 내디뎠다. 걸음을 떼놓기 시작한 그는 금방 행동이 민첩해졌다. 총도 배낭도 없어서 그의 몸놀림은 더욱 빠른지도 몰랐다. 그는 무슨 소리 한 가닥 내지 않고 산비탈을 타고 내려가고 있었다.

완전히 어두워져서 산을 벗어난다…… 외딴 민가를 찾아 옷을 바꿔 입는다…… 날이 새기 전에 그 민가에서 남쪽으로 100리 이상 벗어난다…… 그 다음에 어디서 삽이나 괭이를 구한다…… 그리고 논길만 타고 남행을 계속한다…… 들판이 계속 이어져 있어 그건 얼마든지 가능하다…….

그의 행동만큼 빠르게 머릿속에서 움직이고 있는 생각이었다.

두어 시간을 줄기차게 산을 타내린 그는 걸음을 멈추었다. 산을 거의 다 내려와 있었던 것이다. 산을 벗어나 야산으로 붙자면 어두워지기를 기다려야 했다. 그는 위로 흘낏 눈길을 돌렸다. 해거름이 다 되어 있었다. 곧 어둠살이 내리기 시작할 시각이었다.

그는 은신처를 찾으려다가 발을 되돌렸다. 목이 너무 말랐던 것이다. 땀으로 옷이 축축하게 젖어 있었다. 그는 개울로 빠르게 걸어갔다. 산 개울은 수량이 많으면서도 물소리는 나지막했다. 산이 거의 끝나고 있어서 비탈의 경사가 심하지 않다는 증거였다.

그는 머리를 박고 물을 마시기 시작했다. 물은 흐른다, 끊임없이 흐른다, 흘러서 끝끝내 바다에 이른다. 인민해방의 역사도 그와 같다. 이어지고, 끊임없이 이어지고, 그리하여 마침내 인민해방의 날을 창조한다. 물을 양껏 마신 그는 고개를 들었다.

쪼그려앉은 그는 손등으로 입을 닦았다.

탕!

그의 몸이 솟구치듯이 벌떡 일어났다.

탕! 탕! 탕!

그의 몸이 빙글 돌면서 휘청 꺾였다. 그리고 개울물로 첨벙 곤두박였다.

가슴이고 배에서 솟구치는 피가 금방 개울물을 붉게 물들이며 풀려나가고 있었다. 물에 둥둥 뜬 시체는 물결을 따라 느리게 맴돌이질을 하기 시작했다.

나지막한 왼쪽 등성이에서 네댓 명이 이쪽으로 달려오며 외치고 있었다.

"명중이지?"

"틀림없어!"

"표적이 너무 좋았어!"

37

겨울과 함께 떠난 영웅 이태식

"김 동지, 자꾸 그러지 맙시다. 김 동지의 그 좋은 학벌을 언제 써먹으려고 그럽니까?"

대한반공청년단 지부단장의 마땅찮아하는 어투였다.

"글쎄 내 몸을 좀 보십시오. 좌우익이 행동으로 정면대결을 벌이고 있는 이런 형편에 무슨 일을 맡자면 학벌보다는 몸이 튼튼해야 할 것 아닙니까. 몸이 이 모양이 돼가지고 나 혼자 행동하기도 불편한데 어떻게 여러 사람들을 통솔할 수 있겠습니까. 만약 내가 통솔력이 있다 하더라도 몸 성한 사람들이 누가 이런 병신한테 명령을 받으려고 하겠어요. 나부터라도 얕잡아보고 아니꼽게 생각할 수밖에 없습니다. 그러니 딴 사람을 좀 찾아보도록 하세요."

김범우는 상대방의 기분에 거슬리지 않으려고 아주 겸손한 태도로 부드럽게 말했다.

"나도 그 정도는 생각할 줄 아는 사람이오. 김 동지 정도 불편한 걸 가지고 병신이라고 하는 건 말이 안 돼요. 그 정도면 활동에 별다른 지장이 없고, 오히려 대원들에게 역전의 용사라는 걸 과시할 수 있어서 더 효과가 클 수도 있어요."

지부단장은 꽤나 능숙하게 김범우를 구석으로 몰고 있었다.

"예, 그 말도 일리가 있습니다. 그러나 자기 몸은 자기 자신이 제일 잘 아는 법인데, 겉으로 보기와는 달리 속으로 많이 결리고……."

"김 동지, 말이 많으면 공산당이오. 사양이 지나치면 동지의 사상을 의심하게 돼요."

지부단장은 얼굴을 구기며 급소를 찌르고 들었다. 말이 많으면 공산당이란 말은 일이 년 사이에 대유행을 이루고 있는 말이었다. 그 말은 이런저런 경우에 상대방의 기를 꺾거나 위압하는 데 더없이 효과가 큰 무기였다. 반공사상 만능시대다운 현상의 하나였다. 이런 경우에 어떻게 대처해야 하는지 김범우는 잘 알고 있었다.

"이거 보시오, 윤 단장! 입에서 나오면 다 말인 줄 아시오? 빨갱이라면 당신보다 내가 더 치 떨리는 사람이란 걸 똑똑히 아시오. 내 몸이 누구 땜에 이 꼴이 됐는데. 내가 몸만 성했으면 그까짓 대대장 자리는 우습소. 바로 당신 자리를 차지하고 앉을 사람이라 그거요. 사람을 알려면 똑똑히 아시오!"

상대방이 이쪽의 허파를 찌르고 들었다면 김범우는 상대방의 심장을 찌르고 있었다.

"아니, 김 동지, 무슨 말을 그렇게 하시오. 능력 있는 사람들끼리 힘을 합쳐 일 좀 하자는데, 남의 호의에 대해 그거 너무하잖소."

지부단장은 당황한 기색을 감추지 못하며 금방 수세가 되었다.

"호의면 호의답게 상대방의 입장도 생각해 줘야지, 그런 막말을 쓰는 건 예의가 아니잖소. 이 말도 안 되는 포로생활을 하면서 난 아무하고도 감정을 다치고 싶은 사람이 아니오."

김범우는 그쯤에서 이야기를 끝내려고 상대방을 더 몰지 않고 슬쩍 한발을 물러섰다.

"나도 마찬가지요. 김 동지가 정 그렇게 몸이 불편하다면, 그럼 없었던 얘기로 해둡시다."

"그리 이해해 주니 고맙소."

김범우는 웃음 지으며 손을 내미는 여유까지 보였다.

김범우가 대한반공청년단에 가입한 것은 '면회심사'가 시작되기 직전인 지난 4월 초순이었다. 그 단체에 가입한 것까지는 신분의 위장을 위해 필요했던 것인데, 귀찮은 일은 그 다음부터 생겨났다. 청년단이 벌이는 이런저런 일에 소집되었고, 그러다 보니 직책을 맡으라는 요구를 몇 차례인가 받게 되었다. 그때마다 몸을 핑계 삼아 피해오다가 결국은 그렇게 부딪치게 된 것이었다.

반공청년단에서 하는 절대적인 일은 반공포로들의 수를 확대하자는 것이었다. 그 일을 하기 위해서 단원들은 '면회심사'라는 것에 적극 동원되었다. '면회심사'라는 것은 말뜻 그대로 포로교환을 앞두고 북쪽으로 가겠느냐, 남쪽에 남겠느냐를 미리 가르는 조사였다.

수용소의 그 사전행위에 대해서 좌익수용소에서는 일제히 들고일어났다. '상대국의 포로는 완전히 상대국으로 송환해야 한다'는 제네바 협정의 위반에 대한 항의시위였다. 그 항의시위와는 별개로 곤궁한 입장에 빠진 포로들이 많이 생겨나게 되었다. 우익수용소에 있는 포로들이었다. 한 단위 6천 명의 수용소에서 좌나 우로 태도를 분명히 드러낸 사람들은 300명에서 600명에 지나지 않았고, 나머지 사람들은 인공기가 올라가든 태극기가 올라가든 그저 묵묵히 있을 뿐이었다. 그런데 '면회심사'가 시작되면서 우익수용소에서는 반공청년단원들이 중심이 되어 '예비조사'를 실시하게 되었다. 소대마다 백지가 돌려지고, 무기명으로 남과 북을 표시하게 되어 있었다. 백지에, 무기명인데 포로들은 누구나 맘 놓고 자기 속뜻을 적게 되었다. 그러나 그 백지는 그냥 백지가 아니었다. 소금물로 종이마다 포로들의 일련번호를 미리 적어놓았던 것이다. 그걸불에 쬐면 물기가 증발하면서 소금글씨가 확연하게 드러나게 되어 있었다. 그 조사를 통해서 북쪽으로 가겠다는 사람들이 누구인지 완전히 노출되고 말았다. 그 종이에 그런 함정이 파인 줄을 전혀 모르고 있었던 김범우는 뒤늦게 기겁을 하지 않을 수가 없었다. 우익이 장악한 수용소에서 북쪽으로 가겠다고 속뜻을 내보인 사람들이 어떤 곤경에 처할 것인지는 더 말할 것이 없었다. 좌익이 장악한 수용소에서 우익성향을 드러낸 포로들의 입장 또한 마찬가지였다. 회유와 협박을 지나 살이 찢어지고, 뼈가 부러지고, 끝내는 죽어가는 폭력이 난무했다. 그리고 드럼통을 잘라 만든 똥통에 토막난 시체들이 숨겨져 하수구에 똥과 함께 버려졌다. 그래서 거제도 앞바다에는 임자 없는 팔다리가 둥둥 떠다니게 되었다. 신문들에는 좌익포로들의 '폭동'과 함께 그런 사실이 '잔악무도한 공산주의자들의 천인공노할 만행'으로 보도되었고, 우익포로들의 '폭동'은 전혀 실리지도 않은 것은 물론이었다.

포로수용소는 최전선과 하나도 다를 것이 없었다. 이미 하와이 포로수용소를 거친 김범우로서는 세계 어느 포로수용소에서도 볼 수 없는 그 특수한 현상에서 6·25라는 전쟁의 특성을 다시 보지 않을 수가 없었다.

'면회심사'를 계기로 포로들마다 입장이 드러나면서 대립은 더욱 가열될 수밖에 없었다. 그러다가 마침내 폭발한 것이 '76수용소'의 도드 사령관 납치사건이었다. 도드 준장은 5월 7일 아침에 납치되어 사흘 동안 '포로의 포로' 신세가 되어야 했다. 다음날로 콜슨 준장이 사령관으로 부임해 왔다. 그는 이틀 동안 도드 준장의 구출에 노력하다가 막바지에 이르러 네 개 항의 각서를 발표하게 되었다.

첫째, 본인은 유엔군이 다수의 포로들을 살상한 유혈사건이 있었음을 시인한다. 또 본인은 국제법에 의해 앞으로 본 수용소의 포로들을 인도적으로 대우할 것을 약속한다. 또한 앞으로 폭행 및 유혈사태가 발생하지 않도록 최선을 다하겠다. 만일 이런 사건이 발생할 경우 그 책임은 본인이 지게 될 것이다.

둘째, 북한공산당 및 중공의용군들의 자유송환문제는 판문점에서 토의되고 있다. 나는 평화회의에서의 결정을 좌우할 권리가 없다.

셋째, 도드 준장이 무사히 석방되면 본 수용소 포로들에 대한 강제심사나 재무장 또는 개인심사가 없을 것을 확언한다.

넷째, 도드 준장의 동의와 본인의 승인을 얻은 세칙에 의해 포로로 구성된 포로대표단을 조직할 것을 승인한다.

나는 귀측의 요청에 의해 이 회답을 보내는 바이다. 이 회답이 접수되는 대로 속히, 늦어도 오늘 하오 8시 안으로 도드 준장을 무사히 석방하겠다는 귀측의 양해하에 본인이 서명한 이 서면 회답을 도드 준장을 통하여 귀측에 전달한다.

포로수용소 사령관 육군 준장 찰스 F. 콜슨

도드 준장은 그날 밤 9시 반에 무사하게 석방되었다.

그러나 장군이 포로들의 포로가 되었다는 것도 미국의 세계적인 망신이었지만, 포로수용소에서 폭행과 살상을 자행했다고 시인한 것은 미군의 추악한 모습을 세계에 알리는 결정적 계기가 되었다.

콜슨 준장은 그런 각서를 발표한 책임추궁을 당해 12일자로 수용소장직에서 해임되었다. 그의 재직은 겨우 닷새였다. 그 뒤를 이어 보너트 준장이 부임했다.

그는 3단계작전을 강력하게 추진해 나갔다. 1단계, 지휘권 확립을 위한 병력 증강. 2단계, 500명 단위의 소형 수용소로 재편성. 3단계, 면회심사를 거쳐 송환을 택한 친공포로의 재심사와 좌우익 포로의 분리 수용.

포로들의 분리와 재편성은 무장병력이 동원되어 강압적으로 실시되었다. 그리고 북쪽의 공작원들이 수용소에 인접한 민가들을 이용하여 암약할 것을 예방하기 위해 주민들에게 철거명령이 내려졌다. 수용소 부근의 2,100여 가구는 48시간 안에 강제철거를 당했다.

그런 강력한 시행으로 수용소가 재편성되면서 김범우는 감투를 쓰라는 압력을 더 심하게 받기 시작했던 것이다.

김범우는 막사로 돌아오며 줄곧 마음이 무겁고 우울했다. 휴전협정이 체결될 때까지는 계속 피를 흘리게 되어 있는 싸움이었다. 기왕 시작된 휴전회담이 하루라도 빨리 끝나기를 바라고 있었다. 그런데 반공포로들을 다른 지역 수용소로 옮긴다는 말도 떠돌고 있었다.

외서댁은 가늘고 긴 풀줄기를 뽑아 검지손가락에 감고 이빨을 닦아댔다. 밥에 찍어먹을 소금도 아껴야 하는 형편에 이는 그렇게밖에 닦을 수가 없었다. 그나마 매일 닦을 짬이 있는 것도 아니고, 공세라도 심해지면 며칠이고 그냥 지나치기가 일쑤였다. 그래도 풀줄기를 감아 어설프게라도 이를 닦고 나면 입 안이 개운해지며 순간적으로 기분이 반짝해지고는 했다. 그 맛에 외서댁은 이빨을 자주 닦는 편이었다. 이빨을 닦다 보면 꼭 옛날에 소금으로 닦던 때가 떠오르는 것이었다. 발이 가는 흰 소금은 아예 살 엄두도 못 내고, 발 굵은 회색 소금을 사 쓰는 형편이라 이를 닦자면 그것을 몽글게 빻아야 했다. 그녀는 그 소금빻기를 즐겼다. 장독대의 오목

한 돌에다가 발 굵은 천염을 한 주먹 놓고, 끝이 뭉실한 돌로 조근조근 정성 들여 몽글게 빻아나갔다. 처녀 적에 봉숭아 꽃술과 잎을 정성스럽게 찧었던 것처럼. 발이 가늘어진 소금을 양쪽 가운뎃손가락에 꾹꾹 눌러찍어 이를 뽀드득뽀드득 닦아댔다. 네댓 차례씩 소금을 찍어 이를 닦고 나면 잇몸이 얼얼해지는 것이었다. 그 기분이 얼마나 맑고 개운한지 몰랐다. 뜨거운 물에 목욕을 한바탕 하고 난 기분이나 별로 다를 것이 없었다. 그 생각은 장독대의 하이얀 접시꽃을 생각나게 했고, 먼 세상으로 떠나간 남편을 생각나게 했고, 두고 온 아이들을 생각나게 했다.

"부지런도 허요, 외서댁 동무."

등 뒤에서 들린 울림 좋은 굵은 목소리에 외서댁은 하대치라는 걸 직감하며 얼른 고개를 돌렸다.

"으쩌요, 닭지름은 다 장만했소?"

하대치가 아침 냉기에 어깨를 부르르 떨며 물었다.

"야아, 어지께 병마동 다 채왔구만이라."

외서댁이 고개까지 끄덕였다.

"이, 수고했소. 근디, 보리밥에 못 비베 묵게 잘 단속허씨요이."

하대치가 건너편 물가에 자리 잡았다.

"다 일렀구만이라."

"이이, 말로 일러서 소양읎소. 눈으로 똑바라지게 지켜야제. 맘이 꼭 아그덜 겉은 대원덜이 있어갖고 살짝살짝 비베 묵고 그려요. 요 것 입 다셔봇씨요."

하대치가 주먹 쥔 손을 내밀었다.

"머신디요?"

"다래럴 멫 개 땄소."

"음마, 다래가 폴세 익었습디여?"

외서댁은 얼굴이 환해지며 손을 내밀었다.

"폴세가 머시요, 10월이 다 가는디."

손바닥에 놓인 네댓 개의 연두색 다래 하나를 외서댁은 조심스럽게 집어 입에 넣었다. 다래는 연하고도 달았다. 그건 산과일의 맛이면서, 대장 하대치의 따스한 마음이었다. 봄이면 가을에 저 다래를 따먹어야지 하며 지나쳤고, 가을이면 다시 그곳을 지날 수가 없거나, 싸우느라고 정신이 없어 그 생각은 까마득하게 잊어버리기도 했다. 산생활을 시작하고 처음 맛보는 다래였다.

"참 맛나구만요. 고맙구만이라."

"고맙긴년. 실답잖게."

하대치가 뚱하게 말하며 몸을 일으켰다.

"강 동무넌 은제 뜨는게라?"

외서댁이 따라 일어나며 물었다.

"오늘 저녁에 뜰 참이요. 닭지름 잘 챙기씨요이."

하대치는 다시 다짐을 하고는 빠르게 걸어가버렸다.

외서댁은 다래 하나를 다시 입에 넣으며 겨울투쟁 준비를 서둘러 끝내야 할 때라고 생각했다. 자신의 중대에서 닭기름을 볶아 짠 것도 그 준비 중의 하나였다. 닭기름은 아무리 추운 겨울에도 어는 법이 없어서 총 닦는 기름으로 제격이었다. 그런데 그 기름으로 깡보리밥을 비벼 먹으면 그렇게 맛있을 수가 없었다. 고추장에 보리밥을 비벼 먹는 맛도 기막혔지만, 그러나 그건 그 다음이었다. 그래서 그 두 가지는 '빨치산의 2대 별식'으로 꼽혔던 것이다.

강동기는 대원 아홉을 뽑아 야간기습을 나서고 있었다. 겨울투쟁을 위한 총알 확보를 위해서였다. 지난 동계공세로 병력손실이 심해 후방부의 기능이 거의 마비되어 버렸듯이 병기과도 거의 파괴상태에 빠져 지난날 같은 총알 공급이 불가능했던 것이다.

이태식의 부대도 엇비슷한 시간에 지서습격을 나서고 있었다. 이태식의 부대가 때 아니게 지서를 기습하려는 것도 총알을 확보하기 위해서였다.

강동기 부대의 공격목표는 벌교의 회정리 1구에서 3구로 넘어가는 도래등에 위치한 초소였다. 그 초소는 지난겨울에 새로 생긴 것으로, 진트재 초소와 터널이 하대치에게 공격당한 것이 직접적인 원인이 되었다. 읍내 안통이 공격당할 위험을 그 지점에서 일단 막자는 것이었다. 강동기의 부대가 그곳을 목표로 삼은 것은 우선 그 초소는 기관총으로 무장되어 있지 않았다. 그 다음이, 산이 바로 옆이었다. 초소에서부터 소화네집까지는 200여 미터 거리였고 거기서부터는 바로 제석산 겉자락이었다. 그러니까 진트재 초소와 읍내 경찰서 사이의 거의 중간지점인 그 초소를 신속하게 치고 산으로 붙으면 안전하게 추격을 따돌릴 수 있었던 것이다. 초소에 배치된 병력은 경찰 넷이라고 했다.

이태식은 총알만이 목적이 아니었다. 적을 하나라도 더 무찌르는 동시에 수류탄이나 기관총 같은 중화기까지 확보하자는 것이었다. 또한 대원들의 사기를 높이기 위해서도 지서 하나를 한바탕 까뒤집는 적극적인 공격이 필요하다고 그는 느끼고 있었다. '5·15 결정'에다가 조원제까지 흉한 일을 당해버려 대원들의 분위기는 여느 때 없이 어두웠던 것이다.

강동기와 대원들이 제석산 바깥줄기에서 어둠에 묻힌 기나긴 포구와 중도들판과 읍내 안통을 한꺼번에 내려다본 것은 자정이 얼마 안 남은 시각이었다. 강동기는 그저 어둠일 뿐인 회정리 3구 쪽에 한동안 눈길을 박고 서 있었다. 그 어둠 어딘가에 아내와 딸아이가 있을 것이었다. 그간에 무엇을 먹고 살아왔을지……. 그는 가슴이 꿈틀하는 것을 느꼈다. 그는 어금니를 맞물며 고개를 단호하게 돌렸다. 그리고 대원들을 향해 입을 열었다.

"동무덜, 지끔부텀 정신 뽀짝 채리씨요. 우리덜 코밑이 초손께. 짜아, 내레갑시다."

강동기는 힘이 들어간 낮은 소리로 말하고는 혁대 구멍을 하나 줄였다.

그들은 빠르고 소리 없이 산비탈을 타내리며 어둠을 헤쳐나가고 있었다. 그들의 움직임에 따라 가을벌레들의 울음소리들이 그쳤다가는 이어지고 했다. 저편 포구 쪽의 어둠 속에서 가끔씩 기러기의 울음소리가 끼룩끼룩 들려왔다. 어쩌면 보초를 서고 있는 놈들의 무슨 신호인지도 몰랐다. 기러기라는 놈들은 하늘을 날 때도 그렇지만 잠을 잘 때도 반드시 보초를 세웠다. 그놈들은 어찌나 귀가 밝은지 조그마한 인기척에도 즉각 신호를 울려 떼지어 하늘로 날아올랐다. 사냥꾼들은 기러기 잡기에 애를 먹었고, 그래서 물오리 값은 집오리값의 열 배가 더 되는지도 몰랐다.

강동기네는 현씨네 제각 뒤에서 일단 발을 멈추었다.

"동무덜, 초소년 인자 엎어지면 코 닿소. 근디 고것이 고개 몬뎅이에 달랑 올라앉은디다가, 큰길얼 건느야 헌께 치기가 쉽덜 않소. 몬뎅이 초소에서 내레다보면 큰길이 훤허니 뵌다 그것이요. 긍께 여그서 직방으로 가는 것이 아니라 왼짝으로 멀쩍허니 돌아서 큰길 반대편짝인 회정리 2구 짝에서 치기로 허겄소. 총언 나가 쏘기 전에넌 절대로 쏴선 안 돼요이. 글고, 여그서부텀언 몸얼 땅개맹키로 낮추씨요. 제1비상선, 제석산 뒷골 미륵바우, 제2비상선, 오금재 너메 왕참나무 밑이요. 행에 일 터지면 둘썩 소조 짜는 대로 산에 붙도록 허씨요. 짜아, 뜹시다!"

강동기의 빈틈없는 작전지시였다.

도래등은 제석산의 끝자락으로, 그 끝을 철길 가까이까지 대고 있었다. 큰길은 그 중턱을 무질러 깎아내리고 뚫어 읍내 쪽으로 뻗어가고 있었다. 그래서 회정리 3구 쪽에서 보면 도래등은 제법 가풀막진 고개였다. 땡볕 내려쬐는 여름이면 아이들은 고개를 바라보면서 벌써 지쳤다. 그 고갯마루의 오른쪽 등성이에 민가가 두 채 자리 잡고 있었고, 초소는 그 민가를 맞바라보며 왼쪽 등성이에 서 있었다.

강동기와 대원들은 회정리 2구와 초소의 중간인 비탈을 기어오르고 있었다. 강동기는 등성이를 약간 남겨놓고 초소 쪽으로 방향을 틀었다. 그리고 조금 더 걷다가 발을 멈추었다.

"뒤로 전달, 대열 옆으로."

그의 지시에 따라 신속하게 공격대열이 갖추어졌다.

"옆으로 전달, 전진."

가로선 대열이 초소를 향해 움직여갔다. 초소의 불빛이 어둠 속에 네모난 구멍을 뚫어놓고 있었다. 그 구멍이 조금씩 커져가고 있었다.

으아앙, 으응웅…….

강동기는 신경이 섬뜩 곤두섰다. 그러나 잘못 들었겠거니 하고 순간 판단을 했다.

컹! 컹컹컹! 우아앙, 컹컹!

갑자기 개 짖는 소리가 어둠을 흔들어댔다. 그들은 반사적으로 땅바닥에 바짝 엎드렸다. 저 쌍눔에 개새끼! 강동기는 그만 암담해지며 자신이 잘못 들은 것이 아니라는 걸 알았다.

"누구냐!"

"손 들고 나왓! 쏜다!"

초소에서 터져나오는 외침이었다. 그리고 전짓불빛 두 줄기가 쭉 뻗치더니 어둠을 마구 헤쳐대며 날뛰기 시작했다. 개는 더욱 기세를 올려 짖어대고 있었다.

개까지 다섯이다! 밀어붙이자!

"동무덜, 돌격!"

강동기는 외치며 방아쇠를 당겼다. 그들은 총을 갈기며 초소를 향해 내닫기 시작했다.

"공비다!"

"저기다!"

초소에서도 총을 갈기기 시작했다.

그들이 초소를 얼마 안 남겨놓았을 때였다. 엉뚱한 데서 전짓불빛들이 쏟아져왔다. 그리고 총소리가 갑자기 늘어났다.

"길얼 막어라!"

"포위해라, 포위!"

이런 외침도 터지고 있었다.

그 돌발상황이 초소 건너편의 민가에서 일어난 것을 강동기는 알아챘다.

"엄니!"

비명이 터졌다. 강동기는 대원인 것을 직감했다. 그는 부르르 떨며 외쳤다.

"비상선! 비상선!"

대원들이 흩어져 뛰기 시작했다.

"잡아라! 도망간다!"

"산으로 튄다! 쫓아라!"

"동무덜, 이짝으로! 이짝으로!"

제각 쪽의 길이 막혔다고 판단한 강동기는 회정리 1구 쪽으로 뛰며 소리치고 있었다. 그는 큰길을 따라 내리막을 뛰다가 오른쪽으로 방향을 급히 꺾었다. 뒤따라 뛰는 대원이 서넛이었다.

"아이고메!"

그중의 하나가 길바닥에 나동그라졌다. 강동기의 마음은 돌아서고 있었지만 발은 앞으로 내닫고 있었다. 날아오는 총알이 그를 쫓아대고 있었다.

민가들 사이를 헤집고 그는 산 쪽으로만 뛰었다. 그가 비탈의 산밭으로 나서서 뛰기 시작했을 때였다. 어둠 속에서 총소리들이 난무했다. 제각 쪽으로 앞질러온 경찰이었다. 강동기는 총을 떨어뜨리며 머리를 땅에 박았다. 그리고 더는 아무 움직임도 없었다.

먼동이 터올 때까지 도래등에서부터 제석산 바깥줄기 일대에는 수십 개의 횃불들이 껑충껑충 춤을 추었고, 그 사이사이에서 전짓불빛들이 불눈을 번쩍거리며 어둠을 휘저어대고 있었다.

햇살이 퍼지면서 경찰서 마당에 옮겨진 빨치산들의 시체는 모두 일곱 구였다. 그 소문은 읍내 전역으로 삽시간에 퍼져나갔다.

그날 밤 이태식의 부대 강경애도 죽었다. 다른 때와 마찬가지로 돌격대를 이끌고 앞장섰던 그녀는 대울타리 방어벽을 뚫다가 기관총에 난사당해 대울타리 사이에 두 팔이 끼여 매달린 채 죽어갔다. 이태식은 지서를 점령하고 나서야 그녀의 죽음을 알게 되었다. 이태식은 노획한 무기 대신 벌집이 된 그녀의 몸을 업고 돌아왔다. 이태식의 옷은 피로 물들어 있었다.

한 여자가 도래등을 치달아오르고 있었다. 그 여자의 머리카락은 헝클어져 있었고, 옷고름 겹매듭이 풀어져 있었으며, 검정 고무

신은 한쪽 발에만 꿰어져 있었다. 눈이 뒤집힌 그 여자는 길가의
사람들이 모두 자기를 쳐다본다는 것도 모른 채 읍내로 뻗은 큰길
을 줄기차게 달음박질치고 있었다.

경찰서 마당에 사람들이 몰려들어 있었다. 총을 맞은 일곱 구의
시체는 양쪽을 터 길게 펼친 가마니 한 장씩을 깔고 나란히 눕혀
져 있었다. 사람들 사이에서 고개를 길게 뺀 염상구가 빠른 눈길
로 시체들을 휘둘러보았다. 그리고 긴장의 빛이 가시며 그는 사람
들 틈을 빠져나갔다. 구산댁도 사람들에게 밀리며 시체들을 왼쪽
에서 오른쪽으로, 오른쪽에서 왼쪽으로 살펴나갔다. 분명 아들과
사위는 없었다. 나무관세음보살…… 구산댁은 손바닥으로 가슴을
누른 채 더듬더듬 사람들 사이를 빠져나왔다.

도래등을 넘었던 여자가 경찰서 마당으로 뛰어들고 있었다. 그
여자는 뛰던 기세 그대로 사람들을 거칠게 헤치며 앞으로 나아갔
다. 광기 서린 그 여자의 눈이 시체를 훑었다. 그 여자의 눈이 한곳
에 딱 멎었다.

"워메! 길자 아부지이."

그 여자는 마침내 울부짖으며 앞으로 튀어나가 시체 하나를 끌
어안았다. 끌어안긴 시체는 강동기였다.

"워메, 워메, 길자 아부지, 길자 아부지, 길자 아부지……."

남양댁은 싸늘하게 식은 강동기의 얼굴에 볼을 비벼대며 몸부림
치고 있었다.

양쪽에서 시체들을 지키고 섰던 두 경찰이 한꺼번에 달려와 남

양댁을 잡아 일으켰다.

"워째 그요, 냅두씨요, 냅둬!"

눈물이 범벅된 얼굴로 남양댁은 두 경찰을 뿌리치며 소리 질렀다. 그러나 경찰들의 손은 그녀를 놓치지 않았다.

"여그 노란께라, 여그 봐!"

그녀는 경찰들의 손아귀를 벗어나려고 몸부림쳤다.

"안 되겠네, 안으로 끌고 가야제."

경찰 하나가 말했다.

그리고 곧 두 경찰은 그녀를 잡아끌었다. 그녀는 끌리지 않으려고 몸부림쳤다. 그러나 두 남자의 힘이었다.

"이놈덜아, 냅둬어, 냅둬! 죽었응께 인자 나 냄편이란 말이여어. 여그 봐, 봐아! 죽었응께 인자 나 냄편이랑께로오."

남양댁은 몸부림치는 속에 질질 끌려가면서 울부짖고 있었다.

경찰 부상 한 명에 공비 사살 일곱. 이것은 엄청난 전과가 아닐 수 없었다. 그 전화보고는 도경찰국을 놀라게 만들고 말았다. 도경에서 다시 걸려온 전화는, 당일로 도경국장이 직접 내려가 승전 축하식 및 유공자 표창식을 거행할 것이니 만반의 준비를 갖추라는 것이었다. 경찰서는 그만 잔치 분위기가 되어 모두 이리 뛰고 저리 뛰고 정신없이 돌아치기 시작했다.

도경국장은 오후 2시쯤 도착했다. 경찰서 마당에는 남국민학교 교실에서 전부 몰아온 교단을 쌓아올려 단상이 마련되었다. 그리고 일곱 구의 시체는 단상 아래로 옮겨 눕혀졌다. 읍내의 유지란 유지는 다 모여들어 다투듯 단상차지를 하고 앉았고, 학교 운동장의 반 정도 크기의 마당을 읍민들이 발 디딜 틈 없이 채우고 있었다. 단상 옆에는 벌교상업고등학교 악대까지 동원되어 빠라빠라, 뿡짝뿡짝 분위기를 돋우고 있었다. 벌교상업고등학교는 학제 변경에 따라 진작 중학교와 분리되었고, 회정리 1구 아래 방죽 옆으로 터를 넓게 잡아 옮겨가면서, 두 손이 악수하고 있는 표지가 찍힌 원조물자 바람에 건물을 번듯하게 지어 학교 체모를 갖추게 되었다. 악대가 생긴 것도 다 원조물자 덕이었다.

빠라빠빠, 뿡빠뿡짝⋯⋯.

그런데 웬만한 사람이 아니고서는 단상에 한 발도 올려놓을 수 없는 형편에 네 발까지 떡 올려놓고 있는 이색적인 존재가 있었다. 그건 한 마리의 개였다. 두 귀가 쫑긋하게 선 개는 앞발을 세우고 앉아 있었는데, 목에서 가슴으로 긴 어깨띠를 엇지게 두르고 있었다. 그 어깨띠에는 '충견만세'라는 글씨가 씌어 있었다.

잉, 잘 가씨요, 길자 아부지⋯⋯ 근디, 워찌 요리도 허망허니 가뿐다요⋯⋯ 요리 허망허니 갈람사 아덜이나 한나 태와주고 가제⋯⋯ 부디 존 디로 가씨요이, 죽어서나 존 시상 만내 살어야제⋯⋯. 소리 지를 기운도 다 빠져버린 남양댁은 유치장의 벽에 기댄 채 하염없는 눈물을 흘리고 있었다.

다시 겨울이 시작되고 있었다. 해마다 그래왔듯 잎 다 떨어진 산을 북풍이 휩쓸면서 토벌대의 활동은 열을 올리기 시작했다. 찬 바람에 잎이 지듯이 차츰차츰 수가 줄어들고 있는 빨치산들은 겨울을 맞으며 최소한의 소조투쟁으로 들어갔다. 토벌대를 맞아 상황이 불리해지면 두 명씩 소조가 되어 흩어져 싸웠고, 기습의 기회를 포착하면 다시 큰 덩어리로 뭉쳐졌다. 철저한 이정화령(以整化零) 이령화정(以零化整)의 전술이었다.

전투경찰이 주축을 이룬 토벌대가 아무리 작전을 본격적으로 펼친다 해도 작년 겨울의 군작전과는 비교가 되지 않았다. 병력과 화력이 그랬고, 작전기간도 길어야 삼사일이었다. 빨치산들은 우선 밥을 굶지 않아도 되는 것을 큰 다행으로 여겼다. 그러나 경찰토벌대라고 해서 전혀 방심할 수는 없었다. 그들의 병력과 화력은 빨치산 자신들에 비하면 월등했고, 기동력 또한 얕잡아볼 수 없었던 것이다. 그들은 빨치산들에게 전혀 없는 통신장비를 갖추고 있는 데다, 산과 산을 이동하는 데도 길만 어지간히 뚫려 있으면 트럭을 동원했다. 그리고 경찰은 어느 면에서는 군인들보다 대적하기가 더 어려운 상대였다. 군인들은 능선을 타고 훑어내리기 때문에 자기들의 위치를 다 노출시키는 데 비해서 경찰들은 계곡을 더듬어 올라오기 때문에 자기들의 움직임을 곧잘 은폐시켰던 것이다. 경찰은 그런 방법으로 기습을 시도했고, 포위망을 구축하기도 했다.

낮에 소조로 흩어졌던 하대치의 부대원들은 날이 어두워지며 비상선으로 모여들기 시작했다. 외서댁은 대원들이 도착하는 대로 인원을 파악해 나가고 있었다.

"워찌 되얐소?"

외서댁이 긴장하며 한 대원에게 물었다.

"총 맞어부렀구만요."

그 대원이 힘없이 말하며 고개를 숙였다.

"되얐소, 동무라도 성헌께."

외서댁은 그렇게만 말했다. 어디서, 어떻게 해서 그리 되었느냐고 묻지 않았다. 다른 대원이 이미 죽은 마당에 그런 물음은 살아 온 대원을 괴롭게 될 뿐이었다.

대원들이 모두 돌아왔다. 희생자는 더 늘어나지 않았다.

"유만복 동무가 총 맞어 죽었구만이라."

외서댁이 하대치에게 보고했다.

"유만복 동무가?" 하대치가 놀라는 기색이더니, "지길, 또 한 사람이 떴구마. 그 쿠렁쿠렁 소리 잘 질르든 동무가 가부렀으니 인자 개덜 보고 소리 질르자면 외서댁 동무 혼자서 심이 들겄소." 그는 이내 감정을 감추며 조용하게 말했다. 그리고 그도 더 이상의 말은 묻지 않았다.

그들은 천막 대신 담요 몇 장을 둘러쳐 불빛을 막고 저녁을 지어 먹었다.

"동무덜, 밥 따땃허니 묵었응께 밥값얼 한바탕 허기로 헙씨다. 우리가 소조투쟁얼 헝께로 개덜이 아조 안심얼 허고 암디서나 천막을 치요. 고것이야 우리가 기둘리든 것잉께 워디 보고만 있겄소? 우리 빨치산에 맵고 짜운 맛얼 톡톡허니 뵈야제."

하대치가 대원들에게 기습작전을 알렸다.

하대치는 이미 보아두었던 공격지점을 찾아 산줄기 두 개를 넘은 다음 골짜기를 타고 내렸다. 경찰토벌대는 야영을 하는 것도 군토벌대와는 달랐다. 군인들은 골짜기를 빼고는 산중에서 야영을 하기가 예사인데 경찰들은 반드시 산을 벗어났다. 일단 개활지로 나간 그들은 손쉽게 민가를 차지하거나, 민가가 없으면 방어하기 유리한 지형을 골라 천막을 쳤다.

"쩌어그 천막얼 잘 보씨요. 천막이 네 갠께 한 천막에 시물만 잡아도 합이 여든이요. 그리 되면 우리 시 배가 되는디, 거그다가 저여시 겉은 새끼덜이 평지에다가, 개울물까지 끼고 천막얼 친 것이요. 반대편짝에 있는 산이야 맥이 끊어져 우리가 못 붙을지 다 알고 저리 자리럴 잡은 것이요. 긍께로 여그서 공격을 허자면 평지럴 질러야제, 개울물얼 건느야제, 아조 에롭게 맹글어놨다 그것이요. 쌈이란 것이 서로 머리 짜내긴께, 우리넌 요로크름 허겄소. 외서댁 동무가 왼짝으로 싸악 허니 돌아서 먼첨 공격얼 허씨요. 소조로 간격얼 짝짝 벌래갖고. 그래서 개덜이 쫓아나오면 워리, 워리 총알로 불러감시로 뒤로 빼다가 산으로 붙으씨요. 그 새에 나가 오른짝으로 돌아서 뒤통수럴 뽀개뿔겄소. 물을 말 있으면 물으씨요."

하대치의 작전 설명이었다.

"없구만이라."

외서댁은 주머니에서 빨간 띠를 꺼내들며 힘 뻗치는 소리로 대답했다. 그녀는 밤이고 낮이고 여름이고 겨울이고 간에 싸움만 시작하려고 하면 빨간 띠를 머리에 동여맸다. 그녀는 개털모자 위에

다가 빨간 띠를 질끈 동여매며 말했다.

"쩌것덜이 잠 푹 들었겄구만이라."

"그려도 검은개덜언 보초를 단단허니 시운께."

하대치는 주의를 환기시켰다.

외서댁은 대원 일곱 명과 함께 개울가에 도착했다.

"우리넌 개덜얼 유인허는 것잉께 서로 간격얼 넉넉허니 벌리고 총얼 쏨스로 뒤로 물러스는 것이요. 몸덜 뽀오짝 붙이고, 총언 총구녕 하늘로 솟기게 허덜 말고 한 방이라도 지대로 쏘씨요이!"

외서댁은 물을 건너기 전에 다짐했다.

작전은 계획대로 맞아들어가고 있었다. 외서댁의 부대가 뒷걸음질을 하며 개울을 얼마 안 남겨놓았을 때 반대쪽에서 공격이 시작되었던 것이다.

"포위당했다. 포위!"

"한쪽으로 몰리지 말앗!"

이런 발악적인 소리와 비명소리가 적진에서 터지는 것을 들으며 외서댁은 다시 개울물에 발을 넣었다. 그 순간 개울을 건너고 싶지가 않았다. 이쪽에서도 함께 공격을 가하고 싶었다. 그러나 그건 대장의 명령을 어기는 것이었다.

"동무덜, 한바탕썩 더 쏘고 물얼 건느겄소!"

외서댁은 대원들에게 외치며 다시 방아쇠를 당기기 시작했다.

외서댁은 비상선으로 돌아와서야 물에 젖은 발이 시려운 것을 느꼈다. 그러나 불을 피울 수는 없었다.

하대치의 부대는 꽤나 시간이 지난 다음에 돌아왔다.

"대원덜 워찌 되았소?"

외서댁을 보자마자 하대치가 물었다.

"다 무사허구만요. 뒷일언 워찌 됐는게라?"

"아조 잘되았소. 개덜이 쌩똥깨나 싸댐스로 꼬드라졌을 것이요."

하대치의 목소리가 만족스러웠다.

"근디, 워째 그러고 기시요?"

외서댁은 하대치를 가까이 들여다보며 의아스럽게 물었다. 하대치는 머리 오른쪽을 손바닥으로 누르고 있었던 것이다.

"이, 쪼깐 다친 모냥이요."

"워메, 머리럴! 싸게 불 피고 봐야제라."

외서댁은 덜컥 겁이 났다.

"우선 여그 떠서 안전헌 디로 가고 난 담에 봅씨다."

그들은 서둘러 그곳을 떠났다.

하대치는 걸으면서 대원들이 듣지 못하도록 신음을 씹고 있었다. 피는 계속 옆볼로 흘러 목을 타내리고 있는 것을 느낄 수 있었다. 수류탄 파편에 맞은 것이었다. 맞은 순간 까마득해졌고, 상처가 어느 정도인지는 알 수가 없었다. 고통이 심하고 피가 멎지 않는 것으로 보아 가볍게 다친 것이 아닌 것을 짐작할 뿐이었다.

"워메, 워메, 큰탈 만낼 뿐혔소. 워찌 요리 크게 다치고도 참어집디여."

불을 피우고 상처를 들여다본 외서댁은 금방 숨이 넘어가는 것 같았다. 그건 그녀의 호들갑이 아니었다. 반 뼘이 넘게 찢어진 상처가 헤벌어져 있었다. 그러나 상처가 헤벌어졌다는 것은 잘못 본 것이었다. 상처가 벌어진 만큼 살이 떨어져나가고 없었던 것이다. 워메, 쪼깐만 더 심혔드라면……. 외서댁은 그 아슬아슬함에 뒤늦게 가슴이 벌떡벌떡 뛰고 있었다. 상처를 들여다보고 있는 다른 대원들의 가슴도 마찬가지였다. 외서댁은 대장, 아니 영웅 하대치가 없는 부대는 상상할 수가 없었다.

"워쩔께라, 피가 자꼬 흘르는디이."

외서댁이 안타까워 울상을 지었다.

"여그 존 약이 있소. 요것이 피럴 뽈아묵어 쑥떡이 되게 두툼허니 뿌리씨요."

하대치가 꺼내놓은 것은 담배쌈지였다.

"워메, 담배가리야 칼이나 연장에 살짝 다친 디나 뿌리는 것이제, 요리 살점이 떨어져나가뿐 짚은 자리에 뿌리면 속살이 애리고 씨려 사람이 워쩌크름 살아진다요."

외서댁이 고개를 내저었다.

"싸게 뿌리씨요. 명령잉께!"

외서댁을 노려보듯 하는 하대치의 단호한 말이었다.

외서댁은 하는 수 없이 쌈지를 집어들었다.

하대치는 그날 밤부터 꼬박 사흘 동안 열에 들뜨고 한기에 떨어대며 앓았다. 외서댁은 날마다 비트를 옮겨가며 하대치를 치료했다. 치료라고 해야 어떻게 해서든 죽을 쑤어서 떠먹이는 것이었고,

담요를 다 모아 몸을 감싼 것뿐이었다. 그녀는 이러다가 그만 죽는 것이 아닌가 싶어 날마다 피가 타들었다.

"외서댁 동무가 나럴 살려냈소."

몸을 일으킨 하대치가 말했다.

"음마, 무담씨 영웅이간디라."

고마움의 눈물을 머금으며 외서댁이 한 말이었다.

하대치는 이가 갈리도록 아프던 상처의 통증이 말끔히 가신 것을 느끼며, 자신이 죽을 고비를 요행히 넘겼다는 것을 되짚어 생각하고 있었다.

지리산의 겨울은 매운 바람과 거친 눈보라에 휩싸여 변함없이 혹독하게 추웠다. 토벌대들은 지리산에서 바깥으로 통하는 길목이란 길목은 완전히 봉쇄하고 있었다. 그것은 보투를 차단시켜 추위 속에서 굶겨죽이자는 장기작전인 동시에, 그래도 보투를 안 할 수 없는 빨치산들을 손쉽게 잡자는 투망작전이기도 했다. 그러나 토벌대들은 그런 안일한 작전에만 의존하지 않았다. 그들은 남쪽 골짜기를 불시에 습격해 들어오기도 했다. 겨울이면 북쪽 골짜기들이 남쪽 골짜기보다 훨씬 더 추워 빨치산들이 남쪽 골짜기로 몰린다는 것을 그들은 일찍부터 다 알고 있었던 것이다. 또, 그들이 급습을 가해오는 경우는 정확한 정보를 바탕으로 하는 때가 많았다. 새로 투항했거나 생포한 빨치산들이 입을 열었던 것이다. 그래서 빨치산들은 대원 중에 하나라도 행방불명이 되면 비트부터 옮기기에 바빴다. 새로운 투항자들은 전투원보다 환자들 속에서 많이 생겨났다. 환자트에는 치료약이 전혀 없을 뿐만 아니라 보투가 어려워 식량마저 제대로 공급이 되지 않았다. 그러니 총상을 입었거나 중증의 동상환자들은 마음이 약해지다 못해 어느 순간 뒤집혀지고 말았다. 한 사람이 마음이 변해버리면 같은 환자트의 네댓 명, 대여섯 명이 한꺼번에 포로신세가 되는 경우는 흔했다. 그렇게 생포된 환자들 중에서는 끌려가다가 낭떠러지에서 떨어져 죽기도 했고, 도망가는 척해서 유인자살을 하기도 했다. 어느 환자트에서는 한 명의 변심으로 토벌대가 들이닥치게 되자 한 환자가 몰래 감추고 있었던 수류탄을 터뜨려 환자 네 명과 토벌대 세 명이 떼죽음을 당하기도 했다.

지리산의 가혹한 추위 속에서 빨치산들은 얼어죽고, 굶어죽고, 총 맞아 죽어가며 시나브로 소멸되어 가고 있었다.

김범준은 2월의 추위 속을 이해룡에게 업혀 다니고 있었다. 그러기를 벌써 두 달째였다. 그건 기동이 어려운 환자는 반드시 환자트로 보내야 한다는 규정 위반이었다. 그러나 이해룡은 규정 위반을 아랑곳하지 않았고, 환자트로 보내달라는 김범준의 의사도 막무가내로 묵살한 채 김범준을 업고 다니며 토벌대와 싸우고 있었다.

김범준은 동상으로 발이 썩어들고 있었다. 중국의 투쟁에서부터 동상을 앓아온 그는 압록강을 건너올 때 벌써 왼쪽 발가락 두 개가 없는 몸이었다. 빨치산 출신들은 누구나 겨울이면 동상 재발, 여름이면 무좀 극성으로 남모르는 고생들을 했다. 김범준이라고 예외일 수가 없었다. 그러다가 작년 겨울을 지리산에서 나면서 동상이 심하게 걸리게 되었다. 그런데 지리산 추위가 기승을 부리는 지난 12월 중순에 그는 결정타를 입게 되었다. 토벌대에게 포위를 당해 쫓기는데 그는 몸을 숨길 데를 도무지 찾을 수가 없었다. 적들의 눈초리에 에워싸인 눈 덮인 산은 몸뚱이 하나를 숨길 데가 없이 갑자기 손바닥만 해지고 말았던 것이다. 그런데 그의 눈에 띈 것이 있었다. 계곡의 개울에 부풀어올라 있는 얼음덩이였다. 키 높이로 층이 진 개울에 물이 쏟아져내리면서 얼어붙기 시작한 얼음이 커다란 바위처럼 덩이를 이루고 있었고, 그 옆구리에 구멍이 뻥뚫려 있었던 것이다. 그는 그 구멍으로 다급하게 몸을 디밀었다. 그는 물로 풍덩 빠지면서 질겁을 했다. 틀림없이 얼음바닥일 거라고 생각했었는데 뜻밖에 물이었던 것이다. 급히 쏟아져내리는 물이라 그 안은 얼어붙지 않았다는 것을 그는 뒤늦게 깨달았다. 그러나 몸을 숨기기에는 그것이 오히려 안전하기도 했다. 그는 물속에 목까지 잠근 채 토벌대들이 소리치며 오락가락하는 위기를 넘기고 있었다. 그렇지만 고질이 된 동상에 그 냉탕의 시간이 너무 길었던 것이고, 또한 흩어졌던 부대를 다시 만나기까지도 시간이 너무 걸렸던 것이다. 온몸이 얼음덩이가 된 그는 이해룡을 만나면서 실신을 하고 말았다. 그는 가까스로 목숨을 건졌지만 발은 이미 동상이 극심해져 걸을 수가 없게 되어 있었다. 발가락마다 흑자줏빛으로 변해 썩어들고 있었던 것이다. 그는 환자트로 보내달라고 몇 번씩이나 말했다. 원칙을 강조하기도 했고, 명령이라고 화를 내기도 했고, 마지막에는 자신을 추하게 만들지 말아달라고 간청도 했다.

그러나 이해룡은 아침저녁으로 고름을 닦아내고 냉수찜질하기를
그치지 않았다.

2월이 끝나가면서 또 한 번의 겨울이 지나갔다. 동백꽃이 지고
진달래 꽃망울들이 부풀어오르는 가운데 이태식이 죽었다는 소문
이 백아산지구에서부터 퍼지기 시작해 조계산지구와 백운산지구
로 번져나갔다. 부하 세 명과 함께 수류탄으로 자폭했다고도 하고,
서로가 서로를 쏘고 죽었다고도 했다. 죽은 것도 통명산 줄기라고
도 했고, 무등산 기슭이라고도 했고, 백아산 매봉이라고도 했다.
어쨌거나 '백아산 호랑이'로 '강철부대'를 이끌며 도당의 영웅칭호
까지 받았던 머슴 출신 이태식은 영웅다운 죽음의 전설을 남긴 채
겨울과 함께 이 세상을 떠나갔던 것이다.

겨울은 또 많은 빨치산들을 데려갔다. 그래서 지구마다 부대개
편을 하게 되었다. 지구 기동연대장 하대치는 지구 부사령관이 되
었다.

38

휴전선으로 변한 삼팔선

부산에 머물러 있는 정부는 2월 15일 긴급통화조치령을 발표했다. 원 단위를 환으로 바꾸면서 통화를 100대 1로 인하했던 것이다. 이 '갑작스러운' 조처는 신문들을 장식했고, 사회 일부에 돌풍을 일으켰다. 그 돌풍에 휩쓸린 것은 어디까지나 돈 많이 가진 사람들이었고, 대부분의 가난한 사람들에게는 눈 껌벅거리며 듣는 소식일 뿐이었다. 돈 많은 사람들은 재산이 하루아침에 10분의 1로 줄어들어버렸다고 야단들이었고, 빚 쓴 놈만 살판났다고 떠들었고, 현찰이 아닌 부동산을 가진 사람들은 오히려 이익이라고 수선을 피웠다.

염상구는 그런 것이 도대체 무슨 소리들인지 종잡을 수가 없는 채로 재산이 줄어들게 되었다는 소리만 귀에 담겨 '국부 이승만 대통령 각하'가 갑자기 그의 입에서 '개새끼·씹새끼'로 둔갑하고 있었다. 그가 화폐개혁을 어느 정도 이해하게 되고, 공장을 가진 자기는 오히려 이익이라는 것을 납득하기까지는 한 달 이상이 걸렸다. 뒤늦게 자신의 잘못을 깨닫게 된 그는 궁리 끝에 '국부 이승만 대통령 각하' 앞에다 '장하신'이란 말을 붙이기로 했다. 얼른 떠오르는 말로 '위대하신'을 붙일까 했다가 질겁을 했던 것이다. 그건 '위대하신 김일성 수령 동지'에 붙여진 말이었던 것이다. 인공 다음부터 '동무'라는 말은 써서는 안 되는 말이 되었고, 그 대신에 '친구'라는 말로 바뀐 세상에……. 그는 간담이 서늘해졌던 것이다.

염상구와는 반대로 죽을상이 되어 있는 것은 현찰신봉자 유주상 같은 사람이었다.

화폐개혁 바람이 미처 잠들기도 전에 또 하나의 사건이 신문들을 요란하게 뒤덮었다. 소련 수상 스탈린의 사망이었다. 3월 5, 6일자 신문들은 양쪽 끝이 치켜올라간 콧수염 짙은 스탈린의 사진을 큼직큼직하게 실어대며 소련이라는 나라가 곧 무너져내려앉고, 이승만 대통령이 부르짖는 북진통일이 금방 이루어지는 것처럼 수선들을 피워대고 있었다.

그런 변화를 이용하자는 것이었을까. 한동안 뜸했던 휴전반대 궐기대회가 전국적으로 벌어지면서 4월이 시작되고 있었다. 어른들은 궐기대회에 동원되는 것을 지겨워했고, 조무래기들은 궐기대회가 마냥 좋았다. 그날은 학교가 놀기 때문이었다.

그런데 '휴전반대 궐기대회'는 6월로 접어들면서 느닷없이 '북진통일 궐기대회'로 바뀌었다. 궐기대회에 동원된 사람들은 왜 그 명

칭이 바뀌게 되었는지 영문을 모른 채 마이크에서 선창하는 구호를 따라서 외칠 뿐이었다.

6월 18일 새벽 김범우는 마산 포로수용소에서 반공포로로 석방되었다. 반공포로 분리수용으로 그는 마산으로 옮겨졌던 것이다.

김범우는 철조망을 벗어나고 나서 새벽별을 바라보며 거제도에 있는 정하섭을 생각했다. 너는 북쪽으로 가는가. 그래, 가거라. 남쪽에 집을 두고 북쪽으로 가는 것이 어찌 너 혼자뿐이겠는가. 난 이제 고향으로 간다. 너와의 약속은 꼭 지켜나갈 것이다. 휴전이 언제까지 갈지 모르지만. 전쟁이 완전히 끝난 것이 아니라 시한부로 멈춘 것일 뿐인 휴전은 우리에게 내일로 남겨진 숙제다. 그건 새로운 분단으로 남겨진 민족의 숙제다. 그 숙제를 가지고 너는 북으로, 나는 남으로 헤어지는 것이다. 그동안 곰곰이 생각해 보니 휴전은 우리 민족에게 새로운 시작이 될 것이다. 서로 갈라져 살아야 하는 비극적인 시대의 시작 말이다. 그건 새로운 싸움의 시작이기도 하다. 너와 나는 그 싸움을 위해 함께 고향으로 가지 못하고 이렇게 헤어지는 것이 아닌가. 부디 잘 가거라. 그리고…… 다시 만날 때까지 우리 꿋꿋하자꾸나.

김범우는 사흘이 걸려 집으로 돌아왔다. 집에는 그를 놀라게 할 충격이 기다리고 있었고, 그도 또한 집안식구들을 소스라치게 할 충격을 가지고 있었다. 범준 형님이 인민군 고급군관으로 돌아왔었다는 사실에 그는 충격을 받았고, 집안식구들은 그의 지팡이 짚은 절룩거리는 다리를 보고 충격을 받았던 것이다.

어머니는 아버지가 세상을 떠났다는 것부터 알려주었지만 김범우는 그건 아무렇지도 않게 받아들였다. 아버지의 죽음은 지극히 자연스러운 현상일 뿐이었다. 그러나 형님이 돌아왔다는 것은 그 자체로서 충격이 아닐 수 없었다. 형님은 그의 마음속에 이미 재회를 체념한 동경의 존재였던 것이다. 그런데 형님은 인민군 고급 군관으로 돌아온 것이다. 그것은 거듭된 충격이었다. 형님의 그 행로가 여러 말이 필요하지 않은 역사의 웅변으로 가슴을 쳐왔던 것이다.

"그래서 어찌 됐습니까?"

김범우는 생략을 모르는 어머니의 사설조의 이야기에 그만 답답함을 느꼈다.

"입산얼 혔지."

"그 담은요?"

"그것이야 워찌 알겄냐. 그간에 수도 없이 많이 죽었다는디……."

그동안 많이 늙어버린 어머니는 말끝을 흐리며 옷고름 끝으로 눈물을 찍어냈다.

마루에 걸터앉은 김범우는 고읍들녘 저 멀리 보이는 산줄기를 하염없이 바라보고 있었다. 민족독립을 위해 빨치산투쟁을 했을 형님은 이제 민족과 인민해방을 위해 저 산속에서 빨치산투쟁을 하고 있는 것이 아닌가. 염상진 선배도 물론 함께지. 염 선배가 얼마나 좋아했을까…… 그 뚝심 좋은 실천가, 어렸을 때부터 형님을 그렇게 우러러보더니 결국 형님은 그의 차지가 되었군. 그는 그만

한 자격이 있지. 그런데 형님이나 염 선배는 지금쯤 어떻게 되어 있을까. 살아 있기나 할까. 살아 있다면 휴전이 목전에 닥친 이 마당에 어찌하려는 것일까. 빨치산은 정규군이 아니니까 휴전회담에서 거론될 리가 없다. 정하섭의 말대로 그들은 지하로 잠적하는 것일까, 글쎄…… 잠적하기에는 너무나 노출되어 버린 인물들이 아닐까. 김범우는 불현듯 형님을 찾아 산으로 들어가고 싶은 충동을 느꼈다.

"어여 몸 씻거라. 아부님헌테 인사디리러 가야제."

어머니의 젖은 목소리였다. 김범우는 그때서야 자식의 절차가 남았다는 것을 깨달았다.

"예, 그래야지요."

김범우는 엉거주춤 몸을 일으켜 세웠다.

그는 분꽃이며 봉숭아, 맨드라미, 채송화 같은 여름꽃들이 무성한 화단에 눈길을 주며 목욕탕으로 걸어갔다. 비로소 오래 간직된 안정감이 되살아나며 집에 돌아왔다는 기분을 느낄 수가 있었다. 그는 앙징스러운 나팔 모양의 분꽃 하나를 따서 입꼬리에다 물었다.

"몸이 많이 상허셨는가요?"

어느새 목욕탕 앞으로 옮겨와 있던 아내가 시어머니 쪽 눈치를 빠르게 살피며 물었다.

"아니오. 살아가는 데 아무 지장이 없을 거요."

김범우는 그때서야 아내를 제대로 쳐다보며 엷게 웃었다. 아내의 눈이 새롭게 젖어들고 있었다. 김범우는 그 눈에서 소식 없이 헤어져 있었던 날들이 꽤 길었다는 것을 생각해 내고 있었다.

"집안이 다 찌울렀는디, 몸이 성허셔야제라."

아내가 들고 있던 옷가지를 내밀었다.

김범우는 무표정하게 옷을 받아들었다. 그러나 속으로는 아내의 말을 되씹고 있었다. 몸이 성해서 뭐 하게? 기울어진 집안을 일으키게? 이 사람아 정신 차리게. 당신이 시집올 때 같은 시집의 형편은 당신 평생에 다시 오지 않을 거야. 나헌테 그런 기대 하지 말게. 당신도 앞으로는 고생 좀 하고 살 각오를 해야 해. 그러고 말야, 시집 형편이 이렇게 된 것이 당연하다는 걸 빨리 깨닫도록 하게. 그렇지 않고서는 당신은 앞으로 남은 세월을 계속 불행하게 살게 돼. 김범우는 목욕탕으로 들어가며 언제인가는 아내에게 해야 될 말을 혼자서 하고 있었다.

김범우는 옷을 벗기 시작했다. 바지를 벗는데 신경은 또 오른쪽 다리로 쏠려갔다. 내려다보지 않으려고 고개를 반대쪽으로 밀어돌렸다. 그러나 또 다리에서 끌어당기는 힘에 지고 말았다. 옷을 벗게 될 때마다 되풀이되는 싸움이었다. 그러나 번번이 의지가 지고 마는 싸움이었다.

그는 오른쪽 다리에 찍힌 흉터들을 물끄러미 내려다보고 있었다. 생김이 서로 다른 세 개의 흉터는 언제 보아도 흉측스러웠다. 문신이나 화인처럼 자신이 죽을 때까지 지워지거나 없어지지 않을 흉물이었다. 미군의 포탄이 찍어놓은 '포인(砲印)'이었다. 집으로 돌아와서 보니 그 흉터들은 더욱 크고 선명하게 보였다. 집을 떠난 다음부터 겪었던 일들이 빠르게 떠오르고 있었다. 그는 생각들을 떼쳐내며 목욕통 안으로 뛰어들었다. 찬물의 선뜻함이 일시에 온몸을 파고들며 그 생각들이 다 달아났다. 그는 그 생각들을 더 멀리 쫓기라도 하듯 푸우푸우 소리 내며 낯을 씻어댔다.

시원함이 살 속으로 아련하게 퍼지는 것을 느끼며 그는 낯을 훔쳤다. 그리고 눈을 떴다. 그는 흠칫 놀랐다. 왼쪽 팔뚝에 찍힌 푸르딩딩한 글자 두 개가 눈에 들어왔던 것이다. 그건 '反共'이었다. 수용소에서 대한반공청년단에 가입하면서 의무적으로 새겨야 했던 문신이었다. 놀라긴 뭘 그렇게 놀라나. 앞으로 평생 신원보증서가 돼줄 텐데. 그는 스스로를 타이르고 일깨웠다. 휴전이 된 다음의 남쪽 사회에서는 그 기분 나쁘게 푸른 색깔인 두 개의 글자가 상이군인만큼 당당하게 행세하게 할 거라고 그는 생각했다. 상이군인들의 당당하다 못해 횡포에 가까운 행위는 집으로 돌아오는 사흘 동안 여러 곳에서 목격했던 것이다. 그들은 서너 명씩 패가 되어 닭털에 빨강·파랑·노랑물을 들여가지고 누구에게나 사라고 내밀었다. 그걸 사지 않으면 그들은 자기네의 희생을 내세우며 으름장을 놓았고, 그래도 사지 않으면 빨갱이 운운하며 욕을 해대기 일쑤였다. 돈을 지니지 않은 사람은 그런 봉변을 당하지 않을 수가 없었다. 그렇다고 그들의 횡포를 어디다 고발할 데도 없었다. 몸이 성한 자 모두가 그렇듯이 경찰들마저도 그들 앞에서 기가 죽었다. 그들은 국책인 멸공통일을 위해 싸우다가 하나뿐인 몸이 불구가 되었으므로 그 정도의 치외법권은 맘껏 누릴 수 있었던 것이다. 더구나 나라에서 아무런 생계대책을 세워주지 않는 한 그들의 행동은 더욱 당당해지고 거칠어질 수밖에 없었고, 경찰들도 할 말이 없을 수밖에 없었다. 불구인 그들은 자신들의 장래에 대해 자포자기한 심정으로 성한 사람들에게 불만을 터뜨리는 동시에 보상을 요구하고 있었다.

김범우는 자신의 팔뚝에 새겨진 두 개의 글자가 그들 상이군인들과 맞먹을 수 있는 힘을 발휘할 거라는 생각에 떨떠름하게 웃었다.

"용감무쌍한 반공포로 여러분, 오늘 0시를 기하여 전국의 각 수용소에서는 2만 5천여 명의 반공포로들이 석방되어 자유대한의 품에 안겼습니다. 이것은 바로 이승만 대통령 각하의 탁월하신 영도력이 이룩하신 장거요 쾌거인 것입니다. 유엔군의 반대를 무릅쓰고 2만 5천 명이나 되는 반공포로들을 일시에 석방시키는 것은 밖으로 세계만방에 대한민국의 자주성을 공포하는 것이며, 안으로 북괴 김일성 집단에게 자신감을 당당하게 보여주는 것입니다. 또한 그뿐만이 아닙니다. 여러분들이 자유대한을 택함으로써 북괴 공산집단이 얼마나 사람이 살 수 없는 잔악하고 무도한 집단인가를 세계만방에 백일하에 드러낸 것입니다. 그 사실을 입증할 반공포로들은 또 남아 있습니다. 형편이 여의치 못하여 오늘 석방되지 못한 8천여 명이 아직 수용소에 남아 있다 그것입니다……."

대령은 열렬하게 연설문을 읽어나갔던 것이다.

목욕탕 벽에 머리를 기대고 눈을 내리감은 김범우는 가슴팍을 느리게 문지르면서 대령이 역설하던 그 목적이 과연 제대로 달성되었는지를 생각해 보고 있었다.

8천 명까지 합하면 3만 3천 명이고, 인민군포로는 우선 접어두고 의용군포로만 놓고 따져보면, 의용군 40만 중에서 반이 자원이고 반이 강제라고 치고, 후퇴 직전까지 양쪽에서 10만씩이 죽었다고 잡으면 20만이 남고, 그중에서 반이 후퇴하고 반이 포로가 되고, 아니지, 의용군포로가 10만까지 되지 않았지. 처음부터 다시, 양쪽에서 15만씩 죽고, 나머지 10만에서 5만이 후퇴, 5만이 포로. 포로 5만을 둘로 나누면 2만 5천씩. 강제로 끌려나간 2만 5천 명이 전부 반공포로가 되었다면, 인민군포로 중에서 반공포로가 된 것은 8천 명. 그러나 실제로는 거의 반반이 아니던가. 그러면 이게 어떻게 되나, 의용군포로 5만 중에서 고향을 버리고 북쪽으로 간 것이 3만 3천, 반공포로가 1만 7천, 이렇게 되면 의용군포로에서부터 목적달성에 실패한 게 아닌가. 거기다가 인민군포로 중에서 반공포로가 된 1만 7천은 어떤가. 인민군포로의 전체 수와, 북쪽 체제의 성립과정에서 계급적 피해를 입었을 사람들과, 반공포로를 만들기 위한 그 온갖 행위들과, 그런 것들을 다 감안해 보면 인민군포로 중에서 반공포로 1만 7천이라는 것은 얼마나 하잘것없는 숫자인가.

김범우는 비로소 반공포로라는 허상을 구체적으로 들여다보며 쓰게 웃지 않을 수가 없었다. 그런데 자신 같은 사람도 자유대한의

체제우월을 입증하는 반공포로가 되고 있으니 더욱 우습지 않을
수가 없었던 것이다.

　보성경찰서 서장실에서는 긴급회의가 열리고 있었다. 회의 참석
자는 네 명이었다. 보성경찰서장 남인태, 벌교경찰서장 권병제, 그
리고 두 경찰서 소속의 토벌대장 둘이었다.
　"에에, 오늘 회의를 긴급 소집한 건 다름이 아니고, 휴전협정을
목전에 두고 잔비 토벌을 어떻게 할 것이냐 하는 문제에 대책을 세
우기 위해섭니다. 에에, 어차피 휴전협정은 될 것인데, 잔비들을 산
중에 두고 휴전협정을 맞을 수는 없지 않느냐, 그러니 휴전협정 전
에 잔비들을 완전 소탕하라, 이것이 정부의 방침인 동시에 도경의
강력한 지십니다. 그래서 본 회의를 긴급 소집하게 된 것입니다."
　남인태는 자못 거드름을 피우며 좌중을 훑어보았다. 그가 의식
하고 있는 것은 권병제였다. 행정단위의 우위와 지역의 실속이 일
치가 안 되어 그전부터 권병제에게 신경을 써왔던 남인태는 작년
말에 공비 일곱을 사살해 도경국장까지 행차하게 된 다음부터 권
병제를 더욱 경계하고 의식하게 되었다. 도경국장이 권병제와 악수
를 하며 어깨를 두들겨주던 것을 생각하면 그는 속이 뒤집어져 자
다가도 벌떡 일어날 지경이었다.
　남인태의 말에 권병제는 무표정하게 앉아 있었고, 두 토벌대장
은 옹색한 얼굴이 되어 서로를 쳐다보았다.
　"에에, 그 지시를 효과적으로 수행하라는 목적으로 도경에서는

극비문서를 하달해 왔습니다. 그 극비문서가 바로 이건데, 극비문서라는 걸 유념하고 다 같이 보도록 합시다."

남인태는 길지도 않은 말에 '극비문서'라는 말을 세 번씩이나 되풀이해 가며 서랍에서 종이 한 장을 꺼내 책상 위에다 펼쳤다. 여덟 개의 눈이 일시에 그 종이 위로 몰렸다.

8절지 왼쪽 위로는 '적세분포요도'라는 것이 한자로 적혀 있었고, 그 밑에는 두 개의 밑줄이 그어져 있었다. 그 바로 아래에는 '4286. 6. 30. 現在'라고 표시되어 있었다. 그리고, 종이 전면에 걸쳐 산들과 지명을 간략하게 표시한 지도가 그려져 있었다. 그 지도는 지리산을 중심으로 한 전남·북, 경남의 산악지대를 나타내고 있었다. 지리산 북쪽으로 덕유산, 서북쪽으로 회문산, 남쪽으로 백운산, 서남쪽으로 조계산과 백아산이 여러 가지 모양의 타원으로 강조되어 있었다. 그리고 그 아래나 옆에는 다시 네모칸을 두르고, 그 안에다 깨알 같은 글씨로 무엇인가를 적어 그 옆에는 일일이 아라비아숫자를 표시해 놓고 있었다. 그것들은 지도의 제목이 밝히고 있는 대로 각 빨치산지구들, 거기에 소속된 부대들과, 그 부대의 대원들 수를 나타내고 있었던 것이다.

권병제의 눈길은 빠르게 조계산에 가 박혔다. 토란 모양을 한 타원 안에는 '53'이라는 숫자가 표시되어 있었다. 조계산지구에 남아 있는 빨치산들이 모두 53명이라는 뜻이었다. 그의 눈길은 그 옆의 네모칸으로 옮겨졌다.

전남서부도당 15, 서부도당 연락부 8, 모후산지구부대 14, 조계산

소지구당 13, 보성군당 3.

그의 눈길은 마지막으로 '보성군당 3'에 한참 머물러 있었다. 그 수가 가장 적은 것에 그는 안도하고 있었던 것이다.

"자아, 여기서부터 다 같이 봅시다."

남인태는 연필 뒤꼭지에 달린 고무로 조계산을 짚었다. 그 연필은 국제적십자사에서 보낸 구호물자로, 각 학교에 배급되고 있는 필통 네 개쯤을 포개놓은 것만한 종이상자에서 나온 것이었다. 그 연필은 몸체에 잠자리가 금박으로 찍혀 있는 일본제였다. 그건 국산보다 질이 월등히 좋은 데다, 특히 나무가 풍겨내는 향내가 좋아 누구에게나 인기가 있었다. 그러나 일본이 연필까지 팔아먹어 한반도의 전쟁 특수를 누리고 있다는 사실을 깨닫는 사람은 별로 없었다.

"우리가 1차적으로 책임져야 할 보성군당은 셋으로 나와 있소. 이건 천만다행한 일이지만, 그렇다고 좋아할 건 하나도 없소. 왜냐하면 우리가 2차로 책임져야 할 곳이 이 조계산지구기 때문이오. 여기를 보시오."

연필 뒤꼭지가 왼쪽 옆에 있는 백아산으로 옮겨갔다.

"이 백아산지구는 서른여섯밖에 안 된다 그것이오. 그러니까 백아산지구를 맡고 있는 화순이나 곡성경찰서보다 우리는 두 배나 더 할 일이 많다는 결론이오. 장흥 유치지구가 다 깨지면서 보성군당 놈들이 조계산지구로 붙은 것이야 우리도 다 아는 사실이고, 보성군당이 조계산지구로 붙었으니 우리 책임도 유치지구에서 조계산지구로 따라서 옮겨질 수밖에 없소. 그리고 우리는 순천경찰서한테 책임을 미룰 수도 없소. 왜냐하면 말이오, 여길 보시오."

연필 뒤꼭지가 조계산의 오른쪽 옆으로 옮겨가 백운산을 짚었다.

"이 백운산이 317명이나 된다 그것이오. 그러니 순천경찰서에서는 조계산지구보다 백운산지구를 치느라고 정신이 없게 생겼소."

"닛장맞을, 광양경찰서에서넌 밥 묵고 하품만 허고 앉었간디 요리 못자리판얼 맹글어놓고 있을께라?"

보성경찰서 토벌대장이 느닷없이 소리를 질렀다. 남인태는 그만 깜짝 놀랐다. 그 소리가 너무 크기도 했지만, 그리로 쫓겨갔었던 지난날의 기억이 끔찍스럽게 떠오른 탓이었다.

"토벌대장, 좀 점잖게 하시오. 여긴 총 쏴대는 산중이 아니고 회의장이오, 회의장."

남인태가 토벌대장을 꼬나보았다.

"야아, 조심허겠구만요."

어깨 벌어진 젊은 토벌대장이 고개를 꾸뻑했다.

"그런데 이거…… 우리 전남이 406명으로 지리산보다 많군요."

권병제가 중얼거리듯이 말했다.

"맞소, 바로 그 점이 문제요. 지리산이 371명으로, 그건 우리가 다 아는 대로 경남도당과 이현상의 남부군이 합해진 게 아니냔 말이오. 그러니 우리 전남은 두 개의 도를 합친 것보다 많은 셈이고, 여기를 보시오, 전북의 회문산과 덕유산을 합해봤자, 회문산 98에다가 덕유산이 127이니까 가설랑은에……."

"225명이오."

권병제의 계산이었다. 남인태는 비위가 확 상하고 말았다. 그러나 감정을 꾹 누르며 얼른 받아넘겼다.

"맞소, 225명. 그러니 전북에 비해서도 두 배가 된다 그것이오."

"그런데 말입니다, 전남 숫자가 더 늘어나는데요. 여기 지리산에 구례군당이 37명이나 끼여 있어요. 그럼 우리 전남이…… 443명이 되는 겁니다."

권 서장이 지리산에 해당되는 네모칸 안에서 맨끝의 구례군당을 손가락으로 짚고 있었다. 이자식 이거, 수가 늘어나서 좋다는 거야, 뭐야! 남인태는 울화통이 치밀어올랐다. 그래서 소리를 질러대기 시작했다.

"바로 그거요. 우리 전남은 좋은 것은 1등을 못하고 못된 것만 1등을 하고 있소. 그러니 정부에서도 좋아할 리가 없고, 도경에서도 난리가 난 것이오. 빨갱이놈들이 이렇게 많다는 건 도경국장님의 얼굴에 똥칠을 하는 게 아니고 뭐이겠소. 그러니까 도경국장님이 하루빨리 소탕을 끝내라고 노발대발이시고, 이렇게 긴급명령이 떨어지고 난리요. 토벌대장들, 앞으로 어떻게 할 건지 말들을 해보시오."

남인태의 울화는 엉뚱하게 두 토벌대장을 향해 터지고 있었다.

"그, 금메요, 이적지 혀온 것맨치로 열성으로 혀야제 무신 똑별난 수가 있겄는가요."

보성경찰서 토벌대장이 얼버무렸다.

"근디, 종우 우에 요리 딱 적어논게 숫자가 훤허게 뵈는디, 정작 산으로 잡으로 들어가보면 그 잡녀러 새끼덜이 그 많은 골짝골짝 워디에 쑤셔박혔는지 알 수가 없는 일인디, 똑 만성리해수욕장 모래밭에서 바늘 하나 찾는 격이구만이라."

벌교경찰서 토벌대장이 남다른 기운이 뭉쳐진 것처럼 보이는 짧고 굵은 목을 두어 번 꺾어돌리며 마땅찮은 기색으로 말했다.

"그런 무책임한 소리들을 듣자는 게 아니오. 우리 군의 두 경찰서가 특히 책임이 무거운 건 뭔지 아시오? 거 염상진이나 하대치 같은 놈들이 다 우리 군 출신이기 때문이오. 그 두 놈만 잡아없애도 그 졸개들 잡기가 훨씬 쉬워지지 않겠냐 그것이오."

남인태는 추궁하듯이 두 토벌대장을 쏘아보고 있었다.

"그 말이야 영축없이 맞제라. 근디, 염상진이야 정해진 자리가 없이 지멋대로 동에 번쩍, 서에 번쩍 허고 댕긴게 잡든 쥑이든 워쩌크름 허기가 영판 에롭고, 하대치야 조계산지구에 발얼 붙이고 있기넌 혀도 몸이 워쩌크름 날래고 산얼 빠삭허게 뀌든지 무신 씨언헌 방도가 없응께로 미치고 폴짝 뛸 일이랑께라."

그들이 벌교 출신이라 책임을 느낀다는 듯 벌교경찰서 토벌대장이 말했다.

"내 생각으론 말입니다." 권병제는 남인태에게 말머리를 빼앗기지 않으려고 먼저 이렇게 입을 열고는, "잔비들을 하루빨리 없애야 한다는 건 정부나, 도경이나, 일선에 있는 우리나 다 뜻이 같을 것입니다. 이번 명령하달을 계기로 앞으로 더욱 토벌에 박차를 가할 것을 각오하고, 그 효과적인 방법은 좀더 시간을 두고 생각해 보는 것이 어떨까 합니다." 그는 별다른 성과가 보이지 않는 회의를 더 이상 끌고 싶지 않았던 것이다.

"에에, 중요한 문제는 말이오, 휴전협정을 앞둔 이 마당에 잔비가 천 명 이상이나 남아 있다는 것만이 아닌 것이오. 문제는, 이 극비문서에도 나타나지 않은 잔비들이 또 있을 거라는 점이오. 또, 이 잔비들이 작년 이후로 계속해서 지하로 침투되고 있다는 사실을 잊어서는 안 될 것이오. 그래서 오늘 이 자리에서 결정할 것은 두 가지요. 첫째, 양쪽 토벌대는 토벌사령부의 합동작전계획과는 별개로 매일 잔비 토벌을 실시한다. 둘째, 잔비들의 지하침투를 봉쇄하기 위해 금일부터 야간비상경계에 들어간다. 이상이오. 다른 할 말이 있으면 말들 하시오."

남인태는 좌중을 훑어보았다. 세 사람은 묵묵히 앉아 있기만 했다.

"좋소, 회의를 이것으로 끝내겠소."

1953년 7월 27일, 마침내 판문점에서 휴전협정이 조인되었다. 만 3년 1개월 2일 만에 총소리가 멈추게 되었다. 따라서 1945년 8월 15일 해방과 동시에 미·소의 합의로 그어진 직선의 삼팔선은 꾸불꾸불한 곡선의 휴전선으로 변했다. 그 난해한 곡선은 '전쟁이 끝난 선'이 아니라 '전쟁을 쉬는 선'이란 뜻이었다. 대부분의 사람들은 그 구체적인 차이를 잘 모른 채 그저 '전쟁이 끝났다'고 했다.

"근디, 그간에 죽은 목심덜이 징허게 많을 것인디, 다 을매나 될랑고?"

"징허게, 징상시리 많을 것인디, 고것얼 누가 무신 재주로 다 알겄어."

맞는 말이었다. 그 수를 자세하게 밝혀낼 수 있는 사람은 이 세상에 아무도 없었다. 시간이 가고, 날이 지나가면서 대충 짐작하는 숫자가 나오게 될 터였다.

전쟁이 끝난 어수선한 분위기 속에서 신문들은 평양방송이 8월 7일에 발표한 소식을 전하고 있었다. 박헌영 외에 이승엽·이강국·임화·설정식 등 열두 사람에 대한 숙청이었다. 재판을 아직 받지 않은 사람은 박헌영 하나였다. 나머지 열두 명은 재판을 거쳐 형이 확정되어 있었다.

이승엽·조일명·임화·이강국·박승원·배철·백형복·조용복·맹종호·설정식은 사형.

윤순달은 징역 15년.

이원조는 징역 12년.

그들의 죄상은 첫째, 미제국주의를 위해 감행한 간첩행위. 둘째, 남반부 민주역량 파괴 약화, 음모와 테러, 학살행위. 셋째, 공화국 정권 전복을 위한 무장폭동 행위였다.

이 소식은 며칠이 지나 각 지구의 신문을 통해 모든 빨치산들에게 전해졌다.

그 신문을 보고 이해룡은 걷잡을 수 없이 흥분하고 말았다.

"소장 동지, 소장 동지, 이것 좀 보십시오. 결국 이럴 줄 알았습니다. 보십시오, 그때 94호 결정서에서 모든 잘못을 남선 단체들한테 덮어씌웠을 때 저는 벌써 이런 결과가 올 줄 알고 있었습니다. 당이 종파주의를 조장하고 있다는 것을 알아챘습니다. 그러나 소장 동지의 면전이라 차마 그 말을 꺼내지 못하고 참았습니다. 그런데 이것 보십시오. 휴전이 된 지 며칠이나 됐다고 이렇게 남로당계만 쏙 뽑아 이 꼴을 만든단 말입니까. 이건 벌써 그때부터 음모된 종파주의가 아니고 무엇입니까. 이래도 당을 믿어야 합니까!"

눈에 불을 켠 이해룡은 부들부들 떨고 있었다. 김범준은 느리게 눈을 올려떴다.

"이 동지, 그때 내가 이 동지한테 했던 약속을 지킬 때가 온 것 같소. 이 동지가 할 말이 더 많은 것 같은데, 하고 싶은 말이 있으면 다 털어놔보시오. 어떠한 내용이든 정식토론으로 접수하겠소."

김범준은 담담하게 말했다.

"예, 할 말이 많습니다. 저는 그때 남선 단체들이 모든 걸 잘못했다고 했을 때 솔직하게 말해 분하고 억울했고, 너무 절망을 느꼈습니다. 그럼 북선 단체들은 아무 잘못이 없다는 것인데, 당이 어찌 그리 편파적인 결정을 내릴 수가 있습니까. 그리고 말입니다, 남로당과 북로당은 벌써 오래전에 합당을 했습니다. 조선민주주의인민공화국에는 오로지 조선로동당이 있을 뿐이었습니다. 우리는 그 사실을 철통같이 믿었고, 오로지 조선로동당과 인민의 승리를 위해 투쟁을 바쳤습니다. 남로당의 잔재를 일소하기 위해 최선을 다

했습니다. 그래서 인공이 시작되고 멋모르는 사람들이 '박헌영 동지 만세'를 부를 때 저나 모든 당원들은 그런 행위를 철저히 막으며 '김일성 장군 만세'를 부르게 했고, 왜 그래야 하는지를 열심히 지도하고 학습시켰습니다. 그리고 북선 동무들이 갖는 우월감과 자만으로 많은 일들이 벌어졌습니다. 그러나 남선 동무들은 충돌을 피하고 좋게 해결하려고 많이들 참고 노력해 왔습니다. 그런데 당이 한 일은 무엇입니까. 남선 단체들에게 책임을 씌우더니 결국은 남로당계를 다 숙청하고 말았습니다. 그럼 남쪽 출신들인 우리는 뭡니까. 우리는 분명히 남로당원이었습니다. 우리는 이제 무엇을 위해 투쟁해야 합니까. 누구를 위해 투쟁해야 합니까. 당한테 버림을 받았으니 이제 와서 개들의 세상으로 손을 들고 내려가야 하겠습니까? 말씀 좀 해보십시오, 소장 동지!"

이해룡의 충혈된 눈에는 눈물이 번지고 있었다.

"좋소, 이 동지의 말 잘 들었소. 이 동지의 입장에서 충분히 할 수 있는 말이오. 그런데 내 말을 하기 전에 내가 이 동지한테 한 가지 부탁할 게 있소."

김범준은 여느 때 없이 엄중한 얼굴로 이해룡을 똑바로 쳐다보았다. 그 눈길이 냉정하고도 엄했다.

"예, 말씀하십시오."

이해룡은 그 눈길에 밀리는 기분으로 말했다.

"그건 다름이 아니고, 이제부터는 이 동지의 감정을 누르고, 이 동지의 생각도 접어놓고, 우리가 당사를 학습할 때처럼 그런 마음으로 내 말을 들어달라는 것이오. 그렇게 할 수 있겠소?"

"예에, 그렇게 하겠습니다."

"고맙소. 그럼 내 얘길 시작하겠소. 내가 지난번에 이야기를 뒤로 미뤘던 것은 나도 오늘과 같은 결과를 예상했기 때문이었소. 그때 상태로 얘길 해봤자 제대로 설명이 안 됐을 것이오. 이 동지는 지금 그때의 일을 한 가지 상기할 게 있소. 그게 뭔가 하면, 두 도당위원장이 결정서에 대해 문제를 제기했었는데, 그때 '남선 단체들의 잘못'에 대해서 이 동지나 중간간부들이 이의를 제기한 것처럼 두 도당위원장도 이의를 제기했느냐, 안 했느냐, 하는 점이오. 어떻소, 생각이 나오?"

김범준이 이해룡을 물끄러미 쳐다보았다.

"글쎄요…… 그게……." 이해룡은 미간에 신경을 모으며 고개가 기울어져 한참을 있더니, "확실하지는 않습니다만, 별 의견이 없었던 것 같은데요." 그는 미심쩍은 표정을 지었다.

"맞소. 두 동지는 그 대목에 대해서 아무런 이의도 제기하지 않았소. 왜 그랬는지 알겠소?"

이야기를 풀어갈 실마리를 잡은 김범준은 이해룡을 지그시 쳐다보았다.

"지금 생각해 보니 그게 참 이상합니다. 왜 그랬을까요?"

이해룡은 고개를 갸웃거리며 솔직하게 되물었다. 그게 무슨 영문인지 전혀 알 수가 없었던 것이다.

"당은 그때 벌써 선택적 결정을 했던 것이고, 두 동지는 당의 그

뜻을 파악하고, 이의 없이 접수했던 것이오."

"선택적 결정, 그게 무엇입니까?"

이해룡의 얼굴이 긴장되었다.

"이 동지, 잘 들어보시오. 민족해방전쟁이 남조선을 해방시키지 못하고 휴전협상에 임하게 되었소. 상황이 그렇게 되었을 때 당은 인민 앞에서 어떻게 해야 되겠소. 당에는 인민들 앞에 책임질 의무가 있소. 그 의무가 무엇이겠소? 이 동지가 지난번에 지적한 것처럼 미군 개입 같은 것을 설명하는 것이겠소? 그건 전쟁이 진행된 원인이고 결과는 될 수 있어도 당이 인민 앞에 지는 책임은 될 수 없소. 만약 그것으로 책임을 대신한다면 그건 당의 비겁이고, 인민에 대한 기만이오. 당은 인민들에게 민족과 인민의 해방을 약속했고, 따라서 인민들의 피의 헌신을 요구했소. 그런데 결과는 무위로 돌아갔소. 그때 당은 인민들의 피의 헌신에 상응하는 책임을 져야 하는 것이오. 그 책임을 수행하지 않고는 당은 인민 앞에 존재할 수 없소. 그 책임의 수행을 위해 당은 '선택적 결정'을 하게 되는 것이오. 이 선택적 결정은 인민의 단결을 위하는 것인 동시에 당의 장래를 위한 것이며 또한 원대한 사회주의 건설을 위한 준엄한 '역사선택'인 것이오, 그 역사선택의 결과가 이번 일이오."

"아니 그럼, 박헌영 동지께서 스스로 역사선택을 했단 말입니까?"

이해룡은 그동안의 생각이 완전히 뒤집히는 착란을 느꼈다.

"진정한 공산주의자들은 죽음도 나눈다는 것을 알 필요가 있소. 그건 이미 볼셰비키 당사가 입증하는 바이고, 그건 이미 볼셰비키의 전통이기도 하오. 그걸 이해하는 데 있어서 조금도 복잡하게 생각할 게 없소. 바로 이 동지 자신을 보면 되는 거요. 이 동지는 지금 역사투쟁을 위해 하나밖에 없는 목숨을 내놓고 죽을 각오로 투쟁하고 있소. 바로 그 정신이 역사선택을 하는 게 아니겠소. 젊은 이 동지가 하는 일을 박헌영 동지가 안 해서야 되겠소?"

이해룡은 비로소 눈앞이 새로 열리는 것을 느꼈다.

"예, 이제 알겠습니다. 그런데 방금 떠오른 것인데, 한 가지 의문이 있습니다. 왜 하필 박헌영 동지가 역사선택을 해야 하는 겁니까?"

김범준은 이렇게 묻는 이해룡을 쓰다듬는 듯한 눈길로 바라보며 부드럽게 웃었다.

"이 동지, 지금 우리 앞에 적이 몰려오고 있소. 당적 사명을 전달하기 위해 누구든 하나는 살아나야 하고, 그렇게 되면 한 사람은 적을 막아내며 죽어가야 하오. 이때 누가 적을 막고 나서야겠소. 그건 당연히 나요. 그건 나이 한 살이라도 더 많은 자가 지켜야 하는 당연한 임무고, 도리요. 당은 현재고 미래며, 변증법적 발전을 멈추지 않는 생명체라야 하는 거요."

"글쎄요…… 그럴까요……."

이해룡은 의문 엇갈리는 혼란 속에서 중얼거리고 있었다.

휴전을 계기로 토벌대들의 공세는 맹렬해졌다. 군병력의 일부 지원을 받으며 전투경찰대가 총력전을 전개하고 있었다. 전투경찰대는 군작전과 똑같이 엄청난 병력을 지리산에 투입해 대고 있었다.

빨치산들의 수를 이미 파악하고 있는 그들은 방어의 두려움이 없이 한시라도 빠른 소탕에만 몰두하고 있었던 것이다. 빨치산들은 두 명 단위의 소조투쟁으로 토벌대를 피해다니다가 기습을 하고 또 자취를 감추는 전술을 썼으므로 토벌대들은 마음만 급했지 그만한 성과를 올릴 수는 없었다.

9월 20일쯤인데 지리산에 갑자기 삐라가 뿌려지고 있었다. 한동안 뜸했던 일이라 이해룡은 이상하게 생각하며 삐라가 내려앉기를 기다리고 있었다.

"어!"

삐라를 집어든 순간 이해룡은 눈앞이 새까매지는 충격에 부딪쳤다. 그건 이현상의 죽음을 알리는 삐라였던 것이다.

그럴 리가 없는데…… 절대 그럴 리가 없는데…… 이현상 선생님이 사살을 당하다니…… 세상에 이럴 수가 있는가…….

그는 두려움으로 눈을 뜰 수가 없었다. 그러나 다시 확인해야 했다. 그는 가까스로 눈을 떴다. 삐라에는 분명 이현상 선생의 숨 끊어져버린 모습이 담겨 있지 않은가. 이해룡은 가슴이 컥 막혀오는 것을 느꼈다.

삐라에 담긴 이현상의 모습은 머리에서부터 혁대 조금 아래까지 찍힌 사진이었다. 알몸인 상태 여기저기에는 총 맞은 자리가 선명했고, 기라죽한 얼굴에 눈은 꼭 감겨 있었다.

삐라 위에 눈물이 뚝뚝 떨어지고 있었다. 이해룡은 눈물을 참아낼 수가 없었던 것이다.

그는 이현상 선생의 음성을 생생하게 듣고 있었다. "해방이 되면 수술하도록 합시다." 그리고 다정하게 웃던 모습도 선연하게 떠오르고 있었다. 작년에 빗점골에서 인사를 드렸을 때 이현상 선생은 자신의 왼쪽 볼 흉터를 보며 그렇게 말했던 것이다.

그 어떤 일 앞에서도 화를 내는 일이 없고, 그 어떤 문제를 놓고도 장황하게 말하는 법이 없고, 당이론에 관한 것이면 안 읽은 게 거의 없으면서도 토론을 즐기지 않았다는 분. 지쳐 쓰러진 대원의 짐을 손수 짊어지고, 대원들의 시체를 볼 때마다 땅속 깊이 묻어주지 못하는 것을 안타까워했고, 유일한 반찬으로 마련된 고추장 한 보시기를 굳이 가져오게 해 손수 나뭇가지를 꺾어 대원들에게 일일이 찍어 먹였다는 분.

이해룡은 삐라에 떨어진 눈물을 닦아냈다.

"혁명가답게 장하게 잘 가셨소."

김범준은 삐라를 내려다보며 담담하게 말했다. 전혀 놀라는 기색이 없는 김범준의 모습에 이해룡은 오히려 놀라고 있었다.

"선생은 인민의 영웅이고, 조국의 애국자요."

김범준은 먼 산줄기를 바라보며 독백하듯 말하고 있었다.

이해룡은 며칠 뒤에 선요원을 통해서 이현상 선생이 빗점골 비트를 떠난 것이 지난 18일 오전이었고, 그 자리에서 박영발 위원장과 신문사 주필이 배웅을 했다는 것을 알아냈다. 그러나 그런 뒷소식이 가슴의 허전함을 채워줄 수는 없었다.

9월이 저물어가는 어느 날이었다. 화엄사골과 피아골에 일시에 토벌대가 밀려들었다. 이해룡은 지난번 빗점골과 대성골을 공격했던 병력이 이동해 온 것임을 직감했다. 그는 주능선을 넘어 뱀사골이나 달궁골로 빠져야 한다고 판단했다. 그는 김범준을 부축해 가며 여섯 명의 대원과 함께 피아골을 벗어나기 시작했다. 그동안 살아남아 있는 대원은 여섯이 전부였다.

그들이 주능선에 막 올라섰을 때였다. 어디선가 기관총이 난사되기 시작했다.

"피해라!"

이해룡이 외쳤다. 그러나 그는 돌아서다 말고 푹 고꾸라졌다. 총알들이 잇따라 그의 등을 뚫고 나갔던 것이다. 그의 옆에서 김범준도 허리가 휘청 꺾이며 비틀거렸다. 순식간에 기관총탄 수십 발이 그의 전신을 꿰뚫고 있었다. 삽시간에 네 명이 쓰러졌다. 그리고 나머지 네 명은 넘어지고 뒹굴며 비탈을 내려뛰고 있었다.

그들의 몸에 부딪친 나무에서 일찍 물든 나뭇잎들이 떨어져내리고 있었다.

한편, 염상진은 대원 네 명과 함께 막바지에 몰리고 있었다. 위로 밀리고 밀려 산꼭대기에 다다라 있었던 것이다. 토벌대들은 총을 난사해 대며 밀어올라오고 있었다. 그들은 수백 명에 이르렀다. 그들의 병력동원이나 포위망 구축 같은 것이 우연이 아니라는 것은 시간이 갈수록 확실해지고 있었다. 그들에게 비트를 기습당하는 순간 염상진은 새로운 배신자가 생겼다는 것을 직감했던 것이다.

"부사령 동지, 총알이 떨어졌구만요!"

어느 대원의 다급한 소리였다.

"서로 나누어 쓰시오. 함부로 쏘지 말고 한 놈씩 정확하게 겨냥하시오."

염상진은 가늠구멍을 들여다본 채 지시했다.

"전부 총알이 다 떨어졌는디요."

뭣이! 그 순간 염상진은 방아쇠를 잡아당기고 말았다. 그 총알이 적을 향해 제대로 날아갔을 리가 없었다. 염상진은 대원들 쪽으로 몸을 돌렸다. 대원들은 총알이 없으면서도 원형을 이룬 형태로 각자의 위치를 지키고 있었다. 염상진은 자신의 탄띠를 살펴보았다. 탄창 두 개와 수류탄 하나가 남아 있었다. 그는 탄창 두 개를 허물어 네 대원에게 네 발씩 나눠주었다.

"이게 마지막이오. 한 발씩 정확하게 겨냥해서 쏘도록 하시오."

"세 발씩만 쏠게라?"

한 대원이 물었다. 그 말은 곧 한 발씩은 남겨야지요? 하는 말이었다. 염상진은 대원들을 휘둘러보았다. 네 명이 모두 입을 꾹 다문 얼굴들이었다. 그 얼굴들이 평소의 얼굴이 아니라는 것을 그는 금방 느꼈다.

"네 발씩 다 쏘시오. 이게 남아 있으니까."

염상진은 수류탄을 내보였다. 대원들은 더 말없이 적을 향해 몸들을 돌렸다.

염상진은 적을 향해 총을 겨누었다. 방아쇠를 당겼다. 한 번, 두 번, 빈 탄창이 튕겨나왔다. 더 쏠 총알이 없었다. 그는 아무에게도 총알을 달라고 하지 않았다. 그들도 방아쇠를 두 번씩만 더 당기면 빈 총이 되는 것이다. 그는 빈 총의 가늠구멍을 통해 몰려오고 있는 적들을 노려보고 있었다. 마침내 왔구나! 이젠 가야지! 그는 어금니를 꾸욱 물었다. 문득 아들 광조의 얼굴이 떠올랐다. 그리고 새벽공기 같은 맑고 시원한 목소리가 쟁쟁하게 울려왔다. "아부지, 나도 싸게싸게 커서 아부지맹키로 훌륭헌 사람이 될라요." 그는 눈을 질끈 감았다. 어머니의 얼굴이, 아내의 얼굴이, 딸의 얼굴이 겹쳐지고 있었다. 그는 그것을 생각해 냈다. 얼른 왼쪽 윗주머니에 손을 넣었다. 그날 어머니가 주셨던 돈이 손끝에 잡혔다. 그는 돈을 매만져보고 손을 빼냈다.

"부사령 동지, 총얼 다 쐈구만이라."

뒤에서 들린 말이었다. 염상진은 몸을 돌렸다. 그는 대원 한 사람, 한 사람을 살펴나갔다. 무표정한 그들의 얼굴에는 찬 기운이 서려 있었다.

그때 아래쪽에서 외침이 들려왔다.

"염상진, 염상진 들어라. 우린 네가 염상진인 것을 알고 있다. 총알이 다 떨어졌으면 부하들 데리고 자수하라. 자수하면 선처를 보장한다. 이젠 전쟁도 끝난 지가 오래다. 잘못 생각해서 부하들 불쌍하게 죽이지 말고 어서 자수하라. 자수하면 틀림없이 선처하겠다. 앞으로 5분간의 여유를 주겠다. 잘 생각해서 결정하라."

염상진은 적이 자신의 이름까지 알고 있는 것에 새삼스럽게 놀라지 않았다. 누군가의 입으로 비트가 노출된 이상 이름이 밝혀진 것은 너무나 당연한 일이었다.

"동무들, 다 같이 앉읍시다."

염상진은 바위들을 은폐 삼아 서 있는 대원들을 둘러보았다.

염상진이 먼저 자리를 잡았다. 대원들이 뒤따라 둘러앉았다. 총소리들에 쫓겨갔던 산의 적막이 한꺼번에 밀려들고 있었다. 그 두껍고 깊은 적막 속에 그들 다섯은 바윗덩어리인 듯 앉아 있었다. 마침내 염상진이 입을 열었다.

"동무들, 저자들이 떠드는 소리 다 들었지요? 투쟁을 끝낼 때가 마침내 우리 앞에 왔소. 동무들은 투쟁의 마지막을 어떻게 끝내야 하는지 다 알고 있을 것이오. 그러나 적들이 저렇게 떠들어댄 이상 나는 동무들에게 당의 원칙을 강요하고 싶지 않소. 이 마당에 여러분의 마지막을 여러분들 스스로가 솔직하게 결정하기 바라겠소. 저자들의 말을 듣고 자수하겠다면 가도 좋소. 자아, 백 동무부터 돌아가면서 말해 보시오."

염상진의 말이었다.

"지넌 여그서 죽겄구만이라."

"개덜얼 믿느니 경상도 디딜방아럴 믿겄소."

"더 살아서 헐 일도 없구만이라."

"하먼이라, 다 항꾼에 가야제라."

"동무들, 다들 장하시오!"

염상진의 감격 어린 목소리였다.

"염상진 들어라아, 2분 남았다아!"

아래서 들려오는 힘찬 목소리였다.

"자아 동무들, 하고 싶은 말 있으면 한마디씩 하시오."

염상진이 수류탄을 손아귀에 잡으며 말했다.

"머시냐, 바라든 대로 살아봤응께 원도 한도 없구만이라."

"나도 더 바랠 것이야 없는디, 새끼 한나 있는 것이 눈에 볽히요."

"나도 후회헐 것 아무것도 없소."

"나넌 따로 헐 말 없고, 그저 부사령 동지 뫼시고 죽은께로 영광이오."

"동무들, 나도 동무들 같은 당당한 전사들과 함께 죽으니 아무것도 더 바랄 것이 없소. 그저 영광스러울 뿐이오."

염상진이 대원들을 둘러보며 말했다. 그의 얼굴에 웃음이 피어나고 있었다.

"30초 남았다아, 30초!"

"동무들, 우리 다 같이 어깨동무를 합시다."

염상진이 팔을 벌렸다. 네 사람도 양쪽 팔들을 벌렸다. 그리고 그들은 어깨동무를 했다. 어깨동무를 하게 되자 그들의 간격은 자연히 좁혀들었다. 수류탄을 든 염상진의 오른손이 그들이 만든 동그라미 가운데 놓였다.

"동무들, 우리 다 같이 만세를 부릅시다."

염상진은 말을 마치자마자 입으로 수류탄의 핀을 뽑았다.

"인민공화국 만세에—."

꽝!

이틀이 지난 벌교역 앞마당에는 사람의 목 하나가 내걸렸다. 폭이 60센티 정도고, 길이가 2미터 정도 되는 나무판이 받침목으로 비스듬하게 세워졌고, 그 꼭대기에 머리카락을 위로 모아 묶은 목이 매달려 있었다. 그 아래로 붙은 종이에는 큼직큼직한 글씨들이 씌어 있었다.

악질 빨갱이 염상진 사살.

수류탄 자살로 염상진과 다른 빨치산들의 몸은 걸레가 되어버렸다. 그래서 토벌대는 염상진의 목만 잘라갔던 것이다. 그 목은 순천경찰서를 거쳐 출신지 경찰서로 넘겨진 것이다.

염상진의 목이 내걸리자마자 그 소문은 거센 바람이 되어 읍내 곳곳으로 퍼져나갔다. 그리고 역으로 사람들이 밀려들기 시작했다.

"이놈덜아, 안 뒤야, 안 뒤야. 내 아덜얼…… 안 뒤야!"

한 여자노인네가 울부짖으며 사람들을 밀쳐대고 있었다. 그동안 허리가 더 굽어 지팡이를 짚은 호산댁이었다. 사람들이 빠르게 길을 터주었다.

"이놈덜아, 안 뒤야, 안 뒤야!"

호산댁은 계속 울부짖으며 맨 앞으로 나섰다. 그녀의 걸음이 뚝 멈춰졌다. 그리고 반으로 접힌 허리가 약간 펴지면서 고개가 들렸다.

"워메! 워메, 워쩔끄나! 애비야, 애비야, 내 자석아!"

호산댁의 입에서 통곡이 터져나왔다.

사람들이 여기저기서 수군거리기 시작했고, 나무판 양쪽에서 총을 메고 서 있던 두 경찰이 제각기 먼 눈길을 보내고 있었다.

"이놈덜아, 요런 숭악헌 짓이 워디가 있냐. 당장에 내 아덜얼 내 놓거라!"

호산댁이 소리치며 앞으로 내달았다. 두 경찰이 놀라 재빨리 호산댁을 가로막았다.

"요런 숭악헌 놈덜아, 비켜나그라! 사람이 죽었으면 그만이제 저런 법이 워디 있냐. 비켜나, 이놈덜아!"

호산댁이 지팡이를 치켜들었다.

"할마씨, 존 말로 헐 때 집에 가 있으씨요. 다 빨갱이자석 둔 죈께."

한 경찰이 내쏘았다.

"에라이 죽일 놈아, 니도 사람이냐!"

호산댁이 눈을 부릅뜨며 지팡이를 내려쳤다. 경찰이 지팡이를 막아 잡으며 낚아챘다. 호산댁이 여지없이 앞으로 엎어졌다.

"워메에에, 참말이네웨!"

그때 한 여자가 두 팔을 벌리며 펄쩍 뛰어올라 허공에서 손바닥을 맞때리며 짐승의 포효 같은 울부짖음을 토해냈다. 엎어졌던 호산댁이 몸을 일으키며 고개를 후딱 뒤로 돌렸다. 느낌 그대로 그녀의 눈에 잡힌 것은 큰며느리였다. 호산댁은 불끈 힘이 솟기는 걸 느꼈다.

"아이고 시상에나 광조 아부지이이, 워찌 그러고 기시요오."

수염이 더부룩한 채 긁히고 찢긴 염상진의 얼굴을 올려다보며 죽산댁은 눈물과 함께 창자를 다 토해내듯 크고 긴 소리로 처절하게 통곡했다. 그러나 다음 순간이었다. 그녀는 언제 그런 통곡을 했나 싶게 번개처럼 경찰에게로 내달았다. 방심을 하고 있던 경찰은 그녀를 막고 어쩌고 할 새가 없었다. 그녀가 경찰을 붙들었는가 싶었다. 그런데 "아야야야……." 경찰이 죽는 듯이 비명을 질러댔다. 그녀는 경찰의 팔을 물어뜯고 있었던 것이다. 팔을 물린 경찰이 그녀를 떼쳐내려고 버둥거리다가 결국 총만 떨어뜨리고 말았다.

"아야야야……."

"어! 쩌, 쩌 저년이!"

반대쪽에 섰던 경찰이 당황한 소리를 더듬거리며 총을 어깨에서 벗었다. 그리고 개머리판을 앞으로 돌려잡으며 이쪽으로 급히 걸음을 옮겼다. 그는 개머리판으로 내려치려다가 상대방이 여자라는 것을 의식한 것인지, 아니면 많은 눈들을 의식한 것인지 개머리판을 그냥 내리고 발길로 죽산댁을 걷어차며 소리 질렀다.

"이봐! 어디다가 횡패여, 횡패가!"

"이놈아, 누구럴 차냐, 차기럴!"

호산댁이 지팡으로 그 경찰을 때리려고 했다.

그때 죽산댁이 팔을 물고 있던 경찰을 떠다밀며 돌아섰다. 떠밀린 경찰은 뒤로 넘어지고 있었고, 죽산댁은 어느새 다른 경찰에게 덤벼들고 있었다. 그녀의 눈에는 파란 불이 켜져 있었고, 그 서슬에 놀라 "어! 어!" 하며 어물거리던 경찰은 그만 붙들리고 말았다. 그녀는 순식간에 경찰의 손을 물어뜯었고, 경찰은 체면도 없이 비명을 질렀다.

"저런 미친년 잠 보소. 저년이 무법천지시!"

팔을 물렸던 경찰이 총을 집어들며 감정을 터뜨리고 있었다. 그 고약스럽게 찡그려진 얼굴이 죽산댁을 가만두지 않을 기세였다.

"아야야, 아이고, 아이고!"

손을 물린 경찰이 계속 비명을 지르며 다른 주먹으로, 무릎으로 죽산댁을 닥치는 대로 치고 차고 있었다. 그러나 죽산댁은 물고 있는 손을 놓지 않았다.

"요것이 멋덜 허는 짓거리여, 시방!"

남자 목소리가 쩌렁 울렸다. 두 손을 허리에 걸치고 버티고 선 것은 염상구였다.

그때 마침 개머리판을 앞으로 꼬나잡고 죽산댁을 향해 내닫고 있던 팔 물린 경찰이 염상구를 알아보고는 주춤 멈춰섰다.

"아가, 큰아가, 시동상 왔다, 시동상."

호산댁이 작은아들의 눈치를 슬금슬금 보며 큰며느리를 흔들어 댔다. 그 말에 비로소 죽산댁은 물고 있던 손을 놓았다.

"이, 염 사장 잘 오셨소. 염 사장 엄니허고 형수씨가 시방 공무집 행방해럴 험시로 이 난리판굿이요."

팔을 물렸던 경찰이 염상구가 나타난 것을 반가워하는 기색으로 말했다. 염상구는 매달린 목을 흘낏 올려다보았다.

"그려서, 나보고 엄니, 형수씨 말개도라 그것이여?"

염상구의 말은 얼굴만큼 싸늘했다.

"야아?"

경찰이 어리둥절해졌다. 손을 물렸던 경찰이 손을 싸잡은 채 다

가서고 있었다.

"야이 씨부랄 놈덜아, 여러 개소리 씹어돌리지 말고 싸게 저것 띠내려!"

염상구가 두 경찰을 향해 소리 질렀다.

"아니, 워째 그러신다요?"

손을 싸잡은 경찰도 어리둥절해졌다. 상대방은 틀림없이 청년단장 염상구였던 것이다.

"요런 개좆겉은 새끼덜아, 살아서나 빨갱이제 죽어서도 빨갱이여! 당장에 못 띠내리겄어!"

염상구가 두 경찰의 어깻죽지를 동시에 치며 외친 소리였다.

그려, 그려, 니가 사람이다. 하면, 느그 성인디. 그제야 마음을 놓은 호산댁은 솟구치는 서러움을 눈물로 쏟아내고 있었다. 워메, 워메, 아즘찮언거. 시동상이 인자 사람이시. 예상이 뒤집히자 죽산댁도 비로소 고마움과 서러움이 범벅된 눈물을 줄줄이 흘리고 있었다.

"다 암스로 워째 이러시오."

팔을 물린 경찰이 난처한 얼굴로 말했다.

"요것이 우리 맘대로 못허는 일 아니오."

손을 물린 경찰이 사정하듯 말했다.

"쪼아, 느그가 못허겄다면 나가 헐 것잉게 비켜나!"

염상구가 허리에 걸쳤던 손을 허공에 뿌리며 앞으로 나섰다.

"그리는 못허요."

"서장헌테 가서 말허씨요."

두 경찰이 엇지게 잡은 총으로 염상구의 앞을 가로막았다.

"햐아! 느그가 나허고 완력으로 허자 그것이냐." 염상구는 고개를 젖히며 코웃음을 날리고는, "느그 존 말로 헐 때 앞 티워. 까불면 마빡에다 칼침 박고 말 것잉께." 얼굴이 싹 변한 그가 잔인스럽게 내쏘았다.

"맘대로 혀. 요것이 빈 총이 아닝께."

"항, 우리도 그냥언 안 당혀."

두 경찰이 재빨리 서너 발짝 뒤로 물러서며 총을 겨누었다.

"햐, 느그가 참말로 막보기로 나올 챔이여? 그려, 칼침보다 총알이 더 빠르겄제. 씨기도 훨썩 더 씨고. 알겄어, 나허고 총으로 혀보겄다 그것이제. 기둘려, 느그만 총 있는 것이 아닝께! 권 서장눔 마빡에서부텀 느그덜 마빡꺼정 각단지게 빵꾸럴 뚫버줄 것잉께."

말을 해나갈수록 염상구의 실눈은 점점 가늘어지고 있었다. 그는 말을 마치자마자 홱 돌아섰다.

두 경찰이 서로를 맞쳐다보았다.

"어이, 싸게 서장님헌테 보고허소."

손을 물린 경찰이 말했다.

"알겄구마. 핑 댕게올라네."

팔을 물린 경찰이 총을 어깨에 둘러멨다.

둘러선 사람들이 웅성거리기 시작했다. 청년단과 경찰이 총질을 하게 생겼다는 내용이었다.

"요것얼 워찌혀야 쓰겄냐. 상구 성질에 참말로 청년단얼 몰고 나올 것인디."

호산댁이 걱정스럽게 큰며느리를 쳐다보았다.

"냅두씨요. 그리 안 허먼 아범 못 찾을 것잉께라. 서로 총질이야 못헐 것잉마요."

죽산댁이 시어머니의 손을 잡으며 말했다.

"상구가 청년단 몰고 나오는 것으로 일이 풀리먼 을매나 좋겄냐."

호산댁은 새로운 눈물을 흘리고 있었다.

사태를 보고받은 권 서장은 그만 난감해졌다. 염상구가 그렇게 나올 줄은 생각도 못했던 것이다. 환영할 리야 없지만, 그저 못 본 척할 줄 알았던 것이다. 청년단이 총을 들고 나서고, 감정이 격해져 총질이 일어나고…… 그는 더 이상을 상상하고 싶지 않았다. 경찰과 청년단이 총을 맞겨누고 선다는 것 자체부터가 경찰 체면의 손상이었고, 그리고 어떤 때 마땅찮고 거슬리더라도 염상구의 성질에 불을 붙여서 좋을 것이 없었다. 또한 청년단이 그동안 경찰을 도와 이룬 공이 적지 않았던 것이다. 작년의 도래등 공적도 청년단이 아니었으면 세우기가 쉽지 않았던 것이다. 공비가 아직도 남아 있는 한 청년단을 괄시할 수가 없는 형편이었다.

"원 순경, 내 말 잘 들으시오. 청년단이 밀려들면 마지못한 척 물러서시오. 절대로 경찰에서 그걸 내려주지 말고, 염상구나 청년단 손으로 떼가게 내버려두란 말이오. 알겠소?"

"예, 알겠구만요."

팔을 물린 원 순경은 서장의 말뜻을 금방 알아들었다. 그렇게 되면 혹시 무슨 문제가 생겼을 때 그 책임은 염상구에게로 돌아가는 것이었다.

염상구는 과연 총을 든 청년단원들을 몰고 역으로 쳐들어오고 있었다.

염상구의 살기와 청년단원들의 살벌함에 사람들은 뒤로뒤로 밀리며 길을 넓게 틔웠다. 두 경찰은 시전대(屍展臺)로부터 슬금슬금 뒷걸음질을 하고 있었다.

경찰들이 불어나 있으리라고 생각했던 염상구는 경찰이 하나도 보이지 않자 문득 긴장했다. 그러나 권 서장이 충돌을 피해 섰다는 것을 곧 눈치챘다.

"저것 띠내레라!"

염상구가 명령했다. 청년단원들이 우르르 시전대로 몰려들었다. 시전대가 천천히 눕혀졌다.

죽산댁이 치마를 받쳐들고 있었다. 염상진의 목은 그 치마 위로 옮겨졌다. 그 순간 죽산댁이 치마를 감싸안으며 주저앉았다.

"아이고메, 광조 아부지이, 광조 아부지이……."

통곡과 함께 그녀의 온몸이 심하게 떨려대기 시작했다.

늦가을볕이 스산하게 내리고 있는 길고 긴 방죽에는 사람 하나 보이지 않았다. 텅 비어버린 중도들판이 방죽에 사람이 없는 까닭을 말해 주고 있었다.

한장수 노인은 그 빈 방죽으로 들어섰다. 도무지 사람이 싫다는 생각이 들어 큰길을 따라가고 싶지 않았던 것이다. 한 노인은 역마당에서 돌아오는 길이었다. 산사람 목이 내걸렸다기에 혹시 강동기나 마삼수가 아닌가 해서 도래등을 허겁지겁 넘었던 것이다.

한장수 노인은 뜻밖에 이름이 널리 알려진 그 사람의 흉한 모습을 보고 나서 한세상이 또 막음하고 있다는 것을 느꼈던 것이다.

그 유명한 대장이 저리 죽었으니 동기나 삼수가 살았을 리가 없는 일이제. 말자리나 하고, 생각 똑바라지게 묵은 젊은 사람덜언 다 죽어뿔고 인자 나 겉은 쭉쩡이에, 지 욕심 채리는 것덜만 남었구만. 해방이 되고 이적지 8년 쌈에 죽기도 많이덜 죽었제. 쓸 만헌 사람덜 요리 한바탕씩 쓸어뿔고 나면, 그만헌 사람덜이 새로 채와지자면 또 을매나 긴 세월이 흘러야 허는겨? 인자부텀 새로 낳는 자석덜이 장성혀야 헌께 한시상이 흘러가는 세월이제. 그렇제, 갑오년 그 쌈에서 3·1만세까지가 시물다섯 해고, 3·1만세에서 해방 꺼지가 또 시물여섯 해 아니라고. 인자부텀 또 그만헌 세월이 흘르면 워찌 될랑고? 잉, 또 고런 심덜이 모타지겠제. 세월이란 것이 그냥 무심허덜 않는 법잉께. 나가 질게 살아옴서 보고 젂은 세월이 그렸어. 나도 참말로 징허게 오래넌 살었구만. 인자 나 겉은 쭉쩡이부텀 얼렁얼렁 가야제. 그려야 새로 타고난 목심덜이 묵고 커날 것잉께. 복동이도, 동기도, 삼수도 없는 사랑방얼 혼자서 지키기도 인자 심 파허는 일인께. 살아올 기약이 없어진 사람덜잉께.

한장수 노인은 눈물이 젖어드는 눈으로 길게 뻗어나간 방죽을 힘겨운 걸음으로 휘청휘청 걸어가고 있었다.

중도들판이 썰렁하게 비어버린 대신 포구에는 누렇게 변한 갈대밭이 풍성하게 펼쳐져 있었다. 그 갈대밭은 찬 기운 서린 바람결이 스쳐갈 때마다 서로 몸들을 비벼대며 겨울숲이 우는 소리와 흡사한 소리를 포구의 물결 위로 실어보내고 있었다. 포구에 물이 실리고 있었다. 밀물 때는 물결이 커지고, 그 물결을 타고 작은 고기들이 몸을 실었다. 때맞추어 기러기떼가 갈대숲 여기저기에서 날아올라 끼룩끼룩 소리하며 정연하게 날기 시작했다.

이틀 뒤에 염상진의 상여가 나갔다. 그는 율어로 가는 길목 어느 산자락에 묻혔다. 목 아래로는 짚동으로 몸체와 두 팔다리를 만들어 붙인 그의 관 위에 서민영과 김범우가 흙 세 삽씩을 뿌렸다.

장례가 끝나고 며칠이 지나갔다. 어둠이 장막을 친 깊은 밤, 무덤을 스치고 지나가는 바람결에 인기척이 실리고 있었다. 어둠에 묻혀 잘 드러나지 않는 무덤가에 그림자들이 나타났다. 그림자들은 무덤을 에워쌌다. 그림자는 모두 여섯이었다. 철이 늦어 어둠 속에서는 벌레소리 한 가닥 울리지 않았다. 찬바람에 낙엽들 구르는 메마른 소리만 스산하게 들리고 있었다. 그림자 하나가 무덤 앞에 무릎을 꿇었다.

대장님, 지가 왔구만이라. 하대치여라. 대장님, 대장님이 먼첨 가셔뿔고, 지가 살아남어 이리 될 줄 몰랐구만이라. 지가 대장님 앞에 면목이 없구만요. 그려도 대장님이사 다 아시제라. 지가 요리 살아 있는 것이 그간에 총알 피해댕김서 드럽게 살아남은 것이 아니란 거 말이제라. 대장님, 편안허니 먼첨 가시씨요. 지도 대장님헌테 배운 대로 당당허니 싸우다가 대장님 따라 깨끔허게 갈 것잉께요.

대장님, 근디 지가 남치기 역사투쟁얼 허고 죽기 전에 똑 한 가지 허고 잡은 일이 있구만이라. 지 맘대로 혀뿔기 전에 대장님헌테 먼첨 말씸디릴라고라. 고것이 먼고 하니, 지가 할아부지헌테 받은 이름얼 지 손자놈헌테 넴게줄라고라. 요 말을 죽기 전에 아들헌테 전허고 죽을랑마요. 대장님, 우리넌 아직 심이 남아 있구만요. 끝꺼정 용맹시럽게 싸울 팅게 걱정 마시씨요.

그림자들은 소리 없이 움직이며 외서댁을 따라 차례로 무덤 앞에 무릎을 꿇었다.

대원들이 대장 염상진을 만나고 있는 동안 하대치는 두 손에 힘 주어 총을 잡고 어둠 속을 응시하고 서 있었다. 짙고 짙은 어둠은 끝없이 펼쳐져 있었다. 어둠 속에 보이는 것이라고는 아무것도 없었다. 어둠이 짙은 만큼 적막이 깊을 뿐이었다. 그러나 산줄기만은 어둠 속에서도 그 윤곽을 어렴풋하게 드러내고 있었다. 그 어렴풋한 윤곽 속에서도 산줄기는 장중한 무게와 굳센 힘을 간직하고 있었다. 그는 그 억센 산줄기의 봉우리 봉우리에서 봉화들이 타오르는 것을 보고 있었다. 그 봉화들은 너울너울 불길을 일으켜 어둠을 사르며 줄기줄기 뻗어나간 산줄기들을 따라 끝없이 피어나고 있었다. 그리고 그 수많은 불꽃들과 함께 함성이 울려오고 있었다.

그는 헛것을 보고 있는 것이 아니었다. 헛소리를 듣고 있는 것도 아니었다. 산봉우리 봉우리마다 봉홧불이 타올라 산줄기를 따라 불꽃행렬을 이루었던 때가 분명 있었다. 그리고 그 봉홧불들의 기세를 따라 다 같이 함성을 지르며 투쟁의 대열을 지었던 때도 분명 있었다. 그의 가슴에서는 지금도 변함없이 그 불길이 타오르고, 그 함성이 울려퍼지고 있었다.

그는 가슴을 펴며 숨을 들이켰다. 그와 함께 밤하늘이 그의 시야를 채웠다. 그는 문득 숨을 멈추었다. 그는 눈앞이 환하게 열리는 것을 느꼈다. 그가 본 것은 넓게 펼쳐진 광대한 어둠이 아니었다. 그가 본 것은 어둠 속에서 수없이 빛나고 있는 별들이었다. 그는 멀고 깊은 어둠 저편에서 명멸하고 있는 무수하게 많은 별들을 우러러보았다. 가을별들이라서 그 초롱초롱함과 맑은 반짝거림이 유난스러웠다. 그 살아서 숨쉬고 있는 별들이 가슴을 뭉클하게 했다. 그 별들이 모두 대원들의 얼굴로 보이고 있었다. 먼저 떠나간 대원들은 죽은 것이 아니었다. 그들은 모두 혁명의 별이 되어 어둠 속에서 저리도 또렷또렷한 모습으로 빛나고 있었던 것이다. 그는 봉화가 타오르고, 함성이 울리고 있는 가슴에다 그 별들을 옮겨 심고 있었다.

끝 간 데 없이 펼쳐진 어둠 속에 적막은 깊고, 무수한 별들의 반짝거리는 소리인 듯 바람소리가 멀리 스쳐흐르고 있었다. 그림자들은 무덤가를 벗어나기 시작했다. 그리고 광막한 어둠 속으로 사라져가고 있었다.

〈끝〉

1943년 전남 승주군 선암사에서 아버지 조종현과 어머니 박성순 사이의
        4남 4녀 중 넷째(아들로는 차남)로 태어남. 아버지는 일제시대 종교
        의 황국화 정책에 의해 만들어진 시범적인 대처승이었음.

1948년 '여순반란사건'을 순천에서 겪음.

1949년 순천 남국민학교 입학.

1950년 충남 논산에서 6·25를 맞음.

1953년 작은아버지들이 살고 있던 벌교로 이사. 최초의 자작 문집을 만들
        었고, 글짓기에서 전교 1등상을 받음.

1956년 광주 서중학교 입학.

1958년 아버지가 서울 보성고등학교로 전근.

1959년 서울로 이사. 광주 서중학교 제34회 졸업. 보성고등학교 입학.

1962년 보성고등학교 제52회 졸업. 동국대학교 국문학과 입학.

1966년 대학 졸업과 동시에 육군 사병 입대.

1967년 시인 김초혜와 결혼.

1969년 육군 병장 제대.

1970년 《현대문학》 6월호에 「누명」이 첫회 추천됨. 12월호에 「선생님 기행」으
        로 추천 완료. 동구여상에서 교직 근무 시작.

1971년 중편 「20년을 비가 내리는 땅」《현대문학》, 단편 「빙판」《신동아》,
        「어떤 전설」《현대문학》 발표. 「선생님 기행」이 일본어로 번역됨.

1972년 중편 「청산댁」《현대문학》, 단편 「이런 식이더이다」《월간문학》 발
        표. 부부 작품집 『어떤 전설』(범우사) 출간. 중경고등학교로 전근.
        아들 도현을 낳음.

1973년 중편 「비탈진 음지」《현대문학》, 단편 「거부 반응」《현대문학》, 「타이
        거 메이저」《일본 한양》, 「상실기」를 「상실의 풍경」으로 개제《월간문

학》에 발표. 10월 유신으로 교직을 떠나게 됨.《월간문학》편집일을 시작.「청산댁」이 일본에서 간행된 『한국전후대표작선집』에 번역 수록.

1974년 중편 「황토」 작품집 『황토』에 수록. 단편 「술 거절하는 사회」《월간문학》,「빙하기」《현대문학》,「동맥」《월간문학》 발표. 작품집 『황토』(현대문학사) 출간.

1975년 단편 「인형극」《현대문학》,「이방 지대」《문학사상》,「전염병」을 「살풀이굿」으로 개제《신동아》에 발표.「발아설」을 「삶의 흠집」으로 개제《월간문학》에 발표.「황토」가 영화화됨. 월간문학사 그만둠.

1976년 단편 「허깨비춤」《현대문학》,「방황하는 얼굴」《한국문학》,「검은 뿌리」《소설문예》,「비틀거리는 혼」《월간문학》 발표. 장편 『대장경』을 민족문학 대계의 일환으로 집필 완성. 월간 문예지《소설문예》인수, 10월호부터 발간.

1977년 중편 「진화론」《현대문학》,「비둘기」《소설문예》, 단편 「한, 그 그늘의 자리」《문학사상》,「신문을 사절함」《소설문예》,「어떤 솔거의 죽음」《창작과비평》,「변신의 굴레」《신동아》,「우리들의 흔적」《소설문예》 발표. 작품집 『20년을 비가 내리는 땅』(범우사) 출간. 10월호를 끝으로《소설문예》의 경영권을 넘김.

1978년 중편 「미운 오리 새끼」《소설문예》, 단편 「마술의 손」《현대문학》,「외면하는 벽」《주간조선》,「살 만한 세상」《월간중앙》 발표. 작품집 『한, 그 그늘의 자리』(태창문화사) 출간. 도서출판 민예사 설립.

1979년 단편 「두 개의 얼굴」《문예중앙》,「사약」《주간조선》,「장님 외줄타기」《정경문화》 발표. 중편 「청산댁」이 KBS 〈TV문학관〉에 극화 방영.

1980년 단편 「모래탑」《현대문학》,「자연 공부」《주간조선》 발표. 도서출판 민예사의 경영권을 넘기고 주간의 일을 봄. 장편 『대장경』(민예사) 출간. 문고본 『허망한 세상 이야기』(삼중당) 출간.

1981년 중편 「유형의 땅」《현대문학》,「길이 다른 강」《월간조선》,「사랑의 벼랑」《여성동아》, 단편 「껍질의 삶」《한국문학》 발표. 중편 「청산댁」이 프랑스어로 번역 출간.

1982년   중편 「인간 연습」《한국문학》, 「인간의 문」《현대문학》, 「인간의 계단」
《소설문학》, 「인간의 탑」《현대문학》, 단편 「회색의 땅」《문학사상》, 「그
림자 접목」《소설문학》 발표. 작품집 『유형의 땅』(문예출판사) 출간. 중
편 「인간의 문」으로 대한민국문학상 수상. 중편 「유형의 땅」으로 현
대문학상 수상. 중편 「유형의 땅」이 MBC TV 6·25 특집극으로 방영.

1983년   중편 「박토의 혼」《한국문학》, 단편 「움직이는 고향」《소설문학》 발
표. 대하소설 『태백산맥』을 원고지 1만 5천 매 예정으로 《현대문
학》 9월호부터 연재 시작. 연작 장편 『불놀이』(문예출판사) 출간. 『불
놀이』가 MBC TV 6·25 특집극으로 방영.

1984년   중편 「운명의 빛」을 「길」로 개제 《한국문학》에 발표. 단편 「메아리
메아리」《소설문학》 발표. 장편 『불놀이』 영어로 번역. 중편 「박토의
혼」 독일어로 번역. 작품 「메아리 메아리」로 소설문학작품상 수상.
도서출판 민예사에서 《한국문학》을 인수하고, 주간을 맡아 12월
호부터 발간.

1985년   중편 「시간의 그늘」《한국문학》 발표. 대하소설 『태백산맥』 연재 집
필을 위해 매달 안양의 라자로마을에 10여 일씩 칩거.

1986년   『태백산맥』 제1부 4천 8백 매 완결(《현대문학》 9월호). 제1부를 3권
의 단행본으로 출간(한길사).

1987년   『태백산맥』 제2부를 《한국문학》 1월호부터 연재 시작하여 12월호
까지 3천 2백 매 완결. 제2부를 2권의 단행본으로 출간.

1988년   『태백산맥』 제3부를 《한국문학》 3월호부터 연재 시작하여 12월
호까지 3천 2백 매 완결. 제3부를 2권의 단행본으로 출간. 작품집
『어머니의 넋』(한국문학사) 출간. 신문사 문학 담당 기자와 문학평
론가 39인이 뽑은 '80년대 최고의 작품' 1위 『태백산맥』(《문예중앙》,
1988년 여름호). 성옥문화상 수상.

1989년   『태백산맥』 제4부를 《한국문학》 1월호부터 연재 시작하여 11월호
까지 4천 5백 매 완결. 제4부를 3권의 단행본으로 출간(전 10권 완
간). 『태백산맥』 완결을 고대하며 투병하시던 아버지의 별세를 소

설을 쓰다가 전화로 연락받음. 소설의 완결까지 연재 1회분 반을 남겨놓은 상태에서 아버지의 장례를 치름. 문학평론가 48인이 뽑은 '80년대 최대의 문제작' 1위 『태백산맥』(『80년대 대표소설선』, 1989년, 현암사). 80년대의 '금단'을 깬 대표 소설 『태백산맥』(《한겨레신문》, 1989. 12. 28).

1990년 새 대하소설 『아리랑』의 집필을 위해 중국 만주, 동남아 일대, 미국 하와이, 일본, 러시아 연해주 등지를 취재 여행. 12월 11일부터 《한국일보》에 2만 매로 예정된 『아리랑』 연재를 시작. 출판인 34인이 뽑은 '이 한 권의 책' 1위 『태백산맥』(《경향신문》, 1990. 8. 11). 현역 작가와 평론가 50인이 뽑은 '한국의 최고 소설' 『태백산맥』(《시사저널》, 1990. 11. 22). 동국문학상 수상.

1991년 『아리랑』 연재 계속. 작품 『태백산맥』으로 단재문학상 수상. 『태백산맥』으로 유주현문학상 수여가 결정되었지만 수상을 거부함. 이를 계기로 그 상이 폐지되었음. 『태백산맥』 연구서 『문학과 역사와 인간』(한길사) 출간. 전국 대학생 1,650명이 뽑은 '가장 감명 깊은 책' 1위 『태백산맥』, '대학생 필독 도서' 1위 『태백산맥』(《중앙일보》, 1991. 11. 26).

1992년 『아리랑』 연재 계속. 대검찰청에서 『태백산맥』이 국가보안법상의 이적 표현물과 적에 대한 고무 찬양에 저촉되는지를 내사한 결과 작가에 대한 의법 조치나 책의 판금을 문제 삼지 않기로 했다고 발표. '학생이나 노동자들이 읽으면 불온 서적 소지·탐독으로 의법 조치할 것이며, 일반 독자들이 교양으로 읽는 경우에는 무관하다'는 내용의 대검 발표는 모든 언론들의 비판과 조롱거리가 됨. 대검의 그런 공식적 태도는 『태백산맥』 1부가 단행본으로 발간되면서부터 작가에게 몇 년 동안에 걸쳐 줄기차게 가해져 온 모든 수사 기관들의 음성적 압력과 억압 그리고 협박이 대표적으로 표출된 것에 지나지 않음. 일본의 출판사 집영사와 『태백산맥』 전 10권 완역 출판 계약 체결, 일본에서 대하소설을 완역 계약한 것은 최초. 한국의 지성 49인이 뽑은 '미래를 위한 오늘의 고전 60선'에 『태백산맥』 선정(《출판저널》, 1992. 2. 20). 서울리서치 조사 독자 500명이 뽑은 '가장 기억에 남는 작품' 1위 『태백산맥』(《조선일보》, 1992. 8. 25).

1993년 『아리랑』 연재 계속. 외아들 도현이 육군 사병 입대. 중편 「유형의 땅」이 영어로 번역되어 현대한국소설집(제목 『유형의 땅』, 샤프 출판 사) 출간.

1994년 6월 『아리랑』 제1부 「아, 한반도」를 3권의 단행본으로 출간(도서출 판 해냄). 8월 제2부 「민족혼」을 3권의 단행본으로 출간. 10월 제3부 「어둠의 산하」 중 일부가 제7권으로 출간. 12월 제8권 출간. 신문 연 재로는 원고량을 다 소화할 수가 없어서 《한국일보》 연재를 중단 하고 후반부 집필에 전념. 4월에 8개의 반공 우익 단체들이 작품 『태백산맥』과 작가를, 역사를 왜곡하여 국가보안법을 위반한 불온 서적 및 사상 불온자로 몰아 검찰에 고발함. 거기에다 이승만의 양 자에 의해 이승만의 명예훼손죄 고발도 첨가됨. 6월에 치안본부 대공수사실(속칭 남영동)에서 수사를 받았고, 그 후 몇 개월에 걸 쳐 출두 요구와 거부를 반복하는 동안에 『아리랑』 집필에 치명적 인 피해를 받음. 『태백산맥』 영화화(태흥영화사), 영화 개봉을 앞두 고 작가를 고발했던 반공 우익 단체들이 영화를 상영하면 극장과 영화사를 폭파하고 불 지르겠다고 공공연한 공갈 협박을 자행하 여 대대적인 사회의 물의를 일으킴. 전국 애장가 720명이 뽑은 '가 장 아끼는 책' 1위 『태백산맥』(《한겨레신문》, 1994. 10. 5).

1995년 2월 『아리랑』 제3부 「어둠의 산하」 중 일부인 제9권 출간. 5월 제4부 「동트는 광야」 중 일부인 제10권 출간. 7월 25일 총 2만 매의 『아리랑』 집필 완료, 4년 8개월 만의 결실. 7월 제11권 출간. 8월 해방 50주년을 맞이하며 제12권 출간(전 12권). 『태백산맥』을 출판사를 옮겨서 출간 (도서출판 해냄). 「조정래 특집」(《작가세계》 가을호). 서울대학교 신입생 218명이 뽑은 '가장 감명 깊게 읽은 책' 1위 『태백산맥』, '가장 읽고 싶 은 책' 1위 『태백산맥』(《한겨레신문》, 1995. 3. 15). '우리 사회에 가장 영향력이 큰 책'《시사저널》조사 2위 『태백산맥』, 3위 『아리랑』(《시사저널》, 1995. 10. 26). 20대 남녀 독자 294명이 뽑은 '가장 읽고 싶은 책' 1위 『아리랑』(《도서신문》, 1995. 12. 30).《한겨레21》의 독자들이 뽑은 '1995년의 좋은 인물'에 선정(《한겨레21》, 1995. 12. 28). 사회 각 분야 전문가 47인이 뽑은 '올해의 좋은 책' 1위 『아리랑』(《출판문화》, 1995, 송년 특집호). 1천만 명 서명을 목표로 하는 '태백산맥·아리랑 작가 조정래 노벨문학상 추천 서명인 발대식'이 1995년 11월 28일 종로 탑골공원에서 시민 단체 자발로 이루어짐(《중앙일보》, 1995. 11. 30).

1996년 단일 주제 비평서인 『태백산맥』 연구서 『태백산맥 다시 읽기』 권영민 집필로 출간(도서출판 해냄). 『아리랑』 연구서 『아리랑 연구』 조남현 외 11인의 집필로 출간(도서출판 해냄). 세 번째 대하소설을 위해 독일, 프랑스, 미국 등 취재 여행. 중편 「유형의 땅」 이탈리아어로 번역. 프랑스 아르마땅 출판사와 『아리랑』 전 12권 완역 출판 계약 체결. 일본에서 『태백산맥』 완역과 마찬가지로 프랑스에서 한국의 대하소설을 완역 계약한 것은 최초의 일. 미혼 직장 여성 502명이 뽑은 '친구에게 가장 권하고 싶은 책' 1위 『태백산맥』, 3위 『아리랑』, '가장 감명 깊게 읽은 책' 1위 『태백산맥』, 4위 『아리랑』(《동아일보》《조선일보》, 1996. 1. 18). 전국 20세 이상 독자 1천 200명이 뽑은 '가장 기억에 남는 소설' 1위 『태백산맥』(《동아일보》, 1996. 4. 29). '우리 사회에 가장 영향력이 큰 책'《시사저널》조사 1위 『태백산맥』, 5위 『아리랑』(《시사저널》, 1996. 10. 24).

1997년 새 대하소설을 위해 베트남, 사우디아라비아 등 취재 여행. '『태백산맥』 100쇄 출간 기념연'을 3월 6일 프라자호텔에서 개최(도서출판 해냄 주최), 증정본 겸 기념본으로 『태백산맥』 양장본 100질을 제작. 대하소설로 100쇄 발간은 최초의 일이며, 450만 부 돌파는 한국 소설사 100년 동안의 최고 부수라고 각 언론이 보도. 3월부터 동국대학교 첫 번째 만해석좌교수가 됨. 장편 『불놀이』 영역판(전경자 교수 번역)이 미국 코넬대학교 출판부에서 출간. 프랑스 유네스코에서『불놀이』번역 시작. 각 대학 수석 합격자 40명이 뽑은 '후배들에게 가장 권하고 싶은 소설' 1위『태백산맥』, 5위『아리랑』(《중앙일보》, 1997. 2. 25). 전국 국문과 대학생 150명이 뽑은 '가장 좋은 소설' 1위『태백산맥』, 4위『아리랑』(《조선일보》, 1997. 5. 15). 서울대학생 1천 명이 뽑은 '가장 감명 깊게 읽은 소설' 1위『태백산맥』, 4위『아리랑』(《조선일보》, 1997. 7. 23). 1997년 서울 6개 대학 도서관의 문학 작품 대출 1위『태백산맥』(《동아일보》, 1997. 12. 28). 전남 보성군청에서 추진하던 '태백산맥 문학공원' 사업이 자유총연맹과 안기부의 개입·방해로 전면 좌초(《시사저널》, 1997. 9. 18).

1998년 『아리랑』프랑스어판 제1부 3권이 4월 말에 출간(아르마땅 출판사). 문예진흥원 번역 지원으로 작품집『유형의 땅』프랑스어로 번역 시작. 세 번째 대하소설『한강』을 《한겨레신문》 창간 10주년을 기념하여 5월 15일부터 연재 시작.『태백산맥』사건은 이때까지도 미해결인 채 국가보안법 위반 혐의자로 검찰에 걸려 있었음. 20·30대 사무직 남·여 600명이 뽑은 '지금까지 살아오면서 가장 기억에 남는 책'(전 세계의 작품을 대상) 한국출판연구소 조사 남자 국내 1위『태백산맥』, 여자 국내 1위『태백산맥』(《동아일보》, 1998. 4. 21). 서울대학 도서관 대출 1위『아리랑』(《조선일보》, 1998. 7. 23). 제1회 노신(魯迅)문학상 수상.

1999년 《한국일보》 조사, 문인 100명이 뽑은 지난 100년 동안의 소설 중에서 '21세기에 남을 10대 작품'에『태백산맥』선정(《한국일보》, 1999. 1. 5).《출판저널》 특별 기획, 각 분야 지식인 100인이 선정한 '21세기에도 빛날 20세기 책들(국내 모든 저작물 대상)' 36종에『태백산맥』선정됨(《출판저널》 1999년 신년 특집 증면호).《한겨레21》 창간 5돌 특집, 전국 인문·사회 계열 교수 129명이 뽑은 '20세기 한국의 지성 150인'에 선정됨(《한겨레21》, 1999. 3. 25). MBC TV 〈성공시대〉 70분 특집방영 '소설가 조정래'.『조정래문학전집』전 9권(도서출판 해냄) 출간.『태백산맥』일어판 1·2권(집영사) 출간. 장편『불놀이』프랑스 유네스코에서 프랑스어판(아르마땅 출판사) 출간. 소설집『유형의 땅』이 문예진흥원 선정으로 프랑스어판(아르마땅 출판사) 출간. 출판인 50인이 뽑은 20세기 최고 작가 2위(《세계일보》, 1999. 12. 18). 《중앙일보》 선정 '20세기 명저 국내 20선(국내 모든 분야 망라)'에 『태백산맥』 선정됨(《중앙일보》, 1999. 12. 23). 《중앙일보》 선정 '20세기 한국의 베스트셀러'에 『태백산맥』『아리랑』이 동시에 선정. 30개 중에서 한 작가의 두 작품이 동시에 선정된 것은 유일함(《중앙일보》, 1999. 12. 23).

2000년 『태백산맥』 일어판 10권 완간(집영사). 9월 29일, 『아리랑』의 발원지인 전북 김제시에서 시민의 이름으로 '조정래 대하소설 아리랑 문학비'를 벽골제 광장에 세우고, 제1호 명예시민증 수여. 그날 10시 29분에 첫 손자 재면(在勉)이가 태어나 희한한 겹경사를 이룸.

2001년 「어떤 솔거의 죽음」이 그림을 곁들인 청소년 도서로 출간(다림출판사). 광주시 문화예술상 수상. 자랑스러운 보성(普成)인상 수상. 11월 『한강』 제1부 「격랑시대」를 3권의 단행본으로 출간(도서출판 해냄). 12월 제2부 「유형시대」를 3권의 단행본으로 출간.

2002년 1월 3일 총 1만 5천 매의 『한강』 집필 완료. 3년 8개월 만의 결실. 1월 『한강』 제3부 「불신시대」의 일부를 2권의 단행본으로 출간. 2월 「불신시대」의 나머지를 2권의 단행본으로 출간. 『한강』 전 10권 완간. 1월 17일 작품 집필 때문에 6개월 동안 미루어왔던 탈장 수술 받음. 12월 등단 33년 만에 첫 번째 산문집 『누구나 홀로 선 나무』 출간(문학동네).

2003년 중편 「안개의 열쇠」《실천문학》, 단편 「수수께끼의 길」《문학사상》 발표. 2월 'Yes24 회원 선정 2002년의 책'에서 『한강』이 남자 1위, 여자 2위. 3월 만해대상 수상. 4월 제1회 동리문학상 수상. 5월 프랑스 아르마땅 출판사에서 『아리랑』 전 12권 완역 출간. 유럽 지역에서 한국의 대하소설이 완간된 것은 최초의 일. 5월 16일 전북 김제시에서 건립한 '조정래 아리랑문학관' 개관식 개최. 생존 작가의 문학관이 세워진 것은 처음 있는 일. 둘째 손자 재서(在緖) 태어남.

2004년   4월 30일 프랑스의 시인이며 극작가인 테르지앙(Terzian)이 『아리
        랑』을 희곡화하여, 『분노의 나날』로 출간(아르마땅 출판사). 7월 1일
        희곡집 『분노의 나날』을 『분노의 세월』로 시인 성귀수 씨가 번역 출
        간(도서출판 해냄). 8월 20일 『태백산맥』 프랑스어판 제1권 출간(아르
        마땅 출판사). 9월 1일 중편 「유형의 땅」이 독어판으로 출간(독일 페페
        르코른 출판사). 12월 15일 만화 『태백산맥』 1권이 박산하 씨 그림으로
        출간(더북컴퍼니 출판사). 12월 20일 『태백산맥』 일어판 문고본 계약
        (일본 집영사).

2005년   단편 「미로 더듬기」 《현대문학》. 1월 1일 《문화일보》 2005년 신년
        특집으로 〈광복 60돌 '한국을 빛낸 30인'〉에 선정. 5월 26일 순천
        시에서 '조정래 길'을 지정하고 표지석 개막식 개최(낙안 구기-승
        주 죽림 사이). 4월 1일 서울지방검찰청에서 『태백산맥』 고소 고발
        사건에 대해 만 11년 만에 무혐의 결정 내림. 5월 20일 MBC TV에
        서 〈조정래〉 3부작 제작(『태백산맥』 고소 고발 사건의 발단과 수사
        경과, 무혐의 결정이 내려지기까지의 전 과정). 6월 23일 인터넷 서점
        Yes24와 포털 사이트 네이버가 진행한 '네티즌 추천 한국 대표 작
        가-노벨문학상 후보를 추천해 주세요'에서 네티즌 6만 명이 참여
        해 조정래를 1위로 선정. 또, '한국인에게 큰 감동을 준 작품'으로
        『태백산맥』을 1위로 선정. 8월 10일 장편 『불놀이』 독어판 이기향
        씨 번역으로 출간(페페르코른 출판사). 8월 15일 『태백산맥』 프랑스
        어판 3권 출간. 8월 13~21일 인천시립극단에서 광복 60주년 기
        념 특별 공연으로 연극 〈아리랑〉을 인천종합문화예술회관에서 공
        연. 10월 5일 MBC TV와 『태백산맥』 드라마 계약.

2006년   장편 『인간 연습』 분재 1회 《실천문학》. 3월 15일 『태백산맥』 프랑스
        어판 4권 출간. 4월 10일 〈한국소설 베스트〉 시리즈로 『유형의 땅』
        포켓북 출간(일송포켓북). 4월 15일 「미로 더듬기」로 현대불교문학상
        수상. 6월 28일 장편 『인간 연습』 출간(실천문학사). 장편 『오 하느님』
        분재 1회 《문학동네》, 10월 15일 『태백산맥』 프랑스어판 5권 출간.

2007년   1월 5일 한국 문학 대표작 선집 27『황토』출간(문학사상사). 1월 29일
『아리랑』100쇄 돌파 기념연 개최(도서출판 해냄). 3월 26일 장편『오 하
느님』단행본 출간(문학동네). 4월 20일『태백산맥』프랑스어판 6권
출간. 8월 10일 조정래 소설집『어떤 전설』출간(책세상). 10월 25일
'큰 작가 조정래의 인물 이야기(위인전 시리즈)' 첫 다섯 권(신채호, 안
중근, 한용운, 김구, 박태준) 출간(문학동네). 11월 30일『태백산맥』프
랑스어판 7, 8, 9권 출간. 12월 27일『태백산맥』프랑스어판 전 10권
완간.

2008년   4월 7일 KYN과『아리랑』TV 드라마 계약. 4월 10일『교과서 한국문
학』시리즈 조정래편 5권 출간(휴이넘 출판사). 5월 1일『죽기 전에 꼭
읽어야 할 책 1001』에『태백산맥』이 선정됨. 서기 850년경에 씌어진
『아라비안나이트(천일야화)』에서부터 최근에 이르기까지 1,200여
년 동안 발표된 전 세계의 소설을 대상으로 평론가·학자·작가·언
론인 등으로 구성된 국제적인 전문가 집단이 참여하여 1,001편을
가려 뽑은 책으로 우리나라 작품으로는『태백산맥』과『토지』가 뽑
혀 수록됨(영국 카셀 출판사, 번역서 마로니에북스). 11월 20일 '큰 작
가 조정래의 인물 이야기' 제6권『세종대왕』, 제7권『이순신』출간(문
학동네). 11월 21일 '조정래 태백산맥 문학관' 개관식(전남 보성군 벌교
읍 회정리『태백산맥』이 시작되는 지점). 12월 11일 '자랑스러운 동국인
상' 수상. 12월 23일 '사회 각 분야 가장 존경받는 인물' 문학 분야 1위
로 선정됨(《시사저널》제1,000호 기념 특대호 특집).

2009년   3월 2일『태백산맥』200쇄 돌파 기념연 개최(도서출판 해냄). 대하
소설로 200쇄 돌파는 최초. 9월 30일 자전 에세이『황홀한 글감옥』
출간(시사IN북). 10월 26일 2007년 출간한 장편소설『오 하느님』을
『사람의 탈』로 제목을 바꿔 개정 출간. 11월 18일 장애문화예술인들
을 위한 'Art 멘토 100인 위원회 1호' 위원으로 위촉됨(한국장애인
문화진흥회).

2010년   장편소설『허수아비춤』을 계간지《문학의 문학》여름호에 600매

분재함과 동시에, 인터넷서점 인터파크에도 2개월간 60회로 연재한 후 10월 1일 단행본으로 출간(도서출판 문학의문학). 11월 10일 장편『불놀이』, 12월 1일 장편『대장경』개정판 출간(도서출판 해냄). 12월 2일 경남 창원에서 '고려대장경 팔각 불사 1,000년 기념'으로 장편『대장경』을 오페라로 공연(경남음악협회). 12월 22일 장편『허수아비춤』이 독자들이 뽑은 '2010 최고의 책'으로 시상식 거행(인터파크 도서). 12월 26일 장편『허수아비춤』이 '2010 네티즌 선정 올해의 책'이 됨(Yes24).

2011년 4월 대하소설『태백산맥』『아리랑』『한강』전자책 출시, 이와 동시에 장편소설 및 중단편소설집도 개정 출간과 동시에 전자책 출시 결정. 6월 3~4일 예술의전당에서 '고려대장경 팔각 불사 1000년 기념' 오페라 〈대장경〉 공연(경남음악협회). 4월 25일 초기 단편 모음집『상실의 풍경』개정판 출간, 5월 30일 중편「황토」와 7월 25일 중편「비탈진 음지」를 장편으로 전면 개작해 단행본『황토』『비탈진 음지』로 출간, 10월 10일『어떤 솔거의 죽음』개정판 출간(이상 모두 도서출판 해냄).

2012년 2월 유비유필름과『태백산맥』드라마판권 계약. 4월 영국 놀리지펜 출판사와『태백산맥』의 영어·러시아어 번역출간 계약. 4월 30일『외면하는 벽』개정판 출간(도서출판 해냄). 7월 중편「유형의 땅」이 전경자의 영어번역으로 영한대역『유형의 땅』으로 출간(도서출판 아시아). 9월 30일『유형의 땅』개정판 출간(도서출판 해냄), 11월에는 《출판저널》이 뽑은 '이달의 책'으로 선정됨. 10월 5일『사람의 탈』영어판 출간(Merwin Asia).『금서의 재탄생』(장동석 저, 북바이북)과『금서, 시대를 읽다』(백승종 저, 산처럼)에서 금서로서의『태백산맥』을 집중 조명함.

2013년 2월 23일 참여연대로부터 공로패 받음. 2월 25일 단편집『그림자 접목』개정판 출간(도서출판 해냄). 3월 대하소설『아리랑』의 뮤지컬 제작을 위해 신시컴퍼니(대표 박명성)와 판권계약 체결. 3월 25일부터 인터넷 포털 사이트 네이버에『정글만리』일일연재를 시작, 7월

10일 108회를 끝으로 연재 종료와 동시에 7월 12일 단행본 전 3권으로 출간(도서출판 해냄). 10월 7일 『정글만리』 중국어판 출판계약 체결. 『정글만리』에 대해; 10월 7일 문화계 인사 60인이 선정한 '2013 출판부문 1위.' 10월 24일 《중앙일보》·교보문고가 공동 선정한 '2013년 올해의 좋은 책 10.' 11월 26일 제23회 한국가톨릭매스컴상 수상(출판부문). 12월 9일 출간 5개월 만에 100만 부 돌파 최단 기록. 12월 11일 한국예술평론가협의회 선정 제33회 '올해의 최우수 예술가상' 수상(문학부문). 12월 14일 《동아일보》가 선정한 '2013 올해의 책.' 12월 20일 Yes24 네티즌 선정 '2013년 올해의 책' 1위. 12월 21일 《조선일보》가 선정한 '2013년 올해의 책.' 12월 26일 인터파크도서 '제8회 인터파크 독자 선정 2013 골든북 어워즈'에서 골든북 1위, 골든북 작가부문 1위. 12월 30일 알라딘 독자 선정 '2013년 올해의 책' 1위.

2014년   1월 8일 《매일경제》·교보문고 공동 선정 '2014년을 여는 책 50.' 1월 10일 국립중앙도서관 통계, '2013년 도서관에서 가장 많이 이용한 도서' 1위. 3월 6일 뮤지컬 〈태백산맥〉 개막, 3월 8일까지 공연(순천시립예술단). 3월 15일 『정글만리』 100쇄 돌파(『태백산맥』 2번, 『아리랑』 1번에 이어 네 번째 100쇄 돌파가 됨). 6월 12일 벌교읍 부용산 아래, 복원된 보성여관(소설 속의 남도여관)으로 이어진 '태백산맥길' 첫머리에 조성된 '태백산맥 문학공원 기념조형물 제막식'이 열림. 높이 3미터, 길이 23미터의 조형물에는 작가의 약력, 『태백산맥』에 대한 평가, 『태백산맥』의 줄거리, 그리고 작가의 흉상이 조각되어 있다. 그런데 그 조각은 모두를 놀라게 할 만큼 특이하고도 독창적이다. 조각가인 서울대학교 이용덕 교수는 세계 최초의 기법인 '역상(逆像) 조각'으로 그 창조성을 감동적으로 보여주고 있다. 9월 20일 제1회 심훈문학대상 수상. 12월 15일 인터뷰집 『조정래의 시선』 출간(도서출판 해냄).

2015년   6월 15일 『아리랑 청소년판』 출간(조호상 엮음, 백남원 그림, 도서출판 해냄). 7월 16일 뮤지컬 〈아리랑〉 개막, 9월 5일까지 공연(신시컴퍼니). 8월 5일 장편소설 『허수아비춤』 개정판과 함께, 문학 인생 45년을 담은 『조정래 사진 여행: 길』 출간(도서출판 해냄). 10월 3일 제2회 이승휴문화상 문학상 수상.

2016년   7월 12일 장편소설 『풀꽃도 꽃이다』(전 2권) 출간(도서출판 해냄). 10월 4일 『정글만리』를 영어로 옮긴 『The Human Jungle』이 브루스 풀턴 교수와 윤주찬 씨의 번역으로 미국 현지에서 출간(Chin Music Press Inc). 11월 8일 『태백산맥 출간 30주년 기념본』(전 10권) 및 『태백산맥 청소년판』(전 10권) 출간(조호상 엮음, 김재홍 그림, 도서출판 해냄).

2017년   7월 25일~9월 3일 뮤지컬 〈아리랑〉 공연(신시컴퍼니). 11월 21일 은관문화훈장 수훈. 11월 30일 시조시인 조종현, 소설가 조정래, 시인 김초혜의 문학적 성과를 기념하고 그 정신을 이어나가고자 전라남도 고흥군에 설립된 '조종현 조정래 김초혜 가족문학관' 개관.

2018년   2월 9일 〈2018 평창 동계올림픽대회〉 성화 봉송(오대산 월정사 천년의 숲길). 4월 20일 맏손자 조재면과 함께 집필한 『할아버지와 손자의 대화』 출간(도서출판 해냄).

2019년   장편소설 『천년의 질문』을 네이버 오디오클립에 오디오북 형태로 30회 연재한 후 6월 11일 단행본 전 3권으로 출간(도서출판 해냄). 11월 2일 조정래 작가의 문학적 성취를 기리고 국내 문학을 대표하는 중견 작가의 작품 활동을 지원하기 위해 제정된 '조정래문학상' 제1회 개최(전남 보성군 벌교읍민회). 11월 11일 '서점인이 뽑은 올해의 작가'로 선정됨(한국서점조합연합회). 12월 12일 『천년의 질문』이 '2019년 올해의 책'으로 선정됨(Yes24).

2020년   3월 1일 서울 종로구 배화여고에서 열린 〈3·1절 101주년 기념식〉에서 묵념사 집필·낭독. 6월 25일 강원도 철원군 백마고지 전적지에서 6·25전쟁 70주년 기념 '한반도 종전기원문' 집필·낭독, 이 기원문은 김정은 북한 국무위원장, 도널드 트럼프 미국 대통령, 안토니우 구테흐스 유엔 사무총장 등에게 전달됨. 7월 2~4일 뮤지컬 〈아리랑〉

공연(전주시립예술단). 8월 1일 등단 50주년을 기념하며 자전 에세이 『황홀한 글감옥』 개정판 출간(도서출판 시사IN북). 10월 15일 대하소설 『태백산맥』 『아리랑』, 11월 30일 『한강』의 등단 50주년 개정판 출간(도서출판 해냄). 『한강』 100쇄 돌파(『태백산맥』 2번, 『아리랑』 1번, 『정글만리』 1번에 이어 다섯 번째 100쇄 돌파가 됨). 10월 15일 반세기 문학 인생 및 남녀노소 독자들의 질문 100여 개에 대한 작가의 답을 담은 산문집 『홀로 쓰고, 함께 살다』 출간(도서출판 해냄).

2021년 4월 30일 장편소설 『인간 연습』 개정판 출간(도서출판 해냄). KBS와 한국문학평론가협회가 공동으로 진행한 연중기획 〈우리 시대의 소설〉에 『태백산맥』 선정 및 방영됨(제26화).

2022년 6월 18일 경남 창원에서 콘서트 오페라 〈대장경〉 공연(창원문화재단). 『천년의 질문』 경기도 공공도서관 60대 이상 대출 1위 도서 선정.

2023년 4월 영국 펭귄-랜덤하우스가 '펭귄 클래식' 시리즈 최초로 출간한 한국문학 번역 선집 『The Penguin Book of Korean Short Stories』에 「유형의 땅」 번역 수록. 브루스 풀턴 교수가 편집하고 권영민 교수가 서문을 씀. 윌라 오디오북 대작 라인업으로 조정래 대하소설 3부작과 『정글만리』를 독점 공개하기로 함. 7월 24일 『태백산맥』을 시작으로 10월 『아리랑』, 12월 『한강』 공개. 10월 28~29일 태백산맥문학관 개관 15주년 기념행사로 북토크와 문학기행 등 진행.

2024년 4월 22일부터 윌라 오디오북 대작 라인업에 『정글만리』 독점 공개.

태백산맥 10

제1판 1쇄 / 1989년 10월 23일
제1판 26쇄 / 1994년 10월 13일
제2판 1쇄 / 1995년 1월 15일
제2판 38쇄 / 2001년 9월 5일
제3판 1쇄 / 2001년 10월 10일
제3판 39쇄 / 2006년 12월 20일
제4판 1쇄 / 2007년 1월 30일
제4판 67쇄 / 2020년 5월 5일
제5판 1쇄 / 2020년 10월 15일
제5판 8쇄 / 2024년 6월 30일

저자 / 조정래
발행인 / 송영석

발행처 / (株)해냄출판사
등록번호 / 제10-229호
등록일자 / 1988년 5월 11일(설립일자 | 1983년 6월 24일)

04042 서울시 마포구 잔다리로 30 해냄빌딩 5·6층
대표전화 / 326-1600 팩스 / 326-1624
홈페이지 / www.hainaim.com

ⓒ 조정래, 1989, 1995, 2001, 2007, 2020

ISBN 978-89-6574-930-1
ISBN 978-89-6574-920-2(세트)